SV

Nuruddin Farah
Duniyas Gaben

Roman

Aus dem Englischen
von Klaus Pemsel

Suhrkamp Verlag

Die Originalausgabe erschien unter dem Titel *Gifts* 1993
bei Arcade Publishing, New York

Die Übersetzung aus dem Englischen wurde mit Mitteln des
Auswärtigen Amtes unterstützt durch die Gesellschaft zur
Förderung der Literatur aus Afrika, Asien und Lateinamerika e.V.

Satz: Jung Crossmedia, Lahnau
Druck: Clausen & Bosse, Leck
Printed in Germany
Erste Auflage 2001

1 2 3 4 5 6 – 06 05 04 03 02 01

Für Monique Lortie,
Axmed sr. und seine Familie
und in Erinnerung an
meine Mutter und
Angela Carter
in herzlichster Liebe.

Beim Verfassen dieses Romans habe ich mir viel Dankesschuld aufgeladen, doch am meisten schulde ich Marcel Mauss, dem Autor eines Buches, das im Deutschen den Titel *Die Gabe* trägt. Vielen Freunden bin ich sehr verpflichtet, darunter Paul Doornbos, Professor Mohamed Omar Beshir von der Universität Khartoum und Dr. Mechthild Reh; ihnen sei hiermit gedankt.

I

Eine Geschichte wird geboren

1

Duniya sieht die Umrisse einer Geschichte aus dem sie umgebenden Nebel auftauchen, während die Außenwelt Einfluß auf ihr Umfeld und ihre Gedanken nimmt.

Duniya lag schon eine Weile wach und ließ die anbrechende Morgendämmerung auf sich wirken. Sie hatte von einem rastlosen Schmetterling geträumt; von einer Katze, die gespannt darauf wartete, daß der hektische Schatten des Insekts einen Augenblick stillhielt, damit sie mit einem Satz darauf zuspringen konnte. Dann hellte sich das dunkle Zimmer durch die Leuchtkraft von Glühwürmchen auf, quirligen Lichtspuren, weich und wattig wie Schaum. Von der Hitze ermattet beobachtete Duniya träge die Geschehnisse. Der Schmetterling flog hierhin und dorthin, hielt seine wirbelnden Regenbogenfarben zauberhaft in Bewegung. Wie unter Hypnose schloß die Katze theatralisch langsam die Augen und schlief ein.
Hellwach stieg Duniya aus dem Bett.

Da sie wußte, daß sie zu Fuß zur Arbeit gehen mußte, verließ sie das Haus, lange bevor ihre Kinder aufstanden. Sie wußte aus früherer Erfahrung, wie lange sie brauchen würde: fünfundvierzig Minuten bei gemächlichem Tempo, die Zeit für ausgiebige Morgengrüße und den Klatsch über den gestrigen Tag mit allen Nachbarn oder Kollegen, denen sie begegnen mochte, mit eingerechnet.
Doch sie nickte nur ein paar Mal, erwiderte Grüße, ohne innezuhalten, als würde sie diejenigen, die sie aussprachen, gar nicht kennen. Sie wandte den Blick von etlichen Männern in der Seitenstraße ab, Männern in Sarongs, Tücher um nackte Oberkörper geschlungen, Männern, die gesellig gurgelten, auf *rumay*-Stäbchen herumkauten, um ihre

Zähne zu putzen. Duniya brauchte nicht daran erinnert zu werden, daß die halb aus Lehm, halb aus Backsteinen bestehenden Häuser, vor denen diese Männer standen, kein fließend Wasser, keine Waschbecken und keine richtigen Toiletten hatten. Sie wohnte in einem der wenigen Häuser dieses Viertels von Mogadischu, das über derlei Annehmlichkeiten verfügte.

Überall strömten Menschen aus geöffneten Türen. Die Straßen wimmelten vor Leben: Frauen schwatzten ausgiebig mit Nachbarinnen, Gruppen uniformierter Kinder waren auf dem Weg zur Schule, Kleinkinder, noch zu schwach, um ihre Taschen zu tragen, wurden in den Kindergarten geführt. Hier und da waren Leute damit beschäftigt, Benzin von einem Fahrzeug in ein anderes zu leiten. Die meisten Autos sahen verlassen aus, die Kühlerhauben waren offen, die Motoren kalt. Nur gelegentlich kam eines vorbeigefahren, und alle starrten hin, zuerst auf das Fahrzeug, als hätten sie ein Wunder vor sich, dann auf die Person am Steuer, weil sie wohl hofften, mitgenommen zu werden. Das eine Mal, als ein Taxi anhielt, strömten sie in Scharen darauf zu, und es entstand ein Gedränge, woraufhin der Fahrer wieder davondüste, geborgen hinter seinen verriegelten Türen.

Wider alle Erwartung lag ein Hauch von Fröhlichkeit in der Luft, denn einander völlig fremde Menschen waren bereit, sich auf ein Gespräch über jedes beliebige Thema einzulassen, obwohl allen vorrangig die Benzinknappheit und die zunehmend häufigeren Stromausfälle in den Sinn kamen. Einige Menschen sprachen sachkundig von der Politik der Warenknappheit und ergingen sich in Vermutungen, wie lange das noch dauern würde. Ein Mann, der angeblich Bescheid wußte, redete davon, daß eine Regierungsdelegation zu den ölproduzierenden Ländern in der Hoffnung unterwegs sei, mit Tankern voller Treibstoff zurückzukehren.

Duniya überquerte eine geteerte Straße, die, auch wenn sie nicht entsprechend gekennzeichnet war, die Grenze zwischen zwei Vierteln bildete – einem armen, in dem sie wohnte, und einem bürgerlichen, wenn nicht gar vornehmen. Schon am Gesprächsstoff und an der Redeweise der Leute merkte sie, daß sie in Hodan war. Sie betrat eine Lehmstraße, die zwei asphaltierte Verkehrsadern verband, ein breiter Weg, so still wie eine Sackgasse. Plötzlich befiel sie heftiges Unbehagen; die Stille ringsum verunsicherte sie, ließ sie stoßweise atmen. Von unerklärlicher Furcht ergriffen, spürte sie, wie ihr Kälte in die Glieder kroch, so als hätte sie sich auf gefährliches Terrain gewagt. Sie blieb stehen und wollte nicht mehr weitergehen.
Auf einmal bemerkte sie eine Katze, die derjenigen aus ihrem Traum glich und furchtlos vor ihr kauerte, darauf wartend, aufgehoben und gestreichelt zu werden. Aber Duniya tat nichts dergleichen. Sie und die Katze starrten einander an, und dies machte ihr ihre innere Anspannung nur noch bewußter.
Wenige Sekunden später erblickte sie weit vorn im Dunst etwas, das zuerst wie ein Schmetterling mit bunten Flügeln aussah, die wie Kreisel umherwirbelten. Zu ihrer freudigen Überraschung entpuppte es sich als rot-gelb gestreiftes leeres Taxi.
Sie stieg ein, sprach kein Wort und nahm behaglich im Fond Platz. Etwas sagte ihr, sie sollte ihr Glück nicht herausfordern, sonst würde es sie verlassen, aber sie fragte sich doch, ob an einem Tag wie diesem das Anheuern eines Taxis ganz für sich allein nicht eine unerschwingliche Angelegenheit sei. Ein diskreter Blick in ihre Geldbörse gab ihr Sicherheit. Doch warum trat der Mann nicht aufs Gas? Hatte er andere potentielle Mitfahrer erspäht? Dann merkte sie, daß sie die Taxitür nicht geschlossen hatte. Sie klappte sie zu, und schon setzte sich der Wagen in Bewegung.

Der Fahrer tippte sich an seine Golfkappe und fragte: »Wohin soll ich Sie bringen, Madame?«
»Zur Entbindungsklinik Benaadir, bitte.«
»Zu Diensten, Madame.«
Duniya versuchte einen nagenden Zweifel abzuschütteln: Der Mann sah nicht wie ein Taxifahrer aus und sprach und benahm sich auch nicht so. Äußerungen wie »Zu Diensten, Madame« zwickten seine Zunge genauso, wie neue Schuhe auf die Zehen drücken. Er fuhr zögernd, ging behutsam mit der Schaltung um, als wäre er mehr an eine Automatik als an manuelles Gangeinlegen gewöhnt. Er erinnerte sie an einen unerfahrenen Reiter im Sattel eines noch nicht zugerittenen Pferdes. Etliche Male bockte das Auto, und er stieg aus, murmelte Entschuldigungen, öffnete die Motorhaube, zog an den Draht-Eingeweiden, stieg dann wieder ein, nur um den ganzen Vorgang noch einmal wiederholen zu müssen. Er wirkte weder ängstlich, noch benahm er sich wie ein professioneller Chauffeur, dessen Lebensunterhalt vom Funktionieren des Fahrzeugs abhing. Er glich eher einem Mann, der sich dazu herabläßt, für einen zu kochen, während sowohl Dienstmädchen als auch Gemahlin weg sind: jemand, der nicht wegen des schlecht zubereiteten Mahls in Erinnerung bleiben will, sondern wegen der Ergebenheit, mit der er einen bedient – der in die Aufgabe gesteckten Mühe.
Während er gemächlich dahinzuckelte, sagte er: »Wie du bereits erahnt hast, bin ich mit den Idiosynkrasien dieses Taxis nicht vertraut.«
Dann sah Duniya ihr eigenes und sein Gesicht im Rahmen des Rückspiegels, als hätten sie beide ihr ganzes Leben lang auf diesen einen Augenblick gewartet, in dem ihre Ebenbilder sich diesen Raum teilten, eingeschlossen in ein gemeinsames Schicksal. Er grinste, sein Kiefer kräftig, sein Gesicht, das ein freundliches Lächeln ausstrahlte, so glatt rasiert wie Wachstuch. Das flößte ihr ein unheimliches

Schwächegefühl ein, so als würde sie den Boden unter den Füßen verlieren. Urplötzlich wollte sie nicht mehr mit ihm allein sein. Gleichzeitig aber kam ihr die Erkenntnis, daß sie diesen Mann kannte, sogar namentlich.

»Warum gibst du dich als jemand aus, der du gar nicht bist, Bosaaso?« fragte sie.

»Ich fürchte, ich habe keine Ahnung, wovon du sprichst«, erwiderte er.

»Verkleidung kommt euch Männern wie gerufen, sobald ihr nicht mehr auf eure natürlichen Verstellungskünste zurückgreifen könnt. Männer ...« gab sie in einem Ton von sich, als würde das Wort eine Spezies beschreiben, für die sie nichts als Verachtung übrig hatte.

Sie blickte zum Himmel auf. Die Sonne schien von schmalen, stelzenartigen Wolkensträhnen an Ort und Stelle gehalten zu werden, so weiß wie der Zweig eines laubabwerfenden Baumes ohne Rinde. Unterhalb der Sonne befanden sich zwei winzige dunkle Wolken, die wie Fußbänke aussahen.

Sie und Bosaaso kannten sich. Sie hatte Nachtwache gehabt, als seine inzwischen verstorbene Frau einige Tage in intensiver Betreuung auf der Entbindungsstation verbrachte, in der Duniya Oberschwester war. Außerdem hatten sie einen gemeinsamen Freund in Dr. Mire, dem leitenden Frauenarzt der Klinik, der ein Schulfreund von Bosaaso war.

»Hätte ich gewußt, daß dies hier kein Taxi ist, hätte ich es nicht hergewunken, darauf kannst du dich verlassen«, sagte sie.

»Aber es ist nur dann kein Taxi, wenn ich es fahre«, sagte Bosaaso.

»Warum fährst du es überhaupt?«

»Weil mein eigener Wagen beim Kundendienst ist, deshalb.«

»Ich werde aus alldem nicht schlau.«

Bosaaso probierte es mit einer Erklärung: »Ich habe dieses Taxi für einen armen Cousin von mir gekauft, der es betreibt, damit er was verdient. Alle Einnahmen gehören ihm, wenn auch das Auto meins bleibt und auf mich zugelassen ist.« Er seufzte, da er spürte, daß seine Erklärung zu langatmig geraten war.

»Wenn das so ist, dann möchte ich bezahlen.«

»Bezahlen?« Er klang eingeschnappt.

»Du kannst das Geld ja deinem Cousin geben.« Sie verstummte kurz. »Sind hundertfünfzig Shilling genug für eine Stadtfahrt bei der heutigen Benzinknappheit?«

»Sicher«, sagte Bosaaso.

Doch sie spürte, daß er ihr Angebot nicht ernst nahm. Um ihre verletzten Gefühle zu überdecken, gab sie ein theatralisches Kichern von sich und tat so, als wäre sie belustigt.

»Was ist so komisch?« fragte er.

»Der Gedanke, daß jemand bei Geld zögert«, erwiderte sie.

Er hielt an ihren Worten fest wie ein Angler an einem fetten Fang. Doch er bekam ihr Gesicht nicht in den Rückspiegel, wie sehr er ihn auch drehte. Sie war auf dem Rücksitz ganz still geworden. Er blickte über die linke Schulter, dann über die rechte, sah aber keine Duniya. Ungeachtet der Fahrlässigkeit oder der Unfallgefahr drehte er impulsiv den Kopf ganz herum. Dennoch konnte er nur einen kleinen Teil von ihr sehen; ihr Körper war vornübergebeugt – vielleicht hob sie etwas vom Boden auf. Dann verlor er die Herrschaft über das Lenkrad. Der Wagen geriet ins Schlingern, die Reifen knallten gegen einen Bordstein und dann gegen einen weiteren, und er wäre beinahe gegen die Stoßstange eines Fahrzeugs geprallt, das abseits der Straße geparkt war. Endlich kam er zu einem sicheren Halt.

Plötzlich wurde beiden die Anwesenheit des anderen überdeutlich bewußt, spürten sie das erste Mal ihre körperliche Nähe. Ohne auf eine kleine Gruppe Schaulustiger zu achten, die sich um das Auto geschart hatte, berührten Duniya und Bosaaso sich in der Verwunderung darüber, gemeinsam eine Erfahrung auf Leben und Tod gemacht, aber noch rechtzeitig angehalten zu haben, bevor sie eine Schwelle überschritten.

Ohne daß er es vorgeschlagen hatte, stieg Duniya aus dem Fond des Taxis und setzte sich zu ihm nach vorn. Er nahm seine Golfkappe ab und warf sie aus dem Fenster. Sie setzten sich wieder in Bewegung.

Duniya fiel auf, daß sein Lächeln seine hübschen Gesichtszüge noch hervorhob. Und er hatte die Angewohnheit, den Kopf zur Seite zu neigen, als würde er sich an etwas anlehnen; außerdem zog er seine Stirn in Falten wie jemand, der in persönlichen Schwierigkeiten war.

Duniya erinnerte sich an die längste Nacht, die sie und Bosaaso zusammengewesen waren. Während seine Frau vor der Entbindung in der Privatabteilung schlief, stahlen sie sich auf Zehenspitzen hinaus, um frische Luft zu schnappen. Er sagte nicht viel; und sein Kopf, fiel ihr wieder ein, war so schief geneigt gewesen wie der Turm von Pisa.

Er sagte nun: »Was deine Bezahlung dieser Fahrt betrifft, darf ich da . . .«, aber dann verstummte er.

»Ja?« sagte sie und wartete.

»Gehst du je mit deinen Töchtern und deinem Sohn ins Kino?« fragte er behutsam.

»Hin und wieder«, log sie.

»Was für Filme seht ihr euch an?«

Während sie sich fragte, wohin das alles führen sollte, sagte sie: »Mal einen Spaghettiwestern oder einen Bollywood- oder Kung-Fu-Film; die Auswahl ist ja nicht groß. Warum fragst du?«

Er sagte erst einmal nichts. Da er in eine unübersichtliche Gasse einbiegen wollte, konzentrierte er sich aufs Fahren. Sein Blinker funktionierte nicht, also streckte er den Arm aus dem Fenster, um anzuzeigen, daß er rechts abbog. Er

bremste jedoch vorher, um einen Fußgänger über die Straße zu lassen. Duniya bemerkte, daß er ein achtsamer Mann war, sogar rücksichtsvoll.
Während er weich einen Gang höher schaltete, sagte er: »Ich schlage vor, du nimmst mich mit deinen Kindern in einen Film mit, anstatt heute etwas zu bezahlen.«
»Ich weiß aber noch gar nicht, wann ich mir das nächste Mal einen Film anschauen werde«, wandte sie ein.
»Es eilt nicht«, erwiderte er.
War dies eine Art männliche Falle, aus der es zu einem späteren Zeitpunkt kein Entrinnen mehr gab, wurde hier eine unsichtbare Kette geschmiedet?
»Vielleicht hast du keine Zeit«, sagte er, »schließlich hast du erwachsene Zwillinge und eine junge Tochter zu versorgen.« Als Nachgedanken fügte er hinzu: »Und deine Arbeit in der Klinik. Das muß alles extrem vereinnahmend sein. Plus weitere Verpflichtungen, sicherlich.«
Zu ihrer beider Überraschung sagte sie: »Ich habe jede Menge Zeit.«
Er sprach eine Weile nicht. Dann: »Vielleicht bin ich zu langsam. Oder ist da ein Haken? Gibt es etwas, was du mir noch nicht gesagt hast?«
»Offen gestanden bin ich nicht sicher, ob ich jemanden ins Kino mitnehmen möchte.«
»Nichts für ungut«, sagte er, als er um eine Ecke bog.
Sie hoffte, sie war nicht unnötig abweisend gewesen. Aus den Augenwinkeln beobachtete sie ihn, wie er die Warnblinkanlage einschaltete, die rot aufleuchtete, im Takt mit ihrem Herzschlag. Er sah sie aufmerksam an, fragte sich, ob er ihre Gedanken unterbrechen dürfte.
Tatsächlich sprach sie zuerst: »Hoffentlich bin ich nicht zu grob gewesen.«
»Dir wird in dem Augenblick verziehen, wo du mich einlädst«, sagte er.
»Ich weiß ja gar nicht, wie ich dich erreichen soll.«

»Ganz im Gegenteil«, erwiderte er. »Du bist eine findige Frau, du wirst wissen, wie du mich erreichen kannst, wenn du willst.«

Zu angespannt, um klar denken zu können, schwieg sie.

»Eine Art, mich zu erreichen«, fuhr er fort, »ist über Dr. Mire in deiner Klinik. Ich sehe ihn sehr häufig, beinahe täglich.«

»Würde es ihn nicht stören, wenn er darum gebeten wird, Nachrichten zu überbringen?«

»Er wäre nur zu erfreut, das versichere ich dir.« Er grinste, teilte seine Aufmerksamkeit zu gleichen Teilen zwischen Duniyas Gesicht und der Straße auf, die voller Schlaglöcher und Fußgänger war.

Er brachte den Wagen abrupt zum Stehen. »Ich fürchte, ich kann nicht weiterfahren. Da ist ein Schild, auf dem steht ›Keine Taxis‹. Ich habe vergessen, daß ich nicht meinen Privatwagen fahre. Tut mir leid.«

Sie richtete sich auf und bereitete sich auf die schwierige Aufgabe vor, etwas Weises oder Neutrales zu sagen, woraufhin dann herauskam: »Das war sehr nett von dir.«

»War mir ein Vergnügen«, war alles, was er herausbrachte.

Während sie etwas murmelte, das zwischen »Danke« und »Bis dann« lag, stieg sie aus dem Auto, sicher, daß sie einander wieder begegnen würden. Sie schloß die Taxitür, ohne ihn anzusehen.

Da sie recht früh angekommen war, unterhielt sich Duniya leutselig und ausgiebig mit den drei Putzfrauen, bot ihnen sogar an, ihnen beim Reinigen der Ambulanzräume zu helfen, in denen sie heute zu arbeiten hatte. Doch die wollten davon nichts hören. Sie bemühte sich nach Kräften, ihren Verstand beschäftigt zu halten.

Doch als die Reinigungsfrauen gingen und sie allein in dem hallenden großen Raum war, spielten sich in ihrem Kopf fortlaufend wieder Szenen aus der zufälligen Begegnung mit Bosaaso ab. Um sich die Zeit zu vertreiben, schnappte sie sich eine alte Zeitung, in der sie eine interessante Meldung entdeckte:

MOGADISCHU (SONNA, DIENSTAG)
Der Landwirtschaftsminister warnte heute vor einer bevorstehenden katastrophalen Dürre in Somalia, wenn nicht Sofortmaßnahmen zur Unterbrechung des Brutkreislaufs der Wüstenheuschrecke eingeleitet würden. Bürger aus Mogadischu haben vor kurzem riesige Schwärme gesichtet, 25 km breit und 70 km lang. Die Regierung habe bereits einen Feldzug zur Ausrottung der Schädlinge ausgearbeitet, welcher allerdings nur durch Einsatz von Insektiziden und Leichtflugzeugen zum Versprühen durchführbar sei. Beides sei jedoch nicht verfügbar, hieß es. Unterstützung bei diesem Feldzug sei von den Regierungen der USA und der Niederlande zugesichert worden. Dies reiche aber noch nicht aus.
Das Staatsoberhaupt, Generalmajor Mohammed Siyad Barre, hat die Botschafter der Bundesrepublik Deutschland, Großbritanniens, Frankreichs und Italiens aufgerufen, zu überlegen, welche Hilfe ihre Regierungen Somalia anbieten können, um der bevorstehenden Katastrophe Herr zu werden. Letzte Nacht mußten fünf Leichtflugzeuge der East African Locust Organization in Addis Abeba am Boden bleiben, weil Ersatzteile und Treibstoff fehlten.
Der Landwirtschaftsminister zitierte einen hochrangigen Beamten der FAO der Vereinten Nationen, wonach die Bemühungen, die Plage in ganz Afrika zu bekämpfen, bereits mindestens 100 Millionen Dollar gekostet hätten, und allein für das kommende Jahr würden noch zusätzliche Mittel von über 145 Millionen Dollar benötigt werden.

2

Bei der Arbeit trifft Duniya ihre Kollegen, darunter Hibo, eine Oberschwester, und Dr. Mire. Der Vormittag bringt Kummer und Freude. Duniya begegnet auf ihrem Heimweg Bosaaso.

Eineinhalb Stunden später trat Duniya auf den Hof, in der Hand ein verknittertes Stück Papier. Sie wollte die nächste der ambulanten Patientinnen aufrufen, die sich für die Sprechstunde angemeldet hatten und an die auf kleine Zettel geschriebene Nummern ausgegeben worden waren. Sie stand auf der Veranda, halb im Schatten, halb in der Sonne, und war mehr denn je beeindruckt von der Zähigkeit dieser Frauen, die vielleicht schon um vier Uhr früh aufgestanden waren, um hierherzukommen. Bosaaso ging ihr nicht aus dem Sinn, wodurch sie sich irritiert fühlte.

In dem Augenblick, als die Ratsuchenden Duniya erblickten, regten sie sich, raunten wie die Zuschauer im Theater, wenn sich der Vorhang hebt. In Erwartung des Aufrufs ihrer Nummern blickten sie zu Duniya hoch, als wollten sie ihre Gedanken erkunden. Sie fragte sich, wie vielen wohl das kleine Zittern in ihrem Gesicht auffiel, ähnlich wie auf der zuckenden Haut eines Pferdes kurz vor dem Stich einer Mücke. »Nummer fünfzehn, bitte!« rief sie.

Eine Frau erhob sich aus ihrer kauernden Position, lüpfte den schweren Bauch einer fortgeschrittenen Schwangerschaft vom Boden. Andere Frauen machten ihr eine Gasse frei und schauten neidisch zu, als sie ihren Nummernzettel Duniya vorzeigte, die ihre Liste entsprechend abhakte. Als sie die Frau in den Wartesaal geschickt hatte, wandte sich Duniya wieder der Frauengruppe zu und schrie: »Nummer sechzehn, bitte!«

Einige Frauen redeten auf Nummer sechzehn ein, sie möge sich doch bitte beeilen, denn sie selbst wären sehr früh aufgestanden, auf ausgelaugten Füßen hierhergekommen und hätten so gut wie keine Chance, eine Heimfahrtmöglichkeit zu ergattern. Nummer sechzehn schirmte die Augen vor dem blendenden Morgenlicht ab und ließ sich Zeit mit dem Aufstehen. Dann ging sie gemächlichen Schrittes auf Duniya zu. Als die anderen Ratsuchenden meinten, sie solle doch schneller machen, murmelte die Frau etwas in der Art, daß kein Anlaß zur Hast bestehe, da der Arzt noch nicht eingetroffen sei. Wollten sie, daß sie ihr Baby verlor? Etliche bekundeten ihren Unmut, indem sie den Kopf schüttelten und sich sehr abfällig über die Landesregion äußerten, aus der die Frau stammte und deren Bewohner sie als verschlafen bezeichneten. Duniya jedoch schien die Sonne in die Augen, sie blinzelte, als sie Nummer sechzehn erklärte, wo sie hingehen sollte, und rief dann: »Nummer siebzehn.«

Stille. Dann war vereinzelt verstörtes Flüstern zu hören. Einige Frauen starrten kurzsichtig auf die ihnen gegebenen Zettel. Da sie nicht lesen konnten, suchten sie bei Lesekundigen Hilfe.

Duniya rief die Nummer ein zweites und ein drittes Mal, woraufhin eine zu ihren Füßen hockende Frau sagte: »Warum rufen Sie nicht eine andere, wenn siebzehn entweder taub oder nicht mehr hier ist?«

»Wir müssen ihr eine Chance geben«, beharrte Duniya. Sie rief die Nummer aus, als würde alles davon abhängen, während ihr Blick von einem lethargischen Gesicht zum nächsten glitt. Sie wirkte wie die Lehrerin einer riesigen Klasse, in der die Hälfte der Schüler die Finger erhoben hatten, um eine leichte Frage zu beantworten.

Duniya blickte angestrengt auf einen nun leeren Fleck, wo vorher eine junge Frau gewesen war, deren Gesicht sie keinen Namen zuordnen konnte, aber die sie sicher kannte. Oder halluzinierte sie?

Die Frauen waren ungeduldig geworden, in ihrer Mitte

entstand Unruhe. Eine sehr große Frau erhob sich, drängte sich nach vorn und sagte zu Duniya: »Nummer siebzehn ist weg; ich hab sie in einem Taxi wegfahren sehen. Warum rufst du nicht die nächste Nummer?«
»Ihre Nummer muß achtzehn sein«, meinte eine andere Frau sarkastisch.
Duniyas Blick schwenkte über die Fläche vor ihr, einmal nach links, einmal nach rechts, dann in die Mitte, bis er wieder dort haftenblieb, wo die junge Frau mit dem ihr entfallenen Namen gewesen war. Schon bevor sie zu reden begann, wußte Duniya, daß sie eine Dummheit beging; aber dennoch fragte sie: »Aber warum ist sie gegangen?«
Da gab es Aufruhr. Die zur ambulanten Behandlung gekommenen Frauen beschwerten sich lautstark, einige erhoben sich, andere versuchten die Lage zu beruhigen, indem sie die anderen wieder zum Hinsetzen drängten. Während einer kurzen Ruhephase verlangte eine von ihnen, es solle jemand anderes kommen und den Nummernaufruf beschleunigen, da die Frau (damit war Duniya gemeint) den Kopf in den Wolken habe.
Hibo, eine Oberschwester, kam mit einer Stationsschwester heraus auf die Veranda und besprach sich kurz mit Duniya, die sie erst verständnislos ansah, weil sie von ihrem eigenen Benehmen verwirrt war. Sie brachte nur heraus: »Ja, bitte.«
Fragen pochten in ihrer Stirn und ließen die Adern rasch anschwellen. Doch bald hatte sie sich wieder gefangen und sah den Ratsuchenden zu, wie sie einander stupsten und traten, während sie näher an Hibo und die Stationsschwester heranzukommen versuchten. Die große Frau war tatsächlich Nummer achtzehn; Duniya zügelte ihre Neugier, hielt die Bitte zurück, ihr die junge Frau mit der Nummer siebzehn zu beschreiben. Als die stämmige Frau Bescheid bekommen hatte, wo sie warten sollte, hatten die beiden

Schwestern, die Duniya ersetzt hatten, die aufgebrachten Frauen in beschwichtigte Grüppchen verwandelt.
Nachdem sie diesen Teil der Formalitäten beendet hatten, fragten die Schwestern einander: »Was ist heute mit Duniya los?« Duniya saß abgekapselt in vormittäglichen Träumereien versunken da.
Insgesamt befanden sich acht Schwestern in dem Saal neben dem Sprechzimmer des leitenden Gynäkologen: sechs Stationsschwestern und zwei Oberschwestern, nämlich Duniya und Hibo. Je zwei Schwestern teilten sich einen kleinen Tisch, die Oberschwestern hatten allerdings jeweils einen für sich. Sie redeten, während sie die Angaben der Patientinnen notierten, die sich entfernten, sobald sie die benötigten Informationen gegeben hatten. Die ausgefüllten Patientenblätter kamen dann entweder zu Duniya oder Hibo zum Abzeichnen.
Duniya saß in sich gekehrt, zog die Backen ein; ihr Körper schien sich seit heute morgen verändert zu haben, so wie der Leib einer Schwangeren sich den neuen Bedingungen anpaßt. Ihre Gedanken trieben haltlos dahin, als sie halb auf die Stimmen der anderen Schwestern lauschte. Immer wieder erhaschte sie Laute, die eindeutig nach ihrem Namen klangen, aber das meiste trieb ungehört an ihr vorbei. Die Schwestern führten ihre Gespräche leise, doch ihre Bewegungen waren präzise und eigenartig gehetzt, sie gingen ihrer Arbeit mit der beflissenen Routine von zehn Menschen nach, die eine Arbeit für fünfzehn erledigten.
An Duniya richteten die Schwestern freundliche, neugierige Anfragen, was ihr denn fehle, und fragten, ob sie irgendwie helfen könnten. Sie versicherte ihnen, ihr fehle nichts; es sei wirklich alles in Ordnung. Als einige darauf beharrten, sie solle sich ihnen doch anvertrauen, weil sie als Kolleginnen ein Recht darauf hätten, etwas zu erfahren, deutete Duniya an, es handle sich um eine leichte Unpäß-

lichkeit, nichts Besorgniserregendes. Ehrlich. Da sagten sie dann nichts mehr, aus Angst, sie zu verstimmen. Schließlich mochten sie Duniya.

Außer Reichweite von Duniyas Ohren kamen die Schwestern zu der einhelligen Meinung, daß ihre Sorgen in Zusammenhang stehen müßten mit einem ihrer Kinder oder mit persönlichem Frust aufgrund der Tatsache, daß sie, auf Mitte Dreißig zugehend und bereits zweimal verheiratet, keine Aussicht hatte, wieder einen Mann zu finden, und ihre Kinder allein aufziehen mußte. Die Schwestern waren sich einig, daß Duniya den Eindruck vermittele, Geheimniskrämerei sei ein Luxus, für den sie hübsch zu zahlen bereit sei. Bis auf Hibo hielten sie respektvoll Abstand.

Hibo sagte im Näherkommen etwas, das Duniya nicht mitbekam. Hibo hatte die Angewohnheit, im Verschwörerton zu reden, als würde sie den Umsturz eines afrikanischen Diktators planen. Nun zitterten ihre Lippen, zuerst die obere, dann die untere, woraufhin sie diese nacheinander kratzte, als hätte ein Insekt sie gestochen.

Nach einer Pause bat Duniya sie, zu wiederholen, was sie gesagt hatte. Aber sie wußte sehr gut, daß Hibos quecksilbriges Hirn imstande war, sich etwas völlig Neues auszudenken, anstatt das zu wiederholen, was sie gesagt hatte – sie mochte sogar die Aussage verweigern, punktum.

Hibo klammerte sich an jede Silbe, als würde das Loslassen bedeuten, daß damit gleichzeitig ein Teil ihres Innenlebens sie verließ. Zögernd sagte sie: »Ist es Nasiiba, die dir solchen Kummer macht?«

»Warum sollte sie?« fragte Duniya, die es für absurd hielt, daß ihre Tochter ihr irgendwelche Sorgen bereitete.

»Ich hab nur gefragt«, meinte Hibo ziemlich einfältig.

»Nein«, sagte Duniya nachdrücklich.

Hibos braune Augen wurden noch eine Spur dunkler, als sie überlegte, was sie als nächstes sagen sollte. Dann: »Ich wollte nur fragen, ob es Nasiiba gutgeht.«

Besorgt, aber auch verstimmt, sagte Duniya mit einem halben Seufzer: »Soweit ich weiß, ja.« Aber sie war mit ihrer eigenen Antwort nicht zufrieden.
»Wann hast du das letzte Mal Nasiiba gesehen oder gesprochen?« fragte Hibo in einem Tonfall, der von der Bedeutsamkeit eines Geheimnisses erfüllt war, das nur sie kannte.
Duniya war von dieser Frage verstört. Es gab ihr einen Stich, daß Hibo etwas über Nasiiba wissen könnte, das sie als Mutter des Kindes nicht wußte. Sie meinte: »Sag mir, was du weißt und ich nicht.«
Wieder zuckten Hibos Lippen, Verstörung tanzte um ihre Mundwinkel. Als sie Zuversicht gewonnen hatte, meinte sie: »Nasiiba kam gestern nachmittag hier bei uns vorbei. Sie hat blaß ausgesehen, ziemlich krank. Ich hab sie gefragt, was ihr fehlt. Sie wollte es nicht sagen, aber später hat sie meiner Tochter erzählt, sie sei beim Blutspendedienst in unserem Viertel gewesen und habe sich Blut abzapfen lassen.«
»Warum?« fiel Duniya als einzige Frage ein.
Hibo schüttelte den Kopf.
Duniyas Miene wurde steif. Ihr Mund öffnete sich, ohne daß ein Ton herausdrang. Dann erinnerte sie sich, daß sie das späte Heimkommen der sichtlich müden, gähnenden und ihrem Bruder Mataan ein »Laß mich in Ruhe« zuzischenden Nasiiba gestern nacht verstört hatte.
Duniya wollte gerade etwas sagen, als sich in der Halle ein ehrfürchtiges Schweigen breitmachte. Aus Hibos Bewegungen schloß sie, daß endlich Dr. Mire eingetroffen war. Dr. Mire M. Mire, leitender Gynäkologe der Entbindungsklinik Benaadir, hatte kaum den Saal betreten, als er Duniyas Miene bemerkte. Er blieb stehen, vergewisserte sich mit einem zweiten Blick, daß seine Lieblingsoberschwester nicht ihr gewöhnliches sprühendes Selbst war. Da stand er, groß, dünn und scheu in seinem weißen Kittel mit dem fehlenden Knopf. Er bemerkte stumm Veränderungen

an ihr, so abrupt wie der Einbruch der Nacht in den Tropen.
Duniya stand auf und war sich augenblicklich bewußt, daß alle ihr zusahen. Erst rang sie mit einem Standardlächeln, brachte dann aber doch eines zustande, das sie Dr. Mire in echter Frische offerierte. Er schien erfreut, so als hätte er dabei Geburtshilfe geleistet. Sein Instinkt sagte ihm, lieber nicht zu fragen, was heute mit ihr los sei.
Er begrüßte die anderen Schwestern der Reihe nach mit ihrem Namen und deutete an, daß er bereit sei, sich augenblicklich an die Arbeit zu machen. Mit Hibo und Duniya an seiner Seite und einer Schwester im Schlepptau strebte er seinem Sprechzimmer zu.
Dr. Mire achtete streng auf seine Gewohnheiten; er entwickelte lieber eine intime Beziehung zu Ritualen als zu Menschen. Er geriet leicht aus dem Häuschen, wenn Kleinigkeiten nicht klappten, was in einem Land wie Somalia mit bestürzender Häufigkeit vorkam. Wenn er besonders aufgebracht war, führte das zu Niedergeschlagenheit. Um sicherzustellen, daß die Welt um ihn nicht in Stücke fiel, verließ sich Dr. Mire auf Duniya, die es bei der treuen Beachtung der Details dieser Riten nie an Feingefühl fehlen ließ. Er konnte sich nicht vorstellen, ohne sie an seiner Seite in Mogadischu zu arbeiten, da sie ihm zu einem besseren Verständnis seiner persönlichen Mängel verhalf und ihm beibrachte, tolerant, verzeihend und verträglich zu sein.
»Was haben wir hier?« fragte er, als er das Patientenblatt von der Schwester erhalten hatte.
Sie befanden sich zu fünft in seiner engen Kammer, nahmen so gut wie jeden Zentimeter davon in Beschlag. Duniya hielt sich abseits von den anderen, lehnte mit dem Rücken am Schreibtisch, während Hibo und die andere Schwester ihn umringten und jedes Wort aufschnappten, das er fallenließ. Als er die Schwangerschaftsakte der Frau studiert hatte, stellte er der Patientin einige Fragen, die sich

zur Beantwortung aufrichtete, vielleicht zum Zeichen der Ehrfurcht.

Dann geschah es.

Duniyas Ungeschick lief Amok. Mit der Hand stieß sie an einen Glasbehälter, in dem Kulis, Bleistifte und Reservethermometer aufbewahrt wurden, und schmiß ihn um. Sehr geräuschvoll. Hibo und die andere Schwester bückten sich zusammen mit Duniya, um die verstreuten Sachen aufzuheben. Doch danach blieb Duniya abseits stehen, ergab sich dem Nichtstun und schwieg.

Etwas aus dem Konzept gebracht, nahm Dr. Mire die Routinebefragung wieder auf und war um so irritierter, als er entdeckte, daß die Antworten der Frau dem widersprachen, was auf dem Patientenblatt stand. Er schaute nach, wer das Blatt abgezeichnet hatte. Duniya. Dr. Mire machte sich daran, die Patientin zu untersuchen. Als er sich dazu herabbeugte, wirkte er gelöster, sein Körper gebückt wie der eines Betenden an einem Schrein. Schwangere übten diese Wirkung auf ihn aus.

Doch augenblicklich zuckte er wieder hoch, straffte seinen Rücken. Sein Stethoskop baumelte herab und schlug gegen die Gürtelschnalle an seiner Hose. Er holte seine Lesebrille aus der Brusttasche und bekam in seine ausgestreckte Hand von der Stationsschwester einen Kugelschreiber gelegt. Dann blickte er von Duniya zur Patientin und von der Patientin wieder zurück zu Duniya, als müsse er sich erst noch entscheiden, wen er zuerst ansprechen sollte.

Die Frau meldete sich. »Ich bin schuld, Doktor, nicht die Schwester. Ich habe gelogen.«

»Und das ist auch nicht dein Blatt?«

»Das stimmt.«

Dr. Mire wartete darauf, daß die Frau sich erklärte.

»Ich weiß, daß ich mich mit Gonorrhöe angesteckt habe, Doktor«, sagte die Frau mit tränenerstickter Stimme, obwohl ihre Augen trocken blieben. »Ich habe gelogen, weil ich in Gegenwart der anderen Frauen draußen nicht die Wahrheit sagen konnte.«

Dr. Mire schwieg.

»Ich bin wegen meines Babys gekommen, Doktor«, sagte sie.

Dr. Mire war wieder die Ruhe selbst; es schien so, als könne keine aufreibende Gemütsstimmung ihm ihren Willen aufzwingen, obwohl kurz zuvor noch Flammen des Zorns in seinen Augen aufgetaucht waren, Flammen, welche die anderen Schwestern auf den Gedanken brachten, sie könnten seinen ganzen Körper in Brand setzen.

»Was ist mit deinem Baby?« fragte er die Patientin.

Die Stimme der Frau versagte fast, als sie antwortete: »Es war mein rechtmäßiger Ehemann, der mir die Gonorrhöe verpaßt hat, Doktor. Ich habe keinen anderen Mann gekannt, Doktor, das schwör ich. Ich war bis ins Mark meiner Knochen schockiert, als ich die krankhaften Flecken an seiner Unterwäsche entdeckte.«

In ihrer Verlegenheit wirkte Hibo zu aufgewühlt, um die Frau anzuschauen. Duniya setzte eine heiter unbeteiligte Miene auf, wie um zu sagen, daß sie ihre eigenen Sorgen hätte. Der Blick der anderen Schwester wurde verschwommen. Dr. Mire war über sich selbst wütend, daß er die Frau seit längerem nicht untersucht hatte.

»Du mußt wissen, Doktor«, sagte diese, »mein Mann schleppt Sachen in unser Haus, gute und böse Sachen. Bitte hilf mir und meinem Baby.«

Dr. Mire nickte.

»Wird mein Baby blind werden, Doktor?« Jetzt kamen die Tränen.

Dr. Mire besänftigte sie. Er rückte die Lesebrille auf den Nasenrücken und schrieb nach kurzer Überlegung etwas auf einen Block, der das Logo und den Namen der Klinik in Somali, Chinesisch, Arabisch und Englisch aufgedruckt hatte, in dieser Reihenfolge. Er kritzelte noch etwas

Kurzes und Grundlegendes als Postskriptum und unterzeichnete seine Anweisungen mit einem großen M, dessen Mittelteil kürzer war als die beiden flankierenden Beine.
Und dann passierte es ein zweites Mal.
Diesmal gab es einen nervenaufreibenden Lärm wie von etwas Schwerem, das auf den Boden fällt und sofort zerbricht. Alle drehten sich um, alle Augen richteten sich auf Duniya, deren unschuldiges Grinsen sie als die Missetäterin auswies. Ein schwerer gläserner Briefbeschwerer war mitsamt einem vollen Becher Wasser heruntergefallen, und schon schoß die Flüssigkeit wie in aufgelöster Panik fliehende Ameisen in alle Richtungen. Hibo und die andere Schwester hoben Dr. Mires Papiere so schnell es ging auf, auch Duniya half, aber nicht so, als hätte sie irgend etwas angestellt. In Dr. Mires Augen war keine Feindseligkeit. Er behandelte sie so, als wäre sie ein Familienmitglied, das sich ungeschickt benommen hatte; in seinem Blick war nur so viel Wut enthalten, um gerade mal einen Fingerhut damit zu füllen.
Als sie der Schwangeren auf die Beine geholfen und ihr Dr. Mires Rezept gegeben hatten, verließen die Stationsschwester und Hibo rücksichtsvoll den Raum, da sie überzeugt waren, daß Dr. Mire ein Wörtchen mit Duniya reden wollte.
Als sie allein waren, sagte Dr. Mire: »Möchtest du heute lieber freinehmen, Duniya?«
Ihre Lippen zitterten, als sie sagte: »Warum?«
Mire hob den Blick, dann schob er die Brille auf die Stelle hoch, wo sich sein Haar allmählich lichtete. Er wirkte älter als fünfundvierzig, aller Energie beraubt. Nach einem zwanzigjährigen Auslandsaufenthalt war er nach Somalia zurückgekehrt. Er war hauptsächlich in Westdeutschland gewesen, wo er studiert hatte, und dann in den USA, wo er seine Praktika absolvierte und daraufhin eine eigene Apotheke samt Praxis führte. Er war heimgekommen, um der Regierung und seinem Volk seine Dienste anzubieten, wo-

bei er kein Geld annahm, nur eine bescheiden möblierte Wohnung in günstiger Lage. Er war ein Schulfreund von Bosaaso, und es ging das Gerücht, daß die beiden Männer den jeweiligen Ministerien, denen sie unterstanden – Gesundheit und Wirtschaft – gleichlautende Dienstangebote gemacht hatten.

Duniya sagte: »Warum fragen mich alle, ob es mir gutgeht?«

»Wenn eine Anzahl von Menschen dich fragt, ob es dir gutgeht, ist das womöglich eine Art, dir durch die Blume zu sagen, daß es dir nicht so gutgeht.«

»Aber mir geht es gut«, erwiderte sie.

In den achtzehn Monaten, die er Duniya nun kannte, konnte sich Dr. Mire an keine einzige Gelegenheit erinnern, bei der er mit ihrer Pflichterfüllung oder ihrem allgemeinen Benehmen nicht zufrieden gewesen war. Er zog sie allen anderen Schwestern vor, da er glaubte, sie hätte die geistige Kraft, das zu tun, was ihr Gewissen ihr sagte. Sie wurde mit Notfällen gut fertig und geriet genauso wie Hibo dabei nicht in Panik; er konnte sich darauf verlassen, daß sie ruhig und professionell blieb. Ob er es sich nun eingestand oder nicht, die Tatsache, daß er mit Duniyas älterem Bruder, der gegenwärtig in Rom lebte, befreundet war, hatte einen positiven Einfluß auf ihr Arbeitsverhältnis.

»Sei zur Abwechslung mal mein Spiegel«, meinte sie, »und sag mir, was ich übersehen habe.«

Er sagte: »Du bist heute leicht reizbar.«

»Woran erkennst du das denn?«

»Ich spüre, daß du überall ganz wund bist«, meinte er.

»Im Gegenteil«, lächelte sie, »heute bin ich überhaupt nicht reizbar.«

»Ich werde das näher erläutern«, meinte er.

Ihr Blick wollte nicht klar werden. »Wird das jetzt eine Psychoanalyse?«

»Wieso hast du zum Beispiel nicht deine Uniform angezogen?«
Duniyas Trotz wich, denn nun war sie auf ihre Kolleginnen wütend. »Aber warum hat mir das niemand gesagt?«
»Muß es dir normalerweise jemand sagen?«
Duniya schwieg. Sie wollte nicht von ihrem Traum erzählen oder von ihrer zufälligen Begegnung mit Bosaaso, der sie zur Arbeit gefahren hatte.
Dr. Mire, der offensichtlich den leeren Blick in ihren Augen mißdeutete, sprach weiter. Er verfiel in einen Jargon. »Was Uniformen angeht – ich möchte nicht, daß du mich mißverstehst. Ich bin mir der Klassengrenze wie auch der Geschlechterordnung in Krankenhäusern wohl bewußt, in denen Uniformen eine hierarchische Abstufung signalisieren, insbesondere in Kliniken, in denen alle Ärzte männlich und alle Schwestern weiblich sind. Darauf wolltest du doch nicht etwa aufmerksam machen?«
Sie dachte einen Augenblick nach, dann leuchteten ihre Augen vor Verschmitztheit auf, als ihr die Begegnung mit Bosaaso einfiel. »Vielleicht.«
»Sollen wir jetzt oder ein andermal darüber reden?«
»Ein andermal«, sagte sie. »Dafür haben wir doch alle Zeit der Welt, oder?« Sie grinste in sich hinein.
»Wenn das so ist – sollen wir dann die Arbeit wiederaufnehmen? Und würdest du bitte deine Hand im Zaum halten und sie daran hindern, das ganze Universum durcheinanderzuwirbeln?«
Sie entfernte sich ohne Anweisung dazu und informierte Hibo und die andere Schwester, daß Dr. Mire bereit sei, die Konsultationen fortzusetzen. Aber sie schlüpfte nicht in ihre Uniform.
Sie schwor sich, daß ihre Hand von nun an nichts mehr umwerfen würde, und so war es auch. Da sie Dr. Mire versichert hatte, daß mit ihr alles in Ordnung war, mußte sie es ihm nun unter allen Umständen beweisen.

Es war eine anstrengende Pflicht, nicht an Bosaaso zu denken, da Dr. Mire sie beständig an ihn erinnerte. Auch fand sie es fast unmöglich, sich, immer wenn sie mit Hibo zu tun hatte, keine Selbstvorwürfe wegen Nasiiba zu machen. Da eins zum andern führte, rief sich Duniya die Ambulanzpatientin in den Sinn, die davon gesprochen hatte, daß ihr Mann ihr die Gonorrhöe verpaßt habe, ein Mann, der ins Haus sowohl gute wie böse Sachen brachte, wie die Frau gesagt hatte.

Hartnäckig erschien ihr Bosaaso immer wieder, nahm verschiedene Gestalten an, trat geheimnisvoll in allen möglichen Verkleidungen auf. Trotzdem blieb ihre Hand ruhig, und sie arbeitete neben Dr. Mire und ihren Kolleginnen, ohne noch etwas umzuwerfen. Doch es blieb auffällig, daß sie keine Uniform trug. Da sie sich so behend und flink bewegte, wurde sie von einer der einfachen Stationsschwestern mit einem aufgeregten Schmetterling verglichen, der von einer bestäubten Blüte zur nächsten flattert. Bosaasos Name lag ihr auch noch auf der Zunge, als eine ihrer Freundinnen sie fragte, wie sie später heimkommen würde, da der öffentliche Verkehr lahmgelegt war. Doch kaum hatte die erste Silbe seines Namens ihre Lippen geneckt, als sie schon den Mund schloß und verstummte.

Der Rest des Tages war Routinearbeit; Schwangere erkundigten sich nach dem Gesundheitszustand ihrer Föten, die eine klagte über Schlaflosigkeit, die andere über mangelnden Appetit. Dr. Mire blickte meistens auf das Patientenblatt, dann auf die jeweilige Frau und fragte hin und wieder – die Lesebrille wie den Gebetsschal eines gläubigen Muslims als Zierde auf seiner Stirn – nach der Bettensituation im Fall einer Notaufnahme. Mal mit und mal ohne Brille und Handschuhe, die Hände mal glitschig, mal trokken von dem beständigen Kontakt mit Seife und alkalisch behandeltem Leitungswasser, war Dr. Mire stets bereit, noch eine Untersuchung durchzuführen. Duniya benahm sich wie eine dem Unterricht ferngebliebene Schülerin, mit welcher der Schulleiter ein ernstes Wörtchen geredet hatte.

Nur einmal war sie nahe daran, etwas umzuwerfen, da sie den heißen Wind ihrer Wut wie den Schatten einer wandernden Wolke übers Gesicht streichen fühlte. Das ergab sich, als Dr. Mire ihrer Meinung nach eine Patientin demütigte, indem er darauf bestand, sie solle nächste Woche in Begleitung ihres Ehemannes, ihrer Mutter oder Schwiegermutter – »jemand Verantwortlichem«, wie er sagte – wiederkommen. Warum? Der Frau waren nach jeder Geburt die Schamlippen wieder vernäht worden. Was würde er denn durch ein Gespräch mit dem Ehemann erreichen? Die arme Frau war aus eigenem Antrieb hergekommen, um Dr. Mire wegen einer Komplikation zu konsultieren, die von der an ihr begangenen Greueltat herrührte. Sie war noch nicht einmal Mitte Zwanzig, war dreimal verheiratet gewesen, zweimal mit demselben Mann, der seine Frauen gern infibuliert mochte. Diese barbarische Handlung hatte die Geschlechtsteile der Frau in einen unmäßig ausgebeuteten Steinbruch verwandelt. Als Duniya ihre Meinung gesagt hatte, revidierte Dr. Mire die Anweisungen an die Frau. »Kommen Sie nächste Woche allein wieder«, sagte er.

Bald war Feierabend, und die Schwestern waren allein im Saal, nachdem Dr. Mire und alle Ambulanzpatientinnen gegangen waren. Das Gespräch drehte sich wieder darum, wie schlimm alles war, und um die dringlichste Frage, die den Tagesrefrain bildete: »Wie kommen wir heim, wenn keine öffentlichen Verkehrsmittel fahren?«

Eine der Schwestern meinte: »Ich seh das so: Mogadischu ist wie eine Stadt, die sich auf eine frühe Ausgangssperre vorbereitet – ganz selten ein Auto auf den Straßen, aber dafür Ströme von Fußgängern, die über die Ufer treten und manchmal die Hauptstraßen überfluten.«

Eine andere: »Kein Strom, kein Wasser, kein Brot gebakken, keine Zeitungen.«
Eine dritte sagte: »Erinnert sich noch jemand an die Zeit, als in Mogadischu der Strom für etliche Tage ausfiel? Ich hatte in der Woche gerade meinen Abschluß gemacht und war hier eingestellt worden. Wißt ihr was? Das Licht fiel gerade mitten in einer Entbindung aus. Wir waren bloß zwei eben erst ausgebildete Schwestern, und kein Arzt erreichbar. Meine Kollegin und ich zogen am falschen Ende, ein Wunder, daß Mutter und Kind überlebten.«
In der sich anschließenden Stille verspürte Duniya plötzlich Dankbarkeit gegenüber den Chinesen, da ihr einfiel, daß die Volksrepublik China die Entbindungsklinik Benaadir für die Bevölkerung Somalias erbaut und gestiftet hatte. Die Bescheidenheit der Stifter war wirklich beispielhaft. Kein Pomp, keine Girlanden nach dem Motto ›Schaut-wie-toll-wir-sind‹. Irgendwo auf dem Gelände der Klinik war eine diskrete Tafel angebracht, auf der Tag, Monat und Jahr standen, in dem sie in Dienst gestellt wurde und von wem. Die chinesischen Ärzte, die sozusagen im Geschenkpaket enthalten waren, machten hier noch ihre Runden, sprachen sanft und kurzatmig, wenn sie somalisch redeten, und blieben bescheiden. Im Gegensatz zu den italienischen und holländischen Ärzten, die von ihren Regierungen als überteuertes Hilfspaket der EU hierher abkommandiert waren, besaßen die Chinesen keine Autos. Sie kamen in einem Kleinbus zur Arbeit, in dem sie abends in ihr Wohnquartier zurückfuhren. Und im Gegensatz zu den Ärzten (einschließlich Dr. Mire), die ihre eigenen Fahrzeuge hatten, nahmen die Chinesen Schwestern mit, die in derselben Schicht wie sie arbeiteten. Und so schlug Duniya vor, daß die anderen Schwestern doch ihr Glück bei den Chinesen versuchen sollten.
Eine vierte Schwester sagte: »Benzinknappheit, Stromaus-

fälle oder der Zusammenbruch der öffentlichen Verkehrsmittel lassen sich nur als doppelter Fluch für Frauen sehen.«
Die Schwester, die zuerst gesprochen hatte, fragte: »Wie meinst du das?«
»Einerseits verschafft das Männern, die uns gegenüber unfeine Absichten hegen, unerhörte Vorteile; andererseits ist eine Frau, wenn sie sich weigert, der Verführung durch Mitfahren nachzugeben, der Gefahr ausgesetzt, in einer dunklen Gasse vergewaltigt zu werden.«
Duniya zog die linke Augenbraue etwas hoch und beugte den Kopf zu Hibo, die ihrer Freundin etwas ins Ohr flüstern wollte. »Möchtest du, daß mein Mann dich nach Hause fährt?« fragte diese. Immer wenn in Mogadischu der Strom ausfiel, schmissen Hibo und ihr Mann ihren tragbaren Generator an, einen handlichen Lichterzeuger und ein Statussymbol heutzutage, der half, Straßenräuber und Einbrecher in Schach zu halten.
»Bietest du nur mir eine Mitfahrgelegenheit an?« sagte Duniya.
Hibo nickte.
»In diesem Fall nein, danke«, erwiderte Duniya.
Die übrigen Stationsschwestern und Schwesternhelferinnen hatten den kurzen Austausch zwischen Duniya und Hibo gehört. Eine der Schwestern, die nahe bei der Klinik wohnte, sagte erst zu keiner bestimmten und dann einzeln zu jeder Schwester außer Hibo, die sie absichtlich überging, daß ihre Großmutter mehr als erfreut wäre, wenn sie alle kämen und bei ihnen logierten. »Ich biete unsere Gastfreundschaft denjenigen an, die weit weg wohnen und lieber nicht zu Fuß gehen möchten.«
Drei Schwestern und eine Helferin nahmen dankbar das Angebot an. »Was ist mit dir, Duniya?« fragte die glückliche Gastgeberin der Schwesterngemeinschaft.
»Nein danke, ich gehe«, sagte Duniya, die ihre Worte her-

unterspulte, vielleicht weil ein Teil ihrer Gedanken mit Erinnerungen an das Zusammentreffen mit Bosaaso beschäftigt war.

Zwei Schwestern verkündeten, sie würden ihr Glück bei den chinesischen Ärzten versuchen. Ob Duniya sich ihnen anschließen wolle?

»Sehr nett von euch, aber ich gehe zu Fuß«, beharrte sie.

Als alle gegangen waren, schlüpfte Duniya in ihre Uniform. Warum sie das tat, blieb selbst ihr schleierhaft.

Es war fast fünf Uhr, als sie aus der Klinikpforte trat. Sie war heute als erste dort angekommen, also war es nur richtig, daß sie als letzte ging, redete sie sich ein. Doch nun erhob sich eine Frage fast so beharrlich wie die Gedanken an Bosaaso. Warum hatte sie sich entschieden, ihre Uniform anzuziehen, wenn sie die Arbeit verließ? Duniya brauchte nicht daran erinnert zu werden, daß afrikanische Männer Krankenschwestern oft als leichte Beute betrachteten, die viel Spaß versprachen und daher zu orgiastischen Partys eingeladen wurden. Oder hegte sie den naiven Glauben, daß Männer nicht daran interessiert wären, eine Frau in ihrer Arbeitskleidung zu belästigen?

Sie war kaum dreihundert Meter von der Klinik entfernt, als ein Mann in einem Sportwagen sie ansprach: »Ich glaube, du und ich, wir wollen beide in dieselbe Richtung.«

Zum Glück waren noch andere Leute in der Nähe und es bestand keine Gefahr, daß sie belästigt werden würde. Dennoch war sie verärgert. Sie wollte schon sagen: »Und wo sollte das hingehen?«, entschied aber schließlich, sich nicht auf sein Denkniveau herabzulassen.

Er sagte: »Warum steigst du nicht ein?«

»Warum sollte ich?« fragte sie, neugierig, was er darauf antworten würde.

»Weil ich dir einen Gefallen tun möchte.«

»Warum?«

»Ich nehme dich mit und belohne dich dann mit weiteren Geschenken.«
»Aber ich habe dich nicht um einen Gefallen oder darum gebeten, mich mitzunehmen oder mir Geschenke aufzuhalsen, kapiert?«
»Du bist dumm, wenn du es nicht tust«, meinte er.
»Laß mich in Ruhe«, sagte sie in so feindseligem Ton, daß er davonfuhr.
Sie ging in einem Pulk von Fußgängern mit, der geschlossen die Straßen überquerte und sich von Kreisverkehren fernhielt, wo Motorradfahrer gern parkten und darauf warteten, Frauen zu überfallen und zu vergewaltigen.
Dann stellte Duniya fest, daß sie auf ein Bild starrte, das sich aus Kreisen und Punkten zusammensetzte, die bunt erstrahlenden Glühbirnen ähnelten. Hatte sie jetzt Visionen? Bevor sie das beantworten konnte, war Bosaaso da, rief ihren Namen und öffnete die Taxitür für sie. Erst achtete sie nicht darauf. Ein Teil von ihr war überzeugt, daß sie sich das alles einbildete, es aus ihrem fieberhaften Verlangen, mit Bosaaso zusammenzusein, hervorzauberte. Dann kam der Mann aus dem Auto und verbeugte sich. Bevor sie einstieg, befühlte Duniya das Fahrzeug mit den Handflächen, ob es auch wirklich vorhanden war, und bereitete ihren Verstand auf einen zukünftigen Zeitpunkt vor, zu dem sie sich eventuell fragen müßte, ob Bosaaso wegen ihr hergekommen und sie dann einfach mit ihm mitgegangen war. Wie seltsam das menschliche Gehirn funktionierte. Sie stieg ein.
»Ich bin zufällig hier vorbeigefahren und hab dich gesehen«, sagte er.
Sie wünschte sich, sie könnte ihre zornigen Gedanken so verscheuchen, wie jemand am frühen Abend Insekten vertreibt. »Warum lügst du mich an, Bosaaso?« fragte sie.
Er fuhr mit stummer Gründlichkeit wie ein Fahrlehrer, der einer Fahrschülerin ein Beispiel gibt. Und sie bekam ein

Lächeln mit, das vielleicht für sie bestimmt war, aber verging, bevor es richtig ausreifte, womöglich ein Ergebnis ihrer unerwarteten Frage. »Warum meinst du, ich würde dich anlügen?« wollte er wissen.
Duniya versank in tiefes Schweigen, das sie eine ganze Weile umfangen hielt. Als sie daraus wieder auftauchte, sagte sie: »Was soll diese Abholerei, Bosaaso? Bitte sag die Wahrheit.«
»Warum läßt du dich von mir abholen?« fragte er zurück.
»Das ist eine dumme Frage, da dein Angebot meiner Annahme oder Ablehnung vorausgeht. Meine Annahme des Geschenks der Fahrgelegenheit ist selbst ein Gegengeschenk. Darf ich nun also fragen, warum du mein Geschenk annimmst?«
»Warum zögerst du, etwas von anderen anzunehmen?«
»Weil unerbetene Großzügigkeit etwas an sich hat, das einem das Gefühl gibt, verpflichtet zu sein, gefangen in einem Labyrinth der Abhängigkeit. Du kennst dich in diesen Dingen besser aus, aber haben wir in der Dritten Welt nicht unser Selbstvertrauen und unseren Stolz gerade wegen der sogenannten Hilfe verloren, die wir ungefragt von der sogenannten Ersten Welt empfangen?«
Schließlich erschien auf seinem Gesicht ein fließendes Lächeln, so träge wie auslaufendes Eiweiß, und er sagte nur: »Es zieht mich zu dir.«
Erst als er einparkte, merkte sie, daß sie vor ihrem Haus standen. Woher wußte er, wo sie wohnte? Sie lud ihn nicht ein und schlug auch kein weiteres Treffen vor. Geschichten verfolgen Zuhörer in ihre Verstecke, sagte sie sich. Bosaaso war ihre Erzählung geworden.
»Danke«, sagte sie.
Er blendete das Licht voll auf und zog damit frühe Nachtfalter an, die hektisch tanzten und in irrer Unruhe gegen die Scheinwerfer stießen.

»Dann gute Nacht«, sagte er, setzte zurück und verschwand.
Sie winkte ihm nicht zu.

MOGADISCHU (SONNA, MITTWOCH)
Über ein Dutzend Länder der Dritten Welt haben die Annahme von Molkereiprodukten der EU als Teil einer Entwicklungsspende verweigert. Diese Produkte, darunter Butter und Milch, sind an die Gebernation zurückgeschickt worden, weil sie aufgrund des Reaktorunfalls in Tschernobyl im Verdacht stehen, radioaktiv verseucht zu sein. Die Demokratische Republik Somalia schließt sich den Ländern an, die diese Produkte zurückschicken. Minister der EU beteuern jedoch, daß der Radioaktivitätsgehalt in diesen Molkereiprodukten so gering ist, daß er keinen Anlaß zur Besorgnis oder gar eine gesundheitliche Gefährdung darstelle.

3

Duniya verzehrt ein von ihrer Tochter Nasiiba zubereitetes Essen, und die beiden ergehen sich in Erinnerungen. Die junge Frau erinnert sich an ihre Kindheit, an die Zeit, bevor Duniya ihren letzten Mann Taariq heiratete; Duniya erzählt von ihrer Heirat mit dem Vater ihrer jüngeren Tochter.

Einen schwachen Nachhall von Bosaasos Stimme noch im Ohr, drückte Duniya die Haustür auf. Genau in dem Augenblick gab es wieder Strom, und sie verspürte einen Anflug von Freude. Doch sie blieb an der Schwelle stehen, einem Fußgänger ähnlich, der sich anschickt, eine gefährliche Hauptverkehrsstraße zu überqueren. Dann aber hörte sie, wie eine Musik nach zögerlichem Start an Tempo und Lautstärke gewann. Also mußte Nasiiba zu Hause sein; der aus der Küche dringende Knoblauchdunst bestätigte ihr, daß ihre Tochter tatsächlich da und mit Kochen beschäftigt war.

In ihrer aufgeregten Hast verlor Duniya einen Schuh. Daraufhin bewegte sie sich ungleichmäßig wie eine Hyäne, deren Hinterläufe kürzer sind als die Vorderläufe. Sie schaltete den Plattenspieler ab, sicher, daß die Stille Nasiiba augenblicklich ins Zimmer treiben würde. Sie blieb sitzen und wartete, zu keiner Entschuldigung bereit.

Schlank und nach Duniyas Meinung etwas anämisch aussehend, eilte Nasiiba herein, bereit, Streit mit ihrem Zwillingsbruder anzuzetteln, den sie im Verdacht hatte, den Plattenspieler abgestellt zu haben. Ihr Blick wurde aber gleich sanfter, und sie grinste, als sie sah, daß es ihre Mutter war. Nasiiba trug ein übergroßes Gewand, einem Kimono ähnlich. Duniya konnte die Wölbungen ihrer Brüste und ihres Bauchs sehen.

»Du bist das also!« sagte die junge Frau.

Duniya lächelte breit.
Nasiiba ging hin, um die Regler am Plattenspieler abzudrehen, da nun wieder Strom da war. Danach schob sie die Platte zurück in ihre Hülle. Duniya wußte genau, wie sehr ihrer Tochter dieser geschätzte Apparat am Herzen lag, der ungefähr zur selben Zeit gekauft worden war wie das Fahrrad ihres Zwillingsbruders, für das er den gleichen Besitzerstolz empfand.
Das Zimmer, in dem sie sich befanden und das sie teilten, wurde das »Frauenzimmer« genannt. Darin befanden sich zwei große Eisenbetten mit Sprungfedern. Das von Nasiiba war am größeren Fenster. Darauf lag gerade ein Kamm mit fettigen Zähnen und darunter eine Schultertasche mit dem Emblem von Somalia Airlines. Duniyas Bett, näher an der Tür, war sorgfältig gemacht und von einer breiten Decke überzogen. Unter ihm war ein Klappbett verstaut, auf dem ihre jüngere Tochter Yarey schlief, wenn sie an den Wochenenden zu Besuch kam.
Nur Mataan hatte den Schlüssel zum anderen Zimmer, das er mit einem Sicherheitsschloß versehen hatte. Das »Frauenzimmer« hatte eines jener billigen Schlösser, das ein Einbrecher mit einer Haarnadel knacken konnte – Nasiiba hatte die unverzeihliche Angewohnheit, Schlüssel zu verlieren, und Duniya war es leid geworden, immer neue Sicherheitsschlösser anzubringen. Deswegen lagerten alle Wertgegenstände der Familie – Dokumente, Bargeld und Schmuck – im »Herrenzimmer«, wo es einen Safe mit einem Kombinationsschloß gab. Doch Nasiiba wollte ihren Plattenspieler nicht aus den Augen lassen, wollte nicht zulassen, daß er auch nur über Nacht im Zimmer ihres Bruders blieb.
Nun starrten Duniya und Nasiiba einander wie Kinder in einem Blickduell an. Duniya spürte, daß ihre Tochter Augen mit hypnotischer Wirkung hatte, die Nervosität auslösen konnten. Sie fragte sich, ob Nasiibas *burchi* die größere

Macht hatte, wobei *burchi* ein mystischer Begriff für den überwältigenden Einfluß ist, den ein Individuum ungeachtet des jeweiligen Rangs über ein anderes hat – ein Kind über einen Erwachsenen, ein Sprößling über ein Elternteil, eine Frau über einen Mann. In diesem Blickwettkampf war Nasiibas *burchi*-Macht stärker.
Nasiiba schüttelte ihren Lockenschopf wie eine Pferdemähne, und die bunten, ins Haar geflochtenen Schmuckperlen schlugen gegeneinander und brachten einen theatralischen Klang hervor.
»Hast du schon gegessen, Mami?« fragte Nasiiba.
»Nein, noch nicht.«
»Ich wette, du hast den ganzen Tag nichts gegessen«, mutmaßte Nasiiba.
Duniya konnte sich nur an die Begegnung mit Bosaaso erinnern. Diese Geistesabwesenheit war ungesund. »Was ist auf dem Feuer?« fragte sie.
»Leber in Knoblauchsoße, Bratkartoffeln, Reis und Salat. Und ich bereite auch noch gekochte Milch mit einer Prise Zimt und Ingwer vor, um alles hinunterzuspülen«, sagte Nasiiba.
Wo hatte sie die ganzen Lebensmittel her? Nichts davon war irgendwo im Land auf dem offenen Markt erhältlich. Duniya entschied, der Frage später nachzugehen, und sagte: »Ich würde gern mit dir essen, Liebes.«
Mit den Worten »Hoffentlich ist der Reis nicht angebrannt« rannte Nasiiba hinaus.
Nach wenigen Minuten kehrte sie mit einem mittelgroßen Tablett zurück, auf dem Teller mit Reis, Leber und Bratkartoffeln zusammen mit zwei Tontassen stark gesüßter warmer Milch waren. Duniya legte eine Matte über die Schwelle, die den Wohnraum vom Schlafbereich trennte. (Vor Jahren hatte Taariq, der damalige Bewohner des Zimmers, eine kleine, randsteinhohe Schwelle aus Backsteinen zwischen dem Bereich mit dem Bett und dem mit den Ses-

seln, dem niederen Tisch mit der Glasplatte und seinem Schreibtisch aufgebaut.) Nasiiba bemerkte, daß ihre Mutter sich ein Kleid angezogen und ihre Uniform auf das Bett geworfen hatte.
Sie aßen eine Weile schweigend, wobei Duniya die Finger benutzte und Nasiiba Messer und Gabel. Dann fragte Duniya: »Woher hast du das ganze Essen?«
Provokativ sagte Nasiiba: »Jemand hat es mir geschenkt.«
»Wer?«
Mutter und Tochter kannten sich mit ihren jeweiligen Gemütsarten und Unduldsamkeiten aus. Wenn Duniya eines nicht ausstehen konnte, dann war es, wenn ihre Kinder ungefragt geschenkte Nahrungsmittel oder Geld heimbrachten, das ihnen von Onkel oder Tante Soundso mitgegeben wurde. Mit fast weinerlicher Stimme fragte sie dann immer: »Wollt ihr mich in Verlegenheit bringen? Gebe ich euch nicht alles, was ihr braucht? Gebe ich nicht genug? Wenn ihr mehr braucht, warum fragt ihr mich nicht?« Als die Zwillinge noch kleiner waren, war es der Junge gewesen, nicht Nasiiba, der mit dem beladen heimkehrte, was nach Duniyas Meinung auf krummen Wegen erworbene Gaben und Gelder waren. Er entgegnete meist: »Aber er hat es mir in die Tasche gestopft; ich hab nicht darum gebeten, er hat es mir zusammengefaltet aus seiner Schweißpfote zugesteckt – Onkel Soundso. Was hätte ich tun sollen?«
Duniya war es unangenehm, das zu essen, was in ihrem Haushalt »Leichenschmaus« genannt wurde, ein Begriff, der als Folge ihres Ausspruchs gegenüber ihren Zwillingen zustande gekommen war, daß sie geschenktes Essen erst verzehren könnten, wenn sie, ihre Mutter, tot sei, nicht vorher. Wo hatte Nasiiba bloß diese Lebensmittel her?
Es war typisch für Nasiiba, daß sie das Thema wechselte, um einer Antwort auszuweichen. Es war ebenfalls typisch, daß sie damit durchkam. Sie sagte: »Ich habe mir gerade

gedacht, Mami, daß wir dir ein paar neue Kleider besorgen müssen.«
Und es war typisch, daß Duniya ihrer Tochter in die Falle tappte. »Was ist schlecht an denen, die ich habe?« Doch sie war Nasiiba einen Schritt voraus, dachte schon an einen künftigen Tag, an dem sie ein neues Kleid zum Ausgehen brauchen würde, wenn Bosaaso sie mal einlud.
»Nicht gut genug.« Zum Beweis deutete Nasiiba auf einen braunen Fleck an Duniyas Kleid, der so aussah wie ein Fleck auf dem Kittel einer stillenden Mutter.
Duniya war in herausfordernder Stimmung. »Wen stört's?« fragte sie.
Sie aßen weiter. Nasiiba meinte: »Das nächste Mal, wenn du Straßenkleider trägst, schlage ich vor, daß du dich einmal vernünftig anschaust. Wir möchten nicht, daß mögliche Schwiegerleute deinem Blick ausweichen.«
»Was meinst du mit ›möglichen Schwiegerleuten‹? Wer denn?«
»Du meinst, du weißt es nicht?«
Perplex mußte Duniya es eingestehen.
Nasiiba war in ihrem Element, sie schwelgte ausgiebig in der dramatischen Wiedergabe ihrer Geschichte, um nicht so schnell wieder aufs Thema Essen kommen zu müssen.
»Mataan hat eine erwachsene Freundin, eine Mathe-Lehrerin, die drei Jahre jünger ist als du, Mami, und noch nie verheiratet war. Die Leute sagen, sie wird von einem reichen Geschäftsmann ausgehalten, der die Miete für ihre toll eingerichtete Wohnung zahlt und ihr einen Kleinwagen geschenkt hat. Also echt, du hast das nicht gewußt?«
»Woher weißt du es denn?«
»Du wärst überrascht, was ich alles weiß, aber noch keiner Menschenseele erzählt habe«, erwiderte Nasiiba nüchtern.
»Zum Beispiel, daß mein Sohn eine erwachsene Freundin hat?«

»Wenn du mir nicht glaubst, dann frag ihn doch, wenn er heute abend zurückkommt.«

Duniya verfolgte das Thema nicht weiter; Nasiiba hatte eine genüßliche Freude daran, Halbwahrheiten in beschönigte Fiktionen zu verwandeln und jede Erzählung zu genau der Geschichte zu machen, die ihr Gegenüber unbedingt hören wollte. »Warum hast du Blut gespendet? Das kannst du dir doch kaum leisten«, sagte Duniya.

Auf diese Frage nicht vorbereitet, war Nasiiba um eine Antwort verlegen. Sie seufzte und erwiderte dann: »Mir war danach, Blut zu spenden.«

»Kein anderer Grund?«

»Der Blutspendedienst hatte zu wenig, und da ich in spendabler Stimmung war, war mir danach, etwas von meinem Blut herzugeben.« Sie verstummte kurz. »Gibt es ein Gesetz in diesem Haushalt, das es den Mitgliedern verbietet, gutes, gesundes Blut zu spenden, wenn es benötigt wird?«

Duniya wurde allmählich ungeduldig. Sie wandte den Kopf langsam Nasiiba zu und sagte: »Ich werde dir zwei Fragen stellen – und ich bestehe auf klaren Antworten. Ich meine es ernst. Wechsle nicht das Thema – und bitte keine langen, gewundenen Erklärungen. Woher hast du dieses Essen?«

»Onkel Taariq hat es mir gegeben.«

»Warum hat er es dir gegeben?«

»Er mußte eine Menge Essen aus seinem Kühlschrank aufbrauchen; er hatte eine halbe Tonne Essen, das er wegen der ganzen Stromausfälle in letzter Zeit loswerden mußte.«

»Warum hast du Blut gespendet, obwohl dich das eigentlich überfordert?«

»Ich kann nur das wiederholen, was ich schon gesagt habe.«

Duniya rückte beunruhigt hin und her. Keine von beiden hatte mehr Appetit. Nasiiba stapelte die Teller und überließ Duniya die Aufgabe, die Reiskörner von der Matte aufzu-

lesen. Dann verließ Nasiiba das Zimmer und nahm einiges von der Spannung mit, die sich aufgebaut hatte.
Eine Libelle kam ins Zimmer, eine schlanke Gestalt mit eleganten Bewegungen. Wie gebannt sah Duniya zu. Die Libelle flog wieder aus dem Fenster, kurz bevor die junge Frau zurückkehrte.
Nasiiba wechselte wieder das Thema. Sie verstand es, ihrer Mutter, über die sie zweifellos eine gewisse *burchi*-Macht ausübte, Überraschungen zu bereiten. Willfährig, ganz in ihrem mütterlichen Element, schien Duniya froh, das Kommando abgeben zu können.
»Weißt du, Mami, wir, deine Kinder, wissen herzlich wenig von deiner Vergangenheit, und du weißt so gut wie nichts von unserer Gegenwart. Meinst du nicht, es ist an der Zeit, daß wir uns besser kennenlernen? Komm doch mal zum Schwimmen mit zum Sportverein und lerne meinen Freundeskreis kennen; und du könntest mal auf Mataans Fahrrad fahren, es dir von ihm beibringen lassen. Ich gebe dir Schwimmunterricht. Und bringe Mataan dazu, dir von seiner Freundin zu erzählen, wie auch immer sie heißt.«
Duniya lächelte schwach. Ihr schwirrte der Kopf, Geräusche setzten ihr Hirn unter Druck. Sie versuchte sich an den nebulösen Namen zu dem jungen Gesicht zu erinnern, das sie in der Klinik gesehen hatte, kam aber nicht drauf.
Nasiiba sagte gerade: »Ich war zum Beispiel heute bei Taariq. Hab lang mit ihm geredet. Es gab eine Zeit, in der ich ihn als meinen Stiefvater haßte. Aber was weiß ich schon von ihm, als ihr beide verheiratet wart, oder noch von vorher, als du seine Mieterin warst? Nichts. Ich möchte, daß wir über solche Sachen reden – wie ich zu seiner Zeit war und wie Mataan war. Bloß um die Dinge ins rechte Licht zu rücken, wenn du verstehst, was ich meine.«
»Wie geht es Taariq?«
»Er ist in Topform, sieht um zehn Jahre jünger aus«, sagte Nasiiba.

»Das ist gut«, auf irgendwie freundschaftliche Art geäußert.
»Seine Arbeiten werden jetzt veröffentlicht. Hast du seinen Artikel in der heutigen Tageszeitung gesehen?«
Das hatte Duniya nicht.
»Und er trifft sich mit einer Frau, mit der es ihm ernst ist«, fügte Nasiiba hinzu.
Mataan trifft sich mit einer älteren Frau; Taariq, meinem Ex-Mann, ist es ernst mit einer Frau, die er trifft. Was ist mit mir? Wen treffe ich? fragte sich Duniya, um Nasiibas Fallen zu entgehen.
»Wie war Taariq früher, Mami?«
Duniya hatte ungute Erinnerungen. Exzessives Trinken. Depressive Schübe. Sie erinnerte sich an den entscheidenden Abend, als sie ihn dabei ertappt hatte, wie er sich und dem damals achtjährigen Mataan kleine Gläser mit Whisky füllte. Mataan hatte noch kaum daran genippt, als Duniya hereinkam. Mein Gott, war sie ausgerastet, sie wurde fuchsteufelswild und schmiß Taariq aus seinem eigenen Haus.
»Erzähl mir, Mami. Erzähl mir was von Taariq.«
Es kam Duniya jetzt seltsam vor, daß sie ihren Kindern nie etwas von dem Vater ihrer Halbschwester erzählt hatte. Aus dieser Stimmungslage heraus willigte sie ein, Nasiiba ein wenig zu erzählen. Erst sprach sie langsam, lockerte die Knoten der Hemmung, die um das Erzählen geknüpft waren. »Taariq war wundervoll mit deinem Zwillingsbruder, mit dir nicht. Ihr beiden habt euch überhaupt nicht vertragen. Er fand dich fordernd, egozentrisch. Als Kolumnist für die Zeitung arbeitete er zu Hause und blieb den ganzen Tag über in seinem Zimmer, wo er schrieb und überarbeitete. Er war Perfektionist und lieferte seine Arbeiten erst in letzter Minute ab. Beim Schreiben trank er viel und aß wenig oder gar nichts. Das Trinken gab ihm Energie, einen Grund, sich zu verausgaben, es war eine Art von selbstauf-

erlegtem Zwang. Schmerz stand ihm im Gesicht, wenn er schrieb, jedes Wort hinterließ irgendwo an seinem Körper eine Spur.«

»Warum hat er sich damit weiter herumgequält?« fragte Nasiiba.

»Mir war sehr an Taariqs Wohlergehen gelegen«, fuhr Duniya fort, »weil er so wundervoll zu Mataan war, wie ein Vater. Ich kochte größere Portionen und lud ihn auf meine Seite des Hauses ein. Er akzeptierte das Essen, machte aber deutlich, daß er lieber allein aß, ›wie ein Hund mit seinem Knochen‹, sagte er. Er war humorvoll und konnte unheimlich leicht über sich selbst lachen, was sonst nicht gerade die Stärke der Somalis ist.«

»Ich erinnere mich an nichts davon«, sagte Nasiiba bedauernd.

Duniya kam wieder auf ihr Thema zurück. »Ich hatte einmal Nachtschicht, und weil ich ihn darum gebeten hatte, versuchte Taariq dich zu Bett zu bringen. In deinem Zorn beim bloßen Gedanken, daß er dich nur berührte, hast du ihm allerlei Schimpfworte an den Kopf geschmissen, darunter ein besonderes, das er gar nicht mochte: Alkoholiker. Es war eindeutig, daß du ihn gehaßt hast, und zwar so sehr, daß du aufgewacht bist, wenn er das Zimmer betrat, in dem du schliefst, so als hättest du ihn gerochen. Deine Abneigung gegen ihn war regelrecht pathologisch.«

Nasiiba sagte: »Ich muß mich demnächst mal bei ihm entschuldigen.«

»Dir zuliebe trank Taariq weniger«, erzählte Duniya weiter. »Außerdem hat er zwei Mädchen in deinem Alter hergeholt, seine Nichten, damit du Spielkameradinnen hattest. Das hat er alles mit väterlicher Geduld getan und weil er dich mochte. Mich hat es gefreut, daß du mit seinen Nichten gut zurechtkamst.«

»Und Mataan?«

»Ich habe meinen Sohn nie glücklicher als in Taariqs Gesellschaft gesehen. Er hat für ihn Botengänge erledigt, die verspäteten Texte seines großen Vorbilds eigenhändig zum Redakteur gebracht. Taariq wurde so abhängig von Mataan, daß er ihn sogar persönliche Botschaften übermitteln ließ.«

»Was meinst du damit?«

»Taariq hatte eine Freundin, die er schon seit Jahren kannte und der er sehr nahestand. Vermutlich, weil er die Frau nicht leiden konnte, hatte sich Mataan entschieden, ihr die falschen Treffpunkte und Zeiten zu nennen, wenn er ihr etwas von Taariq ausrichten sollte. Das ist mehrmals vorgekommen, und niemand hat Mataan der Sabotage verdächtigt. Als sie ihm auf die Schliche kamen, war es zu spät, um die Sache auszubügeln.«

»Das war ganz schön gemein von meinem Bruder!«

»Wie dem auch sei...« Duniya verstummte. »Während dieser Zeit kam ich eines Abends unerwartet nach Hause, hatte die Schicht mit einer anderen Schwester getauscht, ich weiß nicht mehr, warum. Du hast im Bett geschlafen, die Backen mit getrockneten Tränenspuren tätowiert, allein im Bett für uns drei. Und wo war Mataan? Das Licht in Taariqs Zimmer (genau das, in dem wir jetzt sind) war an, die Tür halb offen. Ich rief ihm vom Hof aus einen Gruß zu und entschuldigte mich für die Störung, wollte nur wissen, ob er meinen Sohn gesehen hätte. ›Er schläft hier auf meinem Bett‹, erwiderte er. Wir haben kurz miteinander geschwatzt, denn ich wollte ja nur Mataan holen. Na ja, es ist nicht so einfach, wenn Esel Kälber gebären, wie eine Redewendung sagt.«

»Ich weiß«, sagte Nasiiba altklug.

Mit verkniffener Miene fragte Duniya: »Siehst du diese Backsteinschwelle? Ich bin darüber gestolpert und habe mir fast die Zähne ausgeschlagen, als ich mit dem Kopf gegen den Bettpfosten schlug. Bloß weil ich nicht auf die Backsteine geachtet habe. Ich hatte höllische Schmerzen.«

»Und, was hast du gemacht?«
Duniya kicherte. »Ich stand auf, um Mataan mitzunehmen, sobald meine Benommenheit mir nicht mehr den Blick trübte. Und dann, rate mal? Als ich mich bückte, um ihn vom Bett hochzunehmen, wurde mir von dem Geruch von Mataans Urin vor Scham – oder nenne es Schuldgefühle oder was auch immer – ganz schwummrig.«
Ein Lächeln erschien auf Nasiibas Lippen. »Und weil Mataan das Bett benäßt hatte, hast du entschieden, daß du mit Taariq das eine benutzen würdest, auf das niemand gepinkelt hatte. Ergebnis: Die im Tiefschlaf befindliche Leiche, die ich war, wurde in das Bett transferiert, auf das ihr Bruder seinen Tageskonsum an Flüssigkeit entleert hatte.«
»Woher weißt du das?«
»Weil ich mich erinnere, in dem Bett des Mannes aufgewacht zu sein, den ich haßte«, sagte Nasiiba.
»Daran erinnerst du dich?«
»Und ob.«
»Aber du hast es nie erwähnt.«
»Es gibt eine Million Sachen, die ich nie einer Menschenseele erzählt habe.«
Duniya sagte: »Wieso kannst du dich ausgerechnet daran erinnern?«
»Zum einen haßte ich Taariq ungemein. Zum anderen war es mein Bruder, der das Bett naß gemacht hatte. Der Urin eines anderen riecht immer anders als dein eigener, aber das ist jetzt nebensächlich. Ich bin aufgewacht. Ich bin nicht sicher, ob du das jetzt hören willst.«
Die ältere Frau richtete sich hellwach auf: »Was?«
»Nun ja, ich hab eure Stimmen gehört, die von dir und Taariq beim lüsternen Flüstern. Ich bin näher rangeschlichen, um euch zu belauschen, und hab dann spioniert. Ich hab alles durchs Schlüsselloch gesehen und alles gehört, jedes einzelne Ächzen, jedes Nein und jedes Ja.«
»Alles?«

Nasiiba nickte.
In Duniyas Stimme klang Belustigung mit. »Wenn du alles gesehen und gehört hast, was hat es dann noch für einen Sinn, dir irgendwas zu berichten? Du erinnerst dich wahrscheinlich besser daran und weißt mehr als ich.«
Nasiiba schüttelte den Kopf. Sie beugte sich vor. »Wie ist es überhaupt dazu gekommen, daß du Taariqs Mieterin geworden bist?«
Duniya war nicht mehr zum Geschichtenerzählen aufgelegt, aber sie wußte, daß Nasiiba keine Ruhe geben würde. Also sagte sie: »Jemand aus der Nachbarschaft, eine ältere Frau, hat mir eine falsche Auskunft gegeben.« Sie klang gelangweilt und müde.
»Ich komm da nicht mit.« Nasiiba war gierig darauf, mehr erzählt zu bekommen.
»Bevor ich Taariq begegnet bin und ihn fragte, ob er ein Zimmer zu vermieten hätte, war ihm der Gedanke, es zu vermieten, nicht in den Sinn gekommen. Doch als ich darauf bestand, eine Nachbarin habe erwähnt, er hätte was zu vermieten, schaute er erst verdutzt und in gewisser Weise sogar beleidigt aus. Das Mißverständnis wurde jedenfalls schnell aufgeklärt, und ich wandte mich zum Gehen. Dann erst hat er seine Meinung geändert.«
»Warum?«
»Ich habe nie nachgefragt.«
»Vielleicht war es euer Schicksal, Mann und Frau zu werden.«
Duniya ließ ihre Gedanken ein wenig schweifen.
»Erzähl weiter«, sagte Nasiiba.
»Mir kam es so vor, als ob er zu dem Schluß gekommen sei, daß er und ich verwandte Geister wären; das war mir klar – und ihm auch. Na ja, nach seiner Augenblicksentscheidung, das Zimmer zu vermieten, fragte er, wann ich einziehen könne? Ich erwähnte das Vorhandensein von Kindern, für alle Fälle. Mir waren schon etliche Vermieter

untergekommen, die keine alleinstehende Frau mit Kindern wollten. Er fragte nach Alter und Geschlecht meiner Kinder, und ich sagte es ihm. Zwillinge seien ein Segen, tönte seine Stimme erfreut: ›Bring sie her.‹«

»Bist du noch am selben Tag eingezogen?«

»Richtig. Wir brachten unsere ganze Habe mit, eine Matratze, ein paar angebrannte Töpfe, die ich gebraucht bekommen hatte, und unsere ganze Kleidung in einer einzigen Teekiste. Er lieh uns ein Bett und machte mich dann mit dem Besitzer und Betreiber des Gemischtwarenladens im Viertel bekannt, der einwilligte, mir ein Schuldenkonto zu eröffnen; die Rechnungen sollten am Monatsende beglichen werden. Und seitdem habe ich keinen Blick mehr zurück geworfen.«

»Ihr seid gut miteinander ausgekommen, Taariq und du, nicht?«

»Bis auf den einen Riesenstreit, den vor unserem endgültigen Bruch, haben wir uns in den Jahren, in denen wir erst als Mieterin und Vermieter und dann als Mann und Frau lebten, selten gestritten«, sagte Duniya.

»Es ist gut, daß ihr befreundet geblieben seid«, meinte Nasiiba, »weil solche Freundschaften nach einer Scheidung selten sind, besonders wenn Kinder mit im Spiel sind.«

»Das stimmt«, pflichtete Duniya bei.

»Er liebt dich noch immer; das hat er mir heute gesagt«, meinte Nasiiba.

Duniya hatte kaum Zeit, zu reagieren, als ihr auffiel, daß Nasiiba aufgestanden war, um Jeans und ein T-Shirt mit vorn aufgedrucktem Band-Aid-Logo anzuziehen. »Wo gehst du hin?« wollte sie wissen.

»Es wird nicht lange dauern«, sagte Nasiiba mit Blick auf die Uhr.

»Es ist nach neun«, sagte Duniya. Als würde die Nennung der Uhrzeit ihre Tochter abschrecken.

»Es wird nicht lange dauern.«

»Es ist schon spät«, sagte Duniya hilflos.
»Ich hab doch gesagt, es wird nicht lange dauern.«
Duniya hatte die Macht, sie aufzuhalten, aber ging es darum? Traditionalisten würden Duniyas Nachkommen als *hooyo-koris* beschreiben, Kinder, die in einem von einer Frau geführten Haushalt aufwuchsen.
Im Hinausgehen rief Nasiiba »Ich liebe dich, Mami« in eindeutiger Nachahmung amerikanischer Mädchen, die sie in Filmen gesehen hatte. Duniya hatte nicht den geringsten Zweifel daran, daß ihre Kinder sie liebten.

NEW YORK (REUTER)
Wie ein Sprecher des Entwicklungsprogramms der Vereinten Nationen mitteilte, seien in den Entwicklungsländern Millionen Menschen aufgrund der Politik westlicher Gläubigernationen verhungert. In einer düsteren Jahresbilanz äußerte der Sprecher die Befürchtung, das feine Gewebe der Ökonomie könne jederzeit zerreißen und verheerendes Leid in der Dritten Welt verursachen. Es sei ungerecht, daß arme Länder dazu gebracht worden seien, völlig von den Vorgängen abhängig zu sein, die sich nicht in ihrer eigenen Wirtschaft, sondern in der von reicheren, ökonomisch besser entwickelten Ländern abspielten. Die dabei entstehenden Schulden könnten sie unmöglich tragen, geschweige denn zurückzahlen.

4

Duniya erinnert sich, wie ihr sterbender Vater seinem gleichaltrigen Freund die Ehe mit ihr versprach.

Ein hohes Pfeifen drang Duniya ins Ohr. Sie blickte sich um. Betten. Fensterbänke. Türschwellen. Da, jetzt sah sie ihn: einen verängstigten Rieseneisvogel mit zimtfarbener Brust, einem dunkelblauen Fleck zu beiden Seiten seines Halses, der Schnabel in der elektrischen Helligkeit schwarz glänzend. Der Vogel hockte auf einem Flügel des Deckenventilators. Ein weiteres schrilles Pfeifen, dann flog er durch das Fenster, durch das er hereingekommen war, wieder hinaus.

Plötzlich fiel der Strom aus, und Duniya stand im Finstern.

Die Erinnerung an ihren ersten Ehemann Zubair, Vater der Zwillinge Nasiiba und Mataan, reichte bis zu der Zeit zurück, als sie vier Jahre alt war. Abshir, ihr leiblicher Bruder, hatte gerade erst einen Platz im renommiertesten Gymnasium in Mogadischu errungen, und um das zu feiern, nahm er seine geliebte Schwester mit ins Einkaufszentrum von Galkacyo, um ihr ein Geschenk zu kaufen, das sie an den Anlaß erinnern würde. Da sie sich nicht gleich für etwas entscheiden konnte, versprach er ihr, etwas Besonderes aus Mogadischu zu schicken. Aber er kaufte ihr ein Eis, eine neu eingeführte Delikatesse.

Als sie am Haus von Zubair, einem langjährigen Freund und Nachbarn ihres Vaters, vorbeikamen, fiel ihr und Abshir ein hübsches Pferd in der Scheune des alten Mannes auf. Ein angeheirateter Verwandter Zubairs hatte den arabischen Hengst als Teil der Brautgabe für die junge Frau, die er heiratete, geschenkt. Zubair bekam Abshirs Bemerkung an Duniya mit, daß er alles tun würde, um dieses

allerschönste Pferd, das er je erblickt hätte, reiten zu dürfen.
Abshir, der furchtsame Achtzehnjährige, war verlegen und stammelte: »Es ist Dunya, die den Hengst reiten will, nicht ich«, wobei er den Namen seiner Schwester wie so oft ohne das i nach dem n aussprach. »Ich wollte bloß schauen, das ist alles. Ich wußte, es würde dir nichts ausmachen.« Dann nahm Abshir aufmunternd die Hand seiner einzigen Schwester. »Wirf einen Blick auf den Hengst; das ist wahrscheinlich das einzige Mal, daß du ihn sehen wirst«, sagte er.
»Kann ich ihn anfassen?« fragte sie. Kurzzeitig war Abshir nicht sicher, ob sie Zubair oder den Hengst meinte. Sie wiederholte ihre Bitte: »Bitte, laß ihn mich anfassen.«
Der blinde Zubair drehte seinen Kopf mit der Langsamkeit eines Leuchtturmstrahls. »Möchtest du dieses wunderschöne Pferd reiten, Duniya?« fragte er.
»Wenn ich ja sage, wirst du ihn mir als Andenken schenken, Onkel Zubair?«
»Gewiß. Bitte nur deinen Bruder, das Pferd für dich abzuholen.«
»Er neckt dich«, sagte Abshir. »Niemand würde so einen schönen Hengst einem kleinen Mädchen in deinem Alter schenken.« Sein Tonfall war entschieden neidisch. »Aber du darfst ihn berühren.«
Vor Aufregung sprachlos, nickte Duniya heftig.
»Komm und berühre ihn«, ermutigte Abshir sie. »Hab keine Angst.« Und er hob sie vom Boden, wogegen sie sich zuerst wehrte, weil sie nun Angst hatte.
Als sie ihn berührte, sagte Duniya: »Onkel Zubair hat ihn mir geschenkt. Sag Abshir, daß das Pferd mir gehört, Onkel.«
»Es gehört dir«, bestätigte der blinde alte Mann, der das gutaussehende Tier mit unerwiderter Liebe überhäuft hatte.
»Er neckt dich«, beharrte Abshir.

Mit kindlicher Hartnäckigkeit sagte sie: »Das Pferd gehört mir.«
»Paß auf dein Eis auf«, mahnte Abshir, »und benimm dich.«
Aufgebracht ließ sie in einem Augenblick unbeherrschter Wut die Eiswaffel zu Boden fallen. »Macht nichts«, sagte Abshir besänftigend, »ich besorge dir noch eins, aber paß auf, mach dein Kleid nicht schmutzig.«
»Ich will kein Eis«, sagte sie böse, »ich will mein Pferd.«
Zubair deutete mit seinem Gehstock in die Richtung, wo das Pferdegeschirr aufbewahrt wurde. »Nimm ihn zu einem Ritt mit, Abshir, ja?« Und als Abshir sich bückte, um Sattel und Zügel aufzuheben und sie herzuschaffen, fragte Zubair: »Bist du schon einmal auf einem Pferd geritten, Abshir?«
»Noch nie auf so einem königlichen Pferd wie diesem hier«, sagte Abshir.
»Ich bin sicher, es wird gutgehen«, versicherte ihm Zubair.
»Ich möchte ihn auch reiten«, bettelte Duniya.
»Nur, wenn du dich benimmst«, sagte ihr Bruder.
»Aber das ist mein Pferd, und ich benehme mich, wie es mir gefällt«, erwiderte sie.
Zubair lachte laut los. Dann sagte er: »Ich habe dir dieses hübsche Pferd angeboten, Duniya, und du hast es anscheinend angenommen. Aber was hast du mir als Gegengeschenk geboten, meine Kleine?«
»Ich werde dich heiraten«, sagte sie.
Als sie ein bißchen größer war, hörte Duniya die Geschichte, wie Zubairs frühere Frau sich in einen Dschinn verliebte, dem sie etliche Kinder gebar. Zubair war mit ihr seit beinahe zwanzig Jahren verheiratet, hatte erwachsene Söhne und Töchter, die ihm mittlerweile Enkel geschenkt hatten; und er war damit beschäftigt, einer viel jüngeren Frau den Hof zu machen. Als seine Frau ein paar Tage weg war, nahmen alle an, sie besuchte ihre Kinder und Enkel –

niemand hatte zunächst eine Ahnung von ihrer Affäre mit dem Dschinn. Doch als Zubairs üppige Hochzeit mit der jungen Frau näher rückte, fingen die Leute an, Interesse an den Reaktionen seiner ersten Frau auf die Vorgänge zu bekunden, wobei sie entdecken mußten, daß sie gar nicht da war, um ihre Fragen zu beantworten. Als die Geschichte von ihrem Dschinn-Liebhaber die Runde machte, war die Haltung der Stadtleute zu Anfang mehr oder weniger gleichgültig, sie wollten es damit abtun, daß solche Geschichten eben mit den verständlichen Empfindungen einer eifersüchtigen, verletzten Frau einhergingen.

Und so führte Zubairs erste Frau ihr Leben ungestört weiter, verschwand, wann es ihr gefiel, und kehrte ohne Erklärung zurück. Eines Tages beschlossen zwei junge Männer, einer davon ihr Cousin, der andere der von Zubair, dem Ganzen auf den Grund zu gehen, und folgten ihr direkt ins Buschland. Später berichteten sie, daß sie noch niemanden erlebt hätten, sei es Mann oder Frau, der so schnell gehen konnte wie sie. Als sie angelangt war, entfachte sie ein Feuer und begann mit der Zubereitung eines Mahls. Während sie damit beschäftigt war, unterhielt sie sich vermutlich mit Dschinns, welche die jungen Männer nicht sehen konnten und deren Sprache sie nicht verstanden. In der Annahme, daß die Frau und ihr Dschinn-Liebhaber sich zum Liebesakt anschickten, zogen sich die jungen Männer diskret zurück.

Zubair heiratete die jüngere Frau, seinen Traum, seine Jungfrau. Er war ein reicher Mann, besaß angeblich zehntausend Kamele, die in verschiedene Herden unterteilt waren und in der Obhut entfernter Cousins und angeheuerter Hilfskräfte standen. Ganze zwanzig Rinder wurden geschlachtet, um die eingeladenen und uneingeladenen Hochzeitsgäste zu bewirten.

Doch in der ersten Nacht mit seiner jungfräulichen Braut versagte Zubairs Manneskraft. Er hörte auch Stimmen, als

würde eine Schar von Dschinns in seinem Kopf in einer fremden Sprache miteinander reden. Kurz vor Tagesanbruch starb seine junge Braut unberührt als Jungfrau.
Als seine Hauptfrau nach ein paar Tagen wieder auftauchte, hatte Zubair ein ernstes Gespräch unter vier Augen mit ihr. Bei dieser offenen Begegnung berichtete er ihr alles, was vorgefallen war.
»Ich habe dir fünf Söhne und zwei Töchter geschenkt, was willst du noch von mir?« sagte sie. »Ich habe einen anderen Mann weder kennengelernt noch begehrt, bis ich sah, daß dein lüsterner Blick auf eine jüngere Frau mit festen Brüsten, gesunder Haut und einem ansehnlichen Körper gefallen war. Nun stell dir vor«, fuhr sie fort, »daß ich weniger als eine Woche später einem Mann begegnet bin, der so herrlich wie ein Engel aussah und mir seine Liebe erklärte. Erst später enthüllte er mir seine wahre Identität, er sei ein Dschinn, nicht menschlich. Aber das machte mir nichts aus, tatsächlich gestaltete es meine Affäre um so romantischer, erforderte mehr Mut. Ich gebar ihm Kinder, halb Dschinn, halb Mensch, und wir sind glücklich miteinander.«
»Hat dein Dschinn-Liebhaber meine Braut in unserer Hochzeitsnacht umgebracht?«
»Bist du verrückt?«
»Hat er bei meinen Erektionen dazwischengefunkt?« fragte er zutiefst gedemütigt.
Ihre Lippen bewegten sich. Sie schien mit jemandem im Zimmer zu flüstern, den Zubair nicht sehen konnte. Nach ihrer leisen Besprechung wandte sie sich an ihn: »Könnte es sein, daß du deine Jungfrau umgebracht hast, um deine Scham zu verbergen?«
»Das ist lachhaft«, protestierte Zubair.
Wiederum hielt seine Frau eine geflüsterte Unterredung mit unsichtbaren Teilnehmern ab. Sie kicherte und sagte dann: »Wenn dir das nächste Mal etwas Schlimmes wider-

fährt, wirst du wohl auch meinem Dschinn-Liebhaber die Schuld daran geben.«

Nicht lange nach dieser Unterredung mit seiner ihm entfremdeten Frau war Zubair gerade bei seinem Morgengebet, als sich plötzlich ein Vorhang aus Dunkelheit über sein Augenlicht senkte und ihn völlig erblinden ließ. Er hob sich nicht mehr, egal, was er tat; nichts brachte ihm sein Augenlicht zurück.

Auf die Frage, wie er sich fühle, antwortete er: »Es ist so, als säßen zwei boshafte, verspielte kleine Dschinns auf den lichtlosen Lidern meiner Pupillen und raubten mir das Augenlicht. Vielleicht werden sie eines Tages ihrer rachsüchtigen Spiele müde und verschwinden.«

Aber sie verschwanden nicht. Statt dessen wurde seine Frau krank. Mittlerweile hörte Zubair ganz mit dem Beten auf. Schließlich starb Zubairs Frau eine Viertelstunde vor Duniyas Geburt.

Fast siebzehn Jahre später dann eine Geste gütiger Gewalt!

Duniyas Vater lag auf seinem Bett und wartete auf den Tod. Als sein beständigster Besucher ging Zubair aus und ein, der mit seinem Stock immer wieder gegen die nicht gesehene Trennwand ihrer Häuser klopfte, ein trauriger, unheilvoller Klang. Waren die beiden Freunde zusammen, sprachen sie vom Tod und stimmten darin überein, daß allein Allah wisse, wer als erster zu Ihm kommen würde.

Eine Vorahnung seines unmittelbar bevorstehenden Todes ließ Duniyas Vater an jenem Tag seine letzten fiebrigen Worte sprechen. Er entschied sich, seinem Freund und Altersgenossen Zubair, wie er es formulierte, »eine Geste gütiger Gewalt« anzutragen. Ob Duniya ihn bitte als ihren rechtmäßigen Ehegatten annehmen würde?

Das Schlimme daran war, daß außer Duniyas Mutter niemand sonst anwesend war. Und Duniya beugte sich den

Bitten der Mutter, denn es hieß immer, niemand könne sich den Wünschen der Verstorbenen und der Alten widersetzen. Es hieß, sich entweder dem Diktum der Toten zu fügen oder nicht, aber dann müßten auch die Folgen der Handlungsweise getragen werden. Duniya hatte kein Verlangen, in banger Erwartung des Augenblicks über die Schulter zu blicken, in dem sie den Fleisch gewordenen Fluch ihrer Eltern in jeder Senke, jedem Tal oder Schatten erspähen würde. »Packen wir's an«, sagte Duniya mutig. Und zu Zubair, der sie nie mit eigenen Augen gesehen hatte, aber sie schon ihr ganzes Leben lang kannte, sagte Duniya, seine neue jungfräuliche Braut: »Bereite dich auf mein Kommen vor.«

Freunde und Verwandte versuchten Duniya zu überreden, sie solle sich nicht dem letzten Wunsch ihres Vaters auf dem Sterbebett fügen. Um nicht der Verletzung ihres Stolzes bezichtigt zu werden, hielt Zubair sich aus allem heraus. Doch Duniyas Mutter, die laut sprach, so wie es Schwerhörige tun, wiederholte, daß ihr verstorbener Gatte den Wunsch ausgesprochen hatte, ihre Tochter solle Zubair heiraten, daran wäre nicht zu rütteln, sie habe es gehört; die junge Frau solle sich gefälligst danach richten.

Dann kam unangemeldet Duniyas Halbbruder Shiriye, damals Leutnant bei der Armee. Als er von dem Bevorstehenden hörte, gelobte er, diesem Unsinn ein Ende zu setzen, und wandte ein, daß Duniyas Mutter praktisch taub war. Doch noch am gleichen Abend hatte Shiriye seine Ansicht geändert. Und Zubair wollte das Gerücht weder bestätigen noch abstreiten, daß er die üblichen Angebote gemacht hatte, die ein Bräutigam dem Blutsbruder der Braut schuldig ist. Und Shiriye verschwand am nächsten Morgen in aller Eile.

Jahre später schrieb Duniya ihrem leiblichen Bruder Abshir, daß ihr Halbbruder von Galkacyo wie ein Mann abgehauen war, der etwas zu verbergen hat. Die Wahrheit war nämlich die, daß Shiriye heimlich ein Geschenk von Zubair angenommen hatte.

»Erinnerst du dich, daß ich im Alter von vier Jahren angeboten habe, dich zu heiraten, dir meine Hand im Austausch gegen ein schönes Pferd zu schenken?« fragte Duniya Zubair, als die Beerdigungsfeierlichkeiten für ihren Vater vorbei waren.

»Ja, natürlich«, erwiderte er.

»Also, wo ist das Pferd?«

»Ach, es waren harte Zeiten«, antwortete er.

»So soll es denn auch weiter sein, ohne Prunk und Aufwand, ohne das Schlagen einer einzigen Trommel oder einen einzigen Jubeltriller.«

»Ja, gut.«

»Dann bereite dich auf mein Kommen vor«, sagte Duniya.

Etliche Nächte später ließ Zubair sie in das Zimmer ein, das für ihre Hochzeitsnacht vorbereitet war. Auf dem Boden befand sich eine große Matratze, bedeckt mit Kissen (auf einem war Duniyas Name in Grün gestickt, als Glücksbringer). Das auffallendste Stück war ein Schaukelstuhl, ein Geschenk von Zubairs Sohn, dem Seemann. Er dominierte das Zimmer von seiner Ecke aus. Sie setzten sich gemeinsam hinein, liebten sich dort, und hin und wieder schliefen sie darin sogar in liebevoller Umarmung ein.

Angesichts des Unterschieds in Alter und Temperament kamen Zubair und Duniya besser miteinander aus, als sie beide es sich vorgestellt hatten. Für die junge Braut war die Verantwortung, sich um einen blinden alten Mann zu kümmern, eine kraftraubende Herausforderung wie etwa das Erlernen einer neuen Sprache, die sie nicht wirklich interessierte. Sie mußte einen begrenzten Wortschatz und eine Körpersprache beherrschen, die effizient und präzise waren. Sie gewöhnte sich daran, daß ihm alles gereicht werden mußte, fand sich mit der Tatsache ab, daß sie ihn

nie bitten konnte, ihr das Salz, den Zucker herüberzureichen oder das Licht auszuschalten, obwohl er es in unbedingt notwendigen Fällen wohl vermocht hätte.
Er nahm einige Veränderungen vor, damit sie es bequem hatte. Und als er das Beten wiederaufnahm, plazierte Duniya sich so, daß sie das Ziel seiner Anbetung wurde, und so warf er sich in seiner Verehrung Allahs vor ihr auf den Boden und richtete alle seine Gebete an sie.
Er war ein großer Mann, stattlich und liebevoll. Er machte häufig ein Nickerchen, was Duniya an ein hochaufgeschossenes Kind erinnerte, das erschöpft mitten im Spiel zusammensackt. Sein Mund hatte auch etwas Kindhaftes, und er schien ständig damit beschäftigt zu sein, wie ein zahnloser alter Mann, der seinen eigenen Speichel kaut und sich dabei ins Backenfleisch beißt. Doch Zubair hatte alle seine Zähne noch – und er war in Anbetracht seines Alters gesund.
Sie gebar ihm Zwillinge, Mataan (was Zwilling heißt), der ihm gleichsah, und Nasiiba, die Duniyas Bruder Abshir wie aus dem Gesicht geschnitten schien. (Einmal, wenn auch ohne großen Ernst, hatte Duniya Dr. Mire gefragt, ob es möglich sei, daß eine Frau in ihrem Schoß zweieiige Zwillinge von verschiedener Herkunft tragen könne, obwohl einer der Männer nie mit der fraglichen Frau geschlafen hatte.)
Eines Abends wollte Duniya wissen, ob die Dschinns auf Zubairs Augen immer noch auf ihren Posten waren und die Pforten seines Sehorgans bewachten. Zubair beschrieb sie als unbewegliche Wesen und vermutete, seine Blindheit sei das Ergebnis der Rachsucht seiner früheren Frau. Er erklärte Duniya, daß die Dschinns, obwohl sie immer noch den Zugang zu seinem Sehorgan blockierten, seit seiner Heirat mit ihr anscheinend ihrer geisterhaften Streiche müde geworden seien.
Er starb mit sechzig im Schlaf. Duniya gab den Zwillingen

gerade die Brust. Mit belegter Stimme murmelte er etwas wie »Macht es dir was aus, wenn wir das Licht ausschalten?«, kurz bevor der Tod ihn abberief. Im Rückblick bedauerte sie, nicht gefragt zu haben, ob die Dschinns kurzzeitig abgesprungen waren und ihn hatten sehen lassen. Warum hätte er sonst darum bitten sollen, das Licht auszuschalten? Sie saß im Schaukelstuhl, stillte ihre zwei hungrigen Monster, und was sie auch gesagt hätte, es hätte seltsam geklungen. Böse darauf, daß die blendende Helligkeit des elektrischen Lichts nicht an Schlaf denken ließ, drehte sie sich, um etwas zu sagen. Doch er starb, bevor sie etwas herausbrachte. Vierzehn Tage später saß sie im Flugzeug nach Mogadischu.

Und so viele Jahre später dachte sie in Mogadischu daran! Gerade als sie schon zum Zubettgehen bereit war, schon geduscht und die Zähne geputzt hatte, war der Strom wieder da – und auch der Eisvogel. Duniya war sich noch nicht klar darüber, ob es noch derselbe Vogel war, als er schon wieder davonflog, ohne sich niedergelassen zu haben. Sie mußte noch einmal aus dem Bett, um die Lichter auszuschalten, die in der Küche, der Toilette und im Hof angegangen waren.

Kaum hatte sie das erledigt und war ins dunkle Zimmer zurückgekehrt, als sie eine Autotür auf- und zugehen hörte. Hinter dem teilweise zugezogenen Vorhang halb auf den Knien, sah sie zu, wie Mataan, ihr siebzehnjähriger Sohn, aus einem Wagen mit einer Frau am Steuer stieg. Sie sprachen in gedämpftem Ton miteinander, machten zweifellos weitere Stelldicheins aus. Aber wo war sein Fahrrad? War es gestohlen worden? Oder hatte er Bedenken gehabt, damit heimzufahren, weil es kein Licht hatte?

Die Frau fuhr weg, bevor Duniya einen Blick auf ihr Gesicht erhaschen konnte. Mataan winkte überschwenglich, bis der Wagen um eine Ecke verschwand. Entscheidend ist,

sagte sich Duniya in Erinnerung an die Worte Nasiibas, entscheidend ist nicht, ob die Frau älter ist als er, sondern ob sie gut miteinander auskommen.
Mataan bewegte sich auf die Haustür zu, um einzutreten. Groß gewachsen, schritt er mit geradem Rücken wie ein Mann, der zu seiner wartenden Frau heimkommt, ein Mann, der alle Spuren seines anderen Lebens entfernen muß, in dem eine weitere Frau eine tragende Rolle spielt. Mataan wischte sich übers Gesicht und tätschelte leicht sein Haar, das eben erst gekämmt worden war. Als er näher kam, konnte seine Mutter sehen, daß er die Fahrradkette in der linken und seine Bücher in der rechten Hand hatte. Von ihr aus gesehen glich die Fahrradkette einer Jagdbeute.
Als sich der Schlüssel in der Haustür drehte, schlich Duniya auf Zehenspitzen von Nasiibas Bett weg, auf dem sie gekniet hatte, und überlegte: Soll ich ihn rufen oder warten, bis er seine talismanhafte Fahrradkette auf den Nagel über der Tür zu seinem Zimmer gehängt hat?
Schließlich rief sie ihn nicht. Sie ließ ihn duschen, ließ ihn die Unreinheit des Sexuellen abwaschen (der Islam hat eigene Vorstellungen über das körperliche Zusammenkommen von Mann und Frau, beide müssen sich nach dem Beischlaf waschen.) Doch als sie seine Schritte am Frauenzimmer vorbeikommen hörte, sprach sie doch seinen Namen aus.
»Wer ist da?« fragte seine überraschte Stimme.
»Ich bin es«, erwiderte Duniya.
Er machte deutlich, daß er nicht reden wollte.
»Dann gute Nacht«, sagte sie.
»Träum schön, Mutter«, rief er.
Duniya wachte nicht auf, als Nasiiba in ihr Bett schlüpfte. Sobald sie eingeschlafen war, kam Bosaaso zu ihr, um ihr seine Geschichte zu erzählen.

MOGADISCHU (AGENTURMELDUNG)
Die Vorbereitungen zu einer umfangreichen Hilfsaktion im vom Krieg zerrissenen und von Dürre geplagten Norden der somalischen Republik, wo in den vergangenen vier Jahren der Regen ausgeblieben war, kommen in Gang. Die Luftbrücke mit Notrationen an Nahrung werde in etwa einer Woche eingerichtet, sagte ein hoher Regierungsvertreter. Ein Beamter aus der Region bestätigte, daß in einigen der größeren Ortschaften täglich zwischen 300 und 500 Menschen sterben würden und viel mehr noch verhungern müßten, wenn die Luftbrücke in das betroffene Gebiet nicht baldmöglichst eingerichtet werde.

5

Bosaaso, der erst träumt und dann wach ist, teilt Begebenheiten aus seinem Leben mit Duniya, die schläft und vielleicht auch von ihm träumt!

Bosaaso war schon einige Zeit wach, hatte sich in seinem Bett herumgewälzt und sich nach dem Tagesanbruch gesehnt. Er hatte von einem strahlend hell gefärbten Adler geträumt, der hoch aufstieg und nicht den Eindruck machte, er wolle sich auf einem der hohen Eukalyptusbäume in der Umgebung niederlassen. Unten, wo Bosaaso wartete, daß der hübsche Vogel auf einen Ast herabkam, damit er zielen und ihn schießen konnte, war ein langbeiniger Stelzenläufer, der seine üblichen Verwünschungen ausstieß und seinen Kennruf in der häßlichsten Tonfolge wiederholte, die je ein Vogel sang.

In seinem Traum kam ein kleiner Junge, der ungefähr ein Kilo ungekochtes Fleisch auf einer unbedeckten Platte trug, in Sicht, und der wachsame Adler stürzte in einem plötzlichen Schwung herab, aber nicht auf das vor Blut triefende rohe Fleisch, sondern auf das Gehirn des Kindes. Der Junge fiel vor Angst zu Boden und ließ das Fleisch fahren. Etliche Frauen tauchten aus den Akazienbüschen auf und bildeten einen betrübten Kreis um den liegenden Jungen. Eine Frau blieb abseits stehen, eine Frau, die pfauenbunt zusammengeflickte Kleider trug und Federn im Haar hatte. Auf ihren Wink hin verstummten die anderen. Sie nahm aus den Falten ihrer Kleidung einen Kieseltalisman, den sie dem Jungen vor die Nasenlöcher legte. Das Kind wand sich in Zuckungen des wiederkehrenden Lebens. Dann stand es auf und ging ohne Angst weg, nahm sogar die Platte mit dem nun eingestaubten Fleisch mit.

Furcht löste in Bosaasos Brust einen staubtrockenen Reiz aus, und er nieste noch im Schlaf. Er lenkte seine Gedanken ab, indem er sich (und Duniya in ihrem Traum, von dem er ein Teil war) die Geschichte vom einzigen Sohn eines alleinstehenden Elternteils erzählte. Der Junge trug den Namen Mohamoud.

Er war ein überaus vom Glück begünstigtes Kind. Er hatte eine Mutter, die gut sang, mit einer wunderschönen Stimme begabt war, wunderbar kochte und eine ausgezeichnete Näherin war. Diese drei Vorzüge machten sie zu einem willkommenen Gast bei Hochzeiten und allen möglichen Anlässen, bei denen ihre Dienste gefragt waren. Sie zog Mohamoud alleine auf, da sein Vater, wie es allgemein hieß, als blinder Passagier auf ein Schiff gegangen war, um nie wieder von sich hören zu lassen.
Der Junge und seine Mutter lebten in der kleinen Küstenstadt G., nicht weit vom Kap Guardafui im Osten der somalischen Halbinsel. Sie waren ortsbekannt, immer zusammen, so bunt wie die Kleider, die sie selbst nähte, wie nomadische Roma, bereit, die Zuschauer beim geringsten Wink zu unterhalten. In der Haltung des Jungen zu seiner Mutter lag etwas entschieden Ambivalentes. Er liebte ihren Gesang und mochte das Essen, das sie zubereitete; andererseits empfand er es als entwürdigend, daß er sie überallhin begleiten und ihr bei den Festen, an denen sie mitwirkte, ständig auf den Fersen folgen sollte.
Sie wurde meistens in Naturalien bezahlt: Fleisch vom Lamm, Rind oder Kamel, ein zartes Stück, das sie daheim für sich und ihren Sohn zubereiten konnte. Mohamoud verabscheute es, mit dem die Fliegen anziehenden rohen Fleisch, das in ein rußschwarzes Tuch gewickelt war, durch den Ort zu gehen. Er haßte das Herumlungern bei den improvisierten Kochstellen aus vier Steinen, auf die Kessel gestellt wurden, unter denen ein Feuer gemacht wurde. Ge-

nauso peinlich war ihm die Angewohnheit seiner Mutter, ihn zu rufen und ihm vor allen Frauen Essen zu geben, wobei kein anderer Junge zum Mitessen eingeladen wurde. Er trollte sich dann irgendwohin wie ein Hund, der ein ruhiges Plätzchen sucht, um unbeobachtet an seinem Knochen zu nagen. Es machte ihn verlegen, zu essen, wenn es sonst niemand tat.

Mohamoud fühlte sich lockerer, wenn seine Mutter bei einem Hochzeitsfest die Sängermaske aufsetzte und Balladen vortrug, welche die Tugenden einer Braut oder eines Bräutigams priesen. Seine Mutter trug dann ihre besten Kleider und roch nach dem bezaubernden Sandelholz und anderen *cuuds*, die er liebte. An solchen Tagen mußte er nicht mitgehen. Nach ihrem Auftritt brachte sie gekochtes Essen mit.

Sie besaß eine beeindruckend volle Stimme und die Gabe der Improvisation. Sie war gut gekleidet, weitaus besser als irgendeine andere Frau im Ort, in modischen Gewändern, die sie entwarf und nähte. Es hieß einhellig, daß der Schneider im Ort nicht so geschickt wie sie sei, deshalb brachten die Frauen Kleider aus seiner Werkstatt zu ihr, um sie ändern zu lassen. Da sie keine Nähmaschine hatte (sie konnte sich keine leisten), machte sie alles mit der Hand. In Geschmacksfragen suchten die Frauen aus dem Ort ihren Rat, und wenn sie ihn erteilte, hielten sie ihn hoch in Ehren. Sie führte ein sehr geschäftiges Leben, empfing und unterhielt ständig Besucher.

Die Leute vom Ort wußten wenig von der Vergangenheit der Frau, denn ihr Mann, nicht sie, stammte aus G. Als sie mit ihm herkam, war sie bereits schwanger. Sie trafen auf der Ladefläche eines Lastwagens ein, braun vom Staub mysteriöser Herkunft. Der Laster spuckte sie aus und hinterließ in seiner Spur Fragen, die niemand von den staubbedeckten Pfaden der Stadt aufhob. Sie war die Ehefrau eines Einheimischen, und es sei nur angemerkt, daß der Mann einen schlechten Ruf als berüchtigter Spieler hatte. Er war eine ruhelose Seele von jener Art Gemüt und Temperament, für die eine verschlafene Kleinstadt im Hinterland von Somalia kaum Interesse verspürte; und es fand sich keine Arbeit für ihn. Der Schneider, der einen Groll gegen die Frau hegte, soll gesagt haben, daß der Einheimische eine Hexe in die Stadt gebracht hätte.

Am Tag nach der Geburt seines Sohnes verschwand der Vater, um unerkannt auf das erste Schiff zu gehen, das an diesem verlassenen Uferstreifen landete. Seine Eltern waren gut zu der armen Frau und dem Jungen, der den Namen seines Großvaters trug. Bis Mohamoud fünf war, schlief er in einem *alool*-Bett bei seiner Mutter, die für ihre Schwiegerleute viele Vorzüge besaß, da sie sich einer Vielzahl von Talenten rühmen konnte, die in einer Stadt wie G. ungewöhnlich waren. Sie zeigte kein Interesse an anderen Männern, denn die meisten waren vom Glück verlassene Fischer, die von Geldsendungen von Verwandten lebten, die im petrodollarreichen Arabien schufteten.

Die Frauen aus dem Ort bekundeten ihr grenzenloses Wohlwollen und Vertrauen. Um sich erkenntlich zu zeigen, brachte sie deren Töchtern das Stricken bei und hielt kostenlosen abendlichen Lese- und Schreibunterricht für ältere Frauen auf dem Anwesen ihrer Schwiegereltern ab. Ihre Ruhelosigkeit, die sie gut einsetzte, erinnerte die Leute an den verschwundenen Vater des Jungen. Das machte die Schwiegereltern wachsam und darum besorgt, daß auch sie ihre mageren Habseligkeiten packen und für immer mit ihrem Enkel verschwinden könnte. Doch sie bot ihnen keinen Anlaß für ihren Verdacht.

Der Ruhm seiner Mutter eilte Mohamoud in die Schule voraus, und einige der größeren Rüpel reizten ihn unaufhörlich. Ein grausamer Junge namens Ali beschrieb sie als »wandelnde Küche«. Bei einem heftigen Wortwechsel mit ihm erwähnte Mohamoud, daß Alis Mutter auf Kosten der

Stadt lebte, praktisch eine Bettlerin, die auf Wohltätigkeit angewiesen war. Wer also verdiente, mit Verachtung überhäuft zu werden, eine Frau, die hart arbeitete, oder eine, die von Almosen lebte? Es kam zu einer Prügelei, und Mohamoud traf den Rüpel so hart, daß ihm die Hand weh tat, aber der andere Junge verlor einen Schneidezahn. Mohamoud wäre von der Schule geflogen, hätte nicht ein Klassenkamerad namens Mire ein Wort für ihn eingelegt. Dessen Vater war der Bezirksrichter, ein Mann, vor dem der Schulleiter große Achtung hatte. Mire gab unumwunden Ali die Schuld, bezichtigte ihn, er habe Mohamoud zuerst provoziert. Der Schulleiter schmiß Ali von der Schule. Und Mire und Mohamoud wurden Freunde.

Mire schenkte seinem neuen Freund einige Kleidungsstücke, aus denen er herausgewachsen war; die änderte oder flickte Mohamouds Mutter, wenn nötig. Als Geste der Anerkennung brachte Mohamoud die *bursaliid*-Brötchen in die Schule mit, die seine Mutter für ihn machte, und teilte sie sich mit Mire. Die beiden aßen oft zusammen, Mire aus Abenteuerlust, Mohamoud aus Loyalität zu ihrer engen Freundschaft und auch, weil er es haßte, allein zu essen. Die anderen Jungen kauften ungenießbare Teilchen, steinhart, und Brot von einem Wellblechkiosk an der Ecke, wo die Lehmstraße der Schule auf die einzige Durchgangsstraße des Ortes stieß. Das Haus von Mires Vater, eines von drei Steingebäuden, stand im Behördenviertel. Die Wohnung von Mohamouds Großeltern war das letzte Haus in einer Sackgasse. Mire, der viel las, ermutigte seinen Freund, sich Bücher auszuleihen.

Eines Tages kam ein Lastwagen an, und Mohamouds Mutter wurde ein Brief ausgehändigt mit Neuigkeiten von ihrem Mann, der offenbar in Mogadischu gesehen worden war, wo er wie ein Matrose auf Landgang in Saus und Braus lebte. Eine Woche später traf ein Telegramm mit seinem Namen darauf und der Nachricht ein, daß sie in die Hauptstadt kommen und den Jungen mitbringen sollte. Das erste Sendschreiben enthielt das Foto eines Mannes mit deformierter Unterlippe; niemand zweifelte an der Authentizität der Quelle, da sie Klatsch enthielt, die nur die Familienmitglieder wußten. Die Großeltern wurden argwöhnisch, da sie nicht sicher waren, ob sie ihren Enkel je wieder zu Gesicht bekommen würden. Erst auf das Einschreiten von Mires Vater hin gestatteten sie der Mutter, daß sie den Jungen mitnahm.

Am Abend vor der Abreise kam Mire mit seinem Vater her, um ihnen eine gute Reise zu wünschen. Mires Vater hatte für sie eine Mitfahrgelegenheit in einem Land Rover der Regierung organisiert, der nach Mogadischu zurückfuhr. Da Mohamouds Mutter nicht wußte, wieviel Hilfe sie bei der Ankunft in der Hauptstadt benötigen würde, gab ihr Mires Vater Empfehlungsschreiben an Freunde von ihm mit. Die beiden jungen Freunde lechzten nach einem Wiedersehen, dessen sie sich sicher zu sein schienen.

Der Junge und seine Mutter wohnten bei ihren Leuten in der Hauptstadt. Von dem Mann, der ihn gezeugt hatte, war keine Spur zu sehen. Die ersten paar Monate waren elend für den jungen Mohamoud, der seinen Freund Mire, seine Großeltern, die Luft der Kleinstadt und das Haus vermißte, in dem er gewohnt hatte. Noch dazu war hier in Mogadischu an seiner Mutter nichts Besonderes mehr, denn es gab Tausende von Frauen wie sie. Sie wurde nur selten als Ehrengast oder als Köchin bei Hochzeiten eingeladen; sie besuchte die Hochschule, um eine Lehrerausbildung zu machen und fand später Anstellung in einer Schule.

Zwei Jahre später kamen Mire und Mohamoud in Mogadischu wieder zusammen, doch sie wohnten an entgegengesetzten Enden der wild wuchernden Stadt und konnten sich nicht so oft besuchen, wie sie es wünschten. Als die Schule wieder anfing, wurde Mohamoud in Mires Schule

versetzt und nahm es in Kauf, jeden Tag die vier Kilometer hin und zurück zu gehen.
Der Zufall wollte es, daß es noch drei weitere Jungen gab, die denselben ersten, zweiten und dritten Namen wie unser Freund Mohamoud hatten, was Verwirrung stiftete. Als eines Tages ein Lehrer die Namen nacheinander aufrief, fragte er sich, wie um alles auf der Welt sie auseinandergehalten werden sollten. Da Mire an jenem Tag ungewöhnlich schalkhaft aufgelegt war, gab er seinem Freund den Spitznamen »Bosaaso«. Und obwohl Mohamoud darauf bestand, daß er nicht aus der gleichnamigen Stadt stamme, sondern aus G., blieb ihm der Spitzname.

In dem sicheren Gefühl, daß Duniya bei ihm war und mit Vergnügen die Geschichte seiner Kindheit gehört hatte, zögerte Bosaaso den Augenblick hinaus, in dem er die Augen aufschlagen würde. Irgendwo in dem einstöckigen Haus, das er allein bewohnte, ging eine Tür auf und knallte wieder zu, Badewasser wurde eingelassen und eine Klospülung betätigt. Sein Gesicht verhärtete sich in der traurigen Erwartung, er würde sie nicht mehr antreffen oder sie würde ihn nicht hören oder sein Rufen nicht beantworten. Doch bei noch geschlossenen Augen meldete ihm seine Hand, daß rechts neben ihm im Bett eine Kuhle war, wo sie geschlafen hatte; und seine Wangen fühlten sich gestreichelt an, von ihren Lippen berührt und geküßt.
Er hatte die Miene eines zufriedenen Mannes, sogar noch, als er die Augen aufschlug und sie im Haus nicht antraf, in keinem der Zimmer, die er betrat. Er fuhr zusammen, als er ein hohes Pfeifen hörte und dann einen Eisvogel in der Küche erblickte, der genau auf dem Stuhl saß, wo Duniya hätte sein können.
Der Eisvogel, der keine Erklärungen abzugeben brauchte, flog hinaus.
Ohne groß die Miene zu verziehen, bewegte sich Bosaaso

in seiner Küche, als wünsche er nicht, einen Gast zu stören, der noch irgendwo im Gebäude schlief. Er wartete, bis das Wasser im Topf kochte. Dabei streichelte er die Schnauze der Teekanne, als würde er die Euter einer Kuh bearbeiten, damit sie mehr Milch hergab, die Hin-und-Herbewegungen seiner Hand sanft und elegant. Nach und nach überließ er sich der Erinnerung an eine Szene aus der Vergangenheit, erinnerte sich an die Welt, in der er mit seiner verstorbenen Frau gelebt hatte. Was ihn derzeit seelisch beschäftigte, kam ihm erst wieder in den Sinn, als er bemerkte, daß er den Frühstückstisch für zwei gedeckt und Teller, Sets und Besteck vor den Stuhl gelegt hatte, auf dem der Eisvogel gesessen hatte.
Bosaaso hatte das Porzellanservice einer Dänin abgekauft, die nach einem dreijährigen Aufenthalt im Auftrag einer skandinavischen Hilfsorganisation nach Kopenhagen zurückkehrte. Die Frau bestand darauf, das Service »spottbillig« zu verkaufen, es mehr oder weniger »geschenkt herzugeben«. Er zahlte eine symbolische Summe, zehn US-Dollar, da Ingrid verlangte, er solle irgend etwas zahlen. Ihm als Afrikaner wäre es peinlich gewesen, magere fünf Dollar für ein Porzellanservice zu zahlen, das neun Jahre in Mogadischu überstanden hatte (die Frau hatte es selbst von einer Engländerin gekauft, die bei einer anderen Freiwilligenorganisation, War on Want, tätig gewesen war, und hatte mit englischen Pfund gezahlt).
Als er sich zum Frühstück gegenüber von ›Duniyas‹ Stuhl hinsetzte, erschien ihm die Dänin Ingrid in seiner Erinnerung blaß, mit einem so knallroten Lippenstift, daß er nicht ohne zu blinzeln darauf schauen konnte. Sie hatte einen starken Akzent und sprach schnell, wobei ihr mit besorgniserregendem Tempo Speicheltröpfchen wie Geschosse aus dem Mund sprühten. Ihre Schneidezähne waren künstlich, die oberen Hälften weiß, die unteren sehr dunkel.
Bosaaso und Yussur, seine verstorbene Frau, waren zu Ing-

rid gegangen, um zu sehen, welche gebrauchten Artikel sie zum herabgesetzten Preis erstehen könnten. Die Idee, sie zu besuchen, stammte von Yussur, und die beiden Frauen gerieten in eine Diskussion über die philosophischen und kulturellen Aspekte des Geschenkemachens. Bosaaso hörte fasziniert zu. Die schlagenden Argumente ihrer Debatte richteten sie an ihn. Ingrid berichtete allgemein vom Austausch von Geschenken in Europa und sagte unter anderem, daß auf ihrem Kontinent jemand etwas Gebrauchtes oder Abgetragenes einem Freund oder armen Verwandten in Not schenken würde; doch die Vorstellung des Schenkens um seiner selbst willen sei fremd und gehöre nicht zum Brauchtum wie in Somalia. Die Anlässe seien wichtig, nicht die Geschenke, sagte sie. Weihnachten sei eine Zeit, in der alle an einer Orgie von Geben und Nehmen teilnähmen.

Yussur hörte zu, schüttelte den Kopf und sträubte jedesmal innerlich das Gefieder, wenn Ingrid eine herablassende Bemerkung über Afrikaner machte. Es bereicherte Bosaaso, den Ausstoß der allgemeinen Aussagen der Dänin zu analysieren; doch als sie sich dann in Einzelheiten erging, wurde ihre Logik brüchig.

An einem Punkt sagte Ingrid: »Dieses Porzellan zum Beispiel hat fast zehn Jahre in den liebevollen Händen von Europäern überlebt, die einen solchen Schatz zu würdigen wußten.« Dann legte Ingrid Enttäuschung in ihre Stimme und fuhr fort: »Mich betrübt nur der Gedanke, daß du, Yussur, dich vielleicht wie diese *Apfrikaner* überall hier verhältst, die keine Ahnung haben, wie sie empfindliche Apparate mit Seelen wie ein Auto, einen Computer mit heikler Software oder ein Porzellanservice mit einer so zerbrechlichen Anima wie der eines Vogels zu behandeln haben. In meinen Augen haben die *Apfrikaner* nicht den nötigen Sinn dafür, die Kultur und die technologischen Geschenke zu würdigen, die sie empfangen.« Und sie lächelte Bosaaso an, dessen linke Backe das Ziel eines fliegenden Speichelbällchens gewesen war.

Yussur war sich mit der Hand liebevoll über ihren Schwangerenbauch gefahren, als würde sie ein ermutigendes Tätscheln offerieren. An Ingrid gewandt und von diesen abschätzigen Bemerkungen über Afrikaner offenbar nicht in Wallung gebracht, sondern sie übergehend, hatte Yussur gefragt: »Ist nun dieses Porzellan, das du mir und meinem Mann spottbillig verkauft hast, fast ein Geschenk?«

»Mehr oder weniger ein Geschenk, ja.«

»Dann sag mir doch, Ingrid«, fuhr Yussur fort, »wenn du deine Geschenke für zehn US-Dollar verkaufst, was in der hiesigen Währung mehr ist als das Monatsgehalt eines gehobenen Beamten, wie um alles auf der Welt nennst du die Gaben, die deine Regierung oder wohltätige Organisationen meiner Regierung und der vom Hunger geplagten, Almosen empfangenden Bevölkerung zukommen lassen?«

»Wir nennen das ›Entwicklungshilfe‹. Das kann in der Form von Nahrungspaketen oder technischem Gerät oder Zuschüssen, die später abgeschrieben werden, oder Darlehen geschehen. Es gibt verschiedene Bezeichnungen, abhängig von der jeweiligen Situation.« Ingrid gab sich zuversichtlich.

»Wir empfangen«, sagte Yussur sehr deutlich, »und ihr gebt.«

»Generell gesagt, ja. Stimmt.«

»Warum geben, Ingrid?«

Ingrid schwieg verdutzt, und Yussur fragte: »Was springt für eure Leute dabei heraus, meinen Leuten was zu schenken?«

»Weil wir bestimmte Dinge haben, die Ihr *Apfrikaner* braucht.«

Yussur sagte: »Aber das ist ja lächerlich.«

Nun fühlte sich Ingrid beleidigt. »Was ist lächerlich an dem, was ich gerade gesagt habe?«

»Gewiß verschenkt ihr etwas für euch Wertvolles nicht einfach, weil ein anderer es nicht hat oder es braucht?«
Schweigen. Yussur suchte Bosaasos Blick und erhielt ein anerkennendes Kopfnicken. Doch Ingrid war anderer Ansicht. »Entwicklungshilfe ist Entwicklungshilfe, gut oder schlecht, ob da nun Klauseln und weitere Bezugsbedingungen dabei sind oder nicht. Ihr sagt das eine und wollt etwas anderes, ihr *Apfrikaner*. Ich kann solchen Unsinn nicht mehr hören. Warum bittet ihr um Hilfe, wenn ihr sie nicht mögt? Die Schlagzeilen in euren Zeitungen sind voll mit den Bitten eurer Regierung um mehr Entwicklungshilfe, mehr Kredite. Unsinn.«
Yussur waren die Füße eingeschlafen. Damit wieder Blut in ihnen zirkulierte, stand sie auf und schritt unterm Reden auf und ab.
»Mein Mann hat mir erst neulich berichtet, daß die Vereinigten Staaten, das reichste Land der Welt, zwischen 1953 und 1971 sogenannte Wirtschaftsförderung im Wert von neunzig Millionen Dollar an Somalia, eines der ärmsten Länder der Welt, gespendet haben. Über sechzig Millionen dieses sogenannten Hilfspakets sollten Entwicklungsvorhaben finanzieren, darunter Lehrerausbildung und eine Wasserversorgung für Mogadischu. Aber weißt du, daß beinahe zwanzig Millionen Dollar für Nahrungsmittel draufgingen, die von amerikanischen Farmern in den USA erzeugt und uns in Säcken mit der Aufschrift GESPENDET VON DEN USA AN DIE REPUBLIK SOMALIA geschenkt wurde? Und natürlich müssen wir davon die Gehälter von Amerikanern abziehen, die hier arbeiten und wie Herrscher in einem Luxus leben, den sie bei sich daheim nicht hätten. Warum müssen wir diesen unerträglichen Unsinn hinnehmen?«
»Frag mich nicht«, gab Ingrid zurück und zuckte die Schultern.
»Wen dann?«

»Euch selbst.«
Bosaaso hatte nachdenklich genickt, aber nichts gesagt.
Yussur redete in verändertem Tonfall weiter: »Neulich hab ich Bosaaso an das somalische Sprichwort erinnert, ›*Qeebiyaa qada*‹. Magst du das Ingrid auf englisch wiedergeben?«
Beide Frauen sahen ihn daraufhin an.
Er hatte ein Weile überlegt, dann gesagt: »Ich würde es vorsichtig etwa so übersetzen: Wer aus dem vollen schöpfen kann, verteile seine Gaben uneigennützig.« Lächelnd dachte er, daß dies sein einziger Gesprächsbeitrag geblieben war.
Yussur meinte: »Ich versuche dir nur zu sagen, meine liebe Ingrid, daß eine Sprache das Produkt der Haltung eines Volkes zu der Welt ist, in der es sich befindet. Kannst du jetzt verstehen, warum es mich schmerzt, wenn ich höre, daß du das Porzellan, wofür wir zehn US-Dollar gezahlt haben, als Geschenk beschreibst?«
»Jeder hat so seine Meinung«, erwiderte Ingrid.
In diesem Augenblick verspürte Yussur die ersten Wehen, und ihre Gesichtszüge verzerrten sich vor Schmerz, ein Stöhnen drang aus ihrem Körper. Als sie nach einem Stuhl griff, schwang ihr Körper herum. Die tragische Ironie dabei war, daß sie in ihrer schmerzverzerrten Blindheit eine Porzellantasse zerbrach.
Bosaaso brachte sie rasch ins Krankenhaus. Es waren langwierige Wehen, die ersten für Yussur, sie dauerten mehrere Tage, und dabei machten Bosaaso und Duniya miteinander Bekanntschaft. Yussur brachte einen strammen Jungen zur Welt, der nach Dr. Mire benannt wurde, doch sie gab nicht genügend Milch her. Das hätte sie nicht weiter bekümmert, wenn da nicht die traumatischen Erinnerungen gewesen wären, wie sie den Brüsten ihrer Mutter entwöhnt wurde. Begebenheiten, die Yussur komplett vergessen hatte, suchten sie mit erschreckender Deutlichkeit wieder heim, dabei auch die, als sie ihre Mutter gehört hatte, die

einer Nachbarin anvertraute, wenn Yussur, damals schon vier, an ihren milchprallen Brüsten sauge, genieße sie das noch mehr als den Beischlaf mit ihrem Mann, dem Vater des Kindes.

In ihrer Depression ertrug Yussur ihre Ängste nicht gut. Sie übertrieb dieses geringfügige Versagen und sagte ihrem angehimmelten Baby eine düstere Zukunft voraus. Ihr mütterliches Ego war verletzt, und sie wurde mürrisch, verlor den Lebenswillen.

Weil Yussur eine schwache Konstitution hatte und niemanden sehen wollte, bat sie Bosaaso, Dr. Mires Rat einzuholen. Medikamente wurden verschrieben und Bettruhe angeordnet. Mire brachte einen Psychiater mit, der ein langes Gespräch mit Yussur führte. All diese Schritte halfen. Eine Zeitlang benahm sie sich wie jede Normalsterbliche, war glücklich, allein mit ihrem Baby und ihrem Mann zu sein, und verlangte, aus dem Krankenhaus entlassen zu werden, wo sie auf der Privatstation lag. Da Mire gerade nicht in Mogadischu war, willigten andere Ärzte ein, die Entlassungspapiere zu unterzeichnen.

Niemand erkannte, daß Yussur für selbstzerstörerische Depressionen anfällig war. Um den Streß zu überwinden, sperrte sie sich im Hauptschlafzimmer ein, wo sie sich sicher und auch abgeschottet von ihrer Mutter und ihrer jüngeren Schwester fühlte, die oft zu Besuch kamen. Ihre Mutter redete, stellte Fragen und schlug absurde Heilmittel für Yussurs Beschwerden vor, da sie sich Sorgen machte, daß die goldene Eier legende Tochter sterben oder ihrem Baby etwas zustoßen würde; denn in diesem Fall würde Bosaaso nicht mehr für die Mutter und die Schwester sorgen. Yussur wollte niemanden sehen außer ihrem Säugling, ihrem Bosaaso und der Hausangestellten.

In einem seltenen friedvollen Augenblick, als sie nicht so melancholisch war, fragte Yussur Bosaaso: »Es macht dir doch nichts aus, mit mir oder dem Baby in diesem großen

Haus allein zu sein, vom Rest der Welt abgeschlossen, oder, Bo?«

»Natürlich nicht«, hatte er gesagt.

»Und du meinst nicht, daß ich übergeschnappt bin, oder?«

»Natürlich nicht.«

Mit stillem Wirken ging die Hausangestellte auf die Bedürfnisse von Yussur und dem Baby ein. Da sie selbst eine Mutter von etlichen erwachsenen Kindern war, erteilte sie mit sanfter Stimme vorsichtigen Rat und benahm sich verständnisvoll, wenn Yussur – unhöflich, wie es nur die Jungen sein können – sie anfuhr.

Die Klingel läutete zu jeder Tages- und Nachtzeit. Yussurs Mutter und jüngere Schwester wollten eingelassen werden. Als niemand auf das Läuten reagierte, nahmen die beiden Frauen an, der Mechanismus wäre defekt oder der Strom ausgefallen, also verlegten sie sich darauf, so heftig an die Tür zu klopfen, daß der Eindruck entstand, Polizeibeamte würden sich auf eine Erstürmung vorbereiten. Da sie keinen Einlaß fanden, lagerten sie im Vorgarten unter einem Baum am Tor.

Dr. Mire kehrte ein paar Tage später zurück und wurde sofort hereingelassen. Bosaaso kam aus dem Haus und fuhr in Mires Auto mit weg. Drei Stunden später kamen sie in Begleitung eines Neurologen wieder zurück und waren bestürzt, als sie alle Türen offen vorfanden und Frauen klagen hörten. Drei Frauen betrauerten den Tod von Yussur und dem Baby Mire.

Was die Hausangestellte und Yussurs Mutter von dem Geschehen berichteten, differierte in wesentlichen Punkten und im Gehalt. Offenbar hatte die Angestellte aus mütterlicher Güte die alte Frau und die Schwester hereingelassen, direkt nachdem das Arztauto abgefahren war.

In beiden Versionen kommt der Balkon mit Blick auf den Garten vor, auf dem Yussur stand. Und in beiden hält Yussur das Baby fest umarmt und sagt: »Magst du nicht ein lie-

ber Junge sein und mir diese eine Blume in unserem Garten pflücken und mir dann schenken?«
Doch von da an gehen die Versionen auseinander. Im Bericht der Mutter ging Yussur zurück und bückte sich, um das Baby in seine Wiege zu legen, änderte aber dann ihre Absicht und kehrte wieder auf ihren Platz auf dem Balkon zurück, wo sie von ihrem Baby verlangte, ihr die Blume zu pflücken. Hier endet die Geschichte der Mutter. Im Bericht der Hausangestellten verging keine Zeit zwischen dem Moment, in dem Yussur die höchst ungewöhnliche Bitte an ein nicht einmal eine Woche altes Baby richtete, und dem Augenblick, in dem sie es herunterwarf, damit es die einsame Blume hole. Die Angestellte berichtete von einem Aufblitzen von Wahnsinn, der Yussurs Augen zwischen dem Aussprechen des Wortes »schenken« und dem Tod durch den Sturz aufleuchten ließ. Wo war Yussurs jüngere Schwester? Nun, sie war zum Kleiderschrank ihrer Schwester gegangen, um ein Kleid anzuprobieren, weil sie auf ein Fest eingeladen worden war – dadurch entging ihr alles.
Alle Versionen stimmten in einem Punkt überein: Yussur und Baby Mire starben.

MOGADISCHU (SONNA, 1. AUGUST)
Liv Ullmann ist vor einiger Zeit zur UNICEF-Sonderbotschafterin ernannt worden und bereist in dieser neuen Rolle gerade verschiedene Länder in Afrika südlich der Sahara.
Als Teil ihres Engagements wird Ullmann die beschwerliche Reise in einem Flugzeug antreten, das Getreide, Arzneien und andere dringend benötigte Artikel in Gebiete bringt, die von Hunger und den gesundheitlichen Folgen von Unterernährung heimgesucht sind. Liv Ullmann sagte, es mache sie glücklich, wenn sie auf den Gesichtern dieser Kinder erst ein zögerliches und dann

ein fröhliches Lächeln sieht, wenn sie bemerkt, wie sie wieder Hoffnung auf ihr eigenes Überleben schöpfen.
Auf ihrer Mission der Barmherzigkeit wird Ullmann eine ausgewählte Anzahl von Versorgungszentren und Flüchtlingsprojekten auf dem Kontinent besuchen, der angeblich über die größte Zahl von Kriegsvertriebenen auf der Welt verfügt.

6

Duniya erwacht aus einem Traum, in dem Bosaaso ihr eine Geschichte erzählt. Sie spricht am Morgen mit Nasiiba und Mataan. Und ihr wird ein Artikel aus der Tageszeitung des Landes geliehen.

Duniya wachte auf, weil eine Tür laut aufgeschlossen wurde. Einen Augenblick später hörte sie ein sperrangelweites Gähnen, dann sich nähernde und wieder entfernende Schritte. Schließlich wurde das Fenster zur Straße aufgerissen, und die Hitze der Morgensonne drang ins Zimmer. Ein heißer Hauch leckte sengend über den freiliegenden Teil von Duniyas Gesicht.

»Zeit zum Aufstehen, Mami«, sagte Nasiiba.

Warum nur war Nasiiba schon so früh auf den Beinen, früher als ihr Zwillingsbruder, der sich schon den Spitznamen »Hauswecker« errungen hatte? Und warum bestand sie darauf, daß der Rest der Welt auch aufwachen sollte?

»Schüttle den Schatten des Schlummers ab, Mami. Auf«, sang Nasiiba.

Duniya regte sich nicht.

»Was haben heute bloß alle?«

Die Sonne fühlte sich heiß an, längst nicht mehr taufrisch. Duniya wünschte, sie könnte sich noch länger an die Tröstungen des Schlafs klammern und ihren unterbrochenen Traum wiederaufnehmen. Aber das sollte nicht sein. Nasiiba machte ihr lautstark klar, daß sie sowohl vor ihrer Mutter als auch ihrem Bruder aufgestanden war, obwohl sie als letzte ins Bett gegangen war. Duniya fragte sich, ob ihre Tochter wegen irgend etwas Schmetterlinge im Bauch hatte – war das der Grund?

»Mami?«

»Nein«, erwiderte Duniya. Das Wort entfuhr ihr unwillkürlich.

»Wovon redest du? Was nein?« fragte Nasiiba.
Wie unbedacht von den Jungen, immer nur mit sich beschäftigt zu sein, dachte Duniya. Ihr fiel das somalische Sprichwort ein, das besagt, deine Nachkommen sind nicht deine Eltern – die Achtsamkeit der Kinder ist ein seichter Brunnen, dessen Fülle schnell versiegt.
»Ich will dir was erzählen«, sagte Nasiiba in dringlichem Ton.
Duniya hatte kein Interesse, etwas erzählt zu bekommen.
»Es wird nicht lang dauern, ich verspreche es.«
Duniya war nicht interessiert.
»Mach die Augen auf, und hör mir zu.«
»Nein«, sagte Duniya nur.
»Du bist heute so abweisend.«
Duniya sagte nichts.
»Es ist sehr wichtig, daß ich dir was sage, Mami.«
Duniya blieb still und reglos liegen. In eines ihrer Ohren drang Luft, es schmerzte dabei leicht; das andere war völlig taub, als würde es unter einem kurzfristigen Anfall der Menière-Krankheit leiden. Ihr Körper glitt kurz in die unentschiedene Zone zwischen Trägheit und Traum, Bosaaso erzählte ihr, wie seine verstorbene Frau von den Toten auferstand, und sie sah ein Baby, das eine einzelne Blume fest in Fingern mit langen Nägeln hielt. Das Baby war ohne Anus geboren worden, und da es in der Stadt keinen erfahrenen Chirurgen gab, der ihm eine Ausscheidungsöffnung operativ einsetzen konnte, war es gestorben, von niemandem betrauert.
Nasiiba sagte gerade: »Gehst du heute nicht zur Arbeit, Mami?«
Duniya traf augenblicklich eine Entscheidung. Sie sagte: »Nein.« Eine kurze Stille folgte. »Was ist mit dir? Gehst du nicht in die Schule?« fragte sie.
»Ich gehe nicht«, erwiderte Nasiiba.
»Warum nicht?«

»Weil ich nicht gehe«, ertönte es, typisch Nasiiba.
Duniya deckte ihr Gesicht auf, und ihre Augen blinzelten, taten eine Weile weh, bis sie sich an den Glanz der strahlenden Sonne gewöhnt hatten.
Beide Frauen wandten sich nun ihrer Tür zu, die auf den Innenhof ging. Ein Windstoß wehte an Duniyas Gesicht vorbei und aus dem Fenster. Von unbeholfenen Schritten angekündigt, sprach Mataan einen Gruß. Nasiiba erwiderte ihn nicht. Duniya stellte sich die gähnende Miene ihres Sohnes vor. Sie konnte ihn vor ihrem geistigen Auge sehen, wie er verdutzt seine Schwester anstarrte.
»Guten Morgen, Mutter«, sagte Mataan, lauter geworden.
Duniyas Gedanken waren mit etwas anderem beschäftigt, sie versuchte sich klarzuwerden, ob sie einen Spatzen gesehen hatte, der seine Flügel zusammenklappte und vom Himmel herunter auf die Erde fiel. Weil Duniya die Begrüßung ihres Sohns nicht erwiderte, nahm Nasiiba die Gelegenheit wahr, um zu sagen: »Unsere Mutter benimmt sich sonderbar heute früh, Mataan; sie benimmt sich wie ein Kind, das sich weigert, sein Essen anzunehmen, und sagt zu allem nein.«
»Hast du keinen Respekt vor den Alten, Zwillingsschwester?«
»Was weißt du schon von Respekt?« gab Nasiiba zurück.
»Ich wollte damit nur sagen, daß du deine Mutter respektieren sollst«, meinte er.
»Ich wollte damit nur sagen, daß dich das nichts angeht«, rief Nasiiba.
»Das würde ja ...« begann er, gab aber mitten im Satz den Gedanken auf. Er ging fast ohne Geräusch weg, wie ein Einbrecher, der sich aus einer Wohnung schleicht, in die er versehentlich eingedrungen ist.
»Mataan?« rief Duniya ihn zurück. Ihr fiel ein, daß er in der Nacht vorher nicht auf seinem Fahrrad, sondern im Auto einer Frau heimgekommen war.

»Ja, Mutter?« Er hielt sich diskret außer Reichweite ihrer Augen. Er würde nie daran denken, ein Zimmer ohne anzuklopfen zu betreten, selbst wenn die Tür weit offenstand.

Als sie nicht weitersprach, sagte er: »Ich wollte es dir noch sagen, als ich gestern heimkam, Mutter«, dann verlor sich seine Stimme.

Sie wartete in der Hoffnung, von der Frau zu hören, mit der er zusammengewesen war.

»Es geht um mein Fahrrad, Mutter«, fuhr er fort. »Ich bin gestern nacht damit gefahren, als ein Mann auf einmal rückwärts fuhr und mich umwarf. Ich wollte es dir sagen, als ich heimkam.«

Sie setzte sich auf. Ihre Stimme klang besorgt: »Bist du verletzt?« Sie wickelte sich ein Laken um. »Komm her, laß mich nachschauen.«

Mataan war groß und sehr dünn. In der Schule war sein Spitzname Lungo, das italienische Wort für ›lang‹. Er berührte seine Ellbogen, die aufgeschürft waren, seine Kniescheiben und einen leicht bläulichen Fleck am Brustkorb.

»Ich hab mir nicht weiter weh getan«, sagte er.

»Ich wünschte, du würdest nachts nicht ohne Licht Fahrrad fahren.«

»Aber es war an, Mutter«, sagte er.

»Warum hat er dich dann nicht gesehen?«

»Weil er seine Scheinwerfer nicht an hatte.«

»Hast du mit dem Mann, der dich umgefahren hat, gesprochen? Hast du dir seine Versicherungsnummer und alles notiert?« fragte Duniya.

Mataan nickte.

»Wo ist das Fahrrad jetzt?« wollte seine Mutter wissen.

»Bei einer Bekannten«, sagte er.

Nasiiba, die sich bisher zurückgehalten hatte, sagte: »Mami, bitte ihn doch, den Namen der Bekannten zu nennen, wo er sein Fahrrad gelassen hat.«

Mataan und Duniya sahen sie tadelnd an.
»Warum schaust du mich so an, als hätte ich deine liebste Kamelstute geschlachtet? Ich rede mit meiner Mutter.«
»Du bist ja lachhaft«, sagte er und verschluckte sich fast am letzten Wort.
Duniya bat ihre Kinder: »Bitte kein Streit.«
Nasiiba war blaß vor Wut: »Mutter, kannst du mir sagen, warum du mit mir nicht reden willst, aber mit Mataan wie eine geschwätzige Marktfrau plapperst?«
»Weil er bei einem Fahrradunfall verletzt wurde.«
»Dir wär es gar nicht aufgefallen, wenn mir was passiert wäre.«
»Aber weshalb denn?« fragte Mataan.
»Weil du ein Junge bist und ich ein Mädchen«, sagte Nasiiba.
Der Wortwechsel der Zwillinge erinnerte Duniya daran, daß Nasiiba mehrere Nächte lang im Schlaf mit den Zähnen geknirscht hatte, wahrscheinlich weil sie wegen irgend etwas echten Ärger hatte.
In offensichtlichem Zorn zog Nasiiba ihre Jeans an.
»Wohin willst du?« fragte Duniya.
»Wohin, wo jemand mit mir redet, wenn ich mit ihm spreche.«
»Ich habe Frühstück gemacht, willst du nichts davon?« fragte Mataan.
Nasiiba wischte aus dem Zimmer, als würde sie zu einer Verabredung zu spät kommen.
Nach dem Frühstück las Duniya Taariqs Artikel in der vorgestrigen Zeitung:

DIE GESCHICHTE EINER KUH
Dies ist eine wahre Geschichte. Sie trug sich zu in einem Dorf in Lower Juba in Somalia und handelt von zwei durch Heirat und Blut verwandten Familien. Über ihre Identitäten werde ich mich nicht näher auslassen, will

aber klar feststellen, daß sich alles in den mittleren Monaten der schlimmsten Hungersnot am Horn von Afrika in diesem Jahrhundert abspielte.

Es waren schwierige Monate, insbesondere für jemanden, der gelobt, den Hunger nicht nur zu überleben, sondern ihn auch mit unbefleckter Integrität zu überstehen. Viele Personen gaben dem Hunger und anderen Formen des Drucks nach; viele, die sich für gut, ehrenhaft und unbestechlich hielten, entdeckten zu ihrem Entsetzen, daß Hungersnöte das Streben nach solchen Idealen entweder tollkühn oder zumindest fragwürdig erscheinen lassen.

In jenem Dorf wohnten zwei große Familien, deren Hauseingänge einander gegenüberlagen, deren Kinder zusammen spielten, deren junge Männer und Frauen miteinander tanzten und untereinander heirateten. Vor der Hungersnot erinnerte sich niemand an einen Streit, ob leichtfertig oder ernst, der zwischen den beiden Hausgemeinschaften stattgefunden hätte und nicht augenblicklich beigelegt worden wäre. Meinungsverschiedenheiten, die zu Reibereien hätten führen können, wurden ausgeräumt, bevor jemand Zeit hatte, sich dazu zu äußern, Verdächtigungen wurden beschwichtigt, bevor sie im Gemüt von jemandem, Kind oder Erwachsener, Mann oder Frau, die Saat des Hasses säten.

Dann kam der Hunger. Die ersten neun Monate dezimierten den Viehbestand und reduzierten die Herde auf eine Handvoll dürrer Tiere. Mittlerweile gab die Erde wenig her. Dürre Kühe gab es zu sehen, deren Knochen so sichtbar herausstachen, daß Krähen sie für trockene Eukalyptusäste hielten und sich darauf niederließen.

Um den Fortgang der Geschichte zu beschleunigen, sollten wir uns auf die zwei repräsentativen Haushaltsvorstände konzentrieren, die wir in Übereinstimmung mit den derzeitigen Gepflogenheiten Männer sein lassen. Nennen wir den einen Musa und den anderen Harun. Wir übergehen unnötige Details und nehmen den Faden an der Stelle wieder auf, als es nur noch eine überlebende Kuh gibt und alle anderen Familien die Gegend in Richtung der vom Ausland betriebenen Verpflegungszentren verlassen haben. Die noch verbliebene Kuh gehörte Harun.

Etliche Tage lang teilten sich die beiden Familien die magere Menge Milch von der hungernden Kuh und ergänzten dies mit Wüstenfrüchten, die Musa gesammelt hatte und als seinen Beitrag anbot. Auf den Vorschlag, er solle mit seiner Familie zur nächsten von der UNICEF organisierten Verpflegungsstelle wandern, erwiderte Musa, daß sie lieber sterben würden, als die Almosen an woanders angebautem Getreide anzunehmen, das von Ungläubigen verteilt würde, für die er keine Achtung empfinde, deren Glaubensbekundungen und Manieren er entweder nicht billige oder verurteile und an deren Menschlichkeit er zweifele.

Das Land verfügt über Möglichkeiten, diejenigen zu versorgen, die in seine Fülle vertrauen. Musa war jedesmal überrascht, wieviel da zu holen war. Er traf etwa auf einem Spaziergang ein Kaninchen, das im Schatten einer staubbedeckten Akazie hockte, oder er fand eine fette Taube, die sich in die Wärme eines ergiebigen Nests schmiegte, als würde sie auf ihn warten. Hin und wieder rannte ihm ein Dik-Dik nach und machte sich selbst zum Angebot. Im Austausch für das Fleisch gab Harun Musas weiblichem Säugling genügend Milch, um dessen trockene Kehle zu benetzen. Musa jedoch teilte alles, womit ihn die Natur versorgte, in zwei gleiche Hälften, eine für sich und eine für Harun. Eines Tages gingen der Natur die Geschenke aus, mit denen sie Musa bisher überrascht hatte. Und die Kuh gab so wenig Milch, daß Harun erklärte, er könne nun keinen

Tropfen mehr für Musas Baby erübrigen. Der zweite Tag dämmerte herauf, noch eine Nacht brach herein; die Kuh gab noch weniger Milch als vorher, zu wenig für die unmittelbaren Bedürfnisse von Haruns Familie. Musa betete zu Allah, der hin und wieder von den Reichen nehmen soll, um es den Armen zu schenken. Er betete und wartete.

Am dritten Tag geschah etwas Ungewöhnliches. Die Kuh ging auf Musas Grundstück und ließ sich partout nicht mehr vertreiben. Kein noch so gutes Zureden, keine noch so harten Stockhiebe konnten sie dazu bewegen, zu ihrem rechtmäßigen Besitzer zurückzukehren. Da Musa von großzügigem Wesen war, willigte er ein, daß das Tier an Ort und Stelle gemolken wurde, auf seinem Grundstück, obwohl Harun ihm deutlich machte, daß er nicht einen Tropfen Milch bekommen würde.

Den ganzen Abend über hatte Musa die Hungerschreie seiner Kinder und die Flüche seiner Frau im Ohr. Doch kurz nach Mitternacht hörten sie ein sanftes Klopfen an ihrer Tür. Mit einer Mischung aus Angst und froher Erwartung ging Musa nachsehen. Er war äußerst überrascht, die Kuh anzutreffen, die gemolken werden wollte. Was sollte er tun? Seine Frau meinte, das Glück begünstige die Schwachen unter den Menschen, die daraus keinen Vorteil zu ziehen wüßten. Musa aber hatte gelobt, niemals zu stehlen. Er machte die Tür wieder zu und ließ die Kuh, wo sie war, ungemolken.

Am nächsten Morgen erklärte er Harun, was vorgefallen war, doch Harun beschuldigte ihn des Diebstahls und der Lüge. Musas Frau sagte: »Na, was habe ich dir gesagt?« Doch als Harun an dem Tag die Kuh melken wollte, wurden alle wiederum überrascht. Die Kuh ließ sich von ihm nicht mehr anfassen.

Da Harun sich nicht mehr zu helfen wußte, wandte er

sich an Musa, der ihm anbot, die Kuh für ihn zu melken. Doch was spränge für ihn dabei heraus?
Harun sagte ihm: »Ein Drittel dessen, was die Kuh hergibt, gehört dir.«
Musa näherte sich vorsichtig der Kuh. Die blieb friedlich, die Augen so groß wie Zwiebeln aus einem fruchtbaren Boden. Und sie schlug nicht aus, sondern ergab sich seinen geschickten Handgriffen, und ihr Euter wurde von Sekunde zu Sekunde schwerer und voller. Obwohl er nicht einmal seiner Frau erklären konnte, warum, rief Musa die Kuh bei einem Namen: er hatte die Kuh *Marwa* genannt! Kurzum, sie lieferte dreimal soviel, wie sie in den Tagen vor der Hungersnot hergegeben hatte. Zwei Drittel gingen an Harun, ein Drittel wie vereinbart an Musa.
Harun aber gefiel das nicht. Er haderte: »Wenn Musa ein Zauberer ist und die Kuh Marwa nennt, worauf sie vielversprechend reagiert, dann kann ich das auch.« Als Harun jedoch an dem Abend die Kuh Marwa nannte, trat sie ihm so heftig ans Schienbein, daß er den Milchbehälter fallen ließ, der dabei zerbrach. Musa gab wiederum seine Bereitschaft kund, Hand anlegen zu wollen. Er melkte die Kuh, die viermal so viel Milch wie zuvor hergab, aber nun nannte er sie *Safa*. Doch er schwor seiner Frau, daß er in beiden Fällen bis zu dem Augenblick, da er den richtigen Namen aussprach, nicht die leiseste Ahnung gehabt hätte, wie er das Tier nennen solle.
An jenem Abend stattete eine Gruppe von Reisenden den beiden Familien einen unerwarteten Besuch ab. Es war die Nacht des *Qadr*, die als die gesegnetste Nacht des Jahres galt, und die Männer aus den anderen Weilern machten Bemerkungen über die enorme Milchleistung der Kuh. Den ganzen Abend verhielt sich Musa still. Nicht so Harun; er redete sehr viel, prahlte damit, daß die Kuh ihm gehöre. Einer der Männer fragte, warum

sie, wenn sie ihm gehöre, auf dem Grundstück seines Nachbarn sei. Harun erwiderte, daß sie sich lieber bei seinem Freund aufhalte. »Ihr wißt doch, wie Kühe sind«, sagte er in dem Versuch, zu scherzen, und lachte darauf unbehaglich.

Am folgenden Morgen war die Kuh verschwunden. Die Reisenden versicherten an Eides Statt, daß sie aus Musas Anwesen keine Kuh, sondern einen Mann hatten herauskommen sehen, hübsch und groß und angetan mit den heiligen Roben im Weiß der Freitagsmoschee.

Dann fing es im Überfluß zu regnen an, und eine Zeitlang hatte das dauernde Hungern ein Ende, wenn auch nicht sofort. Die übrigen Familien kehrten in ihre Heimat zurück, allerdings in verringerter Zahl, denn einige waren auf dem Weg zu den Verpflegungszentren verhungert, und einige hatten sich entschieden, in den Städten zu bleiben, wohin der Hunger sie getrieben hatte.

Harun und Musa lauschten ihren Geschichten. Als sie dran waren, erzählte Harun seine Version ihrer Geschichte, doch Musa wollte seinen Mund nicht aufmachen, um etwas zu sagen. Jemand fragte Musa, ob es wahr sei, daß Qadr, der Wunder wirkende Heilige, das Alter ego von Elias, sich in eine Kuh verwandelt hatte, um sie zu prüfen?

Musa gab dazu keinen Kommentar.

Taariq Axmad

Irgendwie wurde Duniya unruhig, gleich nachdem sie den Artikel zu Ende gelesen hatte, und im Nu stellte sie das ganze Zimmer auf den Kopf, leerte Schränke und Schubladen. Doch sie wußte nicht, warum sie das tat, hatte keine Ahnung, was in sie gefahren war oder wonach sie suchte.

Sie öffnete die Schubladen ihrer Tochter, eine nach der anderen, legte sorgfältig die Sachen wieder so hin, wie sie sie vorgefunden hatte. In der zweiten Schublade stieß sie auf eine muslimische Frauenzeitschrift aus dem Iran, *Mahjouba*, die versteckt unter einem Stapel Unterwäsche der jungen Frau abgelegt war. Duniya hatte gleich den Verdacht, daß die Ausgabe dieser radikal-islamischen Zeitschrift nicht aus religiösen Gründen dort war, und war nicht überrascht, als ihre Suche sie mit Bündeln von Geld belohnte, somalischen Scheinen, mit einem Gummiband zusammengehalten. Einen Augenblick lang sah Duniya derart entgeistert aus, daß sie gar nicht wußte, wie ihr geschah.

Sie erholte sich von ihrem Schock erst, als sie das Geld gezählt und sich erinnert hatte, daß sie es Nasiiba eigenhändig gegeben hatte, um die ausstehende monatliche Rechnung bei dem Gemischtwarenladen im Viertel zu begleichen. Hieß das, Nasiiba hatte vergessen, die Schulden vom letzten Monat zu tilgen?

In einem Anfall von Verdruß zog Duniya sich Straßenkleidung an und ging die paar hundert Meter zum Kramladen. Sprachlos, unfähig die Grüße der Nachbarn zu erwidern, lag ihre Zunge reglos im Mund. Doch der Laden war an dem Tag geschlossen, weil der Besitzer nicht in der Stadt war.

Duniya kehrte zorniger als vorher wieder zurück.

II

Ein Säugling im Abfalleimer

7

Duniya kommt heim und entdeckt, daß ihre Tochter einen Säugling gefunden hat, der offensichtlich von seiner Mutter ausgesetzt wurde.

Duniya stolperte, fiel beinahe auf die Nase und bewahrte gerade noch ihr Gleichgewicht. Sie war dabei, ihr Haus zu betreten, als ihr Fuß, der locker in vorne offenen Sandalen steckte, mit den entblößten Zehenspitzen böse an die Türschwelle stieß. Während sie Verwünschungen aus dem Koran gegen gemeine Dschinns aufsagte, die auf ihrem Weg lauerten, um ihren Schritt ins Wanken zu bringen, bückte sich Duniya, um den abgebrochenen Nagel des großen Zehs zu befühlen. Was machte sie so ungeschickt und haltlos? Sie stolperte über die Erinnerung, daß sie gestern in Dr. Mires Sprechzimmer Sachen umgeworfen hatte. Ihr fiel auch wieder ein, daß sie in der Nacht, als sie zu heiraten beschlossen, über Taariqs Backsteinschwelle gestürzt war. Unvermeidlich war auch die Erinnerung daran, wie Zubair, ihr erster Mann, dahinwankte und mit dem Blindenstock Dinge umwarf. Duniya gelobte feierlich, das Gleichgewicht zu behalten und nicht zu fallen.

Gerade da erreichte ihr Schwindelgefühl einen Höhepunkt, und sie spürte die Anwesenheit eines Geistes, der ihrem Heim einen flüchtigen Besuch abstattete. Sie konnte sich nicht einmal selber erklären, wie sie zu diesem Schluß kam, doch sie war sicher, daß sie Zeugin von etwas Außergewöhnlichem war. Und dann hörte sie klar und deutlich das Wimmern eines Babys, das seine Existenz bekräftigte, ein Wimmern, das aus der Richtung des Zimmers kam, das sie sich mit Nasiiba teilte. Oder wähnte sie sich noch in der Klinik, wo so ein Säugling vielleicht gerade entbunden worden war und einen Schrei ausstieß, so weich wie das

Berühren einer Nachgeburt? Sie ging auf die offene Tür zu und schob die Selbstzweifel beiseite. Im Türrahmen blieb sie einige Sekunden stehen und erblickte einen in ein Handtuch gewickelten Säugling, der in Nasiibas Schoß lag. Im ersten Augenblick wollte Duniya etwas Schlimmes sagen, doch im nächsten machte ihre Zunge eine abrupte Kehrtwendung, und sie brachte ein »Ach, ist der süß« heraus. Sie streckte die Hand aus, um ihn in Empfang zu nehmen, doch Nasiiba schien sich nur widerwillig von dem Säugling trennen zu wollen.

»Den habe ich gefunden«, sagte das Mädchen.

»Gib ihn her«, bat Duniya.

»Ein Junge«, sagte Nasiiba, als sie das Baby aushändigte.

Duniya rang nach Luft, als sie den Säugling in die Arme nahm und sich mit der bedächtigen Langsamkeit einer Bekümmerten hinsetzte. Hatte dieser Säugling irgendeine Ähnlichkeit mit dem aus ihrem Traum? Nasiiba lauerte darauf, ihr etwas zu berichten, doch Duniya bekundete kein Interesse.

Als sie sich setzte, gemahnte eine Muskelkontraktion sie an die Geburtsschmerzen vor mehr als siebzehn Jahren. Ihr fiel auch ein, daß sie letzthin geheimnisvolle Besuche von Vögeln und anderen Wesen bekommen hatte. Sie entschied, nicht die sprichwörtliche schlechte Schwimmerin zu sein, die im Ertrinken Halt am Schaum auf der Oberfläche des Wassers sucht, das ihr Tod ist. Nein, sie würde Nasiiba keine Fragen stellen, kein Interesse bekunden an der Identität des Findlings oder wo er aufgefunden worden war. Es würde noch bald genug alles allmählich einen Sinn ergeben.

Sie lauschte nur halb Nasiibas Schritt-für-Schritt-Erklärungen, wo sie auf das Baby gestoßen war und in welchem verwahrlosten Zustand sie es angetroffen hatte, konnte aber die Erinnerung an die in der Zeitung veröffentlichte Geschichte von Harun und Musa nicht abschütteln, eine Ge-

schichte, in der Elias' Alter ego, der Prophet Qadr der islamischen Mythologie, sich in eine Kuh verwandelt hatte, wohl um ihr Durchhaltevermögen zu prüfen. Hatte Qadr sich nun entschlossen, ihr Haus in Gestalt eines bei einem Abfallkorb ausgesetzten Säuglings zu betreten?
Kaum hatte ihre oberflächliche Untersuchung ihr bestätigt, daß der Findling einen Anus hatte, als sie die Stimme eines Mannes die somalische Begrüßungsformel rufen hörte. Der Neuankömmling war Bosaaso, und so sagte Duniya: »Komm doch bitte rein.«
Nasiiba richtete sich in angespannter Nervosität auf, als wäre der Mann gekommen, um einen Anspruch auf den Findling anzumelden und ihn mitzunehmen. Duniya hingegen wurde von zu vielen frischen Gedanken heimgesucht; sie mußte einen nach dem andern erledigen. Sie wünschte sich, sie wüßte, ob jedes einzelne Ereignis Teil der gleichen Ereigniskette war, die an ein gemeinsames Schicksal geknüpft war, das von ihr und Bosaaso.
Bosaaso stand schon im Türrahmen. Er blickte von Nasiiba, die aufgestanden war, über Duniya zu dem Baby. Seine zögernde Gestalt gewann in dem Augenblick Zuversicht, in dem er entschied, daß der Säugling weder zu Duniya noch zu ihrer Tochter gehörte. Es mußte etwas mit Duniyas Arbeit zu tun haben, nur war ihm nicht klar, wie. Er war in der Klinik gewesen, und Dr. Mire hatte die Vermutung geäußert, daß der Grund für das Nichterscheinen seiner Oberschwester zum Dienst darin lag, daß sie keine Transportmöglichkeit gefunden hatte.
Nasiiba erklärte Bosaaso: »Den haben wir gefunden.«
»Ach wirklich?« fragte er so beiläufig, als wüßte er schon alles. Er nickte Nasiiba zu, und sie nickte zurück, so erkannten sie gegenseitig ihre Anwesenheit an. Es fiel schwer, zu glauben, daß sie sich noch nicht begegnet waren und daß Bosaaso noch keinen Fuß in dieses Zimmer gesetzt hatte. Er widmete nun dem Säugling seine ganze Aufmerksam-

keit und starrte auf dessen geschlossene Faust, dann fragte er Duniya: »Wo hast du ihn gefunden?«
»Das war Nasiiba«, sagte sie im förmlichen Ton einer Person, die einen angeheirateten Verwandten einem anderen vorstellt. Bosaaso und Nasiiba lächelten sich zu.
»Wo?« fragte Bosaaso, der nun herging und sich auf den Sessel vor der Backsteinschwelle gegenüber von Nasiiba setzte.
Sie berichtete es ihm.
Er hielt den Kopf schweigend gesenkt. Dann sah er sich im Zimmer mit dem sinnlichen Behagen von jemand um, der es schon gut kennt. Er war wie daheim, sein Körper völlig entspannt.
Genau in diese Stille rollte Mataan sein Fahrrad mit dem Achter, sein Gesicht vor Überraschung verkniffen, daß er seine Zwillingsschwester und seine Mutter in der Gesellschaft eines Mannes sah, den er noch nicht kannte. Dann erblickte er den Säugling. Nach kurzer Bedenkzeit entschied er, daß der Mann und das Baby zusammengehörten.
Er nuschelte ein »Entschuldigung«, drehte sich um und war schon dabei, sein Fahrrad mit dem verbeulten Rad wegzuschieben, als seine Mutter ihn zurückrief, das mit dem Findling erklärte und ihn dann Bosaaso vorstellte.

Jemand gab dem Findling den Namen *Magaclaawe*, was »Der Namenlose« heißt. Nasiiba und Mataan waren sich nicht einig, wer den Namen aufgebracht hatte, obwohl sie in dem Zeitpunkt übereinstimmten, wann er verliehen worden war: am frühen Nachmittag, nachdem Duniya zu Nasiibas und Bosaasos Freude und zu Mataans Verwunderung erklärt hatte, sie würden ihn behalten. Nasiiba drängte ihre Mutter nicht zu dem Entschluß, denn sie wußte es sowieso, alles andere wäre unsinnig gewesen. Mataan gab später zu, er habe sich mit der Frage überhaupt nicht auseinandergesetzt, wohingegen Bosaaso, der es erwogen hatte, der Meinung war, er stehe Duniya nicht nahe genug, daß sein Rat befolgt werden würde. Doch alle waren eindeutig guter Dinge. Als Nasiiba eine Wiege für Magaclaawe hervorholte, war Bosaaso versucht, ihnen all die Babysachen anzubieten, die einmal seinem nun toten Sohn gehört hatten, aber er tat es nicht aus Angst, daß dies Duniya verstimmen würde.

Das Nuckeln des Findlings, so rührend wie das eines verhungernden Tiers, brachte Duniya den somalischen Begriff *ilmo jinni*, Nachkomme von Dschinns, in den Sinn. Dazu kamen alle möglichen Erinnerungen, darunter auch die an Zubairs erste Frau, die im Verdacht gestanden hatte, eine Buhlschaft mit einem Dschinn zu haben. Obwohl Duniya sie nicht zu beachten versuchte, suchten sie diese Gedanken immer wieder heim. Wie zum Beispiel kam es, daß Nasiiba vergessen hatte, die Familienschulden zu begleichen? Und warum hatte sie Blut gespendet? Duniya entschied, die richtige Zeit abzuwarten, da sie noch kein Zutrauen hatte, von Nasiiba eine befriedigende Antwort zu erhalten.

Da war noch etwas. Hatte sie sich nicht immer auf den Tag gefreut, an dem ihre Kinder erwachsen sein würden, damit sie mit ihrer Zeit und Freiheit tun konnte, was sie wollte? Und hatte sie sich nicht vor Bosaaso an dem Tag, als er sie im Taxi mitnahm, gebrüstet, sie hätte jede Menge Zeit? Der Findling war nun Realität. Es blieb noch abzuwarten, ob Duniya nun mehr Zeit für sich selbst, mehr Entfaltungsraum und Freiheit haben würde.

Bosaaso räusperte sich beklommen. »Ich gebe zu bedenken, daß wir uns um die bürokratische Seite der Angelegenheiten des Findlings Gedanken machen müssen. Und so schlage ich vor, daß wir ihn amtlich anmelden.«

Duniya fiel auf, daß er sich selbst in dieses »Wir« einschloß. Das freute sie.

»Aber wissen wir denn genug über ihn, genug, um überhaupt ein einziges Formular ausfüllen zu können?« wollte Mataan wissen.

»Das ist einer der Hauptpunkte«, sagte Bosaaso. (Es verblüffte Duniya, wie vertraut dies alles klang: Mataan im Gespräch mit einem erwachsenen Freund seiner Mutter). »Wir geben an, daß wir keine Informationen über seine Herkunft haben, keine Ahnung, wer seine Eltern sind.«

Duniya nickte zustimmend.

»Jemand muß es aber wissen«, sagte Mataan. »Muß etwas mehr wissen als wir«, fügte er nachträglich hinzu. Duniya blickte von ihrem Sohn zu ihrer Tochter, und ihr Gesicht spannte sich an; sie bereitete sich auf eine Auseinandersetzung zwischen den Zwillingen vor. In gewisser Weise sah sie ihr erwartungsvoll entgegen, da sie sich fragte, wie Bosaaso sich dazu verhalten würde.

Sie beschäftigte sich damit, die Wangen des Findlings zu befühlen, dann knüpfte sie das Handtuch auf, das als Windel diente. Alle sahen ihr zu. Nun befühlte sie die Füßchen des Babys, eines nach dem anderen, dann die Knöchel; sie tat das alles mit der professionellen Haltung einer Krankenschwester, als würde sie die Angaben in eine Kartei eintragen wollen. Die Hebamme in Duniya war der Mutter und Frau weit voraus.

Die Luft war so von Beklemmung erfüllt, daß Bosaaso nicht mehr einatmen konnte. Er sagte: »Vielleicht sollten Mataan und ich zur örtlichen Polizeiwache gehen und das Vorhandensein des Findlings hier melden.« Er erhob sich.

Duniya lächelte und wartete ab.

Mataan sagte darauf respektvoll zu Bosaaso: »Bevor wir gehen, schlage ich vor, daß Nasiiba uns erzählt, wie und wo sie das Baby gefunden hat.«

Duniya blickte von Mataan zu Bosaaso, sie hatte gar keine Augen mehr für Nasiiba. Die Wolken am Horizont ihres Gemüts waren dunkel von einem bevorstehenden Gewitter.

Mataan, der zur Bedachtsamkeit neigte, sprach Bosaaso an: »Wenigstens könnte sie uns ein klareres Bild vermitteln, als wir bis jetzt haben, und das wird unsere Aufgabe sicher erleichtern.« Er klang sehr vernünftig.
Nasiiba erklärte nun: »Da war diese Schar von Frauen um das Baby, als ich hinkam, und es war in einem Korb. Ich sag euch, ich hab noch nie so verängstigte Gesichter gesehen – die von den Frauen, meine ich. Sie wollten sich dem Namenlosen nicht nähern und ließen auch sonst niemanden ran.«
Blicke huschten hin und her. Alle spürten, daß sich hier etwas zusammenbraute, doch das Unwetter hatte sich noch nicht entladen.
Nasiiba fuhr fort: »Erst warnten mich die Frauen, ich solle ihn nicht anfassen. Dann sagte eine von ihnen, sie würde den Zustand des Säuglings der Polizei melden – wirklich, so hat sie gesprochen: den Zustand des Säuglings, als wäre das eine Krankheit. Sie ging erbost weg, beleidigt, ließe sich sagen. Dann ereiferten sich die anderen in einer Debatte darüber, wie schlimm alles sei und so, ihr wißt ja, wie die Leute heutzutage reden, beschwerten sich über Nahrungs- und Benzinknappheit. Ihr wißt ja, wie dieser Typ von Frau redet« – und Nasiiba wechselte die Stimme, um eine der Frauen nachzuahmen. »›Glaubst du, junge Frauen würden heutzutage noch mit der Wimper zucken, bevor sie sich an einen Mann wegwerfen, der in einem Auto daherkommt und ihnen die Mitfahrt und ein Geschenk anbietet?‹ Also ich hab sie zur Rede gestellt, ihr gesagt, sie solle doch die Männer, nicht die jungen Frauen anklagen. Das hat sie alle in Fahrt gebracht, sie haben untereinander diskutiert, obwohl sie sich die meiste Zeit doch einig waren. Eine von ihnen behauptete, es gäbe eine Verbindung zwischen städtischem Schmutz und dem Fehlen einer guten Moral in einem Ort wie Mogadischu. Eine andere widersprach, doch eine dritte stimmte den

beiden vorigen Sprecherinnen zu und sagte noch, daß es tatsächlich eine Verbindung gebe zwischen dem Schlendrian in der Stadt und dem mangelnden Respekt der jüngeren Leute vor den älteren, und sie zitierte eine Menge Beispiele, darunter viele selbst erlebte.« Nasiiba verstummte und genoß die Aufmerksamkeit, die ihr zuteil wurde. Dann entschied sie als gute Schauspielerin, ihre Aussage zum Abschluß zu bringen, bevor jemand sie unterbrach. »Während sie also alle aufeinander einredeten, habe ich mir den Findling unbemerkt geschnappt und hergebracht.«

»Warum?« fragte Mataan.

Nasiiba tat so, als hätte sie die Frage nicht gehört, und wandte sich an Bosaaso, der wiederum fragte: »Du hast gesagt, niemand hat dich gesehen?«

»Ich meine, mir ist niemand hierher gefolgt, aber das heißt ja nichts.«

Mataan hatte noch eine Frage. »Hast du ihn in einer Plastiktragetasche, in die du Löcher hineingemacht hast, weggetragen, oder wie?« Er war eindeutig gemein. »Und warum mußtest du ihn überhaupt stehlen?«

»Was geht dich das an, wie kannst du mir solche Fragen stellen?«

»Es geht mich so viel an, Fragen zu stellen, wie es dich angeht, einen Findling heimzubringen, ohne jemanden um seine Meinung zu fragen.« Mataan war ganz ruhig. »Es geht mich was an, denn wenn er hier bleibt, um den ohnehin knappen Platz mit uns zu teilen, oder nachts schreit und uns den Schlaf raubt, nun, dann, siehst du, meine geliebte Zwillingsschwester, geht es mich und auch Mutter was an.«

Ein Lächeln verdunkelte Duniyas Augen. Bosaaso war von Mataan beeindruckt; unbewußt berührte er den Ellbogen des jungen Mannes, als würde er ihm zum Vortrag einer langen Rede gratulieren. Nasiiba stand in einem schrägen Winkel zu ihnen, ihr Körper war ziemlich aus dem Lot und

zur Wand geneigt. »Was ist, wenn ich mich weigere, euch noch mehr mitzuteilen?« sagte sie zu Mataan.
»Das wirst du nicht, weil das nicht geht.«
Nasiiba war verstockt. »Du kannst nicht mehr aus mir herausbringen, als ich will.«
Mataan schaute zu seiner Mutter, suchte ihren Rat. Über Duniyas Gesicht zogen verschiedene Empfindungen, teilten es in Segmente der Betrübtheit und Begeisterung. Sie blieb stumm.
Nasiiba sprach Bosaaso an, der am aufmerksamsten war. »Es war ungeheuer aufregend, mit ihm heimzukommen. Er wiegt nur ein paar Pfund. Mir war so, als würde ich bei einem Examen spicken, obwohl argwöhnische Aufseher da sind.«
»Wo hast du die Windel und das Fläschchen her?« fragte Mataan.
»Von einer Nachbarin.«
»Lügen haben kurze Beine, Naasi«, meinte Mataan, »und sie laufen nicht so schnell wie die Wahrheit, die sie früher oder später einholen wird. Ich vermute, deine Worte entsprechen nicht besonders der Wahrheit.«
An diesem Punkt sagte Duniya: »Ich wünschte, wir könnten ihn zur Klinik bringen und ihn von einem Kinderarzt untersuchen lassen.«
Nasiiba war besorgt: »Ist mit ihm irgendwas los, Mami?«
»Wir alle haben sichtbare und unsichtbare Wunden«, sagte Duniya, während sie den Nabelbereich des Babys mit Penizillincreme einrieb, »und manche sind heilbar, manche nicht.«
Daß der Nabel des Säuglings entzündet war, hatten alle im Zimmer bemerkt, denn Somalis assoziieren diesen Bereich mit dem weiblichen Kamel, das die Eltern neugeborenen Jungen zusprechen, in gewisser Weise der erste Potlach, den ein männliches Kind erhält. Somalis schnüren die Nabelschnur an beiden Enden mit einem aus dem Schwanz

der geschenkten Kamelstute gezupften Haar ab. Dem Namenlosen war kein solches Geschenk dargeboten worden.

»Wir können ihn doch zur Klinik bringen, oder nicht?« erkundigte sich Nasiiba. Sie wandte sich an Bosaaso. »Du hast ein Auto – es macht dir doch nichts aus, uns hinzubringen, oder?«

Mataan sagte: »Das bringt nichts.«

»Warum nicht?« forderte Nasiiba ihren Zwillingsbruder heraus.

»Wir können ihn erst hinbringen, nachdem wir seine Existenz bei der Polizeibehörde registriert haben«, erklärte Bosaaso.

»Das ist typische Männerlogik«, sagte Nasiiba, »lächerlich!«

»Es liegt im Wesen der Bürokratie, daß sie sich selbst hervorbringt«, fuhr Bosaaso fort. »Erst muß der Namenlose existieren. Um zu existieren, braucht er Papiere. Um die zu bekommen, muß er Eltern haben, auf deren Identität er zurückgeführt werden kann. Erst dann wird die Bürokratie der Klinik sich mit ihm beschäftigen.«

»Wir müssen etwas unternehmen«, sagte Nasiiba und wandte sich bittend an ihre Mutter: »Bitte veranlaß doch jemanden, etwas zu tun.«

»Dann macht euch auf den Weg, ihr Männer«, sagte Duniya zu Mataan und Bosaaso.

Mataan und Bosaaso gingen. Als Duniya aufblickte, erkannte sie, daß Nasiiba sich auch zum Gehen anschickte. Wollte sie nicht mit ihr allein sein aus Angst, daß ihr alles abgerungen würde, was sie von dem Findling wußte? Duniya fragte: »Wohin gehst du, Naasi?«

»Es wird nicht lang dauern.«

Beinahe hätte sie ihre Tochter gebeten, der Mutter des Babys ihre besten Wünsche auszurichten und ihr zu versichern, daß es in guten Händen sei. Doch sie sprach nicht;

ihr Blick war auf eine Libelle fixiert, die ins Zimmer gekommen war. Und Nasiiba ging hinaus.
Die Libelle flog aus dem Fenster, zu dem sie hereingekommen war, aber nicht, ohne vorher dem Findling ihre Reverenz zu erweisen, über dem sie ein paar Augenblicke verweilte und dessen Stirn sie mit den Füßen berührte – in segnender Geste?
Nasiiba und die Libelle waren noch keine Minute verschwunden, als der Namenlose so herzergreifend zu weinen anfing, daß Duniya sich fragte, ob er den Geruch ihrer Tochter oder die Anwesenheit des Flügelwesens vermißte. Der Findling schrie wie besessen, nahm Duniyas Aufmerksamkeit in Beschlag wie noch kein Baby zuvor, nicht einmal eines ihrer eigenen. Er legte in seine Darbietung alles, zu dem er fähig war, Husten, Niesen, Rülpsen, und machte sich auch noch naß. Zum ersten Mal in ihrem Leben wollte Duniya nicht mit einem Säugling allein sein. Sie wünschte, es wäre noch jemand da, der ihr zur Hand gehen, ihr Leid teilen, Zeugnis von dem ablegen könnte, was hier geschah.
Ihr Gebet wurde erhört. Eine Frau rief »*Hudi-hudi*«. Duniya wiederholte mehrmals das übliche »*Hodin*«, aber keine Stimme war laut genug, das leidenschaftliche Brüllen des Findlings zu übertönen. Eine ältere Frau, von der Last der Jahre gebeugt, trat ein. Duniya freute sich, sie zu sehen. Sie erkannte die Frau als Nachbarin, wußte aber gerade nicht ihren Namen.
Die alte Frau sagte: »Hier bist du also, Kleiner«, tätschelte die tränennassen Wangen des Säuglings und lächelte. »Alle in der Nachbarschaft reden von dir und wie großzügig Duniya in Anbetracht der Zeiten ist, in denen wir leben, und da weinst du, wo du gar keinen Grund dazu hast.«
Der Findling verstummte und lauschte auf die neckenden Bemerkungen der alten Frau, als würde er jedes Wort verstehen. Da wurde es Duniya klar: Der Namenlose vermißte

menschliche Stimmen, nicht den körperlichen Kontakt. War es möglich, daß es vom Augenblick seiner Geburt an ein ununterbrochenes Murmeln menschlicher Stimmen gegeben hatte? Duniya erinnerte sich nicht, ob Nasiiba erwähnt hatte, daß er geschrien hatte, als die neugierigen alten Frauen miteinander geredet hatten; auf jeden Fall hatte er nicht geweint, als vier Erwachsene in diesem Zimmer darüber debattierten, was mit ihm geschehen solle.

»Es geht ihm doch gut?« fragte die alte Frau.

»Ja.«

»Du bist sehr großzügig«, sagte sie zu Duniya, »Allah segne dich.«

Duniya fühlte sich verlegen und beklommen. Da bemerkte sie, daß die alte Frau ein langes Haar an der Oberlippe hatte, ein einzelnes Haar, das aus einem Muttermal so dunkel wie die fruchtbarste Erde wuchs. Duniya konnte ihren Blick gar nicht mehr losreißen von diesem Haar, das so lebendig wurde wie ein Insektenfühler, wenn die alte Frau redete. »Mein Enkelkind geht in dieselbe Schule wie deine Zwillingstochter, deshalb kenne ich dich. Vielleicht kennst du meine Enkeltochter, die mit dem nichtsomalischen Namen – Marilyn. Du wirst es nicht glauben, aber sie ist nach mir benannt worden, denn ich heiße Maryam. Sie sagt mir, Marilyn sei der Name einer berühmten Schauspielerin, die schon tot ist. Du weißt ja, wie die jungen Leute heute so sind, bringen Unbegreifliches und fremde Sitten in unser Leben.«

»Ja, ich kenne Marilyn«, sagte Duniya.

Die alte Frau setzte sich auf den Stuhl, den Duniya ihr anbot. »Ich bin hier, um den Segen unseres Hauses zu bringen. Ich bin vor den anderen gekommen, um dir zu sagen, daß du nicht zögern, sondern fragen sollst, wenn du jemanden brauchst, der auf den Säugling aufpaßt, wenn du zur Arbeit gehst und die Kinder zur Schule müssen«, sagte die alte Frau.

»Es ist sehr nett von dir, ein so willkommenes Angebot zu machen. Ich nehme es gern an.« Und Duniya sah, daß die alte Frau das Baby mit verständlicher Besorgnis beäugte.
»Wir haben viel Hilfe zu bieten«, sagte die Frau. »In unserem Haus sind eine Reihe junger Mädchen; wir können immer noch ein paar hilfreiche Hände beschaffen, wenn es nötig wird. Also zögere bitte nicht und komme, wenn du etwas Entlastung brauchst.«
Duniya versicherte ihr: »Ich werde nicht zögern. Danke sehr.«
Dann streckte die alte Frau die Hand aus, um den Säugling zu berühren. Auf dem Handrücken war ein Knoten, der wie ein Hügel hervorstand. »Du bist heute beispielsweise nicht zur Arbeit gegangen, oder?«
»Daß ich nicht zur Arbeit gegangen bin, hat nichts mit dem Säugling zu tun«, sagte Duniya.
»Ich meine nur, ob du morgen vielleicht auch nicht zur Arbeit gehen kannst?«
Die alte Frau erwartete rasche Entscheidungen, denen Duniya noch gar keinen Gedanken gewidmet hatte. Das rührte daher, daß so viel noch nicht erwogen worden war und niemand wußte, was sich ereignen würde, am wenigsten Duniya.
»Deine Tochter weiß, wo wir wohnen, nicht weit von hier«, sagte die Frau gerade zu Duniya. »Denk dran, meine Enkeltochter heißt Marilyn.« Dazu schüttelte sie betrübt den Kopf. »Wohlgemerkt, es ist nicht so, daß ich dieser amerikanischen Schauspielerin etwas nicht gönne, aber ich habe mir immer gewünscht, meine Enkeltochter sollte im Sinn behalten, daß sie nach mir benannt ist und nicht nach einer amerikanischen Nackten, welche die frustrierten Fantasien und die Zimmer von Männern verschönert; außerdem bin ich nicht ewig am Leben. Aber so ist es eben.«
Ohne Umschweife erhob sie sich zum Gehen, tat jeden Schritt, als wäre er eine Marter. Sie blieb noch einmal im

Türrahmen stehen und sagte: »Denk dran, dir keinen Zwang anzutun. Wir können dir mit einer Babysitterin aushelfen.«

»Ja, ich werde den Namen Marilyn behalten«, versprach Duniya.

Ein Mann grüßte mit *Hudi-hudi*, und ein anderer sprach in einem fort, weil er etwas loswerden wollte. Bosaaso war es, der verkündete, daß er und Mataan wieder zurück seien, und der junge Mann war erpicht darauf, den älteren zu beeindrucken. Als die alte Frau auf ihrem Weg nach draußen an ihnen vorbeikam, traten sie aus Ehrfurcht vor ihrem Alter beiseite und verstummten.

Dann sagte Bosaaso besorgt: »Der Inspektor, der dir seine besten Wünsche schickt, sagt, niemand habe ein vermißtes Baby gemeldet; es hat auch niemand gemeldet, daß er eines bei einem Abfallkorb gesehen hat. Er meint, er sei dankbar, informiert worden zu sein, und freue sich, daß der Findling in deinen fähigen Händen ist, und er vertraut darauf, daß das Baby keine Unannehmlichkeiten schafft.«

Duniya nickte stumm.

»Doch da Ämter bekanntlich amtlich sind«, fuhr Bosaaso fort, »schlug der Inspektor vor, daß du und ich uns als gemeinsame Vormünder eintragen lassen, da ich den Fall persönlich gemeldet und die Erklärung unterschrieben habe.«

»Du und ich als gemeinsame Vormünder des Findlings?« sagte Duniya, wobei sie sich fragte, was das in Zukunft bedeuten würde. Sie fragte sich ebenfalls, ob er sie schon fest in sein Leben eingepaßt hatte.

»Der Inspektor hat die Frage aufgeworfen, ob Bosaaso bereit wäre, seinen Namen als Mitverantwortlichen herzugeben – diesen Begriff hat er verwendet –, nur um sicherzugehen«, sagte Mataan, »und so haben wir es auch gemacht, haben eure Namen als gemeinsame Verantwortliche für den Findling eingetragen.«

An der ganzen Sache mißfiel ihr etwas, aber sie war sich nicht sicher, was. Lag es daran, daß eine unverheiratete Frau Mitte Dreißig mit schulpflichtigen Teenagern nicht fähig sein sollte, sich um ein weiteres Baby zu kümmern, noch dazu einen Findling? Lag es daran, daß der Inspektor, der sie kannte, der Meinung war, das Eintragen von Bosaasos Namen als Mitverantwortlichem würde auf dem Papier gut aussehen?

»Der Inspektor gestand ein«, sagte Bosaaso, »daß er keine Ahnung habe von der rechtlichen Lage solcher Findlinge und derjenigen, die sie zufällig finden, da dies alles ein neuartiges Phänomen sei, wie er meinte, Teil dessen, was diese freizügige Gesellschaft sich selbst beschert.«

Mataan fügte hinzu: »Ich habe vor dem Inspektor das somalische Sprichwort zitiert: Wer einen herrenlosen Gegenstand findet, der darf ihn behalten.«

»Der Inspektor nahm uns ins Gebet, stellte eine Menge Fragen, auf die wir keine Antwort wußten«, erklärte Bosaaso. »Offen gestanden half es auch nicht weiter, als Mataan sagte, Nasiiba wisse sehr viel mehr, als sie uns gesagt hat.«

»Was hat dich zu so einer blödsinnigen Bemerkung veranlaßt?« herrschte Duniya Mataan an.

»Entschuldige, Mutter«, sagte Mataan, »aber es stimmt doch, daß Nasiiba weit mehr weiß, als sie uns gesagt hat, und sie muß dazu gebracht werden, damit rauszurükken.«

»Warum?«

»Zum Wohle aller Beteiligten.«

Duniya legte den schlafenden Säugling wieder sanft in seine Wiege und wandte sich an Mataan: »Bitte ich dich je, mir alles zu sagen, was du über . . . alles und alle weißt? Gibt es nicht Bereiche in deinem Leben, die deine Privatangelegenheit bleiben? Frag ich dich je, wie du deine Zeit verbringst oder mit wem du dich anfreundest, Mataan?«

»Nein«, gestand er ein, »aber das ist etwas anderes.«
»Nimm mal an, sie will uns nicht alles sagen. Was soll ich da machen? Sie verprügeln? Den Findling wieder in den Abfallkorb werfen? Ich werde Nasiiba nicht so lange zusetzen, bis sie mir irgendwas sagt, was sie mich nicht wissen lassen will«, meinte Duniya. Als das für sie abgehakt war, sagte sie zu Bosaaso: »Wie habt ihr zwei es denn geschafft, den Findling anmelden zu lassen?«
»Ich habe eine Erklärung abgegeben, die ich unterzeichnet habe«, meinte Bosaaso. »Weil du nicht dabei warst, hat Mataan mit unterschrieben. Wir haben soviel Einzelheiten mitgeteilt, wie wir parat hatten. Der Inspektor hat eine Kartei mit dem Titel AUSGESETZTER SÄUGLING IN OBHUT VON DUNIYA angelegt. Er hat uns gesagt, er würde eine Meldung an die Presse geben, speziell an Radio Mogadischu. Wir müssen uns wieder bei ihm melden, sobald wir das Baby zu einer gründlichen medizinischen Untersuchung auf unsere Kosten gebracht haben, wogegen ich nichts eingewandt habe. Es geht darum, erst mal Zeit verstreichen zu lassen, damit die Mutter oder die Eltern des Findlings ihre Gesinnung ändern können; und weil ein Kinderarzt vielleicht Gründe aufdecken kann, warum die Eltern ihn überhaupt ausgesetzt haben. Mit anderen Worten, ist das Baby gesund oder krank?«
»Und was dann?« wollte Duniya wissen.
»Ein Gremium wird entscheiden, ob es uns beide mit der Verantwortung für die Erziehung des Findlings betraut und wir dann zusammen für ihn verantwortlich sind.«
»Du und ich?« sagte Duniya, die sich erheitert, belustigt fühlte.
»Und wenn wir dann vor einem Gremium erschienen sind, wird entschieden werden, ob wir als seine Eltern geeignet sind.«
»Unter der Bedingung, daß wir heiraten?« fragte Duniya.
»Vielleicht.«

»Jetzt reicht es aber«, meinte Duniya.
Sie verstummten. Niemand sprach eine Weile. Dann explodierten die Lungen des Säuglings in einem überaus erzürnten Brüllen, das an Anspannung noch das übertraf, das er vorher ausgestoßen hatte, als er mit Duniya allein war. Als alle sich um ihn bemühten, ließen ihn ihre Stimmen verstummen, trösteten ihn.
Um den Findling zur Ruhe zu bringen, erzählte Mataan eine arabische Volkssage:

Eines Tages lud Juxaa, der weise Narr, eine Anzahl von Freunden zu einem Essen ein, bemerkte aber, daß er keinen Kessel hatte, der groß genug war, um alles darin zu kochen. Er borgte sich einen von einem Nachbarn mit dem Versprechen, ihn zurückzubringen.
Am folgenden Nachmittag brachte Juxaa den großen Kessel, der ihm ausgeliehen worden war, zurück, aber er hatte noch einen kleineren Topf hineingetan. Der Nachbar erinnerte ihn daran, daß er ihm nur den großen geliehen hatte. Vielleicht sei der kleine Topf von einem anderen Nachbarn ausgeliehen worden?
»Dein großer Kessel, fällt mir jetzt erst ein, hat über Nacht einen kleineren geboren«, sagte Juxaa. »Ich hielt es für ungerecht, dir diese wundersame Geburt zu verheimlichen. Unter diesen Umständen«, versicherte ihm Juxaa, »gehören sowohl der kleine wie der große Topf dir, und du darfst sie behalten.«
Der Nachbar war höchst beeindruckt und bezeichnete Juxaa als einen sehr vertrauenswürdigen Herrn von seltenem Anstand. Die beiden Männer trennten sich, wobei jeder den anderen und Allah noch dazu pries.
Etwa einen Monat später borgte Juxaa sich den großen Kessel wieder für einen ähnlichen Zweck, nämlich für ein Fest. Als Juxaa den großen Topf am versprochenen Tag und auch eine Woche danach noch nicht zurückge-

bracht hatte, ging der Nachbar persönlich zu Juxaas Haus und bat um die Rückgabe seines Eigentums.
Juxaa ließ den Kopf hängen und sagte: »Es tut mir leid, daß ich vergessen habe, zu dir zu kommen, um dir mein Beileid auszusprechen, denn dein großer Topf ist gestorben, und wir haben ihn begraben.«
»Gestorben?« fragte der Nachbar höchst ungläubig.
»Ganz richtig. Er ist gestorben, und wir haben ihn begraben.«
Der Nachbar brach in dreckiges Lachen aus. »Also wer hat je davon gehört, daß ein Messingkessel gestorben ist und beerdigt wurde?«
»Wenn ich es so bedenke«, erwiderte Juxaa, »hat auch noch nie jemand davon gehört, daß ein großer Messingkessel einen kleineren geboren hat.«
Da mußte sich der Nachbar geschlagen geben und behelligte Juxaa nicht mehr.

8

Hier taucht Duniyas Halbbruder auf, mit dem eine alte Feindschaft aufgefrischt wird. Duniyas jüngere Tochter aus ihrer zweiten Ehe kommt zu Besuch. Doch am Morgen erscheint als erster Bosaaso.

Für Bosaaso bot der Findling einen ausgezeichneten Vorwand, Duniyas Wohnung aufzusuchen, wann immer es ihm gefiel. Am vorigen Abend war er erst um zehn Uhr gekommen und hatte sich, als er sah, daß noch Licht brannte und alle Türen und Fenster offen waren, halb entschuldigend eingestellt. Als er gebeten wurde, sich ihnen anzuschließen, hatte er ein zusammengestückeltes Mahl mit ihnen gegessen. Niemand bestand auf Formalitäten. Nasiiba hatte in jugendlichem Leichtsinn sogar geäußert: »Sollen wir dir ein Bett anbieten, da du jetzt so oft hier bist?« Er nahm die Äußerung in dem unbekümmerten Geist auf, in dem sie gemacht worden war, und erwiderte gutgelaunt, es wäre ihm eine Ehre, ein solch großzügiges Anerbieten anzunehmen, besonders von Nasiiba. Die alte Frau war auch anwesend, nahm freudig an Spaß und Spiel teil und sagte zu ihm: »Natürlich zieht sie dich bloß auf.« Die Zusammenkunft verwandelte sich in eine Party, da nach Bosaaso noch andere Leute eintrafen und erst nach Mitternacht gingen. Bosaaso machte die bezaubernde Bekanntschaft von Marilyn, die eine klare Ähnlichkeit mit ihrer Namenspatronin hatte. Sie, Mataan und Nasiiba wechselten sich darin ab, Tee zu machen und zu servieren, während andere Nachbarn, die gekommen waren, um den Findling zu sehen und Duniya zu besuchen, zwischen Verzweiflung und Optimismus wechselten, je nachdem, ob sie ihr Kartenspiel gewannen oder verloren. Die alte Maryam machte sich nützlich, indem sie das Baby hielt oder ihm die Windel wechselte, da seine Gedärme vor hartnäkkigem Durchfall ausliefen, was zur Beunruhigung aller schon ziemlich häufig vorgekommen war. Duniya wurde nach ihrer fachlichen Meinung gefragt, ob sie sich Sorgen machen müßten; sie schlug vor, noch einen Tag zu warten.

Eine Gruppe von Menschen, die hauptsächlich aus neugierigen Nachbarn bestanden, saßen im Freien versammelt vor ihren schlecht belüfteten Häusern und plauderten miteinander, während sie mit eifrigem Interesse dem Kommen und Gehen von Duniyas Besuchern zusahen. Einige machten Bemerkungen zu der harmonischen Kameradschaft zwischen Duniyas Zwillingen und Bosaaso und auch zwischen ihm und Duniya selbst.

Etwa eine Viertelstunde nach Mitternacht war Bosaaso in seinem Auto verschwunden, kehrte aber weniger als eine halbe Stunde später mit einer gefüllten Tragetasche zurück. Die Zuschauer konnten von ihrem Platz aus nicht erkennen, ob er Medizin für den Säugling oder Essen für die Erwachsenen dabeihatte. Doch die drinnen berichteten später nur, daß mehr Tee getrunken wurde und mehr Verlierer- oder Gewinnerrunden im Kartenspiel ausgegeben wurden. Im Gelächter sei sowohl Frohsinn als auch vielleicht eine Spur von Spannung zu hören gewesen. Die im Findlingszimmer Anwesenden hätten sogar die stillen Blicke auffangen können, die Duniya und Bosaaso austauschten.

Nun sagte er, die Augen vor der Sonne schützend: »Guten Morgen, Duniya.«

Sie schien erfreut, ihn zu sehen, jedoch schloß er aus ihren geröteten Augen, daß sie kaum geschlafen hatte. Das Haus war ganz still, Nasiiba mußte schon fortgegangen sein, und Mataan, dessen Tür zu war, mußte noch schlafen. Ein kleines Mädchen, das Bosaaso vorher noch nicht gesehen hatte, wusch Windeln und Handtücher. War dies die Aushilfe, die Marilyns Großmutter versprochen hatte, ein ausgeliehenes Dienstmädchen, eine Ersatzkraft?

»Hast du es überhaupt geschafft, die Augen zu schließen?« fragte er.

»Nicht lange genug, um zu träumen«, sagte sie.

Seine Ohren pochten in der Aufregung seines Herzschlags. »Ich wünschte, ich könnte dir aushelfen.« Eine nachdenkliche Pause. »Warum eigentlich nicht?«

»Bist du gut heimgekommen?« wollte sie wissen.

»Ich weiß zwar nicht, wie, aber es ging. Das Auto hat mich heimgebracht«, sagte er.

Sie verstummten, sahen einander an, lächelten, blickten weg. Etwas verursachte ihnen Beklommenheit. Es war an der Art zu sehen, wie sie sich anschauten und dann wieder dem Blick des anderen auswichen.

Er sagte: »Bevor ich es vergesse: Was hast du heute abend vor?«

Ihr Blick war verschwommen, ihr Zeitbegriff vage. Sie ertappte sich dabei, auf seine langfingrigen Hände zu blicken und sie berühren zu wollen. Schließlich sagte sie: »Ihn habe ich vor«, womit sie den Findling meinte. »Warum? Möchtest du, daß ich mit dir ins Kino gehe?«

Schon vor seinem Eintreffen war das Radio an gewesen, und nun starrte er darauf, aber nicht auf das Gerede lauschend, sondern so, als würde er an einen Vorfall aus seiner Vergangenheit erinnert. Duniya erklärte, warum sie das Radio an hatte: Der Findling schien ein eigensinniges Bedürfnis nach ununterbrochenem, fortwährendem Lärm zu haben; sonst würde er in besorgniserregendes Weinen ausbrechen.

»Als ich nach zwei heimkam«, sagte Bosaaso, »fand ich einen Zettel von Mire vor mit einer Einladung zum Essen. In einem Postskriptum erkundigte er sich, ob du ihn mit deiner Anwesenheit beehren möchtest – schlicht gesagt, ob du dich uns anschließen willst.«

»Warum in einem PS?« fragte sie lächelnd.
»Ich vermute, er ist sich weder über unsere Beziehung im klaren noch darüber, ob du seine Einladung annehmen würdest. Außerdem könntest du ihn für anmaßend halten, wenn er einfach so vorschlägt, dich mitzubringen.«
»Wieso das?« wollte sie wissen.
»Vielleicht hätte er sich verletzt gefühlt, wenn er eine förmliche Einladung an dich hätte ergehen lassen und du abgelehnt hättest. Doch wenn du, trotz einer Einladung in einem PS, das einen nachträglichen Einfall darstellt, doch kommst, dann wird er sich geehrt fühlen. Ach, ich weiß es nicht.«
»Was ist, wenn ich nicht hingehe?«
»Dann wird es langweilig sein, bloß mit ihm und mir.«
»Was soll ich deiner Meinung nach machen?«
»Es würde mich freuen, wenn du kämst.«
»Dann komme ich.«
Sie traten beide vor, wie um sich zu umarmen, taten es aber nicht. So allein miteinander zu sein war ihnen unbehaglich, und sie wünschten, jemand wäre noch bei ihnen. Wenn sich ihnen vielleicht jemand anschlösse, könnte die nervöse Beklemmung abklingen und die von ihrer Zweisamkeit erzeugte Spannung würde dann eine bestimmte Erhabenheit annehmen, ausgestattet mit ganz eigener Schönheit.
Bosaaso schien wieder gehen zu wollen, doch sie sagte: »Bitte nicht.«
Sie rief nach Mataan, der mit einem Sarong und einem um die Schulter geschlungenen Handtuch spärlich bekleidet sowie einem Buch in der Hand aus seinem Zimmer auftauchte. Er verschwand wieder, als er Bosaaso sah, um kurz darauf anständig bekleidet mit einer Hose und einem ihm ein paar Nummern zu großen UNICEF-T-Shirt wieder zu erscheinen. Was hätte Bosaaso gern?
»Tee, bitte. Und, Mataan«, sagte Bosaaso, nun entspannter,

da der junge Mann auf der Bildfläche erschienen war, »ich habe Zucker mitgebracht. Der ist in einer Milchpulverdose auf dem Beifahrersitz meines Autos.« Er hielt ihm die Autoschlüssel hin und fügte hinzu: »Könntest du ihn holen?«
Weder die Schlüssel noch das Angebot von Zucker, ein im Land nicht leicht erhältliches Gut, beachtend, sagte Mataan: »Wir haben doch Zucker, Mutter?«
»Ich glaube schon«, gab sie zurück.
Mataans Blick ruhte besorgt auf ihr. Er wollte niemand vor den Kopf stoßen, am wenigsten seine Mutter, denn er hatte vorherige Gelegenheiten noch im Gedächtnis, als er Geschenke ins Haus gebracht hatte, die sie nicht billigte.
Sie sagte: »Könntest du ein Stück Seife für unsere junge Helferin finden, damit sie ihr Gewand waschen kann? Du weißt, wo wir die Wäscheseife aufbewahren, in der obersten Schublade in deinem Zimmer; und auf dem Brett direkt darunter wirst du Zucker finden, wenn keiner in der Küche ist.«
»Ja, Mutter«, erwiderte Mataan und wandte sich zum Gehen.
Bosaaso zeigte sich leicht enttäuscht darüber, daß seine Geschenke abgelehnt wurden. Er war zugleich besorgt und entspannt, sowohl glücklich wie unglücklich. »Mataan?« rief er.
»Ja?«
»Ich komme mit und helfe dir.« Er wollte nicht mit Duniya allein sein. Zumindest für den Augenblick zog er die Gesellschaft ihres Sohnes der ihrigen vor.
»Das ist nicht notwendig«, sagte Mataan.
»Ich komme trotzdem.« Und die beiden Männer gingen nebeneinander auf die Küche zu, eine schmale Kammer, die einem Anbau glich, daneben noch eine Duschkabine, deren Wände, wie Bosaaso auffiel, Wasserflecken hatten, die wie nachgedunkeltes Silber aussahen.

Duniya dachte, daß die Ehe einer Wohnung glich, in der sie schon zweimal gewesen war, aber Liebe war ein Palast, in den sie bis jetzt noch nicht die Gelegenheit gehabt hatte einen Fuß zu setzen. Wenn das, was zwischen ihr und Bosaaso ablief, der Anfang einer langen Werbung war, die schließlich zu solch einem vielzimmrigen Herrschaftssitz der Liebe führen würde, dann möge es so sein. Bislang hatte sie nur flüchtige Blicke davon erhascht – in einem Rückspiegel in den Augen eines Fahrers, der kein Taxifahrer war. Davor hatte sie Anzeichen gesehen, in einem Traum von so flirrender Gestalt wie ein Schmetterling im Zickzackflug. Zugegeben, sie hatte seitdem in Augenblikken voller Freude geschwelgt, in verstohlen übermittelten und öffentlicher Beachtung vorenthaltenen Blicken. Nur keine Eile, sagte sie sich. Sie hatten alle Zeit der Welt, um die Tiefe ihrer Gefühle füreinander auszuloten.

Der Findling begann sich in seiner Wiege zu regen. Wegen der schwankenden Spannung des städtischen Stroms war das Radio sehr leise geworden, bis es fast nicht mehr zu hören war. Als sich der Strom wieder stabilisierte, tat das auch die Lautstärke der Radiosendung, und das Baby schlief wieder ein.

Duniya sagte sich: Die Leute werden böse Sachen über meine Motive sagen, mich womöglich beschuldigen, ich sei hinter dem Geld des Mannes her. Doch was wissen sie von den Beweggründen einer Frau wie mir? Sollten sie sich doch den Mund zerreißen; ihr war es egal, was die Leute sagten. Erst einmal abwarten; es ließ sich nicht voraussagen, wo die Erzählung hinführen würde. Daß sie eingewilligt hatte, die Bitte ihrer halbtauben Mutter zu respektieren und Zubair zu heiraten, hatte sie als eine Verirrung bezeichnet. Wenn das ein Versehen und Taariq nur ein Lückenbüßer gewesen war, könnte dann Bosaaso der Zusammenfluß der Seelenflüsse sein, die sich auf immer und ewig vereinigten?

Bosaaso kam herein. »Da sind wir«, sagte er und stellte ein Tablett mit drei Tassen auf einen niedrigen Tisch, jede bis zum Rand mit Tee gefüllt. Mataan kam mit einigen Stükken Kuchen an, den Nasiiba gebacken hatte.

Die drei saßen gerade im Hof, tranken Tee und verspeisten Kuchen, als sich Nasiiba zu ihnen gesellte. Wie üblich steckte die junge Frau voll von Geschichten und der Begeisterung, die ihre Geschichten erzeugten, voller Gerüchte. Während sie Bruchteile davon erzählte und Fragmente von anderen auftischte, genehmigte sich Nasiiba mal etwas von Duniyas Tee, mal ein herrenloses Stück Kuchen, mal etwas von Mataans Glas Wasser, so wie ein bestäubender Schmetterling, der von einer Blume zur anderen flattert.

»Ach, was für Gerüchte!« rief sie aus.

Kurz vor Mittag stellte sich ein Mann ein, der von so einem Gerücht erbost war. Er war sofort gekommen, als er die Neuigkeiten von dem Findling erhalten hatte. Es handelte sich um Shiriye, Duniyas zwölf Jahre älteren Halbbruder. Seine häßliche Stimme kündigte sein Kommen an.

Beim Eintreten brüllte er erbost Duniyas Namen, keinen Gruß. Der Schmerbäuchige begegnete ihren feindseligen Blicken mit Gleichgültigkeit. Am längsten starrte er Bosaaso an, dessen Gesicht er nicht einordnen konnte – ein Mann, der nach seiner Einschätzung nicht zur Familie gehörte.

Bald fühlte er sich aber auch ungemütlich, als er das Unbehagen in der Luft inhalierte und sein Blick auf abweisende Augen traf. Sein Adamsapfel ruckte schnell auf und ab, als würde er seinen Speichel schlucken, und er wischte sich den Schweiß von der Stirn wie jemand, der einen am besten unausgesprochen bleibenden Gedanken verheimlicht. Bosaaso erhob sich mit einem mulmigen Gefühl, um die ausgestreckte Hand des Mannes zu schütteln. Mataan stand auf, nicht nur, um den Platz seinem Onkel zu überlassen, sondern auch, um ein leichtes Schulterklopfen verabreicht zu bekommen, wohingegen Nasiiba so wie Duniya sitzen blieb und das stattfindende Schauspiel mit amüsierter Gelassenheit beobachtete. Bevor er sich setzte, sagte Shiriye zu Bosaaso: »Mir ist nicht erinnerlich, Sie schon gesehen zu haben, und ich bezweifle, ob irgendwer sich die Mühe macht, uns vorzustellen. Ich heiße Shiriye.«

»Die Leute nennen mich Bosaaso«, sagte er, die Hacken militärisch zusammenschlagend, als würde das von ihm so wie beim Salutieren vor einem höhergestellten Armeeoffizier erwartet werden.

Shiriye sagte: »Ich bin Duniyas Halbbruder, ein Rang, den ich mir selbst nicht ausgesucht hätte, das versichere ich Ihnen.« Er verstummte, hielt sich aber in Anbetracht der ihn umgebenden Spannung so aufrecht wie möglich.

Er schwieg, blieb aber in steter Bewegung; Shiriye hatte sozusagen Hummeln im Hintern. Er glich einem großen Tier, dessen Schwanz mit eifrigem Wedeln Fliegen verscheucht, einem Nilpferd, dessen weite Nüstern von sich aus zuckten, einer Kuh, die das Futter des vergangenen Abends wiederkäute, oder einem deutschen Schäferhund, dem die übergroße Zunge hechelnd aus dem Maul hing. Duniya kamen diese tierischen Gedanken zu ihrem Halbbruder, der, um der Wahrheit die Ehre zu geben, kein hübscher Mann war.

Er war klein, dick und fast völlig kahlköpfig. Sein Bauch schwappte aus seinem eingesteckten T-Shirt über den engen Armeegürtel wie das Dreifachkinn eines übergewichtigen Mannes mit Blutdruckbeschwerden, und er trug eine Krawatte. Er atmete wie ein starker Schnarcher. Er hatte feiste Hände und Wurstfinger, wovon einer damit beschäftigt war, in der Nase zu bohren und an den Haaren in den Nasenlöchern zu ziehen. »Was muß ich da alles hören, Duniya?« sagte er und trat einen Schritt auf sie zu, als wollte er sie schlagen. Darin geübt, sich den Rücken freizuhalten

wie ein schuldiger Mann in der Erwartung, von hinten erstochen zu werden, entspannte sich sein Körper erst, als Nasiiba aufstand und von ihm abrückte, damit er sich hinsetzen konnte, ohne daß ein Stuhl hinter ihm war.
»Nun, was hast du gehört?« sagte Duniya.
»Ich hab von einem Baby gehört. Wo ist es?« Doch er schien nicht im geringsten an dem Verbleib des Babys interessiert zu sein. »Ein Findling, Geschlecht männlich, das habe ich gehört.«
»Ich dachte, du magst männliche Babys«, erwiderte sie.
»Nur, wenn sie von mir sind oder leibhaftig von meiner Schwester«, sagte er und brach in Lachen aus, als wäre das lustig. Er verstummte verlegen, weil niemand in sein Lachen einstimmte. Dann sprach er langsam, in der Absicht, Duniya zu verletzen. Er sagte: »Ich habe davon gehört, daß dir das Schicksal eines Bastards anvertraut worden ist.«
»Eines was?«
»Das Schicksal eines Bastards ist dir anvertraut worden«, sagte er mit Nachdruck.
Nasiiba und Mataan grinsten verschwörerisch wie Clowns bei einer Straßentheaterdarbietung und warteten auf die Reaktion ihrer Mutter, in der Hoffnung, sie würde Shiriye irgendwie auf dem falschen Fuß erwischen und diese Runde gewinnen. Bosaaso jedoch kam zu dem Schluß, daß Duniya und Shiriye Blicke tauschten wie zwei Menschen, die sich schon früher oft verletzt hatten und nicht willens waren, den daraus entstandenen Haß zu vergessen oder zu verzeihen. Und er dachte an andere Streitigkeiten zwischen seiner verstorbenen Frau Yussur und ihrer Mutter. Er hätte es nicht für möglich gehalten, daß in einem einzigen konzentrierten Blick, wie ihn Duniya nun Shiriye zuwarf, so viel Haß übermittelt werden konnte.
Shiriye sagte gerade: »Das Aufziehen eines Bastards ist Sünde, und der Lohn dafür sind die Feuer der Hölle und Allahs Zorn.«

»Woher weißt du, daß der Säugling ein Bastard ist?«
»Ist er es denn nicht?«
»Ich sagte, woher weißt du, daß er es ist?«
»Schließlich kennen wir seine Eltern nicht, oder?«
»Könnte es nicht ein Waisenkind sein, beide Eltern tot?«
»Ein Bastard ist ein Bastard ist ein Bastard. Was macht es schon aus, ob ein Elternteil bekannt ist oder keiner? Wo hast du ihn überhaupt gefunden? In einem Abfallkorb?«
Da sie nicht wütend werden wollte, sagte sie: »Nasiiba hat ihn gefunden.«
»Sie bringt bloß Unheil, deine Nasiiba. Sie findet nur Unheil, ist in nichts anderes als Unheil verstrickt.« Sein finsterer Blick traf auf ihre grinsenden Augen. Sie hatten nichts als Haß füreinander übrig, Nasiiba und Shiriye, der in ihren Alpträumen auftauchte, um sie wegen Ungehorsams zu züchtigen. »Schau dich nur an«, sagte er nun zu seiner Nichte, »dein Zwillingsbruder hat eurem Haushalt nie Unehre gemacht.«
Nasiiba sagte nichts. Doch Duniya widersprach ihm: »Erinnerst du dich nicht mehr an deine Vorhersage, Mataan würde vor seinem zehnten Lebensjahr Alkoholiker sein?«
»Ich habe einen geringfügigen Vorfall etwas aufgebauscht«, sagte er.
»Mataan ist kein Alkoholiker, wie du siehst«, beharrte sie.
»Woher weißt du das?«
Duniya sagte: »Wir tun hier in diesem Haushalt alles offen, nicht hinter jemandes Rücken.« Die Blicke der beiden waren Dolche. »Ich horte keinen Brautschatz hinter dem Rücken einer jüngeren Halbschwester, und ich schreibe auch keine Briefe, die vor Falschheiten nur so triefen wie etwa, daß Duniya eine Hure ist und Mataan ein Alkoholiker, bevor er in die Pubertät kommt.«
Shiriye erhob sich wütend. Bosaaso schaute weg. Die Zwillinge hielten sich abseits und flüsterten miteinander.

Es war offensichtlich, daß Duniya ihrem Halbbruder nicht vergeben hatte, der, wie sie einmal sagte, ihr gegenüber niemals eine nette Geste gemacht hatte, keine einzige; mit dem sie keinen einzigen Augenblick der Freude geteilt hatte, keine Sekunde der Zusammengehörigkeit. Sie herrschte ihn jetzt an: »Setz dich wieder. Wo willst du hin? Bist du nicht gekommen, um deine Schwester Duniya zu besuchen? Mach es dir bequem.«
»Wie kann ich das?« sagte er und schüttelte unentwegt den Kopf.
»Wir waren uns einmal einig, du und ich«, sagte Duniya, »daß verscharrte Knochen nicht wieder ausgegraben werden sollten. Aber du hörst nie auf, wie ein hungriger Hund, der nach Gefühl und Geruch buddelt. Und wenn ich die häßlichen Skelette zur Schau stelle, die du ausgegraben hast, stehst du auf und willst gehen.« Sie verstummte und wurde dann erneut sarkastisch. »Nun, was hattest du in deiner Weisheit eines Halbbruders vor für mich zu tun, als du beschlossen hast, mir einen Besuch abzustatten?«
Shiriye rückte unbehaglich auf seinem Stuhl herum. Bosaaso stand auf wie ein Asthmatiker, der ein Zimmer verläßt, in das ein Raucher eingetreten ist. Duniya bewegte ihn dazu, sich wieder hinzusetzen, und er tat es gehorsam.
»Ich bin in ausschließlich gutwilliger Absicht gekommen«, sagte Shiriye, »und um mich zu erkundigen, ob ich dir irgendwie helfen kann. Ich bin nicht gekommen, um vom Tod gebleichte Knochen auszugraben. Und ich mag es auch nicht, mit einem Hund verglichen zu werden.«
»Sag mir genau, was du mir anbieten willst«, sagte Duniya.
»Ich bin gekommen, um den Rat eines älteren Bruders anzubieten«, sagte er. »Wir werden jetzt keine semantischen Fragen erörtern, ob der Findling ein Bastard oder ein Waisenkind ist. Die Frage, die mich herführt, ist die: Wie willst du noch einen weiteren Mund füttern?«

»Gott gibt nach seinem Gefallen«, sagte Duniya.
Bosaaso wandte seinen Blick ab, ließ ihn auf einem imaginären Adler in großer Höhe ruhen.
Shiriye fragte: »Weiß Abshir, zu was du seine sehr geschätzten monatlichen Gaben in harter Währung verwendest?«
»Was glaubst du wird unser Bruder tun, wenn er erfährt, daß ich ein Miniwaisenhaus führe?« sagte Duniya grob. »Glaubst du, er würde es mißbilligen und seine Zuwendungen einstellen?«
»Wenn ich Abshir wäre, würde ich das machen.«
»Abshir ist mein leiblicher Bruder«, sagte Duniya, »der Sohn meiner Mutter.«
»Danke deinen Glückssternen, daß ich nicht Abshir bin«, sagte Shiriye.
»Das tue ich, weiß Gott«, erwiderte Duniya.
Sie erinnerten sich beide an die Erzählungen über den Streit unter ihren Müttern, bei dem Duniya, damals nur ein Fötus, weh getan wurde, als die zwei Frauen mit Stößeln aufeinander losschlugen. Duniya fiel auch ein, daß sie Shiriye beschuldigt hatte, Abshir einen Brief geschrieben zu haben, in dem er sie als leichtes Mädchen bezeichnet hatte. Sie behauptete, eine Fotokopie des Schreibens geschickt bekommen zu haben. Dazu kam noch die Tatsache, daß Duniya ihrem Halbbruder nie die heimliche Annahme von Brautgeschenken durch Zubair verziehen hatte.
Shiriye sagte: »Ohne noch weitere durch jahrelangen Haß und Mißtrauen zerfallene Skelette auszugraben, könntest du meine Frage beantworten und mir sagen, warum du den Findling behalten willst?«
»Könnte ein Mann wie du, der nie die Bedeutung einer gütigen Geste gekannt hat, verstehen, daß wir ihn aus reiner Gutherzigkeit behalten, vom guten Willen angetrieben, ein Akt des Mitleids, so wie jemand einem Blinden, der eine gefährliche Straße überqueren will, die Hand reicht?«
»Hab ich dich sagen hören ›wir‹?« wollte Shiriye wissen.

Sie sagte: »Ja, das hast du.«
Bosaaso lieferte seinen ersten und einzigen Beitrag zur Diskussion: »Duniya und ich sind gemeinsam für den Findling verantwortlich.«
»Dann besteht in diesem Fall kein Anlaß zur Sorge«, erwiderte Shiriye.
»Wie meinst du das?« forderte Duniya ihn heraus.
Mit einem Schulterzucken und einem Lächeln wandte sich Shiriye erst an Bosaaso, dann an seine Halbschwester: »Ich brauche mir keine Sorgen mehr zu machen, da ein Mann dir beim Großziehen des Findlings hilft, und ich vertraue darauf, daß dir keine finanziellen oder sozialen Schwierigkeiten erwachsen.«
Duniya explodierte mit einemmal vor Zorn: »Willst du mir damit sagen, Shiriye, daß bloß weil ein Mann seinen Namen mit meinem zusammen als gemeinsamer Vormund des Findlings eingetragen hat, nun alles in Butter ist?«
»Ich sage nur, es besteht kein Grund zur Sorge mit einem Mann wie Bosaaso, der die Verantwortung mit trägt. Eine Frau braucht einen Mann an ihrer Seite, damit die Leute sie ernst nehmen und damit die Türen der Welt sich öffnen, so daß sie erhobenen Hauptes und als Respektsperson eintreten kann.«
Duniya stand auf und verkündete mit zorniger Stimme: »Ich möchte, daß du mir auf der Stelle aus den Augen gehst.«
Shiriye wandte sich freundlich an Bosaaso, der aber entschied, sich auf Duniyas Seite zu schlagen. Dann appellierte Shiriye an Nichte und Neffe: »Was um alles in der Welt ist in sie gefahren?«
Die Betreffende wiederholte: »Ich möchte, daß du jetzt sofort dieses Haus verläßt, Shiriye.«
»Aber ...!«
»Sonst übernehme ich keine Verantwortung mehr für das, was passiert.«

Shiriye sah Haß in den Augen aller, deren Blicke er suchte. In Bosaasos mischten sich die Sonnenstrahlen mit Verachtung. Als ausgebildeter Soldat wußte Shiriye, wann ein Rückzug geboten war. Er tat das leise.

Längere Zeit sprach niemand, nicht einmal Nasiiba; und auch der Findling wachte in der längeren Stille nicht auf oder weinte. Das junge Aushilfsmädchen jedoch, dem dies alles unverständlich war, machte einen verstohlenen Abgang, vielleicht, um der Außenwelt von dem Vorgefallenen zu berichten.

Mataan erzählte nun die Geschichte, wie der Dik-Dik, eine kleine afrikanische Antilope, sich an den Elefanten rächte: »Eines Tages ging auf einem schmalen Pfad im dichten Urwald ein Dik-Dik so vor sich hin, als ein Elefant in Eile ihn zu überholen versuchte. Nach etlichen Versuchen versetzte der erzürnte Elefant dem Dik-Dik mit seinem Rüssel einen Schlag, worauf die Antilope in einen riesigen Haufen Elefantendung fiel. Als das Tier sich von seinem Schock erholt hatte, berief es eine Versammlung seines Klans ein, auf der die Dik-Diks entschieden, sich ein Revier zu schaffen und immer an die gleiche Stelle zu scheißen, um dadurch einen großen Berg aus ihrem Dung zu machen, in dem selbst ein Elefant mitsamt seinem Rüssel versinken würde. Und so kam es, daß genau dies eines Abends einer Elefantenkuh passierte.«

Eine Viertelstunde nach Mataans nicht weiter gewürdigten Geschichte hörten alle einen Urschrei. Bosaaso sah, wie Duniya den Kopf in der Haltung einer Kamelstute drehte, die das Nahen eines ihrer Jungen wittert. Eine Reihe von Willkommensgrunzer kam von den Zwillingen, worauf sich die Lärmspirale immer höher drehte und schließlich in einem gellenden Laut gipfelte, der ein kleines Mädchen zum Vorschein brachte, das sich in Duniyas offene Arme warf. In ihrer Begegnung lag absolute Freude, tierischer Jubel. Bosaaso dachte erneut an das Wiedersehen einer Kamelstute mit einem ihrer Abkömmlinge, nachdem sie monatelang eine strohgefüllte Kalbpuppe gesäugt hatte.

Die Zwillinge schlossen sich dem allgemeinen Umarmen an, doch Bosaaso fühlte sich nicht ausgeschlossen. Er freute sich, Zeuge eines so fröhlichen Zusammentreffens zu sein, das dem übermäßigen Haß zwischen Halbbruder und Halbschwester quasi auf den Fersen folgte.

»Kommt, kommt.« Duniya klopfte ihren Kindern auf den Rücken. »Laßt uns Bosaaso Hibo-Yarey vorstellen.«

Mataan und Nasiiba wollten erst nicht loslassen. Und Yarey sagte andauernd: »Wo ist er? Wo ist er?« Niemand wurde daraus schlau, selbst als die Zwillinge sie losließen, ob sie Bosaaso oder den Säugling meinte.

Duniya hielt Yarey zurück, indem sie ihre Hand packte und zu Bosaaso hin zog, dem sie ihre Tochter vorstellen wollte. Doch das kleine Mädchen wollte den Säugling gezeigt bekommen und wiederholte seine Frage: »Wo ist das Baby, Duniya?« (Da Yarey nicht bei ihr wohnte, nannte sie ihre Mutter Duniya, nicht Mutter oder Mami wie die Zwillinge.)

Die Zwillinge nahmen Yarey an die Hand und brachten sie in das Zimmer, wo der Säugling schlafend in der Wiege lag. »Kann einer von euch ihn bitte herausholen und ihn mir zum Halten geben?« sagte sie.

Mataan hob den Namenlosen aus der Wiege und übergab ihn Yarey, die ihn wie etwas ganz Zerbrechliches aufnahm. Vor lauter aufgeregtem Atmen schien ihr fast der Brustkorb zu platzen.

»Setz dich, wenn er dir zu schwer ist«, schlug Duniya vor.

Die Zwillinge setzten sich zu beiden Seiten von Yarey und hielten das Baby auf dem Schoß des kleinen Mädchens im Gleichgewicht. Die drei plapperten hemmungslos, wobei Nasiiba die bisherige Geschichte des Findlings zusammenfaßte.

»Wie kommt es, daß du mit deiner Übernachtungstasche herkommst, Yarey?« fragte Duniya.
»Weil Onkel Qaasim kein Benzin in seinem Auto hatte und mich also nicht herbringen konnte. Jemand anderes hat mich bis zu einer Stelle nicht weit von hier mitgenommen, und den Rest der Strecke bin ich gerannt.«
»Wer hat dir von dem Säugling erzählt?« fragte Nasiiba.
»Ich bin gerade nach Hause gelaufen, als Marilyn mich aufgehalten hat, um mir davon zu erzählen. Ich bin dann noch schneller gerannt, um hierherzukommen, weil ich so aufgeregt war.« Trotz eines deformierten und eines abgestorbenen, dunklen und zwergenhaften Zahns hatte Yarey ein süßes Lächeln.
Duniya nahm nun die Gelegenheit wahr, um sie Bosaaso vorzustellen: »Yarey, das ist Bosaaso«, und zu ihm: »Das ist Hibo-Yarey.«
»Das hab ich mir schon gedacht«, sagte Bosaaso.
Yareys Lächeln war entwaffnend wie der Charme einer Zigeunerin. »Hat das Baby schon einen Namen bekommen?« fragte sie Nasiiba.
»Es heißt Abshir, nach Mamis Bruder«, log Nasiiba.
Mataan korrigierte seine Zwillingsschwester: »Nein, Yarey. Das Baby hat noch keinen Namen bekommen.«
»Aber es muß einen bekommen«, beharrte Yarey.
»Wir haben ihn bisher den Namenlosen genannt«, sagte Mataan.
»Warum geben wir ihm nicht einen richtigen Namen nur für ihn?« fragte Yarey.
»Erst müssen wir wissen, ob wir ihn behalten können«, warf Duniya ein.
»Aber wir haben ihn gefunden«, vernünftelte Yarey. »Nasiiba hat ihn gefunden, also gehört er uns.«
»Es müssen erst noch rechtliche Fragen geklärt werden, bevor wir ihm einen Namen geben können«, sagte Duniya und versuchte damit Nasiiba zu übertönen, die Yarey von

Bosaaso erzählte und verkündete, er wohne in einem größeren Haus als Onkel Qaasim, habe einen Fernseher, den allerneuesten japanischen Videorecorder und eine äußerst reichhaltige Sammlung von Videokassetten; und er würde schließlich wieder in die USA zurückkehren, wo er mehr als fünfundzwanzig Jahre gelebt hätte. Wenn er und Duniya heiraten würden, was sehr wahrscheinlich sei, würden sie alle nach Amerika ziehen.

Plötzlich sagte Yarey: »Ich werde das Baby mit zu Onkel Qaasim und Tante Muraayo nehmen und es dort lassen, damit sie es großziehen können. Ist das in Ordnung, Duniya?«

»Warum?« erwiderte Duniya perplex.

»Dann kann ich heimkommen und hier wohnen.«

»Aber . . .!«

»Wenn Onkel und Tante ein anderes Kind als Ersatz für mich haben, dann werde ich mich nicht so schlecht fühlen, wenn ich sie verlasse, weißt du!«

»Aber du kannst doch hierherkommen, wann immer du willst«, sagte Duniya.

Nasiiba flüsterte Yarey noch mehr Geheimnisse ins Ohr. Yarey blickte von ihrer Mutter zu Bosaaso und wieder zu Nasiiba, die aufmunternd nickte. Etwa eine Sekunde schwieg Yarey.

»Was hat Nasiiba dir zugeflüstert, Yarey?« wollte Duniya wissen.

»Ach, nichts.«

Mataan entfernte sich von seinen Schwestern, distanzierte sich vom Geschehen. Bosaaso wurde verlegen unter dem intensiven Blick von Yarey, die überlegte, was zwischen ihm und ihrer Mutter vorging. Doch Duniya gab sich ganz begeistert, und das Haus war in Feststimmung wegen eines Findlings, der sie alle zu neuen Freunden gemacht hatte.

»Darf ich dann also heimkommen, Duniya?«

»Natürlich.«

»Darf ich dann bei Onkel Bosaaso Videos anschauen?« sagte Yarey.
Duniya war um eine Antwort verlegen. Sie blickte zu ihm, dann zu Nasiiba, dann konzentrierte sie sich auf den Horizont, zu verlegen, um zu sprechen.
»Aber natürlich«, sagte Bosaaso.
Doch Yarey spürte, daß sie Duniya verärgert hatte. Sie ließ sich von Nasiiba den Findling abnehmen, ging dann zu ihrer Mutter und kniete sich neben sie, wobei sie ihr die Hand küßte. »Es tut mir leid, Duniya. Ich werde nicht mehr auf Nasiiba hören, ich versprech es.«
Bosaaso erhob sich zum Gehen. »Wir werden bei Dr. Mire um halb acht erwartet; ich hole dich ab«, sagte er.
»Mach's gut«, erwiderte Duniya.
»Du auch«, erwiderte er.

MOGADISCHU (SONNA, 30. JULI)
Der somalische Durchschnittshaushalt fällt (und verwertet voll oder teilweise) bis zu 150 Bäume oder Büsche pro Jahr. Dies ergab eine Studie, die letzte Woche vom Ministerium für Landwirtschaft und Viehzucht veröffentlicht wurde. Eine große Zahl von Büschen oder Bäumen wird aus ganz unterschiedlichen Gründen entwurzelt, eine Vielzahl davon wird als Brennstoff verbrannt oder als Baumaterial für Zäune oder Grundstücksumfriedungen verwendet.
Dieser Verlust an Grünbestand hat teilweise zu einer Verringerung der Regenfälle sowie der Verfügbarkeit von Wasser überhaupt und des Vorkommens von Wildtieren in weiten Bereichen der Republik geführt. In dem von somalischen Experten zusammengestellten Bericht – dem ersten dieser Art – heißt es ergänzend, daß ein zu hoher Bestand an Kamel- und Rinderherden immer mehr Geländeflächen von Bäumen, Büschen und Gräsern freilegt und damit zu der Dürre beiträgt.

Der Bericht erwähnt lobend die somalische Regierung, Hilfsorganisationen und befreundete Staaten, die versucht haben, die Katastrophe im Land einzudämmen, die im Licht ähnlicher aktueller Umweltkrisen in Afrika und der ganzen Dritten Welt begreifbar wird.

9

Duniya geht in einem ihr von Nasiiba aufgedrängten Kleid mit Bosaaso in Mires Haus zum Abendessen.

Während seiner Siesta sah Bosaaso einen hübsch gefiederten Vogel mit stämmigen Füßen, eine Kreuzung aus Falke und Adler, für den er keinen Namen hatte. Der Vogel blieb still und abwartend, hockte auf einem Telegrafenmast am Rande eines Parks, in dem Bosaaso mit seiner verstorbenen Frau Yussur picknickte. Ihr Sohn lag in der Wiege, und in der Nähe spielte ein Transistorradio.

Irgendwann hob der Vogel ab und war eine gute Weile außer Sicht. Als ihnen das nächste Mal seine Anwesenheit bewußt wurde, näherte er sich aus großer Höhe, stürzte sich bedrohlich auf das Baby herab, als wollte er ihm etwas antun. Die Eltern waren erleichtert, als sie sahen, wie der Vogel davonflog und in seinem Schnabel nicht ihr Kind, sondern eine Blume hielt.

Bosaaso wachte verstört auf. Sofort fiel ihm ein, daß er und Duniya zum Abendessen bei Mire eingeladen waren. Er duschte in aller Eile, fuhr so schnell es gefahrlos ging und parkte noch rechtzeitig vor Duniyas Wohnung. Er stürzte atemlos vor Sorge in das Frauenzimmer und entspannte sich erst, als er die Gewißheit hatte, daß der Findling unverletzt war.

Auf dem Weg zu Mire saßen sie wie Schneiderpuppen da – Bosaaso, weil er entschieden hatte, nicht von seinem Siesta-Alptraum zu sprechen, und Duniya, weil das Kleid, das sie auf Nasiibas Drängen angezogen hatte, allmählich um die Hüften spannte und ihr den Atem abschnürte. Beide lächelten unverbindlich, sagten eine lange Zeit nichts.

Bosaaso, den die Stille beklommen machte, meinte end-

lich: »Ich beneide Mire; er wohnt alleine, wirkt irgendwie gut aufgehoben. Ich schätze, dich beneide ich auch, hauptsächlich weil du wie meine Mutter selbst ein Aktionszentrum bist. Das soll heißen: Erst findest du statt, und danach der Rest der Welt.«
Es fiel Duniya ein, wie wenig sie Mire kannte. Sie konnte es nicht deutlich ausdrücken, formulierte es aber vorsichtig so: »Ein Ballon mit Luft drin fliegt dort, wo Wind herrscht.«
Bosaaso verstand ihre Aussage nicht, sagte aber: »Wenn du ihn besser kennengelernt hast, wirst du schätzen, wie sehr er die Gesellschaft von Menschen genießt, die ihn interessieren. Es wird dich überraschen, wenn du merkst, daß er sehr viel mehr redet als ich zum Beispiel.«
»Spricht er je von sich?«
»Klar.«
»Aber du nicht?«
Er lächelte und sagte: »Ich nicht?«
»Kaum«, sagte sie.
»Vielleicht gibt es wenig Erwähnenswertes.«
»Wartest du auf solche Preisgesänge, wie sie deine Mutter als Schlafliedchen improvisierte, wenn du nicht einschlafen wolltest?«
Es fiel ihr auf, wie angespannt sie beide waren und wie aggressiv sie war. Das Gebot der Zurückhaltung wurde unerträglich. Es war leichter, über Dr. Mire zu sprechen, als über ihre eigenen Gefühle füreinander. Niemand von ihnen hatte ein einziges liebevolles Wort gesprochen, abgesehen von dem einen Anlaß, als Bosaaso gesagt hatte, er fühle sich zu ihr hingezogen. Es war ja nicht so, daß es wenig Nähe zwischen ihnen gab. Im Gegenteil, körperliche Anziehung war genug da. Beide waren jedoch auf der Hut, spürten vielleicht, sie könnten es sich nicht leisten, die gegenseitigen Erwartungen zu enttäuschen.
»Du bist nie in der Wohnung von Mire gewesen, oder?« fragte er.

»Nein.«
Schweigen. Die Scheinwerfer teilten das Nachtdunkel wie ein Kamm das Haar eines buschigen Kopfes.
»Aber ihr kommt gut miteinander aus, ihr beiden?« fragte er.
»Ich bin privat nie mit ihm in Kontakt gekommen, also kenne ich den Mann nicht richtig. Tatsächlich ist dies das erste Mal, daß wir uns außerhalb des Klinikgeländes treffen. Bei ihm muß ich oft daran denken, daß er ein Freund von Abshir ist, aber das bist du ja auch.«
Bosaaso wußte nicht, was er von dem letzten hingeworfenen Satz halten sollte. Spannung stieg in ihm auf, seine Lunge barst schier vor Aktivität. Ihm sprudelten die Worte aus dem Mund: »Was sagen die Leute über Mire?«
»Sie reden über seine Zurückhaltung, seine Verschwiegenheit, und die Schwestern kommen nicht umhin, ihn mit den anderen ausländischen Ärzten zu vergleichen, die bei uns in der Klinik arbeiten. Ich persönlich habe keine Schwierigkeiten, mir vorzustellen, wie er tief in seinem Innern ist, aber ich komme auf nichts, wenn ich ihn mir nicht arbeitend vorzustellen versuche. Mein älterer Bruder beschrieb ihn in einem Brief an mich als ›den Preußen‹ – in positivem Sinne, wohlgemerkt.«
»Es ist interessant, wie die Schwestern ihn wahrnehmen«, kommentierte Bosaaso.
»Wenn sie im Klinikflur ein lautes Gespräch führen, verstummen sie bei Mires Ankunft«, sagte Duniya. »Er selbst hat mir gesagt, daß seine Neffen und Nichten, die lautstark im Anwesen ihrer Eltern spielen, in dem Augenblick verstummen, in dem sie ihn erspähen.«
»Sagen die Schwestern also unschöne Sachen über ihn?«
»Keine schlimmen Sachen, nein.«
Bosaaso fiel ein, wie sehr die Mutter seiner verstorbenen Frau Mire gehaßt hatte. Doch Mire benahm sich so, als würde ihn nichts davon berühren. Er war offensichtlich

im Frieden mit sich selbst, und sonst war nichts von Belang. Duniya probierte es mit »Die Leute hier sind nicht förmlich, da ist es kein Wunder, daß er auf viele, die mit ihm zu tun haben, unnahbar wirkt. Seltsam, aber so nehme ich ihn nicht wahr.«

»Nein?«

Duniya schaute auf ihre unsichere Hand, die Sachen umgeworfen hatte genau an dem Morgen, als Bosaaso in Gestalt eines Schmetterlings in ihrem Traum in ihr Leben getreten war. Ihr fiel ein, wie gütig er gewesen war, wie gerührt sie von seinen Worten war. Sie konnte sich an den genauen Wortlaut nicht erinnern, nur an seine gütige Geste, eine Spur von Zuneigung zu ihr.

»Ich nehme ihn als furchtsamen Mann wahr, scheu wie ein Kind unter Erwachsenen, das nicht weiß, wie es mit ihnen umgehen soll. Ich habe ihn in Situationen beobachtet, wo er in sich zurückgezogen war, nichts als sein äußeres Selbst gezeigt hat, so wie eine Schildkröte, wenn sie angegriffen wird.«

»Das ist nett«, sagte Bosaaso lächelnd und dachte laut: »Eine rührende Beschreibung, sehr poetisch.«

»In einem Brief hat mein Bruder mir berichtet, daß Mire seine Verschwiegenheit selbst als so auffallend bezeichnet hat wie die blinden Flecken in einem Spiegel.« Warum kam ihr dauernd Abshirs Name in den Sinn? War das wegen der häßlichen Auseinandersetzung mit ihrem Halbbruder Shiriye?

Bosaaso wurde nun langsamer. Waren sie schon angekommen? Duniya dachte daran, wie sehr sie es gemocht hätte, wenn sie beide über persönliche Angelegenheiten gesprochen hätten, die für sie von großer Bedeutung waren. Zum Beispiel, was war mit dem Säugling? Beim Abendessen mit Mire mußte der Findling zur Sprache kommen. Sie wünschte, sie hätte Bosaaso gefragt, was seine Meinung war; wünschte, sie hätte ihm ihre gesagt. Doch er hatte

schon auf einem Stück Brachland neben anderen Fahrzeugen geparkt, worunter auch Mires Mini wie ein Knirps neben den größeren Wagen kauerte.
Mires Begrüßungslächeln, dachte Duniya, war die Geste eines Mannes, dem jemand genau in dem Augenblick begegnet, in dem er ein sehr wertvolles Stück von einem Versteck in ein anderes transferiert hat: heimlichtuerisch. Das Lächeln blieb noch eine Weile, wurde schließlich jedoch so schmal wie Mires gleichmäßig geschnittener Zahnbürstenschnurrbart. Er war ein paar Zentimeter kleiner als Bosaaso, aber im Körperbau kräftiger als sein Schulkamerad und hatte eine sonore Stimme, die ein Hörgenuß war. Er trat nun beiseite, in aufgerichteter Haltung, nur den Kopf leicht gebeugt, und sagte mit einer einladenden Handbewegung: »Willkommen.«
Beim Eintreten glaubte sie, eine nicht so glatte Miene auf Mires Gesicht gesehen zu haben, eine leicht zögerliche, die eines Mannes, der zwischen zwei entgegengesetzten Stimmungen schwankt, die eine formell, die andere nicht so starr. Duniya lächelte in sich hinein und erinnerte sich an eine andere Gelegenheit, als ihr solch eine plötzliche Stimmungsänderung bei ihm aufgefallen war: Der Vormittag, als ihre Hand Amok gelaufen war und seine Kulis, Thermometer und Bleistifte umgeworfen hatte.
Bosaaso führte sie ins geräumige Wohnzimmer, wo Duniya zu ihrer Freude gleich auffiel, daß es nicht extravagant war. Es war karg möbliert, die Ausstattung schlicht, jedes Stück aus einheimischer Produktion. Keine lauten Farben, nichts, was die *nouveaux riches* mit Schick und Moderne assoziierten; kein Fernseher, kein Videogerät, nichts von dem abgehobenen Schnickschnack, von dem es im Computerzeitalter soviel gibt, bis auf einen Kassettenrecorder und ein Kurzwellenradio, dessen Antenne ausgefahren war. Tapete und Vorhänge paßten harmonisch zusammen. War Bosaasos Wohnzimmer in seinem einstöckigen Palast

so schlicht wie das hier? Oder war es geschmacklos exhibitionistisch? Duniya war froh, erst zu Dr. Mire gekommen zu sein.
Die beiden Freunde blieben einen halben Schritt hinter ihr wie feine Ober, die einem Ehrengast einen Platz zuweisen. Als sie die Sitzgruppe des Zimmers erreicht hatten, ermunterte Dr. Mire Duniya, den großen Sessel zu nehmen.
»Bitte schön«, forderte er sie auf und führte sie zu dem hervorstechenden, grün gepolsterten Sessel.
Von den Männern setzte sich noch keiner. »Zunächst einmal, was möchtest du trinken, Duniya?« fragte Mire.
»Etwas Nichtalkoholisches, wenn es geht«, erwiderte sie.
Bosaaso hielt unterdessen den höflichen Abstand eines Oberkellners, der mit den Händen hinter dem Rücken dasteht und dessen ganzer Körper bereit ist, zu Diensten zu sein.
In Erwiderung auf die genannte Angebotsliste sagte Duniya: »Gepreßten Orangensaft bitte.«
»Gewiß doch«, sagte Mire.
Auf einmal herrschte zuviel Bewegung. Mire schritt davon, wobei er ehrerbietig den halben Weg rückwärts ging. Bosaaso setzte sich in den kleinen Sessel, der Duniya am nächsten war. Mire hielt, kurz bevor er die Küche betrat, noch einmal inne, machte eine halbe Drehung und fragte: »Was möchtest du haben, Bosaaso?«
»Das gleiche wie Duniya, bitte.«
»Ganz schlicht, ganz natürlich heute?« neckte Mire.
Bosaaso nickte. Aber warum verschwand Mire nicht? Befangen schlug Duniya die Beine übereinander, wechselte die Stellung nochmals und ließ die Beine dann doch wieder nebeneinander, sich der Augen bewußt, die nicht auf sie gerichtet waren. Währenddessen nahm sie unangenehm die Feuchtigkeit in den Achselhöhlen und die Enge ihres Kleides an den Hüften wahr. Endlich schritt Mire von dannen und versprach, gleich wieder dazusein.

Als sie allein waren, rückte Bosaaso näher und sagte: »Alles in Ordnung?«
Sie wollte nicht an den unmittelbaren Grund für ihr Unbehagen denken, also sagte sie: »Mir geht es gut, danke.«
»Hat einer von uns irgendwas gesagt, was dich verstimmt hat, Duniya?«
Sie riß ihre Gedanken von dem los, was sie peinigte, und sagte: »Was hast du ihm von uns erzählt?«
»Gar nichts.«
»Das glaube ich dir nicht.«
»Eigentlich wirklich nichts.«
»Du bist aber sehr zugeknöpft«, sagte sie, immer noch leise sprechend.
»Ich habe ihm nicht viel gesagt; nur was ganz Allgemeines.«
»Was ist mit dem Findling?«
»Ich habe ihm die Tatsachen mitgeteilt, wie ich sie kenne«, erwiderte er.
»Welche denn? Welche Tatsachen?«
»Ich habe ihm mitgeteilt, wer den Findling entdeckt hat, wo und wie. So Sachen eben. Und wie wir ihn in unser beider Namen als gemeinsame Vormünder haben eintragen lassen. Die nackten Tatsachen, keine Ausschmückungen.« Er verstummte kurz. »Also was hat dich aufgeregt?«
»Ich hasse es, wenn Männer mich als Frau ganz selbstverständlich vereinnahmen«, sagte sie.
Da mußte er nun feststellen: »Das klingt jetzt aber auch zugeknöpft.«
Sie verstummten und rückten auseinander, weil Mire seinen zeitlich gut geplanten Auftritt mit einem Räuspern ankündigte. Er kam mit einem Tablett näher. Vor jede Person legte er sorgfältig eine kleine quadratische Stoffserviette. Duniya dachte sich, seine Wohnung hatte etwas gründlich Gereinigtes an sich. Kaum irgendwo ein Krümel Staub. Ihr war es schleierhaft, wie er sich und seine Wohnung von Mogadischus Sandstürmen oder Rost und Last der hier

herrschenden Luftfeuchtigkeit isolierte. Sie nahm ihr Getränk mit beiden Händen von ihm entgegen und sagte »*Mahadsanid*« mit dankbar geneigtem Kopf.

Mire rettete seinen Freund mit einem Scherz. »Ich habe noch nie erlebt, daß Bosaaso etwas Nichtalkoholisches trinkt. Hoffentlich geht dir auf, was du ihm antust, Duniya.«

Sie meinte: »Besondere Anlässe erlegen dem Willen derer, die sich daran erinnern wollen, gewisse Einschränkungen auf. Vielleicht hat er sich deswegen so ein Getränk gewünscht, meinst du nicht?«

In Mires Stimme lag ein Anflug von Ungehaltenheit, denn er gab sich die Haltung eines älteren Bruders, der einen jüngeren leicht zurechtweist. »Meinst du damit, er hat es dir bereits gesagt?« sprach er Duniya an.

»Mir gesagt? Was?«

Sie spürte, wie beide Männer sie mit beklemmender Aufmerksamkeit anstarrten. Wovon redeten sie? Gaben sie ihr zu verstehen, daß Bosaaso Besserung gelobt und das Alkoholtrinken ganz aufgegeben hatte, was eine versteckte Anspielung auf Taariqs exzessiven Konsum dieser überaus gesundheitsschädigenden Substanz wäre?

Mire fragte nun: »Er hat dir nichts von Abshir gesagt?«

»Mein Bruder Abshir? Was ist mit ihm?« Schlechte Neuigkeiten konnten es nicht sein, da ihre Gesichter in einem Lächeln aufgingen. »Sagt es mir, ich kann es nicht erwarten.«

»Möglicherweise kommt er bald zu Besuch.«

Sie erhob sich halb aus dem Sessel: »Zu mir?«

»Ganz richtig.«

Sie bekam einen Knoten in der Zunge, da sie nicht sicher war, wie sie auf die Neuigkeit reagieren sollte. Sie würde es sich nie verzeihen, wenn sie etwas Lachhaftes sagte, aber ihr schien nichts Gescheites einzufallen. Sie lauschte nur mit halbem Ohr auf die Musik, die eindeutig orientalisch

war, nicht arabisch. Nein, sie klang winselnd, fernöstlich. Sie beugte sich vor und sagte begierig: »Hat er dir geschrieben, Mire, daß er bald kommen wird?« Und insgeheim hoffte sie, Abshir hätte es nicht.
»Er macht gerade Urlaub in Griechenland und hat eine Freundin von mir getroffen, mit der ich heute telefoniert habe – es ist ihr Geburtstag. Sie hat mir gesagt, er habe verkündet, daß er vorhabe, dir einen Besuch abzustatten«, sagte Mire.
Plötzlich brachten sie Trinksprüche aus, wobei der Name ihres Bruders in den kurzen *caafimaad*-Wünschen auftauchte. Ihr glitt das Glas aus der unsicheren Hand, und sie verschüttete etwas auf ihr Kleid. Sie stand voll Unbehagen auf; sie wäre jetzt dankbar für den geschlossenen Raum eines Badezimmers gewesen – oder irgendeines Zimmers mit einer Tür, die sie von innen verriegeln konnte. Das Atmen war ihr schon schwergefallen, diese plötzliche Aufregung war viel zuviel. Ihr war heiß hinter den Ohren, ihre Achselhöhlen glichen bepinkelten Matratzen. Bosaaso zeigte ihr, wo das Bad war.
Sie tauchte erst wieder auf, als sie hörte: »Das Essen ist serviert, *Mada*!«
Ihre gute Erziehung flüsterte Duniya ins Ohr, sie solle nicht offen bekennen, daß sie für das Gericht, das sie verzehrte, keinen Namen hatte, was frommen Muslimen sehr verhaßt ist, die darauf bestehen, jede Zutat der Mahlzeiten, die sie berühren oder verzehren, zu identifizieren. Mire war feinfühlig genug, um zu vermuten, daß Duniyas traditionelle Zurückhaltung für das leichte Unbehagen in ihrem Gesicht verantwortlich war. Er sprach jedoch weder zu ihr noch zu Bosaaso; er blickte von einem zum anderen und hoffte wohl, daß sein Freund Duniya versicherte, sie würde kein Schweinefleisch essen.
Mittlerweile dachte Duniya an etwas, das ihr Sorgen machte: daß sie Dinge umwarf, Getränke verschüttete, sich

ihre Zehen anstieß. Die Tatsache, daß dies mittlerweile zur Regel wurde, beinahe langweilend vorhersagbar, nagte an ihrem Selbstbewußtsein. War ihr die Kontrolle über einen bestimmten Gehirnnerv entglitten und hatte sowohl im Verstand wie im Körper ein Ungleichgewicht ausgelöst? Es war ihr gar nicht lieb, damit assoziiert zu werden, daß sie eine Spur von Heruntergefallenem, Zerbrochenem und Zertrümmertem hinterließ. Nun ja, Umrisse verschwammen vor ihrem Blick. Manchmal wichen Wände zurück. Ihre Hände verbogen sich athletisch an den Gelenken, stark wie die eines Speerwerfers. Sie rief sich ins Gedächtnis, daß in der somalischen Mythologie der Kosmos auf den Hörnern eines Tiers balanciert, eines Stiers, der immerfort auf eine Kuh blickt, die direkt vor ihm an einen Pflock gebunden ist. Es heißt, daß der Körper des Stiers sein Gleichgewicht verliert, wenn seine Geliebte, die Kuh, ihren Blick in eine andere Richtung wendet, und diese Gewichtsverlagerung ist verantwortlich für die Erdbeben überall auf der Welt. Unterjochte sie, Duniya, das Universum, indem sie Gegenstände zerbrach?

»Weißt du, wie das Gericht heißt, das wir essen?« fragte Bosaaso.

Es dauerte eine Weile, bis die Worte ihren Verstand erreichten und einen Sinn ergaben. Sie fühlte die Last ihrer Blicke und wußte, sie hatte etwas getan, das ihnen mißfiel. Sie hatte ihr Essen nicht angerührt. Nun entschied sie, das zu ihrem Vorteil zu nutzen, beschloß, perverses Vergnügen daraus zu ziehen, daß sie ihr Unwissen zeigte; das goutierten Männer im allgemeinen gerne, die mit Wonne jede Bestätigung aufnahmen, daß Frauen nicht soviel wissen wie sie. Doch es könnte ihr auch dazu verhelfen, ihr irgendwo verlegtes Selbstvertrauen wiederzugewinnen, das sie danach vorweisen würde wie in einer Schlacht erlittene Wunden. Sie sagte: »Was ist das für ein Essen?«

»Moussaka«, sagte Mire.

Und gleich darauf schaltete sich Bosaaso ein: »Das hier, wie du siehst« – dabei deutete er mit seiner Gabel –, »sind Schichten von Hackfleisch, das ist Aubergine, bedeckt mit einer oder zwei Schichten Parmesankäse.«

Darauf sagte Duniya und rieb damit scheuernd ihr wiedererlangtes Selbstvertrauen: »Moussaka ist ein so schöner Name, daß ich darauf wette, wenn das Essen mal in Somalia beliebt wird, dann würde eine Mutter ihre Tochter Moussaka nennen.« Sie könnte damit das künftige Gesprächsthema auf die Namengebung gelenkt haben.

»Würdest du deine Tochter Moussaka nennen, Mire?« fragte Bosaaso.

»Ich garantiert nicht«, erwiderte Mire, »aber einige Frauen würden das sicher.«

Bosaaso sagte zu Mire: »Erinnerst du dich an das Mädchen bei uns im Ort, das *Makiino* genannt wurde – die verstümmelte Form des italienischen *macchina*? Ich weiß noch, daß ich dachte, wie abwegig es für eine Mutter sei, ihre Tochter nach einem Gerät zu benennen. Aber im Rückblick sehe ich, daß es einen Sinn ergab. Zum einen erledigt die Maschine die Arbeit schneller und effektiver als jeder Mensch. Zum anderen verkürzt sie die Arbeitszeit und verringert die Erschöpfung. Zusätzlich wurde die Frau dadurch zukunftsweisend, da der Begriff sie mit einem größeren Universum bekannt machte, in dem Maschinen wissenschaftlich und kulturell ein nicht mehr wegzudenkender Bestandteil des täglichen Lebens sind.«

»Da war doch noch ein Mädchen, nicht wahr?« sagte Mire. »Ihre Mutter hatte sie *Aasbro* genannt, weißt du noch? Eine andere nannte ihre Tochter *Omo* nach dem Waschpulver, vielleicht in Anerkennung des Nutzens solch einer Sache; oder *Laylon*, eine Verballhornung von ›Nylon‹, vielleicht weil sie besonders glatte Haut hatte.«

»Wir kennen doch einen Mann, Mire«, sagte Bosaaso, »der bei seiner Geburt der Welt zuerst sein Hinterteil gezeigt hatte und den Namen *Daba-kiin* erhielt, ein sprechender Begriff für die Steißlage, in der er geboren wurde?«

Duniya aß schweigend und erinnerte sich an die Gründe ihrer Mutter, ihren einzigen Sohn Abshir zu nennen. Er sei ein Segen gewesen, pflegte sie zu sagen, in prahlerischer Erinnerung daran, wie gut er in der Schule und der Universität abgeschnitten hatte. Nun hatte Abshir also vor, sie zu besuchen, Abshir, den sie seit Jahren nicht mehr gesehen hatte, den sie zuletzt für ein paar Tage in Rom besucht hatte.

Mire sagte zu ihr: »Hast du eine Ahnung, wieso du deinen Namen erhalten hast? Ich will noch einflechten, daß ich nach meinem Großvater benannt wurde, und sicherlich kennst du die Geschichte zu dem Spitznamen Bosaaso.«

Duniya hoffte, daß Mire die Freude in ihren Augen sehen konnte, welche die Neuigkeit von Abshirs bevorstehender Ankunft bei ihr ausgelöst hatte. Verlegen und an ihren Gefühlen fast erstickend, sagte sie: »Ich war die einzige Tochter meiner Mutter und die letztgeborene, also nehme ich an, ich bedeutete die Welt für sie.«

Bosaaso hätte ein Elternteil sein können, der einem scheuen Kind Mut einflößt. »Duniya bedeutet: die Welt«, sagte er.

»Der Kosmos«, schob Mire mit interpretatorischer Exaktheit nach.

Dann sprachen sie ausführlich über Händler, arabische und europäische, die durch den afrikanischen Kontinent reisten, ihren Glauben verkündeten und ihre Gottheiten und Glaubensbekenntnisse zum Geschenk machten (wie die heutigen Hilfsgüter), Geschenke, welche die Afrikaner ohne große Fragen annahmen.

Bosaaso stellte eine Frage in den Raum. »Läßt sich eine somalische Auffassung von dem modernen Begriff Kosmos, der im Arabischen ›Dunya‹ heißt, denken? Von seiten der Araber wird nämlich behauptet, daß sie uns den Begriff

Kosmos bescherten, indem sie uns nicht nur ihren islamischen Glauben anboten, sondern mit uns auch ihr Weltbild teilten, auf das wir unser darauf folgendes Verständnis vom Funktionieren unseres Globus aufgebaut haben.«
»Was hatten die Araber davon, uns ihr Weltbild zu bescheren, natürlich zusammen mit einem von Allah geschaffenen Kosmos, der unserem traditionellen Glaubenssystem widersprach?« wollte Duniya wissen.
Bosaasos Gesicht verdunkelte sich bei dem Versuch, darauf eine Antwort zu geben.
»An Duniyas Worten ist was dran«, sagte Mire. »Nach meinem Verständnis hängt der grundlegende Unterschied zwischen tradierten afrikanischen Glaubenssystemen und dem jüdisch-christlichen oder islamischen Credo mit den mystischen Ausmaßen eines zentral geschaffenen Kosmos zusammen. Der Ausgangspunkt ist doch der: Wen oder was verehren wir? Im Falle eines Somalis, der Krähen vergöttlicht, ist die Antwort klar: Somalis beugen sich dem Tod, da Krähen mit dem Lebensende assoziiert werden, der Beendigung der Existenz. Dagegen offerieren die jüdisch-christlichen und islamischen Systeme eine nach vorn schauende, mit dem Leben nach dem Tode eine Belohnung anbietende Rationalisierung, ein Credo, in dem einem paradiesische Wonne nach dem Tod garantiert wird.«
»Was bedeutet das alles in einfachen Worten?« fragte Duniya.
»Das bedeutet«, sagte Mire, »daß du wenigstens oberflächlich deine Anstrengungen in deine täglichen Aktivitäten der Selbstverehrung investierst (in jüdisch-christlichen sowie in islamischen Systemen ist Gott ja nach dem Bild eines auf eine höhere Ebene gestellten Menschen geschaffen, wohingegen im somalischen Denken Krähen nicht der Vorstellung des Menschen von sich selbst entsprechen), wofür dir eine himmlische Dividende versprochen wird,

die deinem Vertrauen in Gott, der Leben gibt und nimmt, würdig ist.«

»Gott gibt, Mensch gibt!« sagte Bosaaso, der nicht sehr ernst klang.

Da breitete sich Schweigen aus. Mire war klargeworden, daß er Duniya nichts hatte verständlich machen können. Sie hatte es offensichtlich aufgegeben, seinem Theoretisieren zuzuhören. Es war Zeit für den Fruchtsalat.

Als sie mit dem Nachtisch fertig waren und der Espresso serviert worden war, verschwand Duniya für eine Weile ins Badezimmer, denn sie hatte die Stille nötig, die vom Alleinsein in einem Zimmer mit einer verschließbaren Tür herrührt. Sie dachte sich auch, die beiden Freunde würden ein paar Augenblicke für sich zu schätzen wissen, in denen sie in ihre Männersprache verfallen konnten. Tatsächlich hatte sie das Gefühl, daß sie wie zwei Menschen waren, die gezwungen waren, zugunsten einer dritten Person in einer fremden Sprache zu reden. Nach fast einem ganzen Abend entschied sie, ihnen ein bißchen Zeit zu lassen, in der sie in ihrer Sprache reden konnten.

Vom Bad aus konnte Duniya ohne große Mühe ihr Gespräch mitverfolgen, dessen erste Hälfte hauptsächlich um den Findling ging, daß er bisher noch keine Schutzimpfungen und noch keinen Namen erhalten hatte. Bosaaso beantwortete Mires Fragen mit deutlicher Zurückhaltung, murmelte einige seiner Antworten. An einer Stelle sagte Mire:

»Sag mir, warum behaltet ihr ihn, ihr beiden, meine ich?«

»Wer hat gesagt, daß wir ihn behalten?« erwiderte Bosaaso.

»Wollt ihr das etwa nicht?« sagte Mire verdutzt.

»Ich habe den Eindruck«, erklärte Bosaaso, »daß er uns behält, in dem Sinne, daß er meine und Duniyas Freundschaft zementiert und Tag für Tag, Minute für Minute festigt.«

»In welcher Weise?«

»Der Findling ist zum Mittelpunkt unserer Sorgen und

Freuden geworden, der zentrale Brennpunkt unserer Zuneigung. Wir kümmern uns um ihn, als wäre er unser eigenes Fleisch und Blut.«

»Und was heißt das für euch?« fragte Mire.

»Da kann ich nur für mich sprechen, weil Duniya und ich diesen Aspekt unserer Beziehung noch nicht besprochen haben.«

»Was bedeutet er dir denn persönlich?«

»Bis sich unsere Beziehung gefestigt hat«, sagte Bosaaso, »und vielleicht auch noch danach, wird der Findling das Symbol unseres Zusammenseins gewesen sein.«

»Ich bin nicht sicher, ob ich dir folgen kann«, sagte Mire.

»Betrachte es mal so: Er ist derzeit die Hauptbeschäftigung für sie, mich und ihre Kinder, mit denen ich gut auskomme.«

»Also siehst du einen baldigen Tag kommen, an dem eure Beziehung sozusagen abheben wird ohne Hilfe durch den Findling?« fragte Mire behutsam.

»Besonders jetzt, da Abshir kommen wird.«

»Warum das?«

Mit leiser Stimme sagte Bosaaso: »Können wir darüber ein andermal reden?«

»Verstehe«, sagte Mire.

Sie schwiegen.

Als Duniya sich ihnen wieder anschloß, wurde ihr die Wohnung gezeigt. Sie wurde in Mires Arbeitszimmer geführt, das sich wie eine Eremitenklause ausnahm, ein Ort, wo Ideen entwickelt und Gedanken gezeugt wurden. Es gab ein Chaos aus Büchern, ganze Stapel davon, auf Tischen aufgehäuft, über die Kanten eines Buchregals quellend. Wo Bosaaso zwei Autos erworben hatte, eines als Taxi für seinen Cousin, eines für den Eigengebrauch, und dazu noch ein einstöckiges Haus für sich und ein weiteres für seine Schar von Cousins – hatte Mire seinen Reichtum in den Erwerb von Wissen investiert.

Das Arbeitszimmer hatte seine eigenen Annehmlichkeiten. Da gab es einen großen Lehnstuhl, eine handgefertigte Chaiselongue mit deutscher Aufschrift (Bosaaso erklärte, sie sei ein Geschenk von Claudia, Mires deutscher Freundin). Es gab auch jede Menge verstaubter Ecken in diesem Zimmer und eine Anzahl halb ausgetrunkener Kaffeetassen, die unaufgeräumt herumstanden, wo sie einen Tag oder so vorher vergessen worden waren. Für Mire, sagte Bosaaso, mußte die Welt außerhalb seines Arbeitszimmers ordentlich sein, hier jedoch nicht. Er könne dem Wachstum von Ideen keine Ordnung aufzwingen. Hier war er ganz Mensch; hier ließ er seinen eigenen Empfindungen freien Lauf.

Hier war er auch privat. Ein lebensgroßes Foto von Claudia Christ, seiner deutschen Freundin, überblickte alles im Arbeitszimmer von seinem hohen Platz an der Wand, hoch genug, daß Duniya irgendwie den Eindruck bekam, die europäische Frau blicke in den Kopf eines jeden, der irgendwo im Zimmer stand. Die Frau hatte dünne Lippen, kurzes Haar, eine kleine Nase, ein vorspringendes Kinn und starke Kiefer. Duniya hatte das Gefühl, sie würde hier einen Schrein aufsuchen.

Bosaaso diente ihr als Führer. Er zeigte ihr Übersetzungen großer europäischer Klassiker ins Somalische, darunter Shakespeare, Goethe und Dante, von denen Mire Rohfassungen mit Anmerkungen und Einführungen angefertigt hatte, alle Claudia gewidmet. Mire übersetzte direkt aus den Originalsprachen, mit denen er vertraut war. Eines Tages hoffte er, dieses Lebenswerk veröffentlichen zu können.

Er wies auch auf Claudia Christs Bücher hin, vier an der Zahl, alle in Deutsch und Mire gewidmet. Sehr nobel von der Frau, ihr Lebenswerk einem Mann zu widmen, der sie nicht geheiratet hatte – noch nicht, dachte Duniya.

Die Führung war beendet, und sie dankte Mire für einen

überaus angenehmen Abend und bat, heimgefahren zu werden. Noch im Weggehen fragte sie sich, wie sie sich für Mires Einladung revanchieren könnte. Sie müßte einen Weg finden, ihn zum Essen in ihre Wohnung einzuladen, wenn diese nicht mit lärmenden Kindern angefüllt war. Die Ankunft ihres Bruders würde einen guten Anlaß bieten. »Du mußt zum Essen kommen, wenn Abshir hier ist«, sagte sie.
Mit schelmischem Blick erwiderte Mire: »Ich hoffe auf mehr als nur eine Mahlzeit.«
Bosaaso und Duniya schwiegen auf dem ganzen Weg zu ihrer Wohnung, wo sie ein Kommen und Gehen bemerkten. Duniya forderte ihn nicht auf, mit ins Haus zu kommen. Sie verabschiedeten sich draußen. Sie stieg aus dem Auto, aber nicht ohne ihm einen leichten Kuß zu geben.
»Bis morgen dann«, sagte er.
»Gute Nacht und danke für alles«, gab sie zurück.

MOGADISCHU (SONNA, ANSA, 7. JANUAR)
Ein Hilfsabkommen mit der italienischen Regierung wurde vorgestern bei einem Empfang im Caruuba-Hotel in Mogadischu unterzeichnet. Das Hilfspaket erstreckt sich auf zahlreiche entwicklungsbezogene Bereiche, es reicht von der Wiedereinführung des Reisanbaus in Jowhar und Umgebung über die Aufstockung der Bettenkapazität zahlreicher allgemeiner Krankenhäuser in der ganzen Republik bis zur Stärkung der Beziehungen zwischen den beiden Ländern.
In diesem Zusammenhang hat die italienische Regierung die Erhöhung der Zahl der von italienischen höheren Lehranstalten an die Nationale Universität von Somalia entsandten Lehrkräfte versprochen. Die somalische Universität ist die einzige außerhalb Italiens, in der alle Fächer auf italienisch gelehrt werden. Als Teil dieses Programms helfen italienische Somali-Experten

ihren einheimischen Kollegen unter der Leitung der Universität Rom und der somalischen Sprach- und Literaturakademie bei der Fertigstellung eines italienisch-somalischen Wörterbuchs und eines Linguistikprojekts, mit dem sich das Team beschäftigt.
Das Abkommen wurde auf somalischer Seite vom Außenminister und auf italienischer Seite vom diplomatischen Geschäftsführer unterzeichnet.

10

Duniya und ihre drei Kinder empfangen eine Reihe von Besuchern, darunter Muraayo. Und wie üblich kommt auch Bosaaso vorbei.

Der Morgen war silberhell, und mit einer leichten Kühle war auch eine Libelle ins Zimmer geweht worden, die in ihren flirrenden Auf- und Abbewegungen den Schriftzug eines Namens abzubilden schien. Um ihn zu lesen, wischte sich Duniya Feuchtigkeit wie Tau aus den Augen und war sich des Ergebnisses zuerst nicht sicher. Der Säugling rührte sich wegen des kühlen Windes im Frauenzimmer, und Duniya kletterte aus dem Bett, um ihn mit einer ihrer *guntiino*-Roben zu bedecken. Als sich dies als unzureichend entpuppte, hob sie ihn auf und hielt ihn in ihrer warmen Umarmung, wobei sie zärtliche Laute ausstieß, bis er nicht mehr weinte. Sie legte ihn wieder in seine Wiege, und nachdem sie das Fenster geschlossen hatte, kehrte sie wieder ins Bett zurück.

Dann sah sie vor ihrem geistigen Auge den kodierten Schriftzug der Libelle und war zuversichtlich, einen Namen in Tätowierungsblau mit Rändern aus eisklarem Wasser gelesen zu haben. Es war der Name der jungen Frau, die Duniya an der Ambulanzklinik an dem Morgen gesehen hatte, als Bosaaso sie in seinem Schmetterlingstaxi mitgenommen hatte.

Sie wachte auf, in ihrem Kopf ein Durcheinander von unzusammenhängenden Erinnerungen.

»Weißt du, ich meine es ernst, wenn ich sage, ich werde nicht mehr zu Onkel Qaasims und Tante Muraayos Wohnung zurückgehen«, sagte Yarey.

Duniya sagte ihrer neunjährigen Tochter, sie solle still sein.

Das Radio war an. Sie lauschten eine Zeitlang den Nachrichten, doch bald verlor Yarey das Interesse an der Beschäftigung ihrer Mutter mit den Geschehnissen der Außenwelt und bestand darauf, daß Duniya sie beachtete.

»Hast du gehört, was ich gesagt habe?« fragte Yarey grob.

Duniya ließ sich nicht abbringen, einer Meldung über das Staatsoberhaupt zuzuhören, das eine gemeinsame Delegation aus Nordamerika und der EU empfing, die zu Besuch weilte, um über die benötigte ausländische Hilfe für Somalia zu sprechen. Unmittelbar darauf kam eine Meldung über einen männlichen Säugling, ein paar Tage alt, der in Duniyas Viertel bei einem Abfallkorb aufgefunden wurde. Weitere Einzelheiten wurden nicht gemeldet – nur daß der Säugling ausgesetzt worden war, aber nicht, daß er ein Heim und zwei Vormünder, Duniya und Bosaaso, bekommen hatte.

»Willst du mich jetzt anhören?« fragte Yarey.

»Ja?«

»Ich möchte meine Sachen hergebracht haben, in Bosaasos Auto.«

Duniya wollte nicht gehetzt werden. Sie zog es vor, immer nur ein Problem nach dem anderen zu behandeln. Außerdem war es viel zu früh für sie, um richtig mitzubekommen, wovon Yarey redete. Sie hatte zu viele andere Dinge im Kopf, darunter auch die Vorbereitungen für Abshirs Besuch und dazu all die anderen Angelegenheiten, über die sie mit Nasiiba reden mußte.

»Kann das nicht bis später warten, Yarey-Schätzchen?« sagte sie.

»Ich will meine Sachen hergebracht haben. Noch heute.« Das war ein Befehl.

»Warum?«

»Weil ich nicht wieder zur Wohnung von Onkel und Tante zurückwill.«

Duniya erinnerte ihre Tochter daran, daß Onkel Qaasim

und Tante Muraayo in einem Kompromiß als Pflegeeltern ausgewählt worden waren, da sie, Duniya, und Taariq, Yareys Vater, sich nicht darüber einigen konnten, wer sie behalten sollte. Es verstand sich von selbst, daß sie nicht vor Gericht gehen wollten. Taariq hatte zu der Zeit mit Depressionen wegen seines Trinkens zu kämpfen, Duniya mit finanziellen Schwierigkeiten, da sie nicht drei Kinder alleine durchbringen konnte. Als Teil des erreichten Übereinkommens wurde beschlossen, daß Duniya in dem Haus mit den zwei Schlafzimmern, wo sie jetzt lebten, bleiben und nur eine symbolische Miete zahlen sollte, und Yarey würde im Haushalt von Taariqs älterem Bruder aufwachsen, auch in Anbetracht der Tatsache, daß seine Frau Muraayo kein eigenes Kind hatte. All das war mit viel Mühe ausgehandelt worden (Duniya versuchte Yarey die Komplexität der Lage verständlich zu machen) und hatte mehrerer ausgedehnter Sitzungen bedurft. Auf die Art hatte Taariq leichten Zugang zu seiner Tochter, welche die Wochenenden bei Duniya verbrachte.
»Geben wir ihnen doch den Findling, das löst alle Probleme«, meinte Yarey.
»Welche Probleme?«
»Und dann kann ich heimkommen.«
Duniya schnalzte mit der Zunge, um ihre Ablehnung kundzutun. »Dein Heimkommen hat überhaupt nichts mit dem Findling zu tun. Das ist eine ganz andere Sache. Wie schon gesagt, du darfst herkommen und jederzeit bei uns wohnen. Aber ich muß die Bedingungen mit deinem Vater, Onkel Qaasim und Tante Muraayo besprechen.«
»Aber das ist nicht gerecht.«
»Was ist nicht gerecht?«
»Schau mal, wenn ich dann hier wohne, dann haben Tante Muraayo und Onkel Qaasim kein Kind, das sie als ihr eigenes betrachten können, aber hier sind dann vier Kinder, alle deine«, wandte Yarey ein.

»Dein Onkel hat Kinder aus seinen früheren Ehen«, erinnerte Duniya sie.
»Doch seine jetzige Frau, Tante Muraayo, mag sie nicht in ihrem Haus haben.«
Duniya gab keinen Kommentar.
»Bis der Findling in meinem Alter ist, wird er Tante Muraayo als seine Mutter angenommen haben. Hast du das schon bedacht?« sagte Yarey hartnäckig.
»Ich schlage vor, daß du bei Tante Muraayo bleibst, die dich als ihr eigenes Kind angenommen hat«, sagte Duniya in neckendem, lockendem Ton. Doch kaum hatte sie es gesagt, wollte sie ihre Worte schon wieder ungeschehen machen.
»Du meinst, du magst ihn lieber als mich?« sagte Yarey.
»Da sei Allah vor.«
»Warum ist dir dieser häßliche Findling so wichtig?« piesackte Yarey.
»Er hat sonst kein Heim; du hast mindestens zwei. Bleib gerecht, Yarey.«
»Gestern hast du wegen ihm mit Onkel Shiriye bös gestritten.« Yarey machte in ihrem feindseligen Ton gleich weiter: »Und jetzt sagst du mir, deiner eignen Tochter, so gemeine Sachen. Warum ist er so wichtig?«
In einer kurzen konzentrierten Eingebung dämmerte es Duniya, daß es einen Weg gab, Yarey zufriedenzustellen. Sie würde das kleine Mädchen ködern. Sie würde ihr das Gefühl geben, wichtig zu sein, vertrauenswürdig.
»Bist du groß genug, um ein Geheimnis für dich zu behalten, Yarey?«
»Natürlich bin ich das«, sagte Yarey, ganz Ohr.
»Kann ich mich darauf verlassen, daß du weder Nasiiba noch Mataan, noch sonst jemandem was erzählst?«
»Sicher!«
Duniya sagte: »Onkel Abshir wird bald kommen.«
Yarey konnte ihre Freude nicht bändigen: »Wann?«

Erfreut darüber, daß sie die unbeständigen Launen ihrer jüngsten Tochter manipulieren konnte, sagte Duniya: »Ich bin nicht sicher, wann genau.«
»Hast du ein Telegramm oder einen Brief von ihm bekommen?«
»Eine Freundin von Dr. Mire hat gestern mit ihm gefrühstückt«, improvisierte Duniya. »Ihr habt euch noch nie gesehen, Abshir und du, oder?«
»Nein, noch nie.«
»Du mußt das aber als Geheimnis für dich behalten.«
»Das werde ich«, versprach Yarey.
Inzwischen hatte Yarey den Findling oder ihr Vorhaben, sie beide zu vertauschen, vollständig vergessen. Sie sprudelte über vor Aufregung.
»Glaubst du, du hast noch Zeit, ihm zu schreiben, bevor er kommt?« wollte sie wissen.
»Warum?«
»Weil ich möchte, daß er mir was aus Italien mitbringt.«
»Ich weiß nicht genau.« Duniya klang nicht aufmunternd.
»Die Stewardeß von Somali Airlines, wie heißt sie noch, kann ihm einen Brief bringen. Wir müssen rausfinden, wann sie nach Rom fliegt, und dann geben wir ihr einen Brief oder so was mit, eine Mitteilung.«
Duniyas Körper versteifte sich bei der Erwähnung der Stewardeß.
»Was ist los?« wollte Yarey wissen.
»Was soll Onkel Abshir dir denn aus Italien mitbringen?« sagte Duniya stirnrunzelnd.
»Ich will einen Walkman.«
Duniya lächelte schwach. »Schauen wir mal, ob wir ihm eine Mitteilung zukommen lassen können.«
»Und da ist noch was.« Yarey war zu aufgeregt, um still zu bleiben.
Mit abnehmender Geduld fragte Duniya: »Etwas, das er leicht durch den Zoll bringen kann?«

»Ein Film mit dem Titel *ET*.«
»Einen Film?«
»Ein Video, das kann ich dann auf Bosaasos Gerät ansehen.«
»Wir werden ihn irgendwie zu erreichen versuchen.«
»Versprochen?«
»Und du versprichst, keiner Menschenseele was von seinem Kommen zu erzählen?«
Yarey nickte.
»Wenn du deinen Teil der Abmachung nicht einhältst, werde ich meinen auch nicht halten«, sagte Duniya.
»Das werde ich«, sagte Yarey. »Ich bin schon erwachsen.«
Nasiiba, die soeben geduscht hatte, betrat das Zimmer. Als Yarey und ihre Mutter verschwörerisch schwiegen, vermutete Nasiiba, sie hätten über sie geredet. Warum vermieden sie beide wohl sonst den Blickkontakt mit ihr? Sie schaute von ihrer jüngeren Schwester zu ihrer Mutter, von ihrer Mutter zum Findling und schließlich zum Radio, das noch immer plapperte, aber ihr fiel nichts zu sagen ein. Da meinte Duniya kleinmädchenhaft zu Yarey: »Sollen wir zusammen duschen?«
»Das wär toll, Duniya«, sagte Yarey.
Sie gingen aus dem Zimmer und überzeugten Nasiiba dadurch davon, daß sie entweder über sie gesprochen hatten oder etwas wußten, das sie ihr nicht anvertrauen wollten.
Nach dem Duschen, das beiden Spaß gemacht hatte, benutzte Duniya Mataans Zimmer zum Umziehen. Im Spiegel sah ihr Gesicht weich aus wie die Erde nach dem Frühlingsregen: braun, gesund, geschmeidig. Eine Weile lauschte sie dem Gerede der jungen Leute im Hof: Mataan, Marilyn, ihre Freundin und noch eine, deren Stimme sie nicht einordnen konnte. Nasiiba und Yarey fütterten den Säugling. Bei zugezogenen Vorhängen und von innen verriegelter Tür, wobei aber noch genug Sonnenlicht vorhanden war, daß sie sich im Spiegel sehen konnte, bekundete

Duniya erstmals seit vielen Jahren eingehendes Interesse an ihrem Körper. Und was sie sah, deprimierte sie.
Sie hatte ihren Körper vernachlässigt, während sie sich als Klinikschwester, als Mutter dreier Kinder und nun als Mitvormund eines Findlings um die physischen Bedürfnisse von anderen gekümmert hatte. Sie hatte nicht gemerkt, daß sie so fett geworden war, daß sie einen Rettungsring um die Hüfte hatte.
Somalische Männer, heißt es, sollen Fleischmassen um den Nabel einer Frau erregend finden. Doch welchen Typ Frau mochte Bosaaso? Hatte er sie lieber schlank, jugendlich, ohne ein zusätzliches Pfund irgendwo? Für eine Frau ihres Alters und ihrer Herkunft, wußte Duniya, war ihr Körper noch in guter Façon. Sie dachte sich, es sei sicherlich kein Körper, über den andere die Nase rümpften. Er hatte ihr all diese Jahre treu gedient, alles von sich gegeben, was in seinen Möglichkeiten lag, und er hatte nur zwei Männer kennengelernt, einer davon über sechzig Jahre alt. In den zwei Jahren, in denen sie Zubairs Frau gewesen war, konnten sie nicht mehr als dreimal im Monat den Liebesakt vollzogen haben. Doch sie hatte sich nicht sexuell unbefriedigt gefühlt; die meisten traditionellen Ehepaare genossen die körperliche Liebe nicht oft, und es machte sowieso niemand viel Aufhebens um den Sex.
Ihr zweiter Mann Taariq wollte es nächtlich. Nicht einmal der Rhythmus ihrer Periode hielt ihn davon ab, Fügsamkeit von ihr zu verlangen. Seine Ausdauer war jedoch kurzlebig, und er kam genau an dem Punkt, an dem sie die Leiter ihres eigenen sexuellen Vergnügens hochzuklettern anfing. Wenn er betrunken war, konnte sie ihn wie ein spielerisch an der Brust nuckelndes Kleinkind wegstoßen. Dann schlief er ohne weiteres ein und schnarchte augenblicklich so, daß sie ihn wach rütteln mußte, um eine ruhige Nacht zu bekommen.
Nach einer logischen Gedankenkette ertappte sich Duniya

dabei, die Frauen durchzugehen, die Bosaaso gekannt hatte und die einen unauslöschlichen Einfluß auf ihn hinterlassen haben mochten. Seine Mutter. Die Afroamerikanerin, mit der er etliche Jahre zusammengelebt hatte. Und Yussur. Duniya merkte sich vor, soviel wie möglich über diese Frauen herauszufinden, nicht als Rivalinnen, nur als Menschen. Ob Nasiiba etwas über die Afroamerikanerin wußte, Nasiiba, die so etwas doch immer wußte?
Als sie in ein Kleid schlüpfte, das zu dem Bestand gehörte, den Duniya als eine von Nasiibas Launen bezeichnete (Nasiiba hatte die kostspielige Angewohnheit, Kleider zu kaufen, die sie nie trug; Kleider, die sie aufgrund eines kurzfristigen Interesses erwarb und dann vergaß), fühlte sie sich nun von ihrer eigenen Schwäche überrumpelt. Nun, sie hätte nie gedacht, daß einmal der Tag kommen würde, an dem sie, Duniya, sich das Hirn zermartern würde über männliche Vorlieben und Abneigungen oder sich anziehen würde, um einem Mann zu gefallen! Es war töricht von ihr, sich zu verlieben und es auch noch einzugestehen; töricht, ein Kleid von Nasiiba zu borgen, wenn das eine, das sie am Vorabend getragen hatte, ihr so unbequem gewesen war, eng an der Hüfte, juckend und feucht in den Achselhöhlen.
Jemand klopfte an die Tür. Dringlich.
»Wer ist da?«
»Mach die Tür auf, Mami.«
»Was ist denn?«
»Mach auf, dann sag ich es dir.« Nasiiba war so atemlos, als ob alle Dschinns des Kosmos sich zusammengetan hätten, um sie vor diese Tür zu scheuchen.
»Was ist denn, Naasi? Sag's mir«, meinte Duniya, als sie die Tür öffnete.
»Es geht um das Baby.«
»Was ist mit ihm?«
Und Duniya fiel der Name der jungen Frau ein, die sie an der Ambulanzklinik gesehen hatte – Nummer siebzehn.

Fariida hieß die junge Frau. Schwester der somalischen Stewardeß, die Yarey hatte kontaktieren wollen, damit sie Abshir einen Brief überbrachte. Himmel, was für Komplikationen!

Duniya sagte ihrer Tochter, sie solle sich beruhigen: »Was du auch sagen willst, denk dran, das Universum ist zweihundert Millionen Jahre alt und wird nicht untergehen, bevor du dein Anliegen losgeworden bist. Also, was plagt dich?«

»Muraayo ist hier«, sagte Nasiiba, deren ganzer Brustkorb vor Aufregung bebte.

Duniya ließ diese Nachricht ungerührt. Sie drehte sich um und bat Nasiiba, ihr das Kleid am Rücken zuzumachen. Als dies getan war, schritt Duniya zum Standspiegel, um einen prüfenden Blick auf sich zu werfen. Sie war erstaunt, daß sie all dies geschafft hatte, ohne zu stolpern oder mit linkischen Gesten körperlicher Unausgewogenheit Sachen umzuwerfen. Dann: »Also warum sollte Muraayos Hiersein dich so ängstigen?«

»Es geht um den Findling.«

Duniya beruhigte sich. »Was ist mit dem Findling?«

»Versprichst du mir, daß du den Findling nicht Muraayo überläßt?«

Duniya entschied, daß Yarey ungezogen gewesen war und gedroht hatte, nicht in Muraayos Haushalt zurückzukehren, sondern hierzubleiben, weil wegen Bosaaso und dem Säugling eine Menge spätabendlicher Spaß geboten war, mehr als bei Onkel Qaasim. »Warum sollten wir den Findling nicht Muraayo geben?« wandte sie sich an Nasiiba.

»Er ist nicht für sie bestimmt«, sagte Nasiiba.

»Ich mag ja nicht die intelligenteste Frau der Welt sein, aber dumm bin ich auch nicht, doch nichts von dem, was du gesagt hast, ergibt bis jetzt für mich einen Sinn.« Duniya schwieg kurz. »Sag mir, wann hast du Fariida das letzte Mal gesehen?«

Nasiiba benahm sich sonderbar, blickte sich argwöhnisch um, als würde sich Fariida im Schatten des abgedunkelten Zimmers verstecken. Dann schluckte sie hart, und ihre Augen quollen hervor, als hätte sie aus Versehen ihren eigenen Adamsapfel verschluckt. Sie erholte sich schnell genug, um auf ihre charakteristisch abschätzige Art zu sagen: »Was hat Fariida mit dem zu tun, worüber wir reden?«

»Du bist diejenige gewesen, die das Baby gefunden hat«, sagte Duniya, »nicht ich.«

Weil Nasiiba der Atem stockte, spürte Duniya, daß sie ins Schwarze getroffen hatte. Doch der Eindruck verflog schnell wieder. Allerdings empfand sie ein Triumphgefühl, als Nasiiba und nicht sie ihre große Zehe an Mataans Türschwelle anstieß.

»Sag Tante Muraayo, daß ich gleich bei ihr bin«, meinte Duniya.

Fariida die Mutter des Findlings? Wer war dann der Vater?

Muraayo gab Duniya je einen leichten Kuß auf die Wangen und umarmte sie flüchtig. Sie war eine stattliche Frau, mindestens einen Meter achtzig und beinahe doppelt so breit wie Nasiiba. Ihre blanken Arme hatten die üppigen Ausmaße, welche die Phantasien einiger sexuell ausgehungerter somalischer Männer erfüllten. Sie hatte besonders glänzende dunkle Haut und ging häufig zu ihrer Stammfriseuse, um ihr Haar, das sie offen trug, zu immer wieder neuen Frisuren umgestalten zu lassen. Genauso oft ging sie auch zum Schneider und brachte ihm unweigerlich Modezeitschriften mit, aus denen er abkupfern sollte, da sie glaubte, ihr Kleid wäre dann mit keinem anderen in Mogadischu zu vergleichen. Mit gleicher Begeisterung und Prunksucht besuchte Muraayo Silber- und Goldschmiede, mit denen sie erbarmungslos feilschte, um günstige Preise für ihre Arbeiten zu erhalten. Muraayo hatte eine solche Statur, daß Leute beiseite traten und bereit waren, ihr so viel Raum zu überlassen, wie sie beanspruchte. Und dar-

über hinaus konnten die Leute gar nicht anders, als sich ihren Befehlen zu fügen.
Die Zwillinge mochten es nicht, daß Muraayo sie wie kleine Kinder behandelte. Mataan hatte einmal mit ungewöhnlicher Offenheit gesagt: »Tante Muraayo verwöhnt ihren massigen Körper mit einer Überdosis an Selbstanbetung.« Nasiiba war der Meinung: »An Muraayo zu denken heißt, feurige Ausbrüche und Genußsucht vor sich zu haben.« Duniya war einer Meinung mit ihren Kindern und fügte nur hinzu, Muraayo sei eine Frau, die man zur Freundin, nicht zur Feindin haben sollte.
Duniya und die Zwillinge hatten sie schon zu der Zeit gekannt, als sie noch schlank und frisch mit Taariqs älterem Bruder Qaasim verheiratet war. Eine Lebenskraft, so hatte Duniya sie damals beschrieben. Muraayo hatte Fraulichkeit geradezu ausgedünstet. Als eine Reihe von Jahren verstrichen waren, ohne daß sie mit einer Schwangerschaft gesegnet wurde, kümmerte oder betrübte dies das Paar nicht. Sie soll einmal gesagt haben, daß ihr Mann Qaasim so viele Kinder habe, wie er wohl wollte. »Ich gebe ihm etwas, das seine früheren Frauen ihm nicht geboten haben: Leben und Liebe.« Niemand zweifelte an ihren Worten. Es war auch allgemein bekannt, daß die Hauswände von den Urschreien bei ihren Vereinigungen Risse bekamen, was Klatsch und Tratsch erzeugte. Eine der Nachbarinnen hatte das Ganze als eine vorgetäuschte Show hingestellt, womit sie meinte, daß Muraayo weniger die körperliche Liebe als vielmehr die Schauspielerei genoß. Einige der Frauen fragten sich, ob sie nicht infibuliert war.
Einige Männer hielten Qaasim für einen Hahnrei; denn es hieß, daß Muraayo die Angewohnheit hatte, sobald ihr Ehemann nicht zu Hause war, männliche Besucher in dem Hausflügel zu empfangen, der am weitesten vom Haupteingang entfernt lag und in dem ihre Schlafzimmer waren.
Muraayo zwickte nun Duniya im italienischen Stil in die

Backen, benutzte dazu die mittleren Glieder des Zeige- und Mittelfingers. Und im Zuge dieser schwungvollen Bewegung sagte sie: »Na, was haben wir denn da, Duniya, meine Liebe? Einen kleinen Findling, aus einem Abfallkorb geholt, schon so berühmt, daß er eine Meldung in den Morgennachrichten wert ist. Stell dir nur vor! Und was haben wir noch hier?« Worte entfuhren Muraayos Mund mit dem Tempo eines Nachrichtensprechers, dem die Zeit davonläuft und der daher gleichzeitig kürzt und improvisiert. »Ein neues Kleid, Duniya, lauter Pfauenfedern, ausgezeichnete Figur, Haar tadellos, noch dazu Blumen im Haar. Ein fast schon gelungenes Werk! Eine Verbindung besiegelt? Hast du schon den Treueschwur geleistet, bis daß der Tod euch scheidet und all das?«
Duniya zermarterte sich das Hirn, um den Sinn aus Muraayos Wortflut herauszufiltern. Diese redete offensichtlich von Bosaaso und dem Säugling. Doch was war mit der Blume im Haar? Wo war diese Blume? In wessen Haar?
Muraayo sagte dann: »Und überhaupt, wie geht es dir? Glücklich?«
»Uns geht es gut, danke.«
»Da gibt es also nach all den Jahren einen Mann, Duniya, einen Mann – mein Gott, was passiert mit dir?« Zu Duniyas Unmut ließ Muraayo sie kein Wort sagen, weil sie so schnell sprach, im Staccato. »Ich meine, gelangst du, meine liebe Duniya, nun zu später Blüte, zur weiblichen Entfaltung – Liebe über Liebe, stell dir vor – bekommen wir davon die ersten Anfänge mit, mein Schätzchen?«
Duniya riß sich zusammen und sagte: »Möchtest du dich nicht hinsetzen und deine Verlautbarungen aus der Bequemlichkeit eines Sessels heraus machen?« Und sie freute sich, daß sie genauso schnell wie Muraayo sprechen und immer noch sinnvoll klingen konnte. Könnte sie mit Muraayos beschleunigtem Geschnatter Schritt halten?
»Ich bin schon eine ganze Weile da«, sagte Muraayo.

Was sollte das nun bedeuten? Ärger? Fühlte Muraayo sich beleidigt, weil sie so lange auf Duniyas Erscheinen warten mußte, während die Jüngeren miteinander und mit dem Findling beschäftigt waren?
»Komm und trink Tee mit uns«, schlug Duniya vor. »Es wird deine Nerven beruhigen.« Sie wußte, sie müßte die Zügel des Gesprächs in die Hand nehmen, damit es nicht davongaloppierte. Sie hatte den Verlauf von Muraayos Geplapper noch nie gemocht, war aber imstande, dessen Auf und Ab zu regeln und – wenn notwendig – in die ihr genehme Richtung zu lenken.
»Keinen Tee«, sagte Muraayo im Tonfall eines beleidigten Kindes.
Yarey machte sich für den Gang zum ein paar hundert Meter entfernten Gemischtwarenladen fertig, um Tante Muraayo ein Getränk ihrer Wahl zu holen. Es war allen bewußt, daß daheim bei Tante Muraayo niemand zu einem Einzelhändler ging, um ein eiskaltes Sodawasser oder sonst etwas zu holen, sondern zu einem von drei Kühlschränken, doch bei Duniya gab es keinen Kühlschrank. Für solche Dienste wie das Aufbewahren gekühlter Getränke verlangte der Besitzer des Kramladens einen Aufpreis.
»Du gehst nirgendwohin, Yarey«, kommandierte Muraayo. »Ich habe dich seit fast vierundzwanzig Stunden nicht mehr gesehen und will dich nicht aus den Augen haben. Soll doch jemand anderes eine Cola holen oder was sie sonst gekühlt haben.«
Nasiiba bat Mataan, er solle was holen gehen; Nasiiba, die das Gefühl hatte, es stünde sehr viel auf dem Spiel, was die Zukunft des Findlings betraf. Duniya fiel auf, daß Nasiiba kein einziges Wort gesprochen hatte, seit sie sich in Mataans Zimmer begegnet waren und die junge Frau unfähig gewesen war, auf die Frage zu antworten, ob sie Fariida gesehen hatte, Fariida, die Duniya sich als die Mutter des ausgesetzten Säuglings vorstellte.

Etwas passierte. Passierte das Baby? Die Atmosphäre wurde immer bedrückter. Seit dem Morgen, als Shiriye vorbeigekommen war, hatte Nasiiba keine so spannungsgeladene halbe Stunde erlebt. Marilyn und ihre Gefährtin fühlten sich überflüssig und gingen; ihre Gastgeberin, Nasiiba, geleitete sie nicht mal zur Tür. Duniya spürte, daß sich das Haus leerte wie eine Stadt in der Angst vor einer Plünderung.

Niemand sagte etwas, bis Mataan mit Muraayos kaltem Getränk kam. Er übergab es so, als würde er sich vor einer Kugel ducken, die für jemand anderen bestimmt war, und verzog sich auch in den sicheren Schutz seines Zimmers, dessen Tür er halb zuzog. Yarey blieb, weil Muraayo ihre Hand nicht freigab, wohingegen Nasiiba nicht nur blieb, weil sie das Gefühl hatte, daß das Schicksal des Findlings auf dem Spiel stand, sondern auch, weil sie (wie sie später bekannte) Familienfehden wie diese genoß. Nasiiba schaltete irgendwann das Radio ab, doch der Säugling regte sich nicht.

Nach einem Schluck von ihrer Cola sagte Muraayo: »Schon interessant, einen Findling bei einem Abfallkorb zu finden. Andere Leute finden Schätze oder was es sonst eben gibt. Aber du nicht, Duniya. Du findest ein Baby – ein lebendes, gesund, elternlos, in einem Korb –, das schon darauf wartet, heimgebracht zu werden, um mit Liebe verwöhnt und zur Schau gestellt zu werden. Das klingt irgendwie nach der Geschichte von Moses, fast mythisch, meinst du nicht?«

Duniya sagte nichts.

Muraayo redete weiter, klang dabei triumphierend, auftrumpfend, und erinnerte alle daran, daß sie gebildet war. »Wenn eine Nation eine Krise ähnlich der unseren durchmacht, zieht Allah die Trumpfkarte eines Wunders und spielt sie in die Hände von jemandem, den Er für diesen Zweck erwählt. Ist dieser Findling ein Baby, geboren, um das somalische Volk vor der drohenden Katastrophe zu retten? Nun stell dir vor, es wird nicht nur ein Säugling gefunden, stell dir vor, es taucht ein Mann in deinem Alter auf, Duniya, ein Idris, herabgekommen in seinem Streitwagen, einer der besten seiner Art, ein amerikanisch gebildeter Bosaaso, blühend und gedeihend wie die grüne Währung, von der er jede Menge haben soll. Stell dir das mal vor, liebe Duniya – Wohlstand, Bildung und ein Findling, alles auf einen Schlag. Was für eine Glückssträhne; auf den Tarotkarten wird von jetzt an dein Konterfei zu sehen sein, das versichere ich dir.«

Muraayo hielt ihre Zuhörerschaft in Bann, hatte keinen Zweifel daran, den Ort als Siegerin zu verlassen. Duniya war die Nervöse, weil sie sich dachte, daß Muraayo vielleicht den Vater des Findlings kannte, eine Karte, die sie nur unter Druck ausspielen würde. Wer könnte der Vater sein?

Gerade sagte Muraayo: »Yarey hat mir gesagt, sie möchte hier bei dir bleiben und will all ihre Sachen aus unserem Haus hergebracht haben. Hast du das mitbekommen?«

Nasiiba rutschte in ihrem Sessel herum, war aufgeregt wie bei einem Hahnenkampf.

Duniya blieb gelassen. »Ich teile Yareys Auffassung nicht und habe ihr das auch gesagt, als wir heute vormittag darüber sprachen. Wir müssen darüber reden, habe ich ihr erklärt; Taariq, ihr Vater, Onkel Qaasim, du, wir müssen uns an einen Tisch setzen und das ausdiskutieren.«

Muraayo packte Yareys Handgelenk fester, wandte sich ihr zu und sagte: »Und warum bitte möchtest du uns verlassen und hierherkommen?«

Schmerz stand Yarey ins Gesicht geschrieben; die Kleine sprach aber nicht.

»Sind wir nicht nett zu dir gewesen? Haben wir dich nicht wie unser eigenes Kind behandelt?«

»Ihr wart immer nett zu ihr«, warf Duniya ein.

»Laß das Mädchen für sich selbst sprechen«, sagte Muraayo zu Duniya.
Auf Duniyas Gesicht flammte Verachtung auf, zerschlissene Fetzen von Wut, doch sie überging diese Herausforderung, sparte sich ihre Geschütze für andere Belange von größerer strategischer Bedeutung auf.
Muraayo ließ Yarey sich von allen entfernt aufstellen wie eine aufmüpfige Schülerin, die von einer Lehrerin ins Verhör genommen wird und eine Missetat gestehen soll. Für Duniya war das demütigend, doch sie ertrug es.
Muraayo sagte: »Haben Qaasim und ich dir nicht all die Liebe gegeben, die du brauchst? Haben Qaasim und ich dir nicht alle modernen Spielsachen und noch mehr gekauft, die du haben wolltest? Haben wir dir nicht alles gekauft, was du verlangt hast?« Und so weiter und so weiter. Geben. Kaufen. Nehmen. Dankbar. Schlüsselworte für Geben und Nehmen. Was hatte das kleine Mädchen damit zu tun?
Yarey nickte stumm.
Dann sagte Muraayo: »Ist dir klar, daß es hier bei Duniya keinen Fernseher, kein Video gibt und du kein eigenes Zimmer haben wirst und nicht einmal ein eigenes Bett, nur ein aufklappbares, das unter dem von jemand anderem verstaut ist, ein aus zweiter Hand gekauftes Bett, das Staub fängt unter einem Bettzeug in einer vollgestopften Ecke, eine Unterbringung, wie sie für Tiere gerade gut genug wäre!«
Duniya sagte: »Also jetzt reicht's, Muraayo!«
Muraayo wandte sich ihr mit starrem Blick zu, als würde sie sie nicht verstehen. »Was reicht hier? Wo du es nicht schaffst, mit deinem dämlichen, undankbaren Mädchen zu reden und ihr Vernunft beizubringen, Duniya?«
»Du hast mehr gesagt, als meine Geduld toleriert«, sagte Duniya. »Auf jeden Fall mehr, als mein Stolz hinzunehmen bereit ist.«
»Das arme Ding weiß doch nicht, was gut für es ist.« Dies

wurde in einem atemlosen, durchgängigen Schwall vorgetragen, als wäre die Äußerung ein einziges langsilbiges Wort.

»Ich möchte es meiner Tochter nicht ausreden, wenn sie zu mir heimkommen will.«

Muraayo überging Duniyas Bemerkung und sagte zu Yarey: »Du bist für beinahe sechs von neun Jahren unsere Tochter gewesen, oder nicht?«

Yarey nickte.

Nun wandte sich Muraayo an Nasiiba. »Und du und dein Zwillingsbruder: Erinnert ihr euch, daß Qaasim und ich euch ein Heim gaben, als eure Mutter für einen mehrmonatigen Auffrischungskurs nach Ghana ging, als ihr eigener Bruder Shiriye euch nicht haben wollte? Und das war, lange bevor wir durch Heirat verwandt waren, lange bevor Taariq sie geheiratet hat!«

Nasiiba blieb ungerührt.

An niemand Bestimmten gewandt fuhr Muraayo in ihrem Monolog fort: »Kinder bedeuten mir nicht so viel, doch ein Haus ohne ein Kind ist ein Ort, wo Geister und Dschinns sich versammeln.« Dann zu Yarey: »Du hast mir etwas bedeutet, weil ich dich vor meinen eigenen Augen habe aufwachsen sehen und dir die Möglichkeit bieten möchte, dich im Ausland zu bilden, in den USA oder in Kanada.«

Duniya sagte gereizt: »Jetzt bist du schon wieder dabei, Muraayo.«

»Bei was?« fragte Muraayo verdutzt.

»Reden wir von was anderem, wechseln wir das Thema. Es sieht so aus, als würdest du meine Gefühle und meine Selbstachtung beleidigen. ›Wir können dir folgendes bieten: Amerika und Kanada auf dem Präsentierteller und Fernsehen aus aller Welt, Videos und Spielzeug auf Knopfdruck.‹ Das ist keine Art, mit meiner Tochter zu sprechen.«

»Wie soll ich dann mit ihr reden?« Muraayo richtete sich auf.
»Ich würde gern das Thema wechseln.«
»Ob es dir gefällt oder nicht, Yarey weiß, wer ihr die Kleider gekauft hat, die sie in genau diesem Augenblick trägt!« sagte Muraayo verbittert.
Duniya war über die Maßen empört. Ihr Mund öffnete sich O-förmig, dann schmollten ihre Lippen sprachlos. Ihre Augen waren leer und ausgehöhlt wie Schlüssellöcher. Duniyas Selbstbeherrschung war heute erstaunlich, befand Nasiiba. »Ich schlage vor, wir vertagen das Gespräch darüber, bis wir in empfänglicherer Stimmung sind.«
»Es gibt nichts zu reden oder zu vertagen«, sagte Muraayo.
»In der Zwischenzeit werden wir beide mit Taariq, dem Vater des Mädchens, und Qaasim, ihrem Onkel und deinem Ehemann, gesprochen haben, da sie auch mitzureden haben. Also beschimpfen wir uns nicht weiter.«
Muraayo kratzte sich behutsam mit einem Fingernagel am Kopf. Dabei konnten alle ihre haarige Achselhöhle sehen. Duniya dachte an somalische Frauen, die in den Achseln und an der Scham die Haare sprießen ließen – Zeichen der neuen Zeit, amen!
»Dann will ich den Findling«, sagte Muraayo im Einklang mit ihrer Angewohnheit, nie gewöhnliche Forderungen zu stellen.
»Was hast du gesagt?« fragte Duniya ungläubig.
»Entweder Yarey oder der Findling.« Das war keine höflich vorgetragene Bitte, sondern ein Befehl im Entweder-oder-Ton. Und Sterbliche wie Duniya hatten keine andere Wahl, als solchen Befehlen zu folgen.
»Ich muß den Mitvormund des Findlings konsultieren.«
»Wer ist das?« wunderte sich Muraayo.
»Bosaaso«, sagte Duniya, der allein die Nennung des Namens Vergnügen bereitete.
In Muraayos Stimme lag eine seltsame Mischung aus Sar-

kasmus und Bitterkeit. »Der ist es also, der Mann, der in dein Leben getreten ist und es uns unmöglich macht, unseres zu leben.«

»Was meinst du?« fragte Duniya.

»Vergiß es«, sagte Muraayo wegwerfend.

Die Stille nagte an den Nerven aller bis auf Muraayo, die majestätisch selbstsicher dasaß im Überfluß der von ihren Spangen und silbernen und goldenen Armreifen erzeugten Geräusche. Nasiibas Augen funkelten boshaft. Mataan war nun auch wiedergekommen und stand abseits mit der Miene eines Fußballfans, der ein Pokalendspiel anschaut. Yarey hatte sich mit Nasiiba auf einen Sessel gezwängt. Kurzum, die Kinder blieben schweigsam und verschwörerisch, als wüßten sie insgeheim, was geschehen würde.

Muraayo sagte mit einem untypischen Stammeln: »Ich wollte nur darauf hinweisen, daß die Erziehung von vier Kindern dir eine schwere finanzielle Last aufbürden wird, außer dieser Bosaaso ist bereit, dir beizustehen. Seien wir doch einmal ehrlich: Du wirst nicht einmal mit dem teuren Geschmack von Yarey zurechtkommen können.«

Duniya war zu aufgebracht, um etwas zu entgegnen.

»Ich weiß, Yarey kann nicht ohne ihr Video- und Fernsehgerät sein«, fuhr Muraayo fort.

Yarey sagte: »Onkel Bosaaso hat aber ein moderneres Videogerät.« Kaum waren ihr die Worte entschlüpft, da erkannte sie, daß sie ihre Mutter verärgert hatte. Sie versteckte den Kopf hinter Nasiiba.

»Bedenke auch, daß dieses Haus, in dem du praktisch mietfrei lebst, meinem Mann gehört«, plusterte Muraayo sich auf. »Sei vernünftig, Duniya. Gebrauche deinen Verstand. Entweder du gibst mir den Findling, oder du läßt Yarey gleich jetzt mit mir zurückgehen.«

Duniya stand hitzig auf. Sie wußte nicht, was aus ihrem Mund kam, als sie sagte: »Wir behalten den Findling, um ihn dir zu schenken, wie wäre das?«

In arrogantem Ton sagte Muraayo: »Das ergibt keinen Sinn.«
»Für mich schon«, bekräftigte Duniya.
»Was ist mit Yarey?«
Duniyas Augen sprühten vor Wut, die sie nicht mehr zurückhalten konnte. »Komm auf deine schweren, dicken Füße, Muraayo«, sagte sie und stellte sich dabei so hin, als würde sie sich auf einen Kampf vorbereiten, Frau gegen Frau, Faust gegen Faust.
Muraayo stand verdutzt auf.
Die Zwillinge rückten enger zusammen, und Yarey schloß sich ihnen an. Damit bildeten sie eine dreiköpfige Zuschauergruppe, die ihrer Mutter applaudieren wollte. Es schien so, als wären Duniya und Muraayo zwei Mädchen, die um den Besitz einer Puppe stritten, die sie nacheinander Glied für Glied zerreißen würden, bis es längst keine Puppe mehr war, sondern etwas viel Größeres, das auf einer symbolischen Ebene lag.
»Weißt du, wo die Tür ist?« sagte Duniya, noch beherrscht.
Muraayo war nicht eingeschüchtert; sie starrte Duniya an und forderte sie zu ihrem nächsten Schritt heraus.
»Ich möchte, daß du augenblicklich gehst, Muraayo, und zwar flott.«
»Das wirst du noch bereuen.«
»Ich habe für einen Tag genug Unsinn gehört«, sagte Duniya. »Verschwinde.«
Muraayo stellte fest: »Du bist deiner eigenen Tochter keine gute Mutter.« Sie deutete auf das Kinn des Mädchens. »Schau dir das an. Das ist ein Ekzem. Yarey ist erst vierundzwanzig Stunden hier, und ihre Hautreizung ist wieder da. Du nennst dich eine Krankenschwester. Warum trägst du nicht die Salbe auf, die das Mädchen mitgebracht hat? Du hast keine Zeit für sie, bloß für den neuen Mann in deinem Leben und den Findling.«

Duniya brüllte: »Raus mit dir, ich will dich nicht mehr sehen!«
»Das ist das Haus meines Mannes«, Muraayo hielt trotzig stand.
»Ich bin die Mieterin und habe das Recht, dich hinauszuwerfen«, drohte Duniya.
»Wart nur, bis ich Qaasim sage, was du mir angetan hast.«
Zu jedermanns Überraschung, sogar zu ihrer eigenen, sagte Duniya: »Richte Qaasim meine Grüße aus und sage ihm, er soll sich einen neuen Mieter für diese Wohnung suchen. Wir werden in Kürze ausziehen.« Und plötzlich wußte Duniya auch, wer der Vater des Findlings war. Sie wußte nicht, wie sie zu diesem Schluß gekommen war, aber sie wußte es einfach.
Sprachlos ließ Muraayo Yareys Hand los und ging.
Darauf riß Duniya ihr Kleid auf, ganz wie eine nun zu Sinnen gekommene Person, welche die Fesseln ihres Wahnsinns sprengt. Yarey und die Zwillinge saßen alle zusammen stumm auf einem Sessel und hielten sich an den Händen.
In der ganzen Wohnung knisterte es vor Spannung. Alle gingen Duniya aus dem Weg. Der Findling blieb still, gut genährt, und schlief. Er wachte nicht auf und schrie selbst dann nicht, als Nasiiba das Radio abschaltete.
Und Duniya? Sie hatte wortwörtlich die Füße hochgelegt und betrachtete ihre Zehen. Für die Welt nicht erreichbar, der sie keine Aufmerksamkeit widmete, blieb sie, wo sie war, und dachte stumm nach. Sie fühlte sich erleichtert. Sie wußte, sie würde früher oder später aus Qaasims Haus ausziehen müssen. Die Probleme, die ihr jetzt bevorstanden, da sie selbst die Kündigung ausgesprochen hatte, waren von anderer Art: Sie müßte sehr bald eine Wohnung finden, in der sie Abshir empfangen konnte.
Jemand betete, *Lieber Gott, laß Bosaaso kommen!* Dann hörten sie rennende Füße, so leicht wie Regentropfen auf ei-

ner Blechverkleidung. Nasiiba sagte: »Und siehe, er kommt joggend in Turnschuhen«, und alle warteten. Als er hereinkam, fühlten sie sich wie Soldaten, die zu ihrer Erleichterung erfahren haben, daß sie endlich unter Freunden sind. Sie begrüßten Bosaaso und begannen, ihm alles, was vorgefallen war, im Flüsterton mitzuteilen. Er blickte in Duniyas Richtung wie jemand, dem Banditen aufgelauert haben, blieb aber bei den Kindern. Nasiiba bestürmte Mataan, ihnen eine Juxaa-Geschichte zu erzählen. Auch Yarey und Bosaaso forderten ihn dazu auf, wobei Nasiiba noch hinzufügte, daß Duniya gewiß auch gerne eine hören wollte.

Ein Bekannter von Juxaa, der Jäger war, brachte ihm eines Tages als Geschenk einen Fasan, den Juxaas Frau für die beiden Männer zubereitete. Einige Monate später klopfte ein Mann, den weder Juxaa noch seine Frau kannten, an ihre Tür: »Wer bist du?« fragten sie den Mann.

»Ich bin ein Freund von eurem Bekannten, dem Jäger«, stellte sich der Mann vor, »der euch einen Fasan geschenkt hat, den deine Frau zubereitet und den ihr drei euch zu Gemüte geführt habt.«

Juxaa und seine Frau hießen den Mann willkommen und gaben ihm großzügig zu essen. Der Besucher ging mit dem Versprechen, er würde es den Jäger wissen lassen, daß ihm zu Ehren ein Fest gegeben worden sei.

Einige Wochen verstrichen, da klopfte ein anderer Mann an Juxaas Tür. Auf die Frage »Wer bist du?« antwortete der Mann, daß er ein Nachbar des Freundes von Juxaas Bekanntem, dem Jäger, sei, der ihnen einen Fasan geschenkt hatte, den sie sich alle hatten schmecken lassen.

»Willkommen«, sagte Juxaa zu dem Mann und bat ihn herein.

Eine halbe Stunde später stellte Juxaa einen sehr großen Kessel mit geschlossenem Deckel vor den Mann. Als der Mann den Deckel hob, entdeckte er zu seiner Überraschung, daß in dem Topf nichts außer wallendem, kochend heißem Wasser war. »Was soll das bedeuten?« wollte der Besucher wissen.

Juxaa sagte: »Das sprudelnde Wasser vor dir ist in genau dem Kessel gekocht worden wie der Fasan, den uns mein Bekannter, der Jäger, geschenkt hat; noch dazu ist der Kessel das gleiche Behältnis, in dem das Essen für deinen Freund gekocht worden ist. Willkommen. Greif zu.«

Ohne ein weiteres Wort verließ der Mann Juxaas Haus.

Eine halbe Stunde später saß Duniya allein im Sessel, nachdem alle sie verlassen hatten. Eine Stimme drängte sie, aufzustehen, zur Wiege des Findlings zu gehen und herauszufinden, warum er sich so lange nicht gerührt hatte. Doch eine andere Stimme, genauso überzeugend, ermunterte sie, sich auf die Schönheit eines Adlers zu konzentrieren, der hoch am Himmel flog und sich weigerte, irgendwo zu landen. Und diese zweite träumerische Stimme sagte: »Der Findling hat all das schon getan, wozu er in dieses Leben gekommen ist. Er ist unangemeldet erschienen und wird wahrscheinlich unangekündigt verschwinden. Ein mythisches Kind, wenn du so willst«, fuhr die Stimme fort. Sie klang gar nicht wie Bosaaso, eher wie Nasiiba. »Ein Säugling, dessen Anfang die Zeitlosigkeit von Fabeln teilt, der in der Ungenauigkeit der Legenden verlöscht. Denk an Moses im Weidenkörbchen, der einen Fluß hinabtreibt, denk an Wunderkinder, denk an Mythen«, schloß die Stimme.

Aber ich will ja aufstehen! sagte sich Duniya, obwohl sie keinen inneren Drang zum Aufstehen verspürte. Es war so, als würde ein Gewicht schwerer als sie selbst sie niederhalten und ihr das Aufstehen verbieten.

Dann setzte sich eine Libelle auf ihre Nasenspitze.
Doch Duniya war zu schläfrig, um die Libelle zu verscheuchen. Sie dachte, sie höre ein Klopfen an der äußeren Tür und wohl auch, wie jemand hereinstolperte. Oder kam das Geräusch vom Findling, der sich in seiner Wiege rührte? Duniya sah einen Adler herabkommen, schaute zu, wie er in das Zimmer des Säuglings kam, sah ihn aufsteigen und beim Hinausfliegen zum Himmel im Schnabel nicht ein Baby, sondern eine Libelle halten.
Alles war so traumhaft und still, daß Duniya dachte, sie wäre ebenfalls nicht mehr unter den Lebenden.

11

Taariq und Qaasim besuchen Duniya. Mire kommt später am Nachmittag.

Duniya wachte in trügerischer Stille auf, wobei sie sich nicht sicher war, ob sie Taariqs Stimme gehört hatte, der sie fragte, ob sie eine Tasse Tee wolle. Aber was war mit dem Findling? Und wo war Taariq? Einen schläfrigen Augenblick lang war alles so unwirklich wie im Traum.

Geräusche drangen aus der Küche: ein Topf, der ausgespült und dann mit Leitungswasser gefüllt wurde; angezündete Streichhölzer, blaue Gasflammen, die Übelkeit erregten. Jemand schritt auf und ab und pfiff dabei. Diese Anzeichen stärkten ihren Verdacht, daß Taariq gekommen war, daß sie seine Stimme gehört hatte. Sie krümmte den Rücken, war etwas steif im Genick. Sie war in einem Sessel vor Mataans Zimmer eingeschlafen, als hätte sie seine Tür bewacht. Sie hatte seine Fahrradkette in der einen und das Kleid, das Nasiiba ihr gegeben hatte, in der andern Hand fest im Griff. Sie mußte in den Schattenbrunnen der Siesta gefallen sein, gerade als Bosaaso und die anderen gingen. Wieder die Frage: Was ist mit dem Säugling?

Sie würde Taariq bitten, einmal nachzusehen, dachte sie verschlafen.

Er war sichtlich gealtert, seit sie ihn das letzte Mal gesehen hatte, weiß Gott, wie lang das her war. Nun sah er wie ein Mann aus, der im Frieden mit sich selbst war. Ein gemeinsamer Freund namens Cige, der ein ausgezeichneter Journalist war, einer der besten in Somalia, hatte Duniya einmal gesagt: »Es gibt keinen häßlicheren Anblick als einen Journalisten, der nicht mehr schreibt. All diese brachliegende Energie ist so traurig. Sie ist wie ein Fluß, der ungenutzt im Sand versickert.« Cige, Taariq und Duniya waren vor

der Staatsdruckerei gestanden, wo die einzige Tageszeitung des Landes gedruckt wurde, *Chiddigta Oktoober*. Duniya war zu Taariq gegangen, um seine Zustimmung zu erhalten, daß Yarey nicht den Foltern der Infibulation unterworfen werden sollte. Sowohl Qaasim wie Muraayo hatten ihr Wort gegeben, aber Duniya wollte absolut sichergehen. Erst an diesem Morgen hatte Hibo ihre jüngste Tochter in die Klinik gebracht, die ohne ihr Wissen von ihrer zu Besuch weilenden Schwiegermutter, Gallayrs Mutter, beschnitten worden war. Um Duniyas Gemüt zu beruhigen, hatte Taariq darauf hingewiesen, daß Muraayo selber nicht unter dieser Amputation hatte leiden müssen. Da ihre Sorgen besänftigt waren, akzeptierte sie, daß Yarey weiterhin in Onkel Qaasims und Tante Muraayos Haushalt blieb.
Endlich klärte sich die Bedeutung der ganzen Geräusche, als Taariq mit einem Tablett voll Tee und einem Krug kalten Wassers aus dem tönernen Wassergefäß hereinkam. Nun vollends wach, sah Duniya ihn zögern, weil er nicht wußte, wo er das Tablett hinstellen sollte. Auf einmal raffte sie sich auf, voller Energie. Das flößte auch ihm mehr Vitalität ein. Duniya nahm alles auf, was ihrem Blick begegnete, und sie bemerkte den heruntergekommenen Zustand des Hauses – war es richtig, auszuziehen, ohne das erwogen zu haben? Nichts zu bedauern, sagte sie sich, keine zu beichtenden Sünden. Die Böden wie auch die Wände würden weiß gestrichen werden, dann wäre alles in Ordnung.
Er fand einen niedrigen Tisch für das Tablett und sagte: »Wo sind alle hin? Wo sind die Kinder?«
Die Ehe ist eine Lebensform, in der sich gute und schlechte Gewohnheiten herausbilden. Taariq kannte ihre Vorlieben; er wußte, wie sie ihren Tee mochte, wieviel Zucker sie nahm, daß sie ihn selten mit Milch trank. Sie bemerkte auch, daß er ihr einen Krug mit Wasser gebracht hatte, damit sie sich den Schlaf aus dem Mund spülen konnte. Er goß zwei Tassen Tee ein.

Sie nahm einen Mundvoll Wasser, gurgelte und spuckte dann. Sie war sich nicht sicher, ob sie Schlaf oder Blut in ihrem Speichel schmeckte, als sie gurgelte. Sie benetzte ihr Gesicht mit kaltem Wasser und setzte sich dann auf. Keine Formalitäten zwischen ihnen. Im nachhinein wünschte sie sich, sie hätte in der Privatsphäre des Badezimmers gegurgelt und ihr Gesicht gewaschen. Auf einmal fühlte sie sich beklommen, als wäre ihr Benehmen etwas, das sie aus dem seit kurzem ständigen Beisammensein mit Bosaaso aufgenommen hatte.

»Die Mädchen sind einen Film anschauen gegangen, ich weiß nicht, wo«, sagte sie.

»Weißt du, was sie sich anschauen wollten?«

»*Nosferatu*. Ich glaube, das hat Nasiiba gesagt.«

»Nicht *Der Duft der Frauen*?«

Duniya überlegte. Sie erinnerte sich daran, daß sie in Rom das Original gesehen und gemocht hatte. Sie war sicher, die Mädchen waren nicht weggegangen, um sich bei einer Freundin *Profumo di Donna* anzuschauen. Aber Taariq und sie waren auch in Meinungsverschiedenheiten gesittet zueinander, hackten nicht aus dem bloßen Verlangen, Fehler herauszupicken, aufeinander herum, wie sie es in den letzten sieben Monaten ihrer Ehe getan hatten. Er nahm einen Schluck Tee.

»Und Mataan?«

»Bosaaso hat um seine Gesellschaft gebeten.«

Er schwieg, was ihr Zeit gab, einen genaueren Blick auf ihn zu werfen. Er hatte sich für den Anlaß extra ausstaffiert mit einem makellosen Hemd, einer tadellosen Hose, sogar mit einem Gürtel – Taariq mit Gürtel! Und er hatte saubere Schuhe mit passenden Socken. So wie sie ihn kannte, trug er unpassende Socken, und seine Hemdknöpfe waren von verschiedener Größe, Form und Herkunft. Aber jetzt waren seine Augen offen, und er war nicht mehr in der Nebelhaftigkeit seines betrunkenen Stumpfsinns befangen.

Duniya fiel wieder ein, daß Taariq das Trinken und Rauchen aufgegeben hatte und wieder schrieb und veröffentlichte. Mein Gott, was war mit ihrem Taariq passiert! Sie wedelte mit den Händen vor sich herum, als würde sie ein Netz entfernen, das ihre Phantasie vor ihr gewoben hatte, und fragte dann: »Warum bist du hier, Taariq?«
»Ich bin gekommen, um dich zu besuchen«, sagte er.
»Du bist schon immer ein Lügner gewesen, Taariq.«
»Was verleitet dich zu dieser Annahme?«
»Hat Muraayo etwas mit diesem unerwarteten Besuch zu tun?«
»Möglicherweise.«
»Gehe ich recht in der Annahme, daß du Qaasims Besuch für später ankündigst?«
»Das stimmt.«
Während der ganzen Zeit streichelten ihre Hände die Schnauze der Kanne. Sie füllte ihre Tasse bis zum Rand; er streckte ihr seine hin, und sie goß auch ihm noch mehr ein.
»Du bist also gekommen, weil zwei Frauen – die eine deine frühere Frau, die andere deine derzeitige Schwägerin – sich in die Haare geraten sind, wie das zu nennen wäre? Du bist gekommen« – sie gestikulierte wie jemand, der nicht unterbrochen werden will –, »du bist gekommen, weise und mannhaft, weil zwei dumme Frauen eine kleinliche Auseinandersetzung hatten. Ich fürchte, du kommst zu spät. Diese Frauen haben soviel Schaden wie möglich angerichtet. Dein säumiges Erscheinen als der weise männliche Vermittler bei irrationalen Streitigkeiten zwischen Frauen wird die Angelegenheit nicht mehr bereinigen.«
Er sagte nichts. Er verstand es sehr gut, sich nicht in den glatten Fluß ihrer Rede einzumischen. Sie war in Fahrt, und er wußte, es war jetzt nicht der Zeitpunkt, zu sprechen. Er wartete.
»Wie es so geht«, fuhr sie fort, »hat mein Vater das gleiche getan, und zwar vor Jahren, als seine beiden Frauen, eine

meine Mutter, die andere die von Shiriye, in eine Auseinandersetzung verwickelt waren, für die er der Grund war und wobei eine verletzt worden war. Mein Vater kam, wie es weise Männer eben so machen, erst, nachdem alles geschehen war. Er kam, um die beiden Frauen anzuherrschen, sich vor ihm und anderen männlichen Zeugen die Hand zu reichen. Schließt Frieden, kommandierte er. Gebt euch die Hand, befahl er. Haltet den Mund, wies er sie an.«

Taariq blieb ruhig und stumm. »Ich habe gelernt, Männern zu mißtrauen, die sich als Friedensstifter zwischen Frauen präsentieren«, fuhr Duniya fort, »wenn sie, die Männer, der Grund für den Streit sind, die Initiatoren der Feindschaft und Rivalität unterm Weibsvolk. Sag mir also, Taariq, mein lieber früherer Ehemann und Vater meiner jüngsten Tochter, die ich sehr liebe, sag mir, warum du hier bist.«

»Eigentlich bin ich aus Neugier gekommen, um den Findling zu sehen.«

»Ich glaube dir nicht«, forderte ihn Duniya heraus.

»Als hättest du das jemals.«

Sie wandte sich ab und sagte: »Bring es hinter dich. Schau ihn an und verschwinde.«

»Ich habe ihn schon gesehen.«

»Ach ja?«

Taariq nickte. »Er schläft.«

»Sieht er jemandem ähnlich, den du kennst?« fragte sie.

»Es ist viel zu früh, um das genau sagen zu können.«

»Hast du ihn dir gut angeschaut?« wollte sie wissen.

»Er schläft und hat dabei die Fäuste vors Gesicht geschlagen, als würde er sich vor einem kommenden Schlag schützen. Ja, ich habe mir einen Blick gegönnt, so gut es unter den Umständen möglich war.«

»Warum?«

»Beantworte erst meine Frage, Duniya.«

»Also frage.«

»Wem sollte er ähnlich sehen?«
»Sag mir, warum du ihn dir gut angeschaut hast, dann sage ich dir, wem er ähnlich sehen soll«, feilschte Duniya.
»Ich bin Journalist, und der Findling war heute morgen eine Meldung wert, also habe ich ein professionelles Interesse«, rechtfertigte sich Taariq.
Sie kam zu dem Schluß, daß Taariq keinen Verdacht hatte, Qaasim könnte den Findling gezeugt haben. Oder war ihre Annahme falsch, da Nasiiba nur gesagt hatte, der Säugling sei nicht für sie bestimmt, was auf Muraayo und Qaasim gemünzt war.
Er sagte: »Erinnerst du dich noch, wie du einmal gesagt hast, daß die meisten Männer keine Ahnung haben, wie sie auf Babys reagieren sollen, bevor die Gesichter der Neugeborenen ein Lächeln des Erkennens für ihren Vater zeigen?«
»Ich erinnere mich nicht, genau das gesagt zu haben, aber die Worte tragen meinen Stempel.«
»Nun ja, heute habe ich zwei Männer getroffen, die von der Anwesenheit des Findlings hier in deinem Haus betroffen waren: Qaasim und Shiriye.«
»Mich interessiert nur Qaasim, nicht Shiriye. Was hatte Qaasim zu sagen?«
»Wir waren im Wohnzimmer, als Muraayo zurückkehrte, nach eurem Streit. Du weißt ja, wie sie ist, ein über die Ufer tretender Wortstrom, egal, zu welcher Jahreszeit. Aber sie hat uns inmitten eines Sumpfs von Worten verlassen, wobei ich allerdings kaum mitbekommen konnte, worum der Streit eigentlich gegangen war. Natürlich war das, was Yarey anging, einigermaßen klar, aber nichts, was sie über den Findling sagte, ergab für mich einen Sinn. Ich habe gehört, daß ein Säugling bei einem Abfallkorb gefunden wurde, doch im Radio kamen keine Informationen, wer dem Findling ein Heim geboten hatte. Dann fragte Qaasim sie auf so intime Weise nach dem Säugling aus, daß

ich aufmerksam wurde. Wer hatte den Säugling heimgebracht? Wer war bei dir in der Wohnung? Kannte Muraayo irgendeines der Mädchen bei Duniya? War dabei eine junge Frau im Alter von Nasiiba, die auch auf den Säugling aufpaßte? Muraayo erinnerte sich daran, daß ein Mädchen in Nasiibas Alter mit auf den Säugling aufpaßte. Qaasim wurde auf einmal ganz hellhörig und bat um den Namen. Erst als Muraayo den Namen des Mädchens mit Marilyn angab, entspannte er sich allmählich. Doch inzwischen hatte es mich gepackt, und ich mußte hierherkommen.«

»Ich warte noch darauf, daß Qaasim kommt«, sagte Duniya.

»Wer ist diese Marilyn?« fragte Taariq.

»Sie ist nicht die Kindsmutter, wenn du das denkst.«

Er schüttelte den Kopf. »Ich meine, hat diese Marilyn eine Großmutter, die Maryam heißt und hier in der Nachbarschaft wohnt? Wenn du nicht gleich mit allem herausplatzt, sondern mir eine direkte Antwort gibst, dann erzähle ich dir eine Geschichte.«

»Ich liebe Geschichten«, sagte Duniya.

Er entschied, ihre Gutwilligkeit auf die Probe zu stellen, und sprach über die Nacht, in der sie ihn, der sturzbesoffen und übermüdet war, aus dem Haus warf. Es war das erste Mal, daß er darüber redete.

»Ich bin im Schatten eines Baumes eingeschlafen«, sagte er, »und wußte nicht mehr, ob es Tag oder Nacht war, als aus dem Silberglanz des Vollmonds die Gestalt einer alten Frau mit einer Decke als Gabe auftauchte. Sie deckte mich damit zu, hüllte mich ein wie ein mutterloses Kind. Und sie ist die ganze Nacht nicht von meiner Seite gewichen, saß auf einem kleinen Hocker, bewachte mich vor Dieben und Hunden, die sie jedesmal verscheuchte, wenn sie sich näherten. Als ich dann am nächsten Morgen aufwachte, hatte ich eine vage Erinnerung an die Stimme einer alten Frau, die einem kleinen Mädchen, das sie mit dem ungewöhnlichen Namen Marilyn anredete, sagte, es solle wieder schlafen gehen, weil es ja am Morgen zur Schule müßte.«

»Bist du der alten Frau je wieder begegnet?«

»Wochen später kam ich in einem geborgten Auto her, parkte in Sichtweite des Familienanwesens in der Hoffnung, sie zu sehen, ihr zu danken und die Decke zurückzugeben. Als ich genug Mut gesammelt hatte, klopfte ich an die Tür und fragte, ob es hier eine Frau gab, die meiner vom Suff vernebelten Beschreibung von ihr und von einem Mädchen namens Marilyn entsprach. Der Hausherr reagierte abweisend sowohl auf meinen Besuch wie auf meine Anfrage und wies mir die Tür. Du wirst es nicht glauben, ich habe die Decke immer noch als ein Andenken an die Nacht, in der du mich hinausgeworfen hast.« Seine Erinnerung an jene Nacht zeigte keine Spur von Verbitterung.

»Das muß dieselbe Frau sein«, sagte Duniya.

»Wie kommt sie auch in dein Leben?«

»Sie ist eines Morgens aufgetaucht, um uns die Dienste eines jungen Hausmädchens anzubieten, das sich mit um den Findling kümmern würde«, erklärte Duniya. »Sie kam zuerst ganz allein wie *Qadr*, ein wahrer Trost. Wenn ich so daran denke, habe ich die alte Frau schon hin und wieder gesehen. Es ist eine solche Freude, sie zu kennen, sie und Marilyn sind wirklich eine angenehme Gesellschaft. Sie tauchen zu jeder möglichen und unmöglichen Zeit auf, um auf den Säugling aufzupassen. Sie kommen mit allen gut aus, die beiden, auch mit Bosaaso, dem Mitvormund für den Findling.«

Taariq war nun ganz zittrig, weil er sich nicht entscheiden konnte, welchen der vielen Fäden, die in dem von ihm und Duniya gewobenen Garn steckten, er verfolgen sollte. Er hatte einen ordentlichen Verstand, in dem Gedanken augenblicklich katalogisiert und mit einer Überschrift versehen wurden. Ideen wurden in Absätze aufgeteilt, als würde er sie systematisch niederschreiben. Nun webte Taariq einen weiteren Faden in das schon vorhandene Garn und sagte: »Shiriye, der heute bei Qaasim war, hält dich für verrückt, daß du den Findling behalten willst.«

»Was hatte Shiriye dort zu suchen?« sagte Duniya argwöhnisch.

»Er war darauf aus, mit Qaasim unter vier Augen zu sprechen«, sagte Taariq, womit er nichts verriet. »Vielleicht wollte er nebenbei noch etwas Geld verdienen, Uhren verkaufen oder sie von Qaasim zum Einkaufspreis erstehen, was weiß ich.«

»Welche Gründe hat Shiriye für seine Meinung angeführt, daß ich verrückt sei, wenn ich den Säugling behalte?«

»Shiriye gibt keine Gründe an. Er gibt Meinungen von sich, grobe Vorurteile und ungebildete Dogmen.«

»Was ist deine Ansicht, deine erlesene, gebildete Ansicht?« wollte Duniya wissen.

Er zeigte sein typisches distanziertes Lächeln gleich einer Fata Morgana, die dem Durstigen Wasser verspricht und dem Reisenden die Hoffnung auf eine Oase hinter der Düne vermittelt. Doch das Wasser von Taariqs Lächeln kam schlammig und trüb hervor: Er sagte: »Es ist so schwierig, Leuten zu diesen Angelegenheiten einen Rat zu geben. Das ist wie beim Heiraten, eine Entscheidung, die jeder lieber den Händen der beiden Personen und keinen dritten, vierten oder fünften Beteiligten überläßt.«

»Aber was würdest du machen, wenn du an meiner Stelle wärst?«

»Ich müßte erst einmal viel mehr wissen als bis jetzt, bevor ich mich entschiede.«

»Selbst wenn du es wüßtest, sind die Ausrichtung deines Verstandes und der Weg, den meiner geht, so verschieden, daß ich bezweifle, ob du zu demselben Schluß gelangen würdest.«

»Ich könnte nicht besser mit dir übereinstimmen«, sagte er.

Die ganze Zeit nagte an ihrem Gemüt das unerfüllte Verlangen, aufzustehen und herauszufinden, warum der Findling sich so lange nicht gerührt und nicht geschrien hatte. Doch eine Stimme flüsterte ihr die Versicherung ins Ohr, daß mit dem Säugling alles in Ordnung sei und sie sich keine Sorgen zu machen bräuchte.

»Sag mir, wie du die Sache siehst«, meinte sie.

»Ich würde ihn zum Beispiel nicht Muraayo überlassen.«

»Warum nicht?«

»Muraayo – die ich wohlgemerkt sehr mag – hat kaum ein tiefes Verständnis von Symbolen. Sie lebt nur an der Oberfläche der Dinge, im Glanz falscher Schönheit, gibt sich leicht mit dem schönen Schein zufrieden. Ein Säugling wie dieser Findling braucht Eltern, die ihn so behandeln, als wäre er von besonderem Rang und sollte nicht an seine irdischen Anfänge erinnert werden oder – Gott bewahre – an seine unbekannte Herkunft. Stell dir vor, wenn Jesus von seinen Altersgenossen verspottet werden würde, die ihm verächtlich ins Gesicht schleudern, daß er keinen Vater wie sie hat. Die Stärke des Jesus-Mythos liegt darin, daß wir wenig erfahren. Im Fall von Moses sehen wir erst einen in einem Weidengeflecht treibenden Findling, der am Daumen lutscht. Dann begegnen wir ihm wieder als Erwachsenen und Gottesboten. Wir sehen nicht, wie mythische Säuglinge aufwachsen, weil es sie der moralischen Glaubwürdigkeit berauben würde, welche die Essenz aller Mythen ist. Um also der unglaublichen Aufgabe treu zu bleiben, muß dieser Findling in einer Umgebung aufwachsen, die nicht mit Leuten wie Muraayo und Qaasim zu tun hat, muß in einem behüteten Bereich der Welt aufwachsen und nicht dem alltäglichen Kleinkram ausgesetzt sein, der die meisten von uns umgibt.«

»Mal angenommen, wir glauben, daß seine Eltern auffindbar sind?«

»Das heißt nicht viel.«

»Wie das?«
»Bei Jesus war ein Elternteil bekannt«, sagte Taariq, »seine Mutter, und genauso bei Moses oder den Afrikanern Sunjata oder Mwindo – von all diesen mythischen Kindern waren die Mütter bekannt. Vielleicht waren sie halb Gott, halb Mensch.«
»Was ist, wenn er jung stirbt, sagen wir vielleicht sogar morgen oder in zehn Jahren oder wenn etwas Unheilbares ihn dahinrafft oder ein Wundstarrkrampf sein Leben fordert? Wird dann all dies Gerede von Mythen bloßes Geschwätz, bloße Worte gewesen sein, nicht mehr?« fragte sie.
»Er wird ein anderes Motiv in unserer Geschichte angenommen haben; jeder wird etwas anderes von ihm erhalten.« Er verstummte kurz. »Im schlimmsten Fall hat er dazu gedient, daß er einige von uns zum ernsthaften Nachdenken bewegt hat.«
»Was ist, wenn Qaasim herkommt und ihn für sich fordert?«
Es war amüsant, ihn da zögern zu sehen wie eine vorsichtige Huda, die Angst hat, über die Konsonanten ihres Unbehagens zu stolpern. Denn das lag viel näher, das war kein jüdischer, christlicher, islamischer oder Mendink-Mythos mehr, das war real und berührte brüderliche Wirklichkeiten und Wahrheiten, die Beziehung zwischen älterem und jüngerem Bruder. Und Taariq wußte es und wußte gleichzeitig, daß Duniya es auch wußte. Er war ganz offen in seiner Meinung.
»Qaasim kennt den Wert von Gaben nicht. Ich habe ihn schon erlebt, da hat er Sachen verschenkt, noch bevor er sie selbst besaß.«
»Sag mir, warum ich ihn behalten soll.«
»Weil du seiner am ehesten würdig bist.«
»Auf welche Art?«
Er setzte wieder sein distanziertes Lächeln auf, und Duniya wußte, was das bedeutete. Nichtsdestoweniger hörte sie

ihm respektvoll zu. »Ich möchte nicht religiös klingen«, sagte er, »aber ich denke mehr und mehr, daß die Menschheit an abstrakte Konzepte glauben muß, und auf dieser Grundlage müssen wir die Welt, so wie wir sie kennen, aus dem von uns geglaubten, nicht gewußten, nicht wirklich gewußten Mythos neu aufbauen. Ein Mythos ist eine hilfreiche Stütze.«

Duniya begriff nicht, von was er da redete, hielt es aber nicht für notwendig, ihn um eine Erklärung zu bitten. Das Licht in seinen Augen wurde trüber wie das Blaue der Zündflamme eines Gaskochers, die ausgeht, weil die sie speisende Gasflasche leer wird. Hatte eine plötzliche Enttäuschung sich seiner bemächtigt? Könnte es ein Entzugssyndrom sein, unangenehme Reaktionen auf das Ausbleiben von Nikotin und Alkohol zugleich? Sie wechselte in beträchtlicher Hast das Thema.

»Mir hat deine ›Geschichte einer Kuh‹ gut gefallen«, sagte sie.

Er rang nach Worten mit der Unbeholfenheit eines Mannes mit sehr dicken Fingern, der einen engen Knoten zu lösen versucht. Er brachte keinen vollständigen Satz zusammen, dem sie folgen konnte. Seine Augen verengten sich zu Schlitzen.

Duniya war sicher, daß er schlief, und sie ließ ihn. Ihr fielen etliche Male ein, wo er ausgebrannt heimgekommen war. Oder wenn sie von der Arbeit gekommen war und ihn in der formlosen Lage vorgefunden hatte, in der die Ermüdung ihn und die drei Kinder überfallen hatte. Sie brachte sie dann immer an ihre jeweiligen Schlafplätze.

Nun war sich Duniya sicher, schwer zu identifizierende Geräusche zu hören. Weil sie mit dem Rücken zur Tür stand, drehte sie sich um, damit sie sehen konnte, wer gekommen war und wieder entschieden hatte, zu gehen. Unabsichtlich stieß sie Taariq wach, der verblüfft etwas ausrief, was klang wie »Wer?«

Die Stimme einer genauso bekümmerten Frau antwortete, »Ich bin es.«
»Bitte komm zurück«, sagte Duniya, welche die Stimme der alten Frau erkannte.
Inzwischen setzte sich Taariq mit blutunterlaufenen Augen auf und rieb sie noch wunder und röter. Sie entschuldigte sich dafür, ihn geweckt zu haben – er sich für das Einnikken.
Dann ging Duniya, um Maryam, Marilyns Großmutter, mit den Worten zu begrüßen: »Die Kinder sind alle mit Bosaaso weggegangen und haben mir heute die Aufsicht überlassen.« Dann stellte sie Taariq vor.
Es war seltsam, aber die alte Frau wollte Taariq nicht ansehen, der aufgestanden war, um ihr die Hand zu geben. Mit einem eindringlichen Blick auf Duniya sagte sie: »Tut mir leid, daß ich einfach so hereinkomme, aber ich habe eigentlich nach Marilyn gesucht und gehofft, sie hier zu finden.«
»Nein, ich fürchte, sie ist nicht hier.«
»Ist sie mit den Kindern weg?«
»Ich bezweifle es.«
Sie drehte sich um und sagte zu Duniya: »Dann muß ich mich wieder auf den Weg machen.«
An genau diesem Punkt sagte Taariq zu ihrem Rücken: »Sind wir uns nicht schon einmal begegnet, Sie und ich?«
Ein Lächeln trübte die klaren Gesichtszüge der alten Frau: »Wirklich?« fragte sie.
»Sie haben mir eines frühen Morgens eine Decke gegeben und Wache gehalten, damit mein besoffener Leib nicht von streunenden Hunden, hungrigen Katzen und mitternächtlichen Dieben belästigt wird, und dafür habe ich mich nie bedankt.«
Marilyns Großmutter schüttelte den Kopf. »Ich erinnere mich an überhaupt nichts.«
»Ich habe die Decke als Andenken an Ihre Güte aufgehoben.«

»Sie müssen mich mit jemand anderem verwechseln«, versteifte sich die alte Frau.
»Ich wollte die Decke zurückgeben, kam aber aus einer Reihe komplizierter Gründe nicht dazu und habe die Episode als private Erinnerung an die Freundlichkeit einer alten Frau behalten.«
»In diesem Fall«, sagte die alte Frau, »verstehe ich nicht, wieso Sie die Bedeutung der Handlung entwerten, indem Sie öffentlich davon berichten? Wieso müssen Sie davon reden?«
Taariq dachte über die Worte der alten Frau nach.
»Da ist was dran«, pflichtete Duniya bei.
Die alte Frau, deren Stimme nun zuversichtlich klang und deren Augen nun bereit waren, dem Blick von Taariq zu begegnen, sagte: »Ist irgend etwas mit dem Säugling los? Warum ist er so still?«
Kaum hatte Duniya überlegt, was sie sagen sollte, als die Haustür aufging und der schmerbäuchige und schwitzende Qaasim erschien. Qaasim hatte wie Shiriye die Augen eines Mannes, der woanders sein wollte. Er war sehr dick, hatte Stummelfinger mit kurzen Nägeln. Qaasims Augen waren klein, seine Zähne tabakbefleckt. Sein Bauch, fiel Duniya ein, hatte die Form eines Zementmischers. Anders als Shiriye sprach Qaasim wenig. Er ließ sein Geld für sich sprechen. Wie ein Kaiser mit einer vollen Schatztruhe gab er immer nur aus. Er ging weg, bevor die Leute beim Loben oder Segnen zum ›Amen‹ ihrer Preisungen gekommen waren.
»Wo ist der kleine Teufel?« sagte er hastig.
»Was für ein kleiner Teufel?« fragte Duniya.
»Der kleine Dschinn, der all diese Zwietracht geschaffen hat.«
Die alte Frau sah so aus, als wünschte sie, früher weggegangen zu sein.
Duniya sagte: »Wenn du in jemandes Haus kommst, grüßt du erst, nimmst Platz und verhältst dich höflich.«

»Ich habe nur gefragt, wo er ist.«
»Wo sind deine Manieren?«
»Manieren, hörst du, wie sie mir was von Manieren erzählt?« wandte er sich an die alte Frau. »Wo sind deine Manieren, Duniya? Ich würde zu gern wissen, wo deine Manieren hingekommen sind, wenn du alle Beziehungen mit uns mit einem Schlag kappst. Rede du mir nicht von Manieren.«
Als die alte Frau sich zum Gehen anschickte, sagte Qaasim zu ihr: »Weißt du, wo der kleine Teufel ist?«
»Natürlich ist er kein Teufel – eher noch ein Engel.«
»Wo ist er?«
»Du weißt doch, daß es hier nur zwei Zimmer gibt, dir gehört doch die Wohnung«, sagte die alte Frau zornig. »Finde ihn selbst.«
Er befolgte ihren Rat und ging ins Frauenzimmer. Als er schließlich wieder auftauchte, sagte er kein Wort und war auch nicht in Eile. Er nahm betrübt Platz. Eine Hülle aus Trauer bedeckte jeden Zentimeter seines massigen Körpers, einschließlich seines Schmerbauchs, der wie ein Ballon mit einem Loch eingeschrumpft zu sein schien.
Ohne es gesagt bekommen zu haben, wußte Duniya, daß der Findling gestorben war.

Als wäre er ein Wasserloch und alle anderen durstige Tiere, die hergekommen waren, um von ihm zu trinken, setzten sich alle um Qaasim. Nur Nasiiba und Duniya machten es nicht so, und sie wußten, warum. Yarey fragte in ihrer rastlosen Verfassung, als sie auf seinen Knien saß, immer wieder: »Aber warum?« Yarey blickte von Nasiiba, welche die erste gewesen war, die ihn lebend aufgefunden hatte, zu Onkel Qaasim, welcher der erste gewesen war, der ihn tot gesehen hatte. Duniya traute es Qaasim in einem traurigen Augenblick sogar zu, »den kleinen Teufel, der soviel Zwietracht geschaffen hat«, erstickt zu haben.

Der Tod des Findlings traf Duniya tief. Sie konnte sich an nichts erinnern, was sie je so tief berührt hatte wie dieser Tod. Sie konnte auch nicht so gleichmütig darüber hinweggehen wie Taariq, der das somalische Sprichwort zitiert hatte, das besagt, der Tod betrübt dich weniger, wenn er ein von deinem weit entferntes Haus heimsucht oder einen Kamelhirten, den du nicht kennst. Sie fragte sich, was aus Bosaaso und ihrem eigenen Mythengebäude werden sollte.

Bosaaso war der erste, der sich aus dem Kreis der um Qaasims Wasserloch Sitzenden erhob. In seiner Aufgewühltheit spulte ihm seine Erinnerung Szenen von zwei anderen Todesfällen ab, den seiner Frau und den seines Sohnes. Er stand da, wippte auf den Absätzen und sagte: »Jetzt müssen wir an seine Beerdigung und die damit zusammenhängenden Amtsvorgänge denken.«

Einen Augenblick lang haßte ihn Duniya. Wie konnte ein so empfindsamer Mann gleichzeitig so nüchtern sein? Sie fragte sich, ob ihm schon jemand etwas von ihrer Kündigung mitgeteilt hatte. Und was würde er wohl sagen, wenn er die Gelegenheit hatte, darüber zu reden?

Taariq dagegen hatte Tränenflecken auf den Wangen und suchte unbeholfen nach einem sauberen Taschentuch, brachte aber mit jedem Griff in seine Hosentaschen immer nur ein sehr zerknülltes zum Vorschein, das ausgetrocknet war und Löcher und Schleimklumpen von früheren Benutzungen aufwies.

»Ich schätze, wir müssen die Leiche des Säuglings zu einer Obduktion ins Leichenschauhaus bringen«, fuhr Bosaaso fort, »um herauszufinden, warum er starb, und dann sechs Kopien des Totenscheins der Polizeiwache aushändigen, wo wir ihn zuerst haben eintragen lassen.«

Die alte Frau war die einzige Person, die ins Frauenzimmer ging, wo die Leiche war, um die Totenwache zu halten und einige Koranverse aufzusagen. Sie machte das Fenster zur

Straße zu und bedeckte den toten Körper mit einem Laken aus Duniyas Schrank.

Duniya fragte sich, was aus Bosaaso und ihr werden würde. Würde etwas so Irrationales wie der Tod des Findlings die Symmetrie zerstören, die sie zusammen geschaffen hatten?

Bei der Totenwache für den Findling wurden Anekdoten vom Tod und Schöpfungsmythen erzählt. Anwesend waren einige Freunde, darunter auch Mire, und alle unmittelbaren Familienangehörigen von Duniya. Mire erzählte die erste Anekdote.

»Ein Kind stirbt im sechsten Lebensjahr und stellt fest, daß ihm eine niedrigere Stellung zugeteilt wird als einem viel älteren Mann, der mit sechzig gestorben war. Der kleine Junge sagt zu Gott: ›Wie kommt es, Herr, daß ich eine niedrigere Stellung in der himmlischen Hierarchie bekommen habe als der graue alte Mann hier über mir, wo ich doch gar nicht lang genug gelebt habe, um überhaupt zu sündigen?‹ Und Gott erwidert: ›Weil dieser Greis nicht nur ein Alter erreicht hat, das jede vernunftgemäße Erwartung übersteigt, sondern auch jeder Versuchung widerstand, ohne eine einzige Sünde zu begehen, ist er derart belohnt worden.‹ Daraufhin sagt das Kind, noch immer nicht überzeugt: ›Bei Deiner göttlichen Geduld bitte ich Dich, mir zu sagen, warum ich jung sterben mußte und weder die Gelegenheit erhielt, mich deines Lohns würdig zu erweisen, noch die, zu sündigen, um diese Bestrafung verdient zu haben?‹ Gott erwidert: ›Weil Wir schon von deinen Sünden gewußt und dich daher vor ihnen bewahrt haben, denn du hättest sicher Unser Mißfallen erregt, wenn Wir zugelassen hätten, daß du noch einen Augenblick gelebt hättest. Gott ist allwissend und gnädig.‹ Und so wirft sich das Kind vor dem Allmächtigen nieder, dessen Vergebung es sucht, und wiederholt die Litanei: »Der Herr hat's gegeben, der Herr hat's genommen, Er ist allwissend und gnädig.«

In der darauf folgenden Stille holte Duniya Getränke für diejenigen, die noch welche wollten. Bosaaso hatte einen Kasten eisgekühltes Sodawasser für die Totenwache beschafft. Diesmal erhob Duniya keinen Einwand dagegen, etwas von ihm zu erhalten. Nun war sie wieder bei allen anderen und hörte Taariq einen Schöpfungsmythos erzählen.

»Um sich die Zeit zu vertreiben, beschloß Gott, menschliche Wesen zu erschaffen, wenngleich nicht nach Seinem Ebenbilde, wie die Bibel sagt, sondern nach dem Bild eines Äthiopiers. Also ordnet Er an, daß Lehm in die Form von Menschen geknetet werde und Feuerstätten gebaut werden, um sie zu backen. Dann stellt sich Gott daneben und schaut Seinen Engelsgehilfen bei der Arbeit zu, und sie bringen Ihm auch, sobald es soweit fertig ist, mit verständlicher Aufregung ein Lehmmodell, um es Ihm zu zeigen. Das erste ist zu heiß gebacken, zu dunkel. Nicht gut, sagt Gott, weist dieser tiefdunklen Gestalt einen verlassenen Platz auf dem Kontinent Afrika zu. Das Feuer wird erneut entfacht, ein weiteres Lehmmodell wird hineingeschoben und dann wieder herausgezogen, und Gott befiehlt, es nach Skandinavien zu schaffen. Nach seinem Ermessen ist es zu bleich, also auch nicht gut. Die Engel gehorchen. Derselbe Vorgang wird immer noch einmal wiederholt, bis Gott endlich erhält, was Er will: ein Modell ganz aus Schönheit und Tugend, mit der richtigen Hautfarbe, der richtigen Haarstruktur, dem richtigen menschlichen Verstand und Stolz, alles. Nachdem er sich diese besondere Kreatur angesehen hat, teilt Gott ihm Äthiopien zu. Gibt diesem Geschöpf die besten Länder, das beste Wetter, die besten Früchte, welche die Jahreszeiten bieten. Alle Nachbarn beneiden es, kurz, alle Rassen beneiden dieses Geschöpf. Und so kam der Äthiopier zum Leben.«

Noch mehr Geschichten wurden erzählt. Duniya ging hin und her, sorgte mit Hilfe von Bosaaso für Getränke und

Snacks. Sie hörte nur teilweise einige andere Mythen, die Mataan und Qaasim wiedergaben, darunter ein zynischer nigerianischer Schöpfungsmythos, in dem Gott einen ganzen Tag dasitzt, den Nigerianern zuschaut, wie sie sich danebenbenehmen, und bloß darüber lacht. Dann kommen ein Mann aus Somalia und ein Mann aus Tschad, beide ausgemergelte Hungergerippe, zu Gott und fragen, warum Er zu ihnen so ungnädig gewesen sei, während er Nigeria alle möglichen Reichtümer geschenkt habe. Worauf Gott ironisch erwiderte: »Schaut euch die Leute gut an, die ich diesem Land gegeben habe. Ihr seid besser dran, wo ihr seid, das versichere ich euch.« Und die beiden gingen dankbar weg.

Duniya dachte sich, daß im Kern eines jeden Mythos ein anderer steckt: derjenige der Menschen, die ihn geschaffen haben. Alle hatten den Findling in das verwandelt, was sie zu wollen glaubten oder ihnen fehlte. In diesem Fall, sagte sie sich, ist der Namenlose nicht gestorben. Er lebt noch weiter in Bosaaso und mir.

III

Duniya liebt

12

Der Findling wird in aller Stille und nach traditioneller Sitte beigesetzt. Später wird Duniya in ein Restaurant eingeladen.

Duniya wachte mit einem Ruck auf und blieb eine Zeitlang unruhig, drehte und wendete sich mit größtem Unbehagen im Bett. Sie hatte von einem Hund unbestimmter Abstammung geträumt, der häßlich war, eine zerknautschte Schnauze wie eine Bulldogge hatte; und von einem rüpelhaften Haufen halbwüchsiger Jungen und Mädchen, die ihn triezten, wobei der Hund bellte, seinen Schwanz furchtsam an die zitternden Hinterläufe geklebt, während die Teenager an der Quälerei ihren Spaß hatten.

In gebührendem Abstand zu den lärmenden Jugendlichen und so, als wollte sie sich von ihnen absondern, stand eine Frau, die niemandem ähnelte, den Duniya je kennengelernt hatte; eine Frau, die unerklärlicherweise eine atavistische körperliche und geistige Ähnlichkeit zu dem Köter zu besitzen schien, da sie einen ungezähmten Blick und schärfere Hundezähne hatte, als Duniya je im Mund eines Menschen gesehen hatte. Jedenfalls wurde Duniyas Aufmerksamkeit von der Frau gefesselt, die mit erwartungsvoller Miene beständig nach rechts blickte. Wartete sie auf jemanden, der aus dieser Richtung kommen sollte? Duniya bemerkte die Gestalt eines auf dem nackten Boden auf dem Rücken liegenden Mannes, aus dessen Mitte ein Baum mit einem einzigen Blatt sproß. Der Hund bellte mal die aufsässigen Jugendlichen, mal die Frau an, die ihn überhaupt nicht wahrzunehmen schien, dann wieder den Mann, der um sich herum überhaupt nichts wahrzunehmen schien, und schließlich das gezwirbelte Blatt, bis er sein aufgestörtes Kläffen einstellte, als ein Adler am Schauplatz auftauchte, stumm, mit gefalteten Schwingen; ein Adler, der sich auf dem Baum niederließ; dieser büßte sein einziges Blatt, seine Unversehrtheit, sein Leben ein.

Es wurde still.

Inzwischen schien die Frau in ihrem Kopf Ansatzpunkte zur Bedeutung dessen zu suchen, was vor sich ging. Der Adler richtete seine durchdringenden Augen auf den Hund, der nun stumm war. Der Hund wiederum starrte auf eine Schlange, deren Erscheinen bei allen außer der Frau besorgte Unruhe auslöste. Doch überall herrschte erregte Bewegung. Und es erhob sich ein Windstoß, der alle und alles in seinen mysteriösen Wirkungskreis einhüllte, ein Wirbelwind, der Staub aufsammelte und spiralförmig hochschleuderte, woraufhin über die Augen der Frau einen Augenblick lang ein Glücksgefühl huschte. Doch auch Zweifel schlichen sich in ihr hartes Starren, das sich zu einem allerliebsten Lächeln erweichte.

Und die Schlange biß die Frau.

Und der Himmel wurde mit den Farben von Seetang überschwemmt.

Ihr Gang so beredt wie der einer Schlafwandlerin, schritt die Frau vom Schauplatz weg, die aufsässigen Jugendlichen und der Hund folgten ihr und blieben erst wieder stehen, als sie auf eine Wiege trafen, in der die Leiche eines Säuglings lag.

Da wachte Duniya auf.

Die Beerdigung des Säuglings fand in aller Stille statt. Zugegen waren nur Duniyas Angehörige, Freunde und der Geistliche, der eingeladen worden war, um eine schlichte religiöse Zeremonie abzuhalten. Das Taxi von Bosaasos Cousin bot denjenigen ein Transportmittel, die kein eigenes hatten, sich aber am Leichenbegängnis beteiligen wollten. Mire konnte nicht kommen, Taariq kam nicht von der Arbeit weg, wohingegen Qaasim sehr spät eintraf, als sie den Friedhof schon wieder verließen. Als die kleine Leiche beigesetzt war und alle Formalitäten erledigt waren, fuhren Bosaaso und Duniya direkt zur Bezirkspolizeiwache, um der Behörde den Tod des Säuglings mitzuteilen. Der Inspektor war von der Nachricht tief betrübt und sagte: »Jetzt war der Findling erst gestern in den Nachrichten, ein lebendes Zeugnis für Duniyas großzügigen Geist.« Der Inspektor bezweifelte, ob die Medien daran interessiert wären, sein Ableben in den Nachrichten zu bringen.

Von der Bezirkspolizeiwache begaben sich Duniya und Bosaaso zur Klinik, wo sie entdeckten, daß ihr für diesen Tag nur leichte Aufgaben zugeteilt worden waren. Ihre Kolleginnen drückten geschlossen ihre tiefe Anteilnahme aus, und es rührte Duniya, daß sie mit ihr so sprachen, als hätte sie ein Baby von ihrem eigenen Fleisch und Blut und keinen Findling verloren. Die ganze Zeit arbeiteten sich Tränenrinnsale von ihrer Brust nach oben, ihre Nase triefte, die Augen blinzelten, als sich ihre Lider ganz von selbst hoben und senkten. Schließlich brach ein Schluchzen explosionsartig aus ihrer Kehle, ihr Mund triefte vor zähflüssigem Speichel, sämigen Sekretionen. Doch ihre Augen blieben vollkommen trocken.

Der innere Kummer ließ ihr den Herzschlag in den Ohren dröhnen. Und sie gähnte ausgiebig, wobei sie das Gefühl hatte, all ihrer natürlichen Kraft beraubt worden zu sein und in ihrem Innern einen Wandel durchgemacht zu haben. Ein geheimnisvoller Schleier hing über der Frage, warum der Tod des Findlings sie auf diese unerwartet heftige Weise betroffen machte. Sie fühlte sich ausgelaugt. Schlimmer noch, sie fühlte sich der Möglichkeiten beraubt, etwas mit sich, mit ihrer Zeit anzufangen, weil sie nicht wußte, was sie von ihm, der gekommen und gegangen war, sagen sollte, denken sollte, wie sie überhaupt noch einen klaren Gedanken fassen sollte. Trauer zeigte sich immer wieder in ihrem Blick. Mit linkischer Haltung, die Beine etwas wacklig, die Fußsohlen von nadelscharfen

Dornenstichen durchlöchert, setzte sich Duniya hin und spürte einen Zustand von Gewichtslosigkeit. Tatsächlich war die Furcht, daß sie abheben könnte, so überwältigend, daß sie sich an der Stuhllehne festhielt, unfähig, eine solche Wirkung auf das Verhalten ihres Körpers abzuschätzen. Erst als sie an Bosaaso dachte, schien es ihr wert, an Ort und Stelle zu bleiben.

Wieder überwältigte sie die Erinnerung, daß auch ihr Haus des Lebens entleert schien, wo das Radio verstummt und jede einzelne Tür fest verschlossen war. Duniya war froh, in Bewegung zu sein und glücklichere Tage zu erwarten. Ihre Kinder waren inzwischen ihrer Wege gegangen. Yarey hatte sich dafür entschieden, den Tag mit Marilyn zu verbringen, Mataan war bei Waris und Nasiiba – wer weiß, mit welchen Überraschungen sie ihre Mutter heimsuchen würde, wenn sie schließlich wieder aufkreuzte. Ein leeres Haus ist bedrückend, hatte Bosaaso gesagt, doch ein unausgefülltes Leben ist noch betrüblicher.

Er schöpfte Mut und traf nun öfter beherztere Entscheidungen, indem er davon sprach, ihre Abende und leeren Spätnachmittage mit Aktivitäten auszufüllen. Er sagte, wir werden dies und das machen. Wir werden das Schwimmen lernen. Wir werden in Restaurants gehen. Wir werden das Autofahren lernen in der Hoffnung, unabhängig und nicht mehr mitgenommen oder gar von schlimmen Männern belästigt zu werden. Wir, so stellte sich heraus, war eine zusammengesetzte Person (Duniya + Bosaaso = wir!), die Wunder vollbringen konnte, die imstande war, Tage und Nächte mit köstlichen Unternehmungen auszufüllen, um die sie ein Engel beneidet hätte.

Als der Säugling noch lebte, hatten weder Duniya noch Bosaaso daran gedacht, sich Beschäftigungen auszudenken: Er hatte dem Leben um sie Gestalt verliehen. Und es kamen Leute, Besucher trafen in Scharen ein, um Karten zu spielen, Tee zu konsumieren, einander Geschichten zu erzählen und Freundschaft zu schließen. Duniya konnte die Tatsache nicht leugnen, daß der Tod des Findlings ihnen zwangsweise eine Reihe grammatikalischer Änderungen in ihrer Sprechweise auferlegte, indem er ein Wir erzeugte, das vorher nicht dagewesen war, ein Wir hybrider Notwendigkeiten, halb real, halb erfunden.

Die leichte Tätigkeit, die Dr. Mire ihr heute zugeteilt hatte, bestand hauptsächlich aus der Entgegennahme der Röntgenaufnahmen stationärer Patientinnen und dem Eintragen ihrer Namen in die dafür vorgesehenen Leerstellen, sonst nichts. Endlose Minuten starrte sie dann auf die Negative der Röntgenaufnahmen, fasziniert, verträumten Blicks, während ihre Finger abwesend über die faltenreichen Wiedergaben fuhren und sie (wie absonderlich!) an einen toten Fötus dachte, der in einem mit klarem Essig gefüllten Glas konserviert war – mein Gott, wie schockierend, sagte sie sich traurig. Ein Teil von ihr stellte sich vor, die unausgefüllte Leere der kryptographischen Blätter repräsentiere den Tod des Säuglings und die ausgefüllten Flächen seien von Bosaaso belegt.

Und dann kam Bosaaso, um sie abzuholen. Es war früher Nachmittag.

Bei ihrer Begegnung sagte sie, sie fühle sich schon den ganzen Tag hungrig, habe aber nicht wirklich etwas essen wollen, denn sie habe keinen Appetit. Drücke sie sich vielleicht nicht verständlich aus? Bosaaso mutmaßte, Essen sei eine eigenständige Unternehmung. Er zitierte als Beispiel die Wochen nach den tragischen Toden von Yussur und seinem Sohn, als er mit dem Rauchen aufhörte. Er erinnerte sich auch daran, wie leer er sich gefühlt hatte, als er seine Promotion hinter sich hatte. Er war so rastlos gewesen, daß er die in der Seele empfundene Leere nur mit Arbeit und noch mehr Arbeit füllen konnte. Dann erst kam ihm der Einfall.

»Wir gehen heute abend zum Essen aus«, sagte er.

Mit einem herablassenden Lächeln sagte sie: »Wer sind wir, wenn ich fragen darf?«
»Du und ich natürlich.«
Ein langer Augenblick verstrich, bevor sie erkannte, daß seine Gegenwart eine erfreuliche Wirkung hatte und sie sich gar nicht mehr so leer fühlte, eher so, als wäre sie mit Anteilen von ihm ausgefüllt. »Und wohin gehen wir?« fragte sie.
»Ich kenne ein gutes Restaurant.«
»Dann bis bald«, erwiderte sie nur.
Er bot an, sie gegen sieben abzuholen.
Das Gefühl der Gewichtslosigkeit kehrte bei Duniya genau in dem Augenblick zurück, als sie alleine war, so daß sie sich an die Haustür lehnen mußte, sobald sie diese geöffnet hatte. Sie blieb, wo sie war, bis ihr Brustkorb vom Atmen fast gesprengt wurde, da ihr Herz in Erwartung von Selbsthaß immer schneller schlug, eine Vorstellung, bei der ihr übel wurde. Oder war es Liebe? Was es auch war, sie wollte nichts damit zu tun haben. Sicher war ein Anfall solch nebelhafter Empfindungen von Übelkeit keine Liebe – oder doch? Ihre Seelenanalyse gab ihr wieder Mut, und sie war imstande, unsicheren Schrittes, der ganze Körper von Sorge betäubt, ins Haus einzutreten.
Sie sperrte die Tür zu dem Zimmer auf, das sie sich mit Nasiiba teilte, und holte sich einen Stuhl her; wenn sie sich vielleicht nicht rührte, würde sich der Nebel in ihrem Denken lichten. Doch sie konnte keinen inneren Frieden finden; es war so, als würde ihr Gehirn Samen tragen, die plötzlich aufbrachen und einen Baobabbaum in voller Blüte hervorbrachten. Sie dachte, daß die Ereignisse der vorigen Woche Sämlinge gepflanzt hatten, die früher oder später aufkeimen würden, doch der Findling, der sie gesät hatte, war nicht mehr da.
Duniyas Gedanken waren in einem chaotischen und aufrührerischen Zustand, bis die Tür aufging und jemand mit

Schritten so sanft wie schwacher Applaus hereinkam. Der angespannte Blick in ihren Augen, als sie Nasiiba mit einem Lächeln begrüßte, strafte ihre wahren Gefühle Lügen. Widersprüchliche Empfindungen wurden von dem trotzigen Grinsen verschleiert, das Duniyas Gesichtsausdruck kennzeichnete, als sie ihre Tochter umarmte und küßte. Die junge Frau steckte wie üblich voller Leben, platzte schier vor Begierde, etwas in Gang zu setzen. Sie war sichtlich traurig, daß der Findling gestorben war, aber das hielt sie nicht davon ab, ihre Energien entweder bei sich selbst oder bei ihrer Mutter einzusetzen. »Was spielt sich ab, Mami?« fragte sie.

Duniya fühlte sich weiterhin sehr unruhig, deshalb stand sie auf und spürte, wie warm ihre Wangen waren. Sie konnte sich nicht entscheiden, was sie Nasiiba sagen sollte und was nicht; es spielte sich sehr vieles ab, und nicht alles war entweder gut oder schlecht oder gar einfach zu erklären. Die Liebe spielte sich ab, zum Beispiel. Übelkeit spielte sich ab, zum Beispiel. Sie setzte ein so gewinnendes Lächeln auf, wie ihr möglich war, und sagte dann: »Wir gehen heute zum Essen, Bosaaso und ich.«

Nasiiba komplettierte: »Wir gehen aus in ein Restaurant, nicht wahr?«

Duniya wurde sich klar, daß Nasiibas Gebrauch der ersten Person Plural sich grundsätzlich von ihrem eigenen unterschied, und sie erkannte wie zum ersten Mal, daß das Pronomen ein so üppiges Assoziationsfeld hatte. Es war wie das Erlernen einer neuen Sprache. Gleich darauf befiel Duniya die erfreuliche Erinnerung, daß bei der Erwähnung von Bosaasos Namen all ihre Schwindelgefühle verschwunden waren. Sie fühlte sich verankert, ihre Seele ging ganz in ihrer Absicht auf, ihr Schicksal, ihr Glück zu verfolgen.

»Dann müssen wir uns doch herausputzen, oder?« sagte Nasiiba.

Duniya stand wie ein begossener Pudel da. Es kam wie ein Schock für sie, daß sie nicht daran gedacht hatte, sich für den Anlaß herauszuputzen, und daß sie nicht über die geistige Gelassenheit verfügte, sich auf die Veränderungen einzustellen, die um sie herum wie auch in ihr selbst stattfanden. Sie packte nun den nächsten Stuhl, blickte in Nasiibas Richtung und erkannte die Notwendigkeit, sich in die Hände ihrer Tochter zu begeben; kurzum, sie mußte zugeben, daß sie verliebt war.

Mit einem Tonfall nicht unähnlich dem eines ganz jungen Mädchens, das die Pumps ihrer Mutter anprobiert, sagte Duniya: »Wie wär's, wenn ich erst mal dusche? Ist das nicht eine gute Idee? Inzwischen kannst du ja das Kleid heraussuchen, das ich anprobieren soll.«

»Was für eine wunderbare Idee«, sagte Nasiiba ziemlich aufgekratzt.

Das Sonnenlicht funkelte unverschämt auf Duniyas Augen, und sie grinste. Die Dinge lagen viel komplizierter, als sie sich vorgestellt hatte, und kein Geben war unschuldig. Was hatte Nasiiba gesagt? Daß sie ihr beim Anziehen helfen würde? Duniya quälte der Gedanke, daß ihre Tochter sie bitten würde, sich auszuziehen, sich nackt vor sie hinzustellen und Pirouetten zu drehen, bevor entschieden wurde, wie sie sich kleiden sollte. Sie stand nun in einer Pose intensiven Selbstzweifels da und fragte sich, was sie tun sollte. Sie war in die ausladenden Stoffbahnen einer Robe gewickelt, völlig bekleidet bis auf den Kopf, dessen Locken nach hastigem Shampoonieren, aber gutem Durchspülen glänzten.

Nasiiba sagte: »Ich hab die Haustür zugemacht, und wir sind so unter uns, wie es nur irgend geht. Nun möchte ich, daß du aus deiner puritanischen Robe steigst, damit ich einen guten Blick auf das werfen kann, was du körperlich zu bieten hast. Wir haben nicht viel Zeit, also beeil dich bitte.«

Verdutzt wandte Duniya ein: »Das ist doch nicht dein Ernst?«
»Doch, das ist es«, versicherte ihr Nasiiba.
»Ich bin deine Mutter«, ermahnte Duniya sie.
Nasiiba blickte ungefähr in die Richtung der Tür zu ihrem gemeinsamen Zimmer. »Ich bin deine Tochter, muß ich dich daran erinnern? Und ich habe dich sowieso schon oft nackt oder teilweise nackt gesehen. Also was soll das Getue? Bringen wir's hinter uns.«
Duniyas Erinnerung wurde von dem Gedanken heimgesucht, daß Nasiiba sie völlig nackt im Liebesakt mit Taariq gesehen hatte, was sie vor ein paar Abenden erst erfahren hatte. Ihre Stimme war mit selbstzweiflerischen Pausen angereichert, als sie sich erkundigte: »Was ist das da auf der Stuhllehne?«
»Das Kleid, das du anprobieren sollst.«
Wenn Duniya gewußt hätte, wie, dann hätte sie der ganzen Scharade ein Ende bereitet. Nasiiba hatte ihr ein Kleid ausgesucht, und Duniya hatte eingewilligt, von ihr angekleidet zu werden. Hatte Nasiiba deshalb das Recht, von ihrer Mutter zu verlangen, sich vor ihr auszuziehen?
»Du bist kein Heiligenschrein«, sagte Duniya, »und ich mache aus meinem Körper keine Opfergabe.« Mit diesen Worten kehrte sie Nasiiba den Rücken zu, versäumte aber, einen einzigen Schritt von ihr wegzutreten, so als wäre sie nicht fähig, die Bedeutung ihres Entschlusses zu begreifen. Trübsinn bedrückte ihr Herz, weil im Augenblick alle Liebesgedanken abwesend waren. Sie war nahe daran, die Bitte auszusprechen, in Ruhe gelassen zu werden, als Nasiiba erneut vorschlug, daß sie sich ausziehen solle.
Duniya begriff allmählich doch, daß es kein Zurück mehr gab und daß sie es hinter sich bringen mußte, wobei ihr einfiel, daß der Vater der Zwillinge, der ja blind gewesen war, ihren Körper nie erblickt hatte, welche Ironie des Schicksals, daß seine Tochter sie nun auszog. Auch gab ihr

die Erinnerung Kraft, daß sie als Hebamme schon viele Frauen nackt gesehen hatte, Frauen, deren Körper sie angefaßt, deren intimste Bereiche sie ohne weiteres berührt hatte. Dennoch legte sie mit besorgter Miene und mit zitterndem Körper die Robe ab, mit der sie sich bedeckt hatte, und sagte: »Da hast du's«. Die Worte sprach sie mit allem Nachdruck.

Nasiibas Urteil erfolgte rasch: »Gar nicht so schlecht.«

Duniya ihrerseits hatte es zu sehr die Sprache verschlagen, um ein Wort herauszubringen. Diese Demütigung hatte immerhin ein Gutes für sie: Sie wurde dadurch schwer wie ein Klumpfuß und hatte keine Angst mehr, wegen Gewichtslosigkeit abzuheben. Das ließ eine Art Bitterkeit in ihr wachsen, aber sie war sicher, das Gefühl würde vergehen und sie und Bosaaso würden dereinst vereint sein – und zwar in Liebe.

Inzwischen war Nasiiba schrecklich aufgeregt, sie plapperte eine Mischung aus halb verstandenen und komplett begriffenen Ideen, wobei sie freigebig eine wunderliche Anzahl von Wörtern in die Luft warf, die Duniya nichts sagten. In ihrer Rede schwang unterschwellig etwas mit, etwas Ernstes und Humorloses, wie bei einer Mutter, die ihre Tochter für ein Kinderfest zurechtmacht, das im Haus einer angeheirateten Verwandten stattfindet, mit der die Frau nicht zurechtkommt. Duniya kostete es Mühe, still und nackt stehen zu bleiben.

Nasiiba sagte gerade: »Du wirst das Haar zu einer Krone aufgesteckt tragen. Doch erst kämmen wir es, und davor noch tragen wir eine Art Glanzgel auf. Ein ganz aufrechter Knoten wird dir gut stehen. Und keine Kopfbedeckung.«

»Darf ich mir in der Zwischenzeit etwas überwerfen?«

»Gleich, nur keine Panik.«

Duniya langte nach einem Kopftuch und bedeckte damit ihre Blöße in der Haltung einer Eva, die sich hinter Freudschen Feigenblättern versteckt. Ihr Gesicht glich unleugbar dem einer gedemütigten Person, aber sie blieb still, wenn auch nicht unbewegt.

»Hier ist ein Unterrock, eine Unterhose und ein Büstenhalter«, sagte Nasiiba zu ihrer Mutter. »Jetzt zieh das an und mach kein Getue.« Die junge Frau hätte eine Mutter sein können, die einem Kind, das nach Essen schreit, schnell mal zwei Löffelvoll verabreicht.

»Ich hätte dich nicht bitten sollen, mir beim Anziehen zu helfen«, bedauerte Duniya.

Darauf erwiderte Nasiiba: »Eltern denken selten an die Millionen peinlicher Augenblicke, die ihre Kinder durchmachen müssen, wenn sie in Kleider gesteckt werden, die sie lieber nicht tragen würden, mit Essen gefüttert werden, das sie lieber nicht essen würden, gewaschen werden, wenn sie nur zu froh wären, dreckig zu bleiben, und ihr Intimbereich befingert, massiert und verstümmelt wird. Du hast nicht nur das und Schlimmeres mit mir gemacht, sondern du bist dir bewußt, liebe Mutter, daß du als somalische und noch dazu muslimische Mutter das gesetzliche elterliche Recht hast, nachzusehen, ob ich Jungfrau bin.«

Als sie die Unterhose, den Büstenhalter und den Unterrock angezogen hatte, fragte Duniya: »Was soll ich jetzt machen?«

Nasiiba griff nach einem Stuhl mit gerader Lehne und stellte ihn so, daß Duniya nach Osten schaute, wo das Licht besser war. Dann kam sie zurück und ergriff resolut die Hand ihrer Mutter, die ihr furchtsam folgte wie eine Braut, die ihr neues Heim betritt. »Setz dich hin, rühr dich nicht und sag kein Wort«, befahl Nasiiba.

Duniya hatte es nicht gern, wenn jemand die Oberhand über sie behielt, sie haßte das Gefühl der Machtlosigkeit, nicht zu wissen, was mit ihr angestellt wurde. »Der Grund, warum ich mich gegen die Autorität von Männern auflehne«, hatte sie einmal einer Freundin gesagt, »liegt darin, daß sie Entscheidungen, die das Leben von Frauen beein-

flussen, gerne bei Zusammenkünften treffen, bei denen Frauen gar nicht anwesend sind.« Betrachtete Duniya Nasiiba im Augenblick als ›männlich‹? Hatte sie sich nicht vor ihr ausziehen müssen wie vor einem Mann, hatte Nasiiba ihr nicht wie manche Männer die Macht genommen? »Was machst du mit mir, Nasiiba?« fragte sie.
»Vertrau mir.« Zu mehr Auskünften war Nasiiba nicht bereit.
Sie begann, Duniyas Haarzöpfe zu einer Krone zu flechten und zu drehen. Beide waren einigermaßen entspannt; Nasiiba gefiel das Ergebnis ihrer künstlerischen Bemühungen immer mehr, doch Duniya war weniger angespannt, ihr Körper weniger steif. Als ob ihr das mißfiel, sagte sie völlig überrumpelnd: »Übrigens, Nasiiba, kann es sein, daß ich einen Packen Geldscheine in einer islamischen Frauenzeitschrift aus dem Iran namens *Mahjouba* versteckt gefunden habe?«
Duniya glich in diesem Moment einer wohlgenährten und verhätschelten Hauskatze, die vor gerade anwesenden Gästen die Leiche einer Eidechse ins Wohnzimmer geschleppt hat. »Diese Gemeinheit lasse ich mir nicht bieten«, brauste Nasiiba auf, die in ihrer Wut den Kamm weggeworfen hatte, der in erbosten Purzelbäumen an die entfernteste Mauer im Innenhof knallte. »Was soll das, in meinen Schubladen, in meinen Privatsachen herumzukramen?« Alles Kämmen, Flechten und Knoten hörte schlagartig auf. Nasiiba schäumte vor Wut.
»Ich war der Meinung, ich hätte was verlegt.«
»Manchmal hasse ich dich«, sagte Nasiiba.
»Nein, tust du nicht«, erwiderte Duniya.
Wie jemand, der ein Kunstwerk abschätzt, ging Nasiiba ein paar Schritte zurück. Sie stützte die Hände in einer herausfordernden Geste auf die Hüften und ahmte die Stimme ihrer Mutter nach: »Übrigens, kann es sein, daß ich heute Fariida in der Klinik gesehen habe? Oder: Weshalb hast du

Blut gespendet, Nasiiba? Und was jetzt?« Dann fuhr sie mit normaler Stimme fort: »Weswegen hast du in meinen Sachen rumgewühlt?«
»Manchmal frage ich mich, ob es dir oder mir zusteht, die Fassung zu verlieren. Jetzt komm«, sagte Duniya, »laß uns nicht noch mehr Zeit vergeuden, denn die Wahrheit ist die, daß ich vermutlich weiß, woher das Geld kommt. Komm und mach fertig, was du angefangen hast, aber flott.« Duniya war nun sehr entschieden.
Binnen kurzem und ohne ein weiteres Wort nahm Nasiiba die Arbeit an der Haarburg wieder auf. Und keine von ihnen sprach, bis Nasiiba sagte, sie sei fertig. Und als sie auf dem Gesicht ihrer Mutter Unbehagen sah, brachte die junge Frau Duniya einen Spiegel, damit sich sich ansehen konnte.
Duniya sagte: »Ich habe, seit ich siebzehn war, mein Haar nicht mehr unbedeckt getragen, Nasiiba.«
»Du siehst modern aus, wenn es unbedeckt ist«, suggerierte ihre Tochter.
»Und es sticht wie das Rot einer Ampel in einer ansonsten dunklen Straße hervor, und die ganze Welt kann es von weitem schon sehen.«
»Daran wirst du dich gewöhnen, und Bosaaso wird dich deswegen um so mehr mögen«, lockte Nasiiba.
Bei der Erwähnung von Bosaasos Namen entspannte sich Duniya.
Inzwischen hatte Nasiibas Tonfall seine Bestimmtheit verloren. Sie sagte: »Dein Gesicht braucht einen Anflug von Make-up, eine dünne Schicht, das ist alles.« Und sie kam bedrohlich auf Duniya zu, in der Hand eine Vielzahl von Pinseln und Fläschchen.
»Für mich kein Make-up, danke.«
Einen Augenblick später war Nasiiba wieder da, diesmal mit einem Paar Ohrringe. »Wem gehören die?« fragte Duniya argwöhnisch.

»Die gehören eigentlich dir, von Onkel Abshir geschenkt.« Duniya nickte, gestand die Wahrheit der Aussage ein.
»Wenn du der Meinung bist, deine Ohren stechen wie die Eckfahnen in einem Fußballstadion hervor, werden die Ohrringe das vielleicht korrigieren.« Sie waren sehr hübsch, kreisförmig mit einem fünfzackigen, eingepaßten Stern, und blau angemalt.
Bis sie Bosaasos Hupe hörten, hatte Duniya noch die Möglichkeit, ihre Frisur etwas zurechtzurücken, und fühlte sich bequem in dem Kleid, das sie ausgesucht und das Nasiiba gebilligt hatte. Schon als sie zu Bosaaso ging, der im Auto blieb, sagte Duniya noch zu Nasiiba: »Bitte richte Fariida mein Beileid aus. Ich denke, sie ist die Mutter des Findlings, und sag ihr, sie soll herkommen und uns besuchen, wenn ihr danach ist.« Schon verließ Duniya hastig das Haus, darauf bedacht, von ihrer Tochter nicht weiter befragt zu werden.
Und ›wir‹ gingen in ein Restaurant.
In dem Augenblick, als der Kellner, der gekommen war, um ihre Bestellung aufzunehmen, sie im Halbdunkel wieder sich selbst überlassen hatte, küßten sie sich, wobei nur eine Paraffinlampe einen Anschein von Licht vermittelte. Das Bedürfnis nach einem Kuß hatte sie unvorbereitet überkommen, mit der Plötzlichkeit eines Niesens bei Heuschnupfen; es reinigte das Hirn. Sie umarmten sich lange, ihr Atem vermischte sich, und beide hatten, was es brauchte, um den anderen behaglich und verletzlich zu stimmen.
Schweigend, ohne weiteren Kuß, setzten sie sich unter dem Dornenzelt von Akazienbüschen auf eine Strohmatte am Boden, im Geäst über ihnen hing eine Paraffinlampe, deren Licht sich nicht in ihre Privatsphäre drängte. Jeder in Mogadischu, der ungestörte Ruhe haben wollte oder auf der Suche nach dem besten Lamm mit Reis in der Stadt war, ja, jeder aus der Stadt, der vom romantisierten Bild des un-

gezähmten Dschungels eine Kostprobe haben wollte, kam hierher – verliebte Männer und Frauen, Ausländer mit dem Bedürfnis nach Lokalkolorit oder Reisende auf der Suche nach einem typischen Essen als Andenken an Somalia. Es erübrigt sich, zu sagen, daß die rührige Küche die motorisierten Stadtbewohner anzog, und das mit sehr gutem Grund.

Die Kellner trugen Laternen und hielten sich strikt an einen Benimmkodex, der den Gaststättenbesuchern absolute Ungestörtheit garantierte. Sie bewegten sich leise, räusperten sich oder husteten, wenn sie sich einem Baumzelt näherten, in dem ein Pärchen innig aneinandergekuschelt war oder sich umarmte.

Sobald sie wieder zu Atem gekommen war, stand Duniya nach dem für sie längsten, dem bisher leidenschaftlichsten Kuß auf, war aber wacklig auf den Beinen. Vielleicht ließ sie das Schwindelgefühl den Sinn dafür verlieren, wo sie war, mit wem oder warum. Ihr schwirrte der Kopf, und doch war sie auf Wolke Nummer elf und konnte sich an keine vergleichbare Freude erinnern. Hatte der lange, leidenschaftliche Kuß sie so benommen gemacht, daß sie Bosaasos Autoschlüssel ergriffen hatte, als sie auf die Beine gekommen war, was ihr gar nicht aufgefallen war? Denn er sagte gerade zu ihr: »Und wohin fahren wir, wenn ich fragen darf?«

»Aber ich kann ja gar nicht Auto fahren!« erwiderte sie.

»Dann werde ich es dir wohl beibringen«, sagte er.

Und mit einem Schlag wurde sie wieder nüchtern.

Sie setzte sich ein Stück von ihm weg, wobei ihr das Gespräch mit Nasiiba einfiel, die angeboten hatte, ihr das Schwimmen beizubringen. Wurde sie, Duniya, sozusagen auf einen höheren Zustand der Vollkommenheit vorbereitet, wenn ihr das Schwimmen und Autofahren beigebracht wurde? Sie schob ihm die Autoschlüssel zu.

Wie in Erwiderung auf ihre barsche Geste donnerte es bedrohlich vom Himmel, und ein irrer Wind kam auf. Bosaaso erhob sich, um die Paraffinlampe von dem höheren Platz an eine tiefere Stelle im Baum zu hängen, wo kein Luftzug war. Während Duniya zu ihm hochblickte, sah sie Kometen erdwärts fliegen und – wie die Somalis sagen – auf Dschinns und Ungläubige fallen. Sie schreckte zusammen, als ein Blitz über den Himmel zuckte und sie an die dreischwänzigen Peitschen erinnerte, mit denen Bauern knallten, um Vögel zu verscheuchen, die auf ihren Feldern Körner pickten.

Als er sich neben sie setzte, sagte er: »Was für ein Feuerwerk!«

»Das sind bloß Sterne, die auf Dschinns fallen; sagen das nicht die Muslime?« fragte sie und ergriff seine ausgestreckte Hand, um sie zu streicheln. Sie wußte nicht, was sie da sagte und warum.

»Der Koran teilt uns mit, daß diese feurigen Kometen auf zu naseweise Dschinns geschleudert werden, die an den Himmelspforten spionieren«, bemerkte Bosaaso.

»Sehr ungehörig von ihnen!« sagte Duniya.

Als kein Donner mehr über den Himmel rollte und keine Sternschnuppen mehr fielen, sagte sich Duniya, daß die Dschinns, die nun nicht mehr so wißbegierig waren, auf die Erde gekommen waren und ihr süße Nichtigkeiten in die Ohren flüsterten, die sie daraufhin unwillkürlich berührte.

»Fehlt dir ein Ohrring, oder bist du nur mit einem gekommen?« fragte er. »Du hast ihn doch nicht im Auto verloren?«

»Meine Ohrringe?« Sie befühlte nacheinander ihre Ohrläppchen. »Ich bin mit einem Paar gekommen«, teilte sie ihm mit, rührte sich aber nicht.

»Ich bin sicher, er ist nicht im Auto verlorengegangen.« Augenblicklich war er auf den Knien und suchte im Halbdunkel tastend den Ohrring, weil er sicher war, sie wollte

nicht, daß er die Paraffinlampe dazu herabholte. Die rauhe Unebenheit der Strohmatte stach in seine Handflächen. Dennoch ließ er sich nicht beirren, auch als sie wenig Interesse bekundete, das verlorene Stück wiederzubekommen. »Wann, glaubst du, hast du ihn verloren?«
Sie entschied, den Augenblick ihrer Leidenschaft in ihrer persönlichen Erinnerung einzurahmen, und wollte nicht davon sprechen, um ihn nicht abzuwerten. Doch sie war sich absolut sicher, der Ohrring war wenige Augenblicke vor dem Zeitpunkt abgefallen, als am Himmel ein Feuerwerk fallender Sterne losgegangen war. »Ich erinnere mich nicht, wann«, sagte sie.
Er rückte näher. »Ich erinnere mich an die Form des Sterns im Ohrring, hellblau bemalt und in einem vollen silbernen Kreis eingeschlossen.« Er war ihr so nahe, daß sie ihn atmen hören konnte und die Wärme seines Körpers spürte. Er ergriff ihre Hand; sie ließ ihn gewähren. »Sie waren wunderschön an dir.«
Sie sagte nichts, weil sein Kopf höher kam, auf ihren Mund zu, und ihre Lippen bereiteten sich auf die Begegnung in einem Kuß irrer Leidenschaft vor. Sie spürte, wie sie ein Schauer durchfuhr. Was für Flammen, dachte sie sich. Während sie sein Gewicht stützte, das geringer war, als sie sich vorgestellt hatte, kam er wieder und wieder, bat um immer mehr. Schließlich gab sie ihm einen sanften Stups und sagte: »Bitte übereile nichts.«
Er schnaufte laut und stoßweise, als wäre er lange Zeit unter Wasser gewesen und gerade erst wieder an die Oberfläche gekommen. Er setzte sich auf, und über sein Gesicht breitete sich ein verständnisvolles Grinsen. Sie hätte ihn für ungehobelt gehalten, wenn er ein einziges Wort der Erklärung oder Entschuldigung gesagt hätte. Und beide waren froh, als keiner von ihnen etwas sagte.
Sie studierte den Schatten, den sein Kopf warf, ein zur Seite geneigter Kopf. Er sog stumm an seinen Lippen. Als

Duniya die Nacht draußen betrachtete, jenseits der flakkernden Schatten der Paraffinlampe, sah sie die Silhouetten laternentragender Gestalten durch ihr Blickfeld schwanken so wie fallende Sterne, die eine Ewigkeit brauchen, um die Erde zu erreichen, wo sie dann explodieren.

Stumm blickten sie auf ein näher kommendes schwankendes Licht. Den Schritten eines Kellners folgte das Geräusch eines Dieselmotors im Leerlauf, womöglich das Fahrzeug eines Gastes, der zu einem Baumzelt eskortiert wurde. Dann hörten sie leise Stimmen, die eines Mannes und einer Frau, die ihre Bestellung aufgaben. Darauf Stille.

Bosaaso bemerkte: »Wenn meine Mutter einen Ohrring verloren hätte, würde sie eine Melodie gesummt und ein trauriges Lied über einen so kostspieligen Verlust vorgetanzt haben. Wenn meine afroamerikanische Freundin ihn verlegt hätte, dann hätten Lied und Tanz eine rhetorische Dimension angenommen. Und wenn es Yussur gewesen wäre, hätte sie bedauernd gestöhnt, irgendwie ihre Mutter ins Gespräch gebracht und ihr die Schuld gegeben. Aber du? Du sagst nichts und zeigst überhaupt keine Besorgnis.«

Eine Laterne kam in Sicht, und ihr Träger rief aus dezentem Abstand eine Nummer. Da es nicht ihre war, ignorierten sie den Ruf des Obers. Als es wieder still war, fragte sie: »Wie heißt deine afroamerikanische Freundin?«

»Zawadi ist ihr afrikanischer Name, Sarah ihr amerikanischer.«

»Ist Zawadi ein Haussa-Name?«

»Suaheli.«

»Und wie lange habt ihr zusammengelebt?«

Er überlegte lange.

»Du mußt keine Antwort geben, wenn du nicht willst.«

Er schüttelte heftig den Kopf. »Es ist nicht so, daß ich deine Frage nicht beantworten will, es ist so, daß unser Zusammenleben zwei Phasen hatte, die erste eine reine Wohngemeinschaft mit mir als ihrem Mieter, dann so etwa ein halbes Jahr später haben wir angefangen, mehr und mehr Verantwortung beim Haushalt und den emotionalen Aspekten unseres Lebens miteinander zu teilen, darunter auch ihre zwei Kinder.«

»Wie alt waren die?«

»Sie waren damals natürlich noch viel kleiner, das Mädchen acht, der Junge sechs. Das war vor dreizehn Jahren, als ich das erste Mal bei einer UN-Behörde gearbeitet habe, die in New York war, ein Jahr nach meiner Doktorarbeit.«

»Und was hat sie gearbeitet?«

»Sie ist Sozialarbeiterin«, sagte er, verstummte ganz kurz, um eine Sekunde später weiterzureden. »Weißt du, mir macht das Alleinleben nichts aus, aber das alleine essen kann ich nicht ertragen. So kam es, daß ich öfters größere Portionen kochte und die Kinder einlud, mitzuessen, da ihre Mutter selten heimkam, um sie zu versorgen. Die Kinder spielten mit den Nachbarskindern, und ich habe nichts weiter gemacht, als sie zu bitten, eine Pause zu machen und zum Essen herzukommen, was sie auch getan haben.«

Duniya wurde an ihre eigene Situation mit Taariq erinnert, kurz vor ihrer Hochzeit, als Taariq auf ihre Zwillinge aufpaßte und ihr Klinikdienst sie häufig von daheim fernhielt. Sie wollte ihn gerade fragen, ob er sich überlegt hatte, Zawadi zu heiraten, als sie geräuschlos eine Laterne näherkommen sah. Ein Kellner rief ihre Nummer, auf die sie gleichzeitig antworteten. Der große Kellner betrat ihr Akazienzelt mit gebeugtem Kopf und lächelte. Er stellte das Essen vor Duniya und schob die Rechnung, »die vor dem Verzehr des Bestellten bezahlt werden muß«, Bosaaso hin. Duniya bestand darauf, daß sie sich die Rechnung teilen sollten, doch Bosaaso wollte davon nichts hören und sagte, er führe sie an diesem Abend aus. Er bat sie, eine so erfreuliche Nacht nicht mit einer Debatte über so läppische Sum-

men wie diese zu verderben – schließlich habe er ihre Großzügigkeit immer angenommen.
Als die Rechnung beglichen war, ging der Kellner wieder. Duniya fragte sich, ob Bosaaso ein großzügiges Trinkgeld gegeben hatte.
Stumm tauchten sie nacheinander ihre Finger in das lauwarme Wasser, das der Kellner zu diesem Zweck hergebracht hatte. Im Halbdunkel schien es ihr, Bosaaso lächelte wie jemand, der gleich eine verschmitzte Bemerkung machen wird. Sie hatte die gelassene Zuversicht, zu warten, und er die gute Erziehung, ihr Essen nicht zu unterbrechen.
»Wenn Zawadi ja gesagt hätte, hätte ich sie geheiratet«, sagte er.
Duniya holte tief Luft, sagte aber nichts.
Sie aßen schweigend, wobei Duniya sich uninteressiert an den Gründen gab, warum Zawadi ihn nicht heiraten wollte. Sie achtete darauf, nicht zu laut zu kauen, damit dies nicht ihr stilles Denken beeinträchtigte. Ein- oder zweimal kollidierten ihre Finger, und jeder entschuldigte sich beim anderen. Als dies noch ein paarmal passierte, kicherte Duniya. Bosaaso redete schließlich weiter: »Im Grunde mißtraute Zawadi Männern als Ehegatten, nicht als Liebhabern oder auch platonischen Freunden. Sie verabscheute es, als gegeben hingenommen zu werden, was, wie sie sagte, die Art war, wie schwarze Männer sich aufführten, egal wo in der Welt sie lebten, in den USA, in Afrika, in Westindien, Männer, die eine Frau als ihr rechtmäßiges Eigentum betrachteten. Einige der schwarzen Männer, die sie kannte, kamen in die Wohnung einer Frau mit vor unerfüllter Lust ausgebeulten Hosenlätzen. Es war so, als würden sie ein Urinal betreten, pflegte sie zu sagen, den Hosenstall offen, bereit, zur Tat gerüstet.«
Er genehmigte sich eine Pause, um schweigend einen Bissen zu essen.

»Magst du mir sagen, wie jemand wie Kaahin in dein Leben gekommen ist?« fragte sie. »Es scheint mir, daß er nicht zu deinen Kindheitsjahren gehört, die du in der Stadt G. verbracht hast. Oder doch?«
»Ihn habe ich Zawadi zu verdanken.«
»Wie das?«
»In einem ihrer Gemeindearbeitsprojekte stolperte Zawadi über Kaahin, der in einer Wohngemeinschaft außerhalb von Harlem wohnte und keine Aufenthaltsgenehmigung für die USA mehr hatte. Und er hat auch nicht das gemacht, wozu er hergekommen war, nämlich seinen akademischen Abschluß. Sie nahm ihn in ihre fähigen Sozialarbeiterhände und hatte ihn in einem Jahr wieder aufgerichtet, imstande, wieder nach Harvard zu gehen.«
Duniya sagte gefühlvoll: »Was für eine erstaunliche Frau, diese Zawadi.«
»Sie ist ein Gabe. Du solltest sie kennenlernen.«
Sie schwiegen und dachten beide, daß Zawadi und Duniya prächtig miteinander auskommen würden.
Dann sagte Duniya: »Nach allem aber verstehe ich nicht, warum Zawadi nicht hier ist, bei dir wohnt oder dich gelegentlich wenigstens besucht. Viele hegen doch sicher den afroamerikanischen Mythos und Wunsch, zu ihrem Mutterkontinent zurückzukehren. Oder hast du ihr ausgeredet, dir nachzufolgen?«
»Ganz im Gegenteil. Als Mire uns in New York besucht hat und er und ich mit der Idee spielten, nach Hause zurückzukehren und unsere Dienste anzubieten, ermunterte uns Zawadi zu dem Projekt, auf das wir uns einließen, das ist alles. Natürlich war sie unseretwegen ganz aus dem Häuschen, wollte aber nicht selbst kommen. Sie hat mit Kaahin Verbindung aufgenommen und ihn überzeugt, daß sein Los bei unserm lag.«
»Das bleibt mir alles ein Rätsel«, gestand sie.
»Zawadi zitierte ein mit einer kleinen Verschnörkelung ab-

gewandeltes englisches Sprichwort: ›Die Nächstenliebe wird zu Hause gezüchtet wie ein Hengst edlen arabischen Geblüts.‹ Sie vertrat den Standpunkt, sie sähe keinen Sinn darin, nach Afrika zu kommen, um Freiwilligenarbeit zu leisten, wo ihre einheimischen Leute, die Schwarzen in den USA, sie genauso dringend brauchten. ›Außerdem‹, fügte sie hinzu, ›ist Afrika noch nicht bereit für meinen schwarzamerikanischen Lebensstil, und ich bin zu alt, um alles Gelernte wieder abzustreifen.‹ Aber sie hat versprochen, daß sie eines Tages Afrika den gebührenden Besuch abstatten wird.«

Sie sprachen beide lange nichts und aßen still und in sich gekehrt. Als beide genug gespeist hatten, waren sie einander beim Waschen und Spülen der Hände behilflich, hielten die Seife, reichten das Handtuch und gossen das Wasser aus.

Aus Zurückhaltung ging ihr Gespräch nicht über unmittelbare, alltägliche Fragen hinaus, auf die kurz geantwortet wurde. Irgendwie kam Abshirs Name ins Gespräch, und Bosaaso erinnerte sich, daß ein Freund von ihm in ein paar Tagen mit Somali Airlines nach Rom fliegen würde. Ob sie wollte, daß er den Brief an Abshir mitnahm?

»Finden wir erst heraus, ob Miski diesen Flug mitmacht«, schlug Duniya vor, »weil sie immer unser Kurier gewesen ist und sie und Abshir schon wissen, wie sie einander erreichen können.«

BRÜSSEL (AFP/REUTER)

Auf ökonomischen und politischen Druck (und zweifellos nach einigen delikaten Verhandlungen) hat die Europäische Union dem äthiopischen Präsidenten Mengistu Haile Mariam endlich ihren mächtigen Willen aufgezwungen. Sie rang ihm die Zusage ab, daß ein Team von EU-Beamten die Verteilung von Lebensmitteln in den nördlichen Provinzen Tigre und Eritrea überwachen

darf. Die äthiopische Regierung hat dem EU-Beauftragten in Addis Abeba die Einräumung dieser Bedingungen mitgeteilt. Die Europäische Union ist besorgt darüber, daß die Lebensmittelhilfe möglicherweise nicht in die zwei nördlichen, von Rebellen gehaltenen Provinzen gelangt. Gegenwärtig werden Vorbereitungen getroffen, um ein Team nach Addis Abeba zu fliegen.
Bis dato hat die EU Lebensmittelhilfe im Wert von 260 Millionen Dollar gewährt. Zusätzlich leistete sie langfristige Entwicklungshilfe, die sich auf etwa 100 Millionen Dollar beläuft und die marxistische Regierung Äthiopiens bei der Durchführung von Reformen in der Raumordnungs- und Landwirtschaftspolitik unterstützen soll.

13

Duniya erhält ihre erste Fahrstunde.

Eine Frau lag schlafend im spärlichen Schatten eines Feigenbaums und träumte. Sie hörte ein schwaches Pfeifen, das eines Turmfalken, darauf den schrillen Schrei des Vogels, der ihren Namen rief, doch sie ging auf diesen Ruf nicht ein. Als die Frau zu der Auffassung gekommen war, der Falke sei es müde geworden, ihren Namen zu rufen, schlug sie die Augen auf und sah zu ihrer Verwunderung einen Hut aus den Klauen des Raubvogels herabfallen, einen Hut, den sie geschickt mit den Händen auffing. Als der Turmfalke daraufhin ihren Namen aussprach, schickte die Frau sich an, aufzustehen, konnte es aber nicht über sich bringen, da sie absolut nackt war. Wiederum ließen die Klauen des Turmfalken ein Überraschungsgeschenk fallen, diesmal eine Blättergirlande, womit sie etwas erhielt, um ihre Blöße zu bedecken. Daraufhin erhob sich die Frau und setzte auch den Hut auf.

Die Frau ging nun auf einem Fußweg nach Süden auf sumpfiges Land zu. Mit dem schläfrigen Blick einer Träumerin erspähte sie die Gestalt eines Mannes in aufrechter Haltung, eines Mannes, der sich innerhalb eines perlenförmigen Drahtgeflechts aufhielt, das als Käfig diente. Weiter hinten war ein zweistöckiges Haus, umgeben von einem großen Obstgarten. Ziemlich unvermutet sang der Turmfalke seine Botschaft: »Freunde dich an mit mir, Frau, und ich werde für immer dein sein; vertraue mir, und ich werde dich mit dem beschenken, was dir zusteht.«

Von Furcht ergriffen, ließ die Frau Hut sowie Blättergirlande fallen und trat auf sie drauf. Die Falkenschreie hörten auf, die Nacht wich dem Tag, und die Frau wachte auf.

Duniya und Bosaaso trafen sich eine Weile später, genauer gesagt, kurz nach zwei Uhr nachmittags, vor der Klinik. Es war ihnen anzusehen, wie sehr sie sich auf das Wiedersehen gefreut hatten, nachdem sie durch Schlaf und Arbeit getrennt gewesen waren. Sie hatten ein ernsthaftes Gespräch über das geführt, was Duniya als die totale Abhängigkeit ihrer Familie von Bosaasos großzügigem Abholdienst bezeichnete, etwas, das früher oder später ein Ende nehmen müßte. Sie waren zu einer für beide Seiten zufriedenstellenden alternativen Regelung gekommen: Von morgen früh an sollte das Taxi von Bosaasos Cousin Nasiiba und Yarey zu ihren jeweiligen Schulen bringen und von dort wieder abholen, wofür Duniya monatlich eine symbolische Summe entrichten würde. Sie war zufrieden, die Kinder und Bosaaso waren es ebenfalls.

Sie waren nun in seinem Auto auf dem Weg zu ihr. »Und wie war dein Tag?« fragte er.

»Es ist schwierig gewesen«, sagte sie, während sie sich vorbeugte, um den Sicherheitsgurt zu schließen, was in Bosaasos Fahrzeug ein Muß war. Sie schaffte es nicht, die Schnalle einrasten zu lassen, bemühte sich aber weiterhin.

Er half ihr schließlich, und beide empfanden sehr bewußt die Berührung ihrer Hände. »Meiner bestand nur aus einer langweiligen Sitzung nach der anderen, ohne daß wir etwas erreicht haben«, sagte er.

»Die klassische Definition von Bürokratie.«

»Ich hasse das.«

Ihre Stimme war auf einmal unerwartet kurz angebunden, als sie sagte: »Bitte, laß uns schnell losfahren.«

Er schaltete ohne Rückfrage sofort in den ersten Gang und drehte sich auch nicht um, um nachzusehen, wem sie ausweichen sollten. Die quietschenden Reifen wirbelten Staub auf und ließen die Augenbrauen einiger auf Taxis oder Busse Wartender hochschnellen. Niemand sprach, bis sie auf der Hauptstraße zu ihrem Haus waren; dann erst hielt es Duniya für notwendig, etwas zu sagen. »Es liegt eine sonderbare Mischung aus Besitzstreben und Schuldgefühl in meiner Entschlossenheit, mit dir allein zu sein, und das gefällt mir nicht; obwohl es mir nichts ausmacht, wenn du auch meine Kolleginnen mitnimmst, möchte ich doch nicht, daß noch jemand bei uns ist. Ich frage mich, ob ich eigennützig oder eifersüchtig werde.«

Seine beengte Kehle wurde die Freude, mit der sie angefüllt war, nicht los.

»Wie würdest du mein Verhalten erklären?« wollte sie wissen.

Ihm schwebten beglückte Gedanken vor, sein Gesichtsausdruck wurde ein Lächeln. »Vielleicht kommt es von der frühen Phase unserer Beziehung – vielleicht ist es dem zuzuschreiben, was sich ›besitzergreifendes Verhalten‹ nennen ließe. Ist es zum Teil deswegen, weil wir gerne allein sein möchten, daß wir vereinbart haben, daß mein Cousin mit seinem Taxi Nasiiba und Yarey von ihren Schulen abholen soll?«

Es hatte keinen Sinn, seine Auslegung ihrer Gründe anzufechten, warum sie eingewilligt hatte, monatlich etwas für die Taxigebühren ihrer Töchter zu zahlen; es war ja nicht, um mit ihm allein zu sein, obwohl ihr das Freude machte, sondern um immer weniger von seiner Großzügigkeit abhängig zu sein. Aber egal, dachte sie. »Doch wie erklärst du dir, warum wir uns wünschen, mehr Zeit miteinander zu verbringen?« fragte sie.

»Ich nehme an, wir haben nicht soviel um die Ohren und neigen deshalb dazu, besitzergreifend zu erscheinen und mit niemandem zu teilen«, sagte er. »Du. Ich. Wir. Letztlich läuft es doch darauf hinaus.«

Duniya bemerkte den Aufmarsch von Pronomen, einige einschließender, einige ausschließender Art; Pronomen, welche die Welt in abgrenzbare Bereiche unterteilten und diesen Bezeichnungen zuordneten. Offensichtlich waren sie beide »Wir«, der Rest der Welt »Sie«. Beide teilten sie sich, wenn sie allein miteinander waren, wiederum in ihre jeweiligen Ichs auf. Das heißt, sie waren wie zwei Bilder, die eine Einheit von Seelen widerspiegelten, eher wie Zwillingsideen, in ihrem Streben vereint, zugleich trennbar und zusammengehörig zu sein. Ist das die Definition von Liebe?

Laut sagte sie: »Ich kann mir nicht helfen, aber ich fühle mich schuldig, wenn ich meinen Kolleginnen den Rücken zukehre und ihren Blicken ausweiche, weil mein Wunsch, mit dir allein zu sein, überwältigend ist. Ich gebe zu, daß diese Empfindung mir Scham- und Schuldgefühle einflößt.«

Er bremste ab. Der Verkehr bewegte sich im Schneckentempo, kriechend und hupend. Ein Sattelschlepper hatte bei einem schlimmen Unfall die Bäume auf dem Mittelstreifen umgefahren, nun lag das große Fahrzeug halb auf der Seite, und die Zugmaschine lag entgegengesetzt zur ursprünglichen Fahrtrichtung. Sie redeten über die unverbesserliche Dummheit von einigen Fahrern, die nicht nur ihr eigenes Leben, sondern auch das von anderen aufs Spiel setzten. Als sie Duniyas Wohnung erreicht hatten, konnte ihr Bosaaso endlich mitteilen, er habe vereinbart, daß sie ihre erste Fahrstunde erhielt.

»Und wer soll mir meine erste Stunde geben?« sagte sie.

»Darüber reden wir nach dem Essen«, sagte er.

Sie wurden an der Haustür von Yarey begrüßt, die sie schon sehnlichst erwartete. Nasiiba ihrerseits hatte eine besondere Mahlzeit für sie zubereitet. »Aber warum ist nur für zwei gedeckt?« erkundigte sich Duniya.

»Wir haben schon gegessen«, verkündete Mataan, »und zwar eine Art von Leckerbissen, für den es sich zu hungern lohnt.«

»Laßt es euch schmecken«, sagte Yarey.

»*Bon appetit*«, fügte Nasiiba hinzu.

Daß Duniya ihr Haar unbedeckt ließ, ging einher mit einer Änderung des Kleidungsstils, gewissermaßen ein Persönlichkeitswandel. Bosaaso mochte es sehr, ihre Kinder schätzten es auch, doch waren sie die einzigen, die zählten? Offensichtlich nicht. Denn einige ihrer Arbeitskolleginnen hatten ablehnende Bemerkungen gemacht. Sie selbst hatte Frauen ohne Kopfbedeckung schon als eitel bezeichnet und über den Einsatz von Spiegeln und anderen modernen Kinkerlitzchen gespottet. Und nun gönnte sich Duniya nach dem Essen zum Beispiel einige Augenblicke allein im Badezimmer, wo sie sich der Selbstbetrachtung hingab und ihre Aufmerksamkeit ganz von den drei weißen Haaren vereinnahmt wurde, die sich nicht kringeln wollten, egal, was sie machte; drei kümmerliche weiße, fadenähnliche Strähnen von zarter Struktur, ungesund und blaß. Sie wußte, sie sollte sie nicht herausreißen, sonst würden sie sich vermehren, das hatte sie von Taariq erfahren, ihrem zweiten Mann, dessen einst sehr dunkler Bart nun mit sehr vielen grauen Haaren durchsetzt war. Sie hätte diese ausgemergelten Haare gar nicht bemerkt, wenn sie ihre Frisur weiter der Umsicht einer islamischen Tradition anvertraut hätte, die Frauen anweist, ihr Haar mit Tüchern der Tugendhaftigkeit zu bedecken.

»Wo sind die Kinder?« fragte sie.

»Vielleicht meinen sie, wir würden gern unter uns bleiben«, sagte er, wobei er in der Absicht aufstand, sie in die Arme zu nehmen.

»Alle drehen durch«, sagte sie und bückte sich, um ein Paar Turnschuhe aufzuheben, das Nasiiba zum Anprobieren für sie hervorgeholt hatte. Sie setzte sich schweigend hin, um genau das zu tun. Die Schuhe drückten nicht, aber sie waren auch nicht bequem. Duniya trat ein paar Schritte zurück, dann vor, verlegen wie eine Person in einem Schuhgeschäft, die ein Paar erwerben will. Dann fiel ihr Blick auf eine Hose, die über einen leeren Stuhl hing und Zeugnis davon ablegte, was Nasiiba ihrer Mutter alles abverlangen wollte, Nasiiba, die keine Grenzen kannte und die wollte, daß ihre Mutter den Kleidungsstil und damit ihre bescheidene Persönlichkeit änderte. Keine Hose, sagte sich Duniya, weil sie den Gedanken fürchtete, nach dem Anziehen vorn eine Ausbuchtung zu entdecken, wo vorher keine gewesen war, gar nicht zu reden von den breiten, fleischigen Hüften; diese kleinen Makel setzten ihrem ästhetischen Selbstbild zu.

»Ich habe Tee gemacht«, sagte er schließlich.

Sie war erfreut, das zu hören, erfreut vor allem darüber, daß er sich heimisch genug fühlte, um in ihrer Wohnung Tee zu kochen. »Wo sollen wir den Tee trinken?« fragte sie, zufrieden mit den Turnschuhen.

»Draußen im Schatten«, sagte er und trug nacheinander die Stühle hinaus.

Als sie sich den Tee von ihm einschenken ließ, machte sie sich klar, wie sehr er sie seiner guten Absichten versichern wollte, indem er sie erst zu Mire, dann zu einem Restaurant eingeladen hatte, bevor er sie bat, mit in seine Wohnung zu kommen. Soweit lief alles glatt. Allein ihr Widerstreben, seine Geschenke anzunehmen, machte ihn befangen, dachte sie, und dies könnte schließlich ihre Beziehung belasten. Aber er beharrte nicht darauf, daß sie alles annahmen, was er anbot. Und er zeigte noch keine Anzeichen von Besorgnis. Auf jeden Fall, argumentierte sie für sich, nahm sie von ihm Geschenke an in der Form von Mitfahrgelegenheiten im Austausch gegen Mahlzeiten, die er bei ihr einnahm. Das war alles nur gerecht, und er war ein Mann, der gerecht war.

»Hast du gesagt, du wüßtest nicht, wohin die Kinder gegangen sind?« erkundigte sie sich.

Er schüttelte den Kopf, nein.

»Ich habe das Gefühl, du führst etwas Böses im Schilde, und spüre, daß du mir etwas vorenthältst, was ich wissen

sollte«, sagte sie neckend. »Also wo sind sie hin? Oder hast du sie selbst wohin gebracht?«
Wieder schüttelte er den Kopf, nein.
Duniya verwarf den Gedanken, ihm die Preisgabe von Geheimnissen zu entlocken, von denen er sich nicht trennen wollte. Sie war sicher, früher oder später würde eines ihrer Kinder ihr mitteilen, was sie getan hatten oder wo sie gewesen waren – und mit wem. Sie nahm einen Schluck Tee und rief sich in Erinnerung, daß sie beide schon weit gekommen waren, seit sie einander das erste Mal begegnet waren. Obwohl sie sich gelobt hatte, nicht darauf zu bestehen, daß er ihr sagte, wohin ihre Kinder gegangen waren, fragte sie sich doch, was er tun würde, wenn sie es getan hätte. Würde er nachgeben, um ihr eine Freude zu machen?
»Was ist nun mit deiner Fahrstunde heute nachmittag?« fragte er.
Seltsamerweise brachte ihr das den leidenschaftlichen langen Kuß vom Vorabend in den Sinn, als sie aufgestanden war und nicht mitbekommen hatte, was sie da eigentlich tat, geschweige denn zu merken, daß sie seine Autoschlüssel in der Hand hielt. »Was soll mit meiner Fahrstunde sein?« fragte sie zurück.
»Ich habe mir die Freiheit herausgenommen, einen Freund von mir zu bitten, dir Unterricht zu erteilen«, sagte er.
»Und wo ist dieser Freund von dir?« Sie war sicher, er hatte nicht Mire im Sinn, aber sie kannte seine anderen Freunde ja nicht; er kam oft allein zu ihrer Wohnung und hatte nie Anstalten gemacht, von anderen zu reden. »Wer ist dieser Freund von dir?«
»Er heißt Kaahin«, sagte Bosaaso.
Er sah ihr an, daß ihr der Gedanke, Fahrunterricht von Kaahin zu erhalten, nicht paßte. »Ich kenne den Mann nicht«, sagte sie wahrheitsgemäß.

»Aber du magst ihn nicht?«
»Was bringt dich zu der Annahme?«
»Das ist doch offensichtlich.«
Sie ging weiterhin auf die Tür zu, als würde sie erwarten, daß Kaahin jeden Augenblick eintreten könnte. »Wo ist er denn?«
»Er ist wie üblich spät dran.«
»Am nächsten sind wir uns gekommen, als er beim Zurücksetzen Mataan, den armen Kerl, umgefahren und fast umgebracht hat, und ich hätte ihn ermordet, wenn er meinen Sohn verletzt hätte, das schwöre ich«, sagte sie.
»Das Schlimme an ihm ist«, sagte Bosaaso, »daß er Frauen liebt.«
Der ungewöhnliche Gebrauch des Wortes ›lieben‹, das Bosaaso im falschen Umfeld verwendet hatte, schockierte sie, gelinde gesagt. Sie richtete sich auf. »Er tut was?«
»Die Leute sagen, Kaahin liebt Frauen«, sagte Bosaaso schon auf dem Rückzug.
»Meiner Auffassung nach liebt Kaahin die Frauen nicht«, sagte sie, »tatsächlich haßt er sie oder verachtet sie eher.«
»Die Leute sagen, er liebt sie«, beharrte Bosaaso.
Sie war so feurig wie ihre Wut. »Und was sagst du persönlich?«
Er fühlte sich etwas in die Ecke gedrängt und mochte nicht, was sie ihm oder ihrer Freundschaft antat, hoffte jedoch, er würde dieses ganze von Kaahin hervorgerufene Schlamassel zu einem friedlichen Ende bringen mit den Worten: »Es gibt keinen ersichtlichen Grund für dich und mich, diese Art von Streit über jemand zu führen, der uns beiden egal ist.« Er legte eine Denkpause ein und fuhr dann fort: »Lassen wir das Thema ganz fallen.«
Doch sie war dazu noch nicht bereit und fragte: »Bist du aus Porzellan, Bosaaso?«
Zuerst begriff er nicht, was sie meinte.
»Zerbrichst du wie eine Porzellantasse, wenn du eine Aus-

einandersetzung mit mir hast?« fuhr sie fort. »Zerschmettert es dich in Bruchstücke, wenn jemand vom Minarett seiner Wut herabschreit, um seine Ansicht deutlich zu machen?«

»Hören wir auf damit«, schlug er vor.

»Nein, das werden wir nicht, verdammt noch mal«, meinte Duniya.

Er zuckte zusammen und schwieg.

»Ich möchte, daß du mir sagst, was du von Kaahin hältst, nicht was die Leute sagen«, schrie sie. »Sag mir deine Meinung, nicht die anderer Leute.«

Er gab nach, indem er seine Worte mit einer gläsernen Behutsamkeit wählte, damit nicht auch sie zerbrachen. »Er macht mich verlegen und Mire auch, weil er unsere Namen in Verruf bringt, unsere Namen, die er gebraucht, als wären es Zertifikate für angesehene Verbindungen. Und ich stimme dir zu, er haßt Frauen, eigentlich haßt er sich selbst, und seine Haltung gegenüber Frauen ist Zeugnis dafür, ein Mittel, mit dem er sich selbst täuscht.«

»Was ist mit dem Aufkleber, den er auf der Stoßstange seines Autos angebracht hat?« wollte sie wissen.

»Der, auf dem steht ›Kaahin: Kain für Frauen‹; meinst du den?«

»Genau.«

Bosaaso sagte eine Weile nichts, dann zuckte er mit den Schultern und blickte versonnen geradeaus. Schließlich sagte er: »Wir haben alle gewisse Bekannte und Verwandte, die uns peinlich sind. Außerdem ist er eigentlich kein Freund von mir, nur der Freund einer Freundin. Selbst Zawadi ist für sein schlechtes Benehmen nicht verantwortlich, davon spreche ich sie frei.«

»Der Mann ist ein Frauenfeind«, sagte Duniya, »und versteckt sich hinter toll aussehenden Autos und Bergen von gewaschenem Geld. Es macht mich fuchsig, wenn ich das Wort ›lieben‹ aus deinem Mund in Verbindung mit Kaahin und den Frauen höre, die er mit freigebig verteiltem Geld verführt. Er ist nicht ganz sauber, jagt skrupellos seiner Lust nach.«

Er nahm das erloschene Feuer in ihrem Blick wahr. In dem Versuch, ihre befriedete Stimmung auszunutzen, rückte er näher an sie heran und verkündete: »Kaahin wird nicht dein Fahrlehrer werden, wenn ich bedenke, daß er sich schon eine Dreiviertelstunde verspätet hat. Es tut mir leid, daß ich ihn überhaupt vorgeschlagen habe.«

Daraufhin band Duniya die bereits fadenscheinigen Schnürsenkel ihrer Turnschuhe mit großer Behutsamkeit wieder auf, damit sie nicht rissen. »Und was tust du jetzt?« wollte er wissen.

»Bleiben wir nicht zu Hause?« Sie blickte zu ihm hoch.

»Wir tun nichts dergleichen«, sagte er.

Sie starrte ihn verdutzt an.

»Ich werde es dir selbst beibringen.«

Sie ließ ihr berühmtes Kichern hören.

»Oder hast du kein Vertrauen in meine Lehrbefähigung?« reizte er sie.

»Das ist es nicht«, erklärte sie. »Aber wirst du imstande sein, mich anzuschnauzen oder deine Verärgerung zu zeigen, wenn ich rückwärts fahre, nachdem du mich gebeten hast, vorwärts zu fahren, oder wenn ich links abbiege, wenn du wolltest, daß ich rechts abbiege?«

»Ich verspreche dir, ich werde dir keine gravierenden Fehler durchgehen lassen«, sagte er selbstgefällig.

»Behalte eines im Sinn, Bosaaso. Ich bin nicht aus Porzellan und breche nicht so leicht. Mach den Mund immer auf, wenn du guten Grund dazu hast, und halt deine Wut nicht unter Verschluß. Schrei vom höchsten Minarett deines Zorns, wenn nötig. Es mag göttlich sein, immerzu zu verzeihen, aber es ist eindeutig nicht menschlich. Selbst Gott straft diejenigen, die sich seinen Unmut zuziehen.«

Er sammelte das Teegeschirr ein und sagte dann: »Sollen wir los?«
»Ja gut«, sagte sie.

Duniya saß am Steuer und murmelte etwas vor sich hin, als würde sie einen Gedächtnistest machen. Das Auto, in dem sie und Bosaaso sich befanden, war auf einer offenen Fläche geparkt, wo viele andere Fahrschüler ihren Unterricht erhielten, und derzeit standen sie vor einer alten Wand, an der Rückseite des *Genio Civile*, der zivilen Baubehörde. Bosaaso hatte ihr nahegelegt, sich zu konzentrieren, aber das war nicht das, was sie gerade tat. Sie fragte sich vielmehr, warum sie das Autofahren lernte, wenn sie kein Auto besaß und keine Aussicht bestand, eines zu bekommen. Sollte das ein weiterer Nagel sein, der in den Sarg ihrer Abhängigkeit von ihm gehämmert werden sollte? Oder entstand hier einfach nur eine weitere klischeehafte Beziehung, bei der Frauen für Nahrung, Obdach, häuslichen Frieden und gute Gesellschaft sorgten und dafür vom Mann gesellschaftlichen Aufstieg, Sicherheit und Geld angeboten bekamen?
Manche Menschen schwitzen, wenn sie nervös sind. Andere bekommen ein flaues Gefühl im Magen. Einige erstarren. Wieder andere zappeln herum. Duniya war ganz schön angespannt, deshalb füllten sich ihre Ohren mit der komprimierten Luft ihrer inneren Beklemmung, und sie konnte rein gar nichts hören. Ansonsten war sie sehr ruhig, und niemand hätte vermutet, daß sie unter irgendeiner Anspannung stand.
»Konzentriere dich!« wiederholte Bosaaso.
»Genau das mache ich ja, bitte schön«, sagte sie.
Er fing wieder von vorne an, nannte nacheinander die wichtigen Bestandteile des Autos. Es war so, als würde er jedem benannten Teil eine neue Lebensfrist gewähren, wobei er es berührte, wo es möglich war. Er wollte, daß sie

alles benennen konnte, er wollte, daß sie sich alle Funktionen merkte, bevor sie das Fahrzeug einen Zentimeter bewegte. Zunächst berührte er die Bedienungselemente, wobei er sie erläuterte und ihr zeigte, wie die Gangschaltung ging. Daraufhin erklärte er, wie die Kupplung funktionierte, dann trat er auf die Pedale, zum Schluß auf die Bremse und das Gas.

Vorstellungen drängten einander weg, kämpften in ihrem Kopf um Platz, ein positiver Gedanke überwand einen negativen oder umgekehrt. Sie stellte zu ihrer Überraschung fest, daß sich Zawadi in ihre Gedanken mischte. Um sie aus dem Sinn zu bekommen, sagte Duniya: »Hast du gewußt, daß der Spitzname meines Bruders *Scelaro* gewesen ist?«

»Weil er Sachen so schnell gelernt hat?«

Sie nickte.

Nach einer kurzen Pause sagte er halb tadelnd: »Konzentration!«

Duniya sagte die Namen der Bedienungselemente auf, als er darauf tippte. Er war beeindruckt. Sie bewältigte alles mit ungeheurer Geschwindigkeit und Präzision. Dann schaltete sie die Gänge im Stand durch und ahmte die Bewegungen beim Fahren im Verkehr nach, hielt das Lenkrad fest, wobei ein Fuß auf das Gaspedal drückte, der andere in Bereitschaft war, nahe an Bremse und Kupplung.

»Wie wird der Rückwärtsgang eingelegt?« fragte sie.

Er zögerte und wollte schon sagen, ›später‹, doch dann änderte er seine Meinung und zeigte es ihr, wobei der Wagen immer noch nicht fuhr. Sie wiederholte alles, was er ihr gesagt hatte, einschließlich seiner Anweisung zum Einlegen des Rückwärtsgangs. Nach einer sehr gewichtigen Pause fragte sie: »Bist du bereit?«

»Ich bin's, wenn du es bist«, sagte er lächelnd.

»Dein Sicherheitsgurt, bitte«, sagte sie.

Sie fuhren sehr langsam und nach einer angemessenen Verzögerung schaltete sie einen Gang höher, augenscheinlich zufrieden und mit der Lässigkeit und Zuversicht einer Person, die schon seit Jahren fährt. Ihre Lippen bewegten sich die ganze Zeit. Betete sie? Oder ging sie die Bewegungsabläufe noch einmal durch, die sie auszuführen hatte? Die Wahrheit war überraschend anders, denn Duniya sagte sich: Wenn Zawadi es kann, kann ich das auch; wenn jede Menge blöder Männer Autos fahren kann, dann kann ich es erst recht. Dennoch war ihr übriger Körper so reglos wie eine Statue im Zentrum eines lebhaften Sturms.

Sie hielt den Wagen an, ohne eine diesbezügliche Anweisung bekommen zu haben. Sie sagten beide nichts, lauschten auf den Leerlauf des Motors. Wiederum ohne Anweisung schaltete sie den Motor ab, nur um ihn gleich wieder zu starten und immer weiter von dem Kreis wegzufahren, den ihre Reifen gemacht hatten. Als sie langsamer wurde, konnte Bosaaso Anzeichen von Erschöpfung auf ihrem Gesicht erkennen.

Es war wohl einfach, Bosaaso zu beeindrucken: er war ja verliebt. Sie warf einen verstohlenen Blick in seine Richtung und glaubte, etwas schwer Faßbares in seinem musternden Blick entdeckt zu haben. Hielt er sie für draufgängerisch, weil sie das alles frontal anging ohne Angst oder Sorge? Nun ja, Bosaaso hatte genau in dem Augenblick geistesabwesend gewirkt, als sie am mutigsten gewesen war. Was war er für ein Mann? Vorsichtig? Oder geriet er leicht in Panik?

Der Wagen ruckelte nun, da sie die Konzentration verloren hatte. Einige Menschen können sich ein Lächeln nicht verkneifen, wenn ein Auto, in dem sie von einem noch Lernenden gefahren werden, bockt. Obwohl sich Bosaaso dessen nicht bewußt war, lächelte er. Für sie war dieses Lächeln wie ein Stich, und der tat ihr weh. Also beschleunigte sie den Motor und fuhr eine große Runde, bis er sichtlich besorgt, verängstigt war. Dann stellte sie den Motor ab.

Kaum hatte er dazu angesetzt, etwas zu sagen, als sie den

Zündschlüssel wieder drehte und losfuhr, diesmal im Rückwärtsgang. Das Auto bockte wieder. Aber sie verzweifelte nicht. Sie versuchte es nochmals, wiederholte den gleichen Vorgang. Das Hinterteil des Fahrzeugs wollte ihren Befehlen nicht gehorchen, schlängelte umher, geriet außer Kontrolle und fuhr nie gerade, wie sie es wollte. Weil Bosaaso nichts sagte, stieg Angst in ihr hoch, da sie sicher war, er hielt sie für dämlich. Schließlich hielt sie den Wagen an.

Langes Schweigen.

Sie erinnerte sich daran, wie sie vier oder fünf gewesen war, erinnerte sich daran, auf Zubairs arabischem Hengst geritten zu sein. Sie war furchtsam geworden, denn die schönen Flanken des Pferdes waren zu breit gewesen. Abshir, ihr Bruder, war bei ihr gewesen, und sie hatte sich an ihn geklammert, sicher, daß ihr so kein Leid geschehen würde.

Bosaaso stellte die Frage in den Raum, ob sie noch mehr üben wollte.

»Sicher«, sagte sie und nahm sein Angebot an.

Als das Auto sich wieder bewegte, fiel Duniya eine Geschichte ein, die ihr Zubair, ihr erster Mann, von einem Pferd erzählt hatte, das scheute und nicht mehr aufhörte zu laufen. Dem Pferd wuchsen Flügel des Wahnsinns, so daß es nach Osten auf die Sonne zu flog, als wollte es deren Ursprung erreichen. Die Leute sagten, daß Dschinns im Sattel solcher Pferde sitzen. Was wäre nun, wenn das Auto nicht mehr anhalten wollte? Was wäre, wenn einer der Verwandten von Zubairs Frau, halb Dschinn, halb Mensch, die Gewalt über das Lenkrad übernehmen würde? Da sie weder sein noch ihr Leben aufs Spiel setzen wollte, testete sie die Bremsen und war erleichtert, als sie merkte, daß sie funktionierten.

»Ist irgendwas nicht in Ordnung?« fragte Bosaaso.

Duniyas Lippen zeigten ein selbstanklägerisches Zittern,

und sie schaute weg und auf ihren Schoß, weil sie verunsichert war wie jemand, der sich nicht zu entschuldigen weiß. Bosaaso wollte nicht herausfinden, was sie durcheinandergebracht hatte, und war froh, als sie vorschlug, die Plätze zu tauschen. Er hielt seine Neugier in Zaum und kam auf die Fahrerseite des Autos, wobei er sie berührte, als sie auf den Beifahrersitz rückte. Bosaaso setzte das Fahrzeug ohne ein weiteres Wort in Bewegung.

Als sie an Aw-Cumars Laden vorbeikamen, wo Duniya und ihre Familie ein Konto hatten, bat sie ihn, sie aussteigen zu lassen, schon mal weiterzufahren und bei ihr zu warten. Sie gab ihm den Schlüssel, damit er hineinkam, und schlug vor, er solle es sich bequem machen, wenn weder Mataan noch Nasiiba zu Haus wären.

Er versprach es ihr.

Aw-Cumars Laden war eine kleine Kammer, durchzogen von Holzregalen, die von einer Wand zur anderen liefen; davor gab es eine Klapptheke, die zugleich als Tisch wie als Barriere diente. Bohnen, Mais und Salz waren sichtbar in flachen Behältern ausgelegt. Die Theke reichte Duniya bis an den Nabel. Es war heute niemand im Geschäft, und sie fragte sich, wo Aw-Cumar sein könnte.

Dann hörte sie ein Gebetsflüstern, eine Klangfolge, die Muslimen auf der ganzen Welt vertraut ist und hauptsächlich aus einem Strom von S-Alliterationen besteht, Teil der ›Bismillaahis‹, ohne die Gebete als frevlerisch gelten. Aus Versehen lehnte sie sich gegen ein baufälliges Gestell, in dessen Holzrahmen Aw-Cumar Nägel eingeschlagen hatte, um müßige Plauderer davon abzuhalten, den Ellbogen aufzustützen, während sie vom Leder zogen und seine Zeit vergeudeten. Duniya stieß einen leisen Schmerzensschrei aus, als die Nägel sie stachen, und sie hoffte, sie hätte Aw-Cumar nicht irritiert.

Sie merkte einen Augenblick später, daß dies doch der Fall

war. Er tauchte hinter der Theke auf und gab eine Salve koranischer Segnungen von sich. Als er sich zu voller Größe aufrichtete, maß er kaum einen Meter fünfzig. Duniya gab nicht gleich etwas von sich, weil sie erst den Schwall der Gebetskonsonanten aufeinanderprallen und im Finale einer arabischen Kakophonie explodieren lassen wollte, wobei sie das Lächeln registrierte, das sein freundliches Gesicht umspielte. Die islamische Etikette verlangte, daß eine Frau nicht in Körperkontakt mit einem Mann kommen sollte, der noch in Zwiesprache mit seinem Schöpfer ist, weil Frauen als unrein galten. Sie verharrte und wartete.
Er grüßte sie mehrmals, allerdings aus sittsamer Entfernung. Bald darauf sagte er: »Bitte nimm mein verspätetes Beileid für das vorzeitige Ableben des Findlings entgegen. Möge Allahs Segen auf deinem Haus bleiben, Amen!«
Sie wußte nicht, warum sie sich lächerlich vorkam, aber es war so. Doch sie dankte ihm.
Er stieß noch etliche Salven aus, berührte dann sein Gesicht mit den Zeigefingern; kurz darauf fuhren seine gekrümmten Hände zum Kinn hinunter, während er die ganze Zeit weiter betete, die Lippen beständig mit dem Buchstaben S beschäftigt, dem eine Anzahl arabischer Kehllaute auf den Fersen folgte. Endlich streckte Aw-Cumar die Hand aus, eine Hand, die weich und von außergewöhnlicher Rundheit war, keine Gelenke, keine Knorpel oder Knochen. Tatsächlich gab er sein ganzes Handgelenk her, als wollte er von ihr, daß sie es eine Weile behielte, während er sich mit etwas anderem beschäftigte, das lukrativer war als ein Handschlag. Duniya sagte sich, daß er einen Armreif aus zusätzlichem Fleisch über dem hatte, was einmal ein Handgelenk gewesen sein mochte. Und kreisförmige Fingernägel. »Was kann ich für dich tun?« sagte er, die Hand in ihrer, so als wollte er sie nicht mehr zurückhaben.
»Ich bin hergekommen, um meine Aufwartung zu machen, da ich schon lange nicht mehr vorbeigeschaut habe,

und auch, um meinen Kontostand herauszufinden«, sagte sie.

»Das ist sehr nett von dir«, erwiderte er.

Inzwischen glitt Duniyas Blick an ihm vorbei, um die Ladeneinrichtung in sich aufzunehmen. In dieser Zeit von galoppierender Inflation, Hungersnot, Devisenbeschränkung und korrupten Marktgeschäften legten Läden wie der von Aw-Cumar zwei gegensätzliche Einstellungen gegenüber ihren Kunden an den Tag. Da gab es diejenigen, die mit besonderem Wohlwollen behandelt wurden und denen schwererhältliche Waren verkauft wurden. Und da gab es diejenigen, denen leere Regale gezeigt wurden, denen der Ladenbesitzer kopfschüttelnd sagte, daß der und der Artikel auf dem Markt schon seit Monaten oder Jahren, je nachdem, was glaubhafter war, nicht mehr erhältlich gewesen sei. Duniya gehörte zu der Kategorie von Kunden, die bevorzugt wurden. Noch dazu war Aw-Cumar den Zwillingen zugetan, besonders Nasiiba, mit der er oft zu tun hatte, deren Stimmungen er lesen konnte und von der er gelegentlich einige von Duniyas US-Dollars zu einem Freundschaftskurs kaufte.

»Hast du Zucker?« sagte sie.

Er sagte weder ja noch nein, sondern »Noch etwas?«, während er ganz in Gedanken versunken war, vielleicht noch betete. Sie blickte auf die unausgefüllten Regale in der Hoffnung, daß deren Leere sie inspirierte. »Wie steht es mit Reis?«

Doch dann schwiegen beide, als eine Nachbarin, eindeutig keine von Aw-Cumars bevorzugten Kundinnen, hereinkam und fragte, ob es irgendwie möglich sei, ihr ein halbes Pfund Zucker für jede Summe, die er zu nennen beliebte, zu verkaufen. Aw-Cumar schüttelte den Kopf mit schauspielerischer Kümmernis und sagte: »Ich fürchte, ich habe keinen Zucker, nicht einmal für den hauseigenen Gebrauch.«

Als die Kundin schon einige Minuten verschwunden war, rief Aw-Cumar eine seiner Töchter, die durch die hintere Tür hereineilte, aus dem inneren Wohnbereich auf der Rückseite des Ladens kommend, einem hoch geschätzten Besitz, der zum Laden gehörte. Die Hand des Vaters lag auf der Stoppelfrisur des kleinen Mädchens, als er sich Duniya mit der Frage zuwandte: »Wieviel Zucker und wieviel Kilo Reis möchtest du?«

»Drei Kilo Zucker, oder ist das zuviel verlangt?« zögerte sie.

»Fünf?«

»Also gut, fünf.«

»Und drei Kilo Reis, vom besten, aus China importiert?«

»Ja, gerne«, sagte sie.

Er stand einfach da, wartete darauf, daß sie alles bestellte, was ihr Herz begehrte.

»Möchtest du etwas Mehl?« wollte er von ihr wissen, als ihr keine Bestellungen einfielen.

»Hast du Mehl?«

»Reichen zehn Kilo?«

»Danke«, sagte sie.

»Möchtest du noch ein Kilo Rosinen?«

»Manchmal wundere ich mich, warum du so nett zu mir bist.«

»Du bist nett gewesen, warst die Mutter eines ausgesetzten Säuglings«, sagte er und fuhr nach einer Pause fort: »Und glaub nur nicht, mir danken zu müssen, denn was ich habe, gehört dir, und wenn mir selbst die Vorräte ausgehen, dann ist eben nichts zu machen.« Er kritzelte etwas auf einen Zettel, gab ihn seiner Tochter, deren Stoppelhaare er weiter festhielt, während er sagte: »Bring das deiner Stiefmutter und hole das her, was da draufsteht, ja?« Aber er wollte das Mädchen nicht loslassen, bevor er nicht darauf bestanden hatte, daß ihn Duniya womöglich noch um das Universum bitten sollte, das er, Aw-Cumar, ihr direkt von seiner

Theke vorsetzen würde, Himmel, Hölle und alles inbegriffen.
»Das ist vorerst alles, danke«, stammelte sie.
Und das Mädchen rannte mit einem Kreischen kindlicher Ausgelassenheit durch die hintere Tür aus dem Laden. Es kamen wiederholte Wutschreie, als sie das Himmel-und-Hölle-Spiel ihrer Schwestern unterbrach.
»Darf ich bitte mal das Kontobuch sehen?« sagte Duniya.
Aw-Cumar öffnete und schloß auf der Suche danach eine Reihe von Schubladen. Duniya fiel ein peinlicher Vorfall ein, als Mataan, von den rechnerischen Fähigkeiten begeistert, auf die er so stolz war, es auf sich genommen hatte, die Aufrechnung von Duniyas Schulden zu erledigen, wobei er eine häßliche Diskrepanz entdeckte. Das verursachte sowohl Aw-Cumar als auch Duniya großen Kummer, und er schwor, er habe es nicht absichtlich getan. Seitdem war vereinbart, daß Nasiiba und sonst niemand jede Summe, die Aw-Cumar geschuldet wurde, in das Kontobuch eintragen sollte.
»Hier«, sagte er nun und gab ihr das Kontobuch.
Die ihm geschuldete Summe war in Nasiibas Schrift in dieses Übungsheft eingetragen, von dem ein Deckblatt schon abgerissen war. Wie eine in einer halbzerbrochenen Angel hängende Tür wurde das andere Deckblatt mehr oder weniger nur durch die Klauen zusätzlich seitlich eingedrückter Heftklammern zusammengehalten. Nasiiba hatte mit Tinte die Worte »Duniya & Familie: Konto« hingeschrieben.
Als Duniya die Seiten aufblätterte, entdeckte sie, daß alle Rechnungen von Nasiiba vor einer Woche beglichen worden waren. Duniyas Blick war verstört, da sie befürchtete, hinter dem Geld in der iranischen islamischen Zeitschrift könnte eine schlimme Geschichte stecken.
Aw-Cumar sagte: »Beunruhigt dich etwas?«
»Nein, nichts.«

»Bitte sag es mir, was dich stört, denn ich sehe doch, daß deine Augen vor Befangenheit erblassen«, sagte er. »Ich möchte dir versichern, daß dein Kontobuch so sauber ist wie die Schieferplatten eines Heiligen beim Letzten Gericht, nirgendwo ein einziger Fleck.«

Aus dem Stegreif sagte Duniya: »Ich bin hergekommen, um eine traurige Mitteilung zu machen.«

»Oh?«

»Wir ziehen aus dem Viertel weg.«

Aw-Cumars Miene zeigte echten Kummer. »Wir werden euch aber vermissen!«

»Die Kinder und ich werden dich auch vermissen.«

Er war ein überaus diskreter Mann. Duniya vermutete, daß Aw-Cumar in den Klatsch eingeweiht war, der im Viertel von einem reichen, aus den USA zurückgekehrten Somali kursierte, der in »unsere Hebamme« vernarrt war. Aber er machte keine Anspielung darauf, nicht einmal, als er sich erkundigte, ob sie wüßten, wohin sie ziehen würden.

Als Aw-Cumars Tochter Duniyas Lebensmittel in einer großen Tragetasche mit Zigarettenwerbung hereinbrachte, fragte Duniya: »Wieviel schulden wir dir für dieses gesegnete Manna aus dem Himmel deiner Güte?«

Seine Lippen zitterten von den Zahlen, die er augenblicklich auf Papier übertrug; schließlich rechnete er die Zahlen im Kopf zusammen und nannte ihr die Summe. Duniya trug sie ins Übungsheft ein und zeichnete sie ab.

Sie fühlte sich unbehaglich, weil sie ihn angelogen hatte. Schließlich war sie nicht in der Absicht gekommen, um Lebensmittel zu kaufen, sondern nur, um einen Blick in das Kontobuch zu werfen. War sie deshalb geschwätzig geworden? Und warum war sie nicht gleich nach dem Erhalt ihrer Lebensmittel weggegangen? »Mein Bruder Abshir wird uns bald besuchen, und wir sind sehr aufgeregt bei dem Gedanken daran und freuen uns, ihn willkommen zu heißen«, plapperte sie los.

»Wie lang ist es her, seit er das letzte Mal in Mogadischu war?« Er erweckte den Eindruck, als würde er von jemandem reden, den er kannte. Vielleicht fiel ihm ein, wie oft Abshirs Name in Duniyas oder Nasiibas Gesprächen beiläufig auftauchte, insbesondere im Hinblick auf ihre Versorgung mit Fremdwährung, da er die Hauptquelle war.

»Lange bevor die Zwillinge geboren wurden«, sagte sie.

Aw-Cumar war ein sehr freundlicher Mann. »Ich möchte gerne seine Bekanntschaft machen, obgleich er die ganzen Jahre für mich nur ein Name gewesen ist«, sagte er.

Aw-Cumars Tochter rannte davon, um den anderen, die noch so etwas wie Himmel-und-Hölle spielten, die Neuigkeit zu unterbreiten, daß Nasiibas Mutter aus dem Viertel ziehen würde. Einen Augenblick später hastete ein weiteres Mädchen aus ihrem Versteck mit der aufregenden Nachricht, daß Nasiibas Onkel bald nach Mogadischu kommen würde. Das alles zerrte an Duniyas Emotionen, und ihre Kehle füllte sich mit Tränen, was wiederum ihre Stimme heiser machte. »Ich danke dir sehr, Aw-Cumar«, wiederholte sie, kaum fähig, ein Wort ohne Pause herauszubringen.

»Bitte ziehe nicht aus dem Viertel weg, ohne uns deine neue Adresse bekanntzugeben; wir wollen mit dir und deinen Kindern, die wir schrecklich gern haben, in Kontakt bleiben«, sagte er.

Sie versprach, sie würde nicht umziehen, ohne ihn davon zu informieren.

Beim Betreten ihrer Wohnung, die weniger als hundert Meter entfernt war, rief Duniya »*Hudi-hudi*« und war ausgesprochen erfreut, als sie Bosaasos »Herein« hörte. Er kam ihr bis zum Tor entgegen und half ihr, die Vorräte hereinzutragen. Dann sagte er besorgt: »Ich muß Nasiiba und Yarey abholen.«

»Und wo sind die?« sagte sie in der Hoffnung, er würde es ihr aus Geistesabwesenheit verraten.

»Frag sie selbst, wenn sie zurück sind«, versteifte er sich.
»Du weißt, das werde ich nicht«, sagte sie.
»Na gut«, sagte er, »aber ich werde es dir nicht sagen.«
Sie hatte das sonderbare Gefühl, daß sie in Bosaasos Wohnung waren und etwas auf seinem Videorecorder anschauten. Ein feindseliger Ausdruck umwölkte kurz ihre Züge. Dann sagte sie sich, sie sollte mal ein ernstes Gespräch mit Nasiiba führen. Schließlich wollte Duniya ihr Haus vor Abshirs Ankunft in Ordnung bringen, und davor mußte sie sich wegen Bosaaso Klarheit verschaffen.
»Also bis bald«, sagte sie und verabschiedete ihn so.
Und schon war er weg.

Das Essen an diesem Abend war nichts Besonderes: rote Bohnen mit Reis, ein gewöhnliches Mahl, Mogadischus Standardabendessen. Nur Nasiibas Knoblauchsoße hellte alles auf, gab dem Essen einen schärferen Geschmack. Duniya wünschte sich, sie hätte die Mahlzeit interessanter gemacht, und sei es nur wegen Bosaaso. Zweifellos schätzte sie seine Bereitschaft, alles anzunehmen, was sie aßen. Wirklich sehr bescheiden von ihm.
Sobald sie gegessen hatten, entschuldigte sich Mataan mit den Worten, er müsse noch Hausaufgaben machen. Er ging in sein Zimmer, machte die Tür zu und blieb still, arbeitete vielleicht, vielleicht auch nicht. Yarey gähnte in einem fort, sie war gelangweilt und müde. Aber Nasiiba und Bosaaso wollten reden. Es war so, als hätten sie vor, die Welt durch ihr Geschnatter von den derzeitigen Krisen wie Bürgerkriegen, Hungersnöten und intellektuellem Bankrott zu retten.
Duniya stand auf, zum Gehen bereit. Bosaaso schaute ehrerbietig von Nasiiba zu Duniya und zurück und wußte nicht, wie er sich verhalten sollte. »Du mußt nicht gehen. Laß sie. Sie schreibt einen Brief an ihren Bruder Abshir«, sagte Nasiiba.

Weder Duniya noch Bosaaso fiel eine Zeitlang etwas zu sagen ein.
»Also dann hole ich dich morgen früh ab«, bot er an.
»Das ist nicht nötig«, sagte sie.
Er sah besorgt aus. »Gehst du nicht zur Arbeit?« fragte Nasiiba.
»Ich habe eine alternative Fahrgelegenheit arrangiert«, sagte sie in geheimnisvollem Ton.
Er war verzweifelt, als er sagte: »Wirst du morgen nachmittag nicht deine zweite Fahrstunde nehmen?«
»Ja, aber erst, nachdem Nasiiba und ich auf Wohnungssuche waren.«
»Wie aufregend, Mami, nach einer Wohnung zu suchen.«
»Kann ich mitkommen, Duniya?« fragte Yarey.
»Dann gute Nacht«, sagte Duniya zu Bosaaso.
»Gute Nacht.«
Und zu Yarey: »Komm, meine Allerliebste. Komm mit mir, wenn es dich langweilt.«
Als sie allein waren, redeten Nasiiba und Bosaaso unentwegt, wohingegen Yarey in dem Augenblick einschlief, als ihr Kopf das Kopfkissen berührte. Duniya las eine Weile und schrieb dann ihrem Bruder Abshir einen Brief.

Mein lieber Bruder:
Ich schreibe Dir in Eile, weil Dr. Mire mir gesagt hat, daß Du vorhast, mir und meinen Kindern einen lang erwarteten Besuch abzustatten. Ich kann Dir gar nicht sagen, wie es mich freut, Dich zu empfangen, Dich mit der aufgestauten Liebe zu begrüßen, die ich seit Jahren für dich gehortet habe.
Während ich dies niederschreibe, höre ich Nasiibas und Bosaasos Gespräch über mythische und religiöse Spannungen, die im Begriff der »Rückkehr« mitschwingen, und denke an Dich und wie sehr ich Dich vermißt habe und wie ich mich nach dem Tag sehne, an dem wir

wieder zusammen sind, um unser Glück und unseren Schmerz zu teilen.

Du wirst mich als veränderte Frau vorfinden. Ein Brief wie dieser kann Dir nicht viel sagen. Aber ich freue mich, Dir alles persönlich zu erzählen. Bitte, bitte, bitte, schicke ein Telegramm zu meinen Händen an die Klinik, wo ich zu erreichen bin, um mir Abflugzeit von Rom und Ankunftszeit hier mitzuteilen, damit wir Dich vom Flughafen abholen können.

Ich habe versprechen müssen, Dich darum zu bitten, besondere Geschenke für Deine Nichten und Deinen Neffen mitzubringen. Im Anhang findest Du eine Liste von Nasiiba – aber Du mußt sie nicht unbedingt beachten.

Deine Dich liebende Schwester

Duniya

Vor lauter Unruhe konnte Duniya nicht einschlafen. Nasiiba und Bosaaso redeten etliche Stunden später immer noch miteinander. Woraufhin Duniya nach Nasiiba rief, damit sie den Brief an Abshir abhole und ihn Bosaaso gebe, der jemanden kannte, der am nächsten Nachmittag nach Rom flog. Bosaaso sah dies als versteckte Aufforderung, daß es Zeit war, zu gehen, was er auch tat.

Die Nacht hallte von seinen und Nasiibas guten Wünschen zur Nacht wider.

14

Duniya wird von Mataan auf einem geborgten Motorroller zur Arbeit gefahren. Später am Tag begibt sich Duniya vor ihrer Fahrstunde auf Wohnungssuche und geht deshalb zu Fariidas Schwester Miski.

Eine Frau Mitte Dreißig betrachtet einen Sonnenuntergang in einer Traumumgebung. Eine jüngere Frau, vermutlich ihre Tochter, taucht aus dem Nichts auf und versperrt ihr die Sicht. Die ältere Frau dreht sich einfach um, als wäre sie uninteressiert, und nun verweilt ihr Blick auf etlichen verstreuten Abendwolken, die in die Dunkelheit ziehen.

Mataan hatte einen wunderschönen Mund, der oft offenstand. Sein Schweigen erstreckte sich über eine lange Zeit wie eine unendliche Straße, gerade, ohne Kurven, aber überhaupt nicht trostlos. Er verstand es gut, sich mit weisem Schweigen zu umgeben und in seinen Augen eine bemerkenswerte Ausdruckslosigkeit aufscheinen zu lassen. Es verlockte einen, ihm unter vier Augen etwas dazu zu sagen. Scheu, still, groß und dürr, wie er war, mit leicht geöffnetem Mund ähnlich einer von Zugluft aufgestoßenen Tür konnte sich Mataan auf eine Warze im Gesicht von jemandem konzentrieren, wobei er nichts sagte und geduldig blieb. Mehr als seine Einzeiler blieb sein Schweigen in Erinnerung.
In den Pausen seiner Zwillingsschwester waren uneinsehbare Kurven, und wer in sie geriet, mußte sich darauf gefaßt machen, aus dem Hinterhalt überfallen zu werden. Auf diese Art versuchte Duniya ihre verschiedenen Einstellungen zu den stillen Momenten ihrer Kinder zu erklären.
Mataan sagte nun: »Ich habe mir einen Motorroller ausge-

liehen, Mutter, und kann dich zur Arbeit fahren. Mein Unterricht beginnt erst um halb elf.«
Sie hatte gehört, wie er bei Tagesanbruch das Haus verließ, vielleicht, um den Roller bei seinem Besitzer abzuholen. Höchstwahrscheinlich hatte er beschlossen, ihn auszuleihen, nachdem er ihr Gespräch mit Bosaaso am Vorabend mitgehört hatte, in dem sie davon sprach, sie hätte eine Alternative vereinbart, um zur Arbeit zu kommen.
»Wem gehört dieser Motorroller, Mataan?« fragte sie.
»Er gehört dem Cousin einer Freundin, Mutter«, sagte er.
Ohne großen geistigen Aufwand kam sie zu dem Schluß, daß die Vespa Waris' Cousin gehörte – Waris, Mataans Freundin. Und obwohl er außerhalb von Duniyas Blickfeld stand, wußte sie, daß er bündelweise Nerven schluckte. Nasiiba und Yarey waren für eine Viertelstunde duschen gegangen, und in der Zwischenzeit war Mataan hergekommen, um die Mitfahrgelegenheit anzubieten, da er wußte, daß seine Zwillingsschwester seine Geste nicht gutheißen würde. »Komm näher, damit ich dich sehen kann«, verlangte Duniya, und als er es tat, sagt sie: »Ich möchte mich nicht in deine Privatangelegenheiten einmischen, aber hältst du es für klug von mir, Bosaasos Angebot auszuschlagen, nur damit du von jemandem einen Motorroller ausleihst, um mich zur Arbeit zu bringen?« In der Zwischenzeit hüllte sie sich in ein Bettuch.
Er sagte demütig: »Ich weiß nicht«, und erwiderte zum ersten Mal ihren Blick.
»Wem gehört er wirklich?«
»Der Roller gehört einem älteren Mann, der sich gern mein Fahrrad borgt, um fit zu bleiben. Ich gehe selten auf sein Tauschangebot ein, Mutter.«
»Ich möchte nicht, daß du wegen mir Sachen ausleihst«, sagte Duniya.
Er schaute weg. Nach einer Weile drehte er sich wieder her,

und ihr Blick fiel auf sein junges Gesicht. Dabei kam ihr ein Gedanke in den Sinn, einer, den sie sich nicht erklären konnte: Daß Mataan wie ein Sohn aussah. Wohingegen Nasiiba sie an eine junge Frau erinnerte, die eines Tages wohl eine Mutter werden würde. Mataan jedoch hatte das Aussehen eines stämmigen jungen Baums, fest und standhaft wie der junge Sohn von jemandem. Um als »Mataan, ein Sohn!« bezeichnet zu werden wie die Kleiderpuppe eines Schneiders, an der ein Preisschild hängt. Duniya kam zu dem Schluß, daß er sicherlich am Ende eine Frau heiraten würde, die älter war als er.
»Wieviel kostet ein neuer Motorroller?« fragte sie.
»Die gibt's nicht zu kaufen wegen der Devisenbeschränkungen.«
»Wieviel mußt du für einen guten gebrauchten blechen?«
Er schwieg erst, dann sagte er: »Schauen wir uns erst mal nach einer neuen Wohnung um.«
Nasiiba und Yarey waren aufgetaucht, deshalb widmeten sich Duniya und Mataan den Neuankömmlingen. Yarey war in mitteilsamer Laune. Sie sagte: »Du mußt dir einen italienischen Film anschauen, der ›Der Holzschuhbaum‹ heißt. Nasiiba und ich haben ihn gestern gesehen, und er hat uns gefallen, nicht wahr, Naasi?«
Duniya erriet, daß Nasiiba Yarey ihr Verslein eingetrichtert hatte und dieses bis zum letzten Komma, Frage- und Ausrufezeichen einstudiert war. Mataan war der gleichen Auffassung.
Dann redete Yarey weiter: »Und du mußt das große Haus anschauen, in dem Bosaaso ganz allein lebt, Duniya, und ein großer Garten, eine ganz große Küche, größer als die Wohnung für uns alle vier.«
Mataan verschwand hastig, was Nasiiba verstörte. »Wovon hat er gesprochen, Mami?« wollte sie wissen.
Um einer frühmorgendlichen Auseinandersetzung der Zwillinge auszuweichen, trieb Duniya Nasiiba zur Eile an,

denn es sei unhöflich, das Taxi länger als absolut notwendig warten zu lassen.
Nasiiba war so aufgelegt, daß sie den Rat ihrer Mutter ignorierte und deshalb ihre Frage wiederholte: »Wovon hat er gesprochen?«
»Mataan hat sich einen Motorroller ausgeborgt, um mich zur Arbeit zu fahren«, entgegnete Duniya und bedauerte ihre Worte in dem Augenblick, in dem sie von ihren Lippen kamen.
Nasiiba hatte nur verächtliche Worte für den Mann übrig, dem die Vespa gehörte, und sagte: »Weißt du, was die Leute sagen?«
»Nein, was sagen sie denn?«
»Der Mann sei ein Homosexueller, ein alter Mann um die Fünfzig, der sich gern mit jungen Knaben umgibt. Hat Mataan dir das gesagt?«
Es entstand jenes klischeehafte Schweigen, zu dem die berühmte fallende Stecknadel gehört.
Die Auseinandersetzung wurde durch die Ankunft des Taxis abgeschnitten, das Nasiiba und Yarey zu ihren Schulen bringen sollte. Nasiiba öffnete die Fenster zur Straße und rief dem Mann, den sie Axmad nannte, etwas zu. Derweil schlüpften sie und Yarey in ihre Schuluniformen und ermahnten einander, schnell zu machen. »Denk dran, daß wir heute nachmittag auf Wohnungssuche gehen«, sage Duniya zu Nasiiba.
»Schon gut«, ahmte Nasiiba eine amerikanische Filmdiva nach, die aus einem Zimmer stürmt.

Mataan und Duniya frühstückten zusammen, wobei Mataan Omeletts und Tee machte, die Tabletts wegbrachte und auch das Geschirr spülte, sogar das seiner Schwestern. Duniya war sich nicht klar darüber, ob sie ihr Haar bedeckt oder unbedeckt tragen sollte. Wenn sie auf einem Motorroller und nicht in einem Auto war, würde ihr Haar dann nicht völlig zerzaust sein und konfus herumwedeln wie die Hände einer ertrinkenden Schwimmerin? Da sie an ihre Sicherheit dachte (sie dachte tatsächlich an Sicherheitsgurte und zugleich an Bosaaso), fragte sie sich, ob es möglich wäre, in so kurzer Zeit noch Helme aufzutreiben. Aber es war zu spät, um sich auch noch darum zu kümmern.

»Sag mir, magst du Bosaaso?« fragte sie Mataan.

Mataan zögerte, sagte aber dann: »Ich mag ihn – echt.«

»Was magst du an ihm?«

»Ich fühle mich wohl bei ihm.«

»Wohl in welchem Sinn?« Er schien Schwierigkeiten mit seinen Worten zu haben, stolperte – jeder Konsonant erwies sich als Hürde. Seine braunen Augen wurden noch dunkler.

Sie hatte eigentlich schon aufgegeben, von ihm eine Antwort zu bekommen, und fragte deshalb: »Magst du ihn so sehr, wie du Taariq gemocht hast, als du noch viel kleiner warst?« Sie kam sich dumm dabei vor.

»Zufällig habe ich immer lieber Freunde, die älter sind als ich, und Bosaaso ist ein Mann, dessen Freundschaft ich gerne pflegen würde, jemand, dessen Bildung mich anspornen würde. Ich bedaure meine Vertrautheit mit Taariq nicht und verspüre ihm gegenüber keine Abneigung.«

»Was würdest du machen, wenn du ich wärst?«

Sein Kopf schoß nach vorn, als spürte er eine Waffe in seinem Nacken. »In welcher Hinsicht, Mutter?«

»Würdest du ihn heiraten?«

Mataans Zunge war aktiv, aber nicht in einem Sprechakt, sondern in der Erkundung der Mundhöhle, als würde sie dort ein Stichwort finden. »So wie ich dich kenne, Mutter«, sagte er schließlich, »wirst du dich für das eine oder das andere nach spontaner Eingebung entscheiden. Also weiß ich nicht, was ich sagen soll.«

Irgendwo im Labyrinth von Duniyas Verstand war eine

Sackgasse. Sie sagte: »Die Leute meinen, ich wäre hinter seinem Geld her.«
»Leute sagen alles mögliche«, gab er zurück.
»Macht dir das nichts aus?«
Seine Lippen stülpten sich hübsch nach vorn, als er darüber nachdachte. Er meinte: »Ich möchte nicht respektlos sein, aber was hat Bosaaso in finanzieller Hinsicht, dem du hinterhersein könntest, eine Green Card oder Besitztümer? Ich bezweifle sehr, daß sein Einkommen höher als das von Onkel Abshir ist, der bereit wäre, dir alles zu geben, was du brauchst, und alle deine Erziehungsausgaben überall auf der Welt begleichen würde.«
»Dennoch, die Leute haben ein loses Mundwerk und verbreiten üblen Klatsch.«
»Ich an deiner Stelle würde mir keine Sorgen machen«, sagte er. »Sie sagen schlimme Sachen über den Mann, von dem ich mir den Roller geborgt hab. Es ist seine Angelegenheit, wenn er homosexuell ist; wieso sie sich wegen seiner geschlechtlichen Vorlieben aufregen, weiß ich nicht. Einige Leute sagen unfeine Dinge über Waris wegen unseres Altersunterschieds.« Seine Lippen könnten die eines Kleinkinds sein, das gerade gestillt worden war, jedoch nicht genug.
»Du liebst sie, nicht wahr?«
Ein offener Mund ist wie eine offene Tür, lädt zum Hineinschauen ein. Mataan hatte wunderschöne Zähne mit einer Lücke in der Mitte der oberen Reihe. Frauen versäumten es nie, etwas über seinen *fanax* zu sagen, und wünschten, Nasiiba hätte ihn, denn nach allgemeiner Ansicht sehen Mädchen mit Zahnlücken hübscher aus. Ein derartig gutes Aussehen ist ein Vorzug, der den Frauen die Aufmerksamkeit von Männern und die Heirat gewährleistet. Doch Nasiiba erwiderte immer: Wer will denn überhaupt heiraten?
»Du mußt meine Frage nicht beantworten«, sagte Duniya.

Das sollte ihn anstacheln, da sie wußte, daß er ihren Nachforschungen gegenüber empfänglich war. »Ich glaube, ich bin in sie verliebt, ja«, sagte er und fühlte sich augenblicklich unwohl.

»Sollen wir los?« fragte sie.

Er stand auf, groß, schlank und scheu. »Bist du bereit?«

Auch sie erhob sich. Sie fühlte sich unbehaglich in der Hose, die sie anhatte, da ihr vorstehender Nabelbereich sie irritierte. Aber sie würde jetzt kein Kleid oder ihre Uniform anziehen, die sie in ihre Tasche gestopft hatte; beides wäre auf einem Roller ungünstig. Mataan wartete bei der Vespa auf sie, bescheiden wie die stumpfen, braunen und anspruchslos grauen Farben, die er mochte.

»Also los«, sagte er und trat auf den Kickstarter.

Duniya setzte sich im Damensitz drauf. Zum ersten Mal fuhr sie auf einem Motorroller mit, und das ängstigte sie. Mataan mußte zwei- oder dreimal anhalten, um ihr einzuschärfen, daß es wichtig sei, ihre Körperbalance zu koordinieren, sonst könnten sie stürzen und sich verletzen. »Er ist wie ein Boot mit Außenbordmotor«, sagte er und wiederholte damit, was der Besitzer ihm erzählt hatte. Doch Duniya hatte keine Ahnung, wovon er redete, da sie noch nie in so etwas gewesen war.

Jedenfalls genoß sie die Fahrt, sobald sie unterwegs waren. Der Wind blies ihr ins Gesicht, ihre Ohren füllten sich mit Luft, und ihr Kopf war von allen sorgenvollen Gedanken leergefegt, es blieb nur die neue, angenehme Empfindung, auf einem Roller zu sitzen und keine Angst mehr zu haben. Es war wie eine neugefundene Freiheit. Sie fühlte sich leicht. Zu beiden Seiten der Straßen waren Menschen aufgereiht, die ewig auf Busse warteten, die nie kamen. Sie empfand es so, als seien diese Leute hergekommen, um ihnen beiden beim Vorbeifahren zuzuwinken wie der Autokolonne des Präsidenten, die überschwenglich bejubelt wird.

Die Erfahrung hatte aber auch etwas Beängstigendes. Der Himmel war aus den Fugen, und die Erde erschien entweder zu weit unten oder zu nah an ihren Füßen, die herunterhingen und sie beinahe berührten. Es schien viel mehr Schlaglöcher zu geben, als sie von den Fahrten in Bosaasos Auto in Erinnerung hatte. Andererseits waren sie schon weit voraus zu erspähen und konnten umfahren werden. Duniyas Augen waren aktiv und nahmen einzelne Details an der Kleidung der Menschen auf. »Ich fühle mich toll«, schrie Duniya. »Es fühlt sich toll an.«

»Was?« rief Mataan zurück.

Sie wiederholte, was sie gesagt hatte, und fügte hinzu: »Wir müssen uns einen Roller kaufen.« Er zeigte keine Reaktion; vielleicht hatte er ihren Vorschlag nicht gehört.

Ihre Flanken taten ihr allmählich weh, und ihre Muskeln verkrampften sich schmerzhaft, weil sie sich ungeschickt hingesetzt hatte, so wie eine Person, die ihren Leib von einer anderen Person fernhält, die sich mit ihr auf engem Raum befindet. Dessenungeachtet machte es entschieden mehr Spaß als die Demütigung, in der Nähe von jemand zu sein, den sie nicht kannte. In anderer Hinsicht war sie froh, Bosaaso gegenüber darauf verweisen zu können, daß sie andere Möglichkeiten hatte, zur Arbeit zu kommen, nicht vollkommen auf seinen guten Willen und seine netten Gesten angewiesen zu sein, besten Dank.

»Schau dir die an«, sagte Duniya.

Er wurde langsamer und fragte: »Wen soll ich anschauen?«

»Schau dir die dort an, wie sie in diesen vorzüglich geschneiderten Kleidern stecken!« Und sie deutete auf die Frauen und Männer zu beiden Seiten der Straße, potentielle Fahrgäste von Bussen, die nie kamen, die den Daumen für Autos hoben, die sie nie mitnahmen. »Ich frage mich, ob sie zu einer Hochzeit oder zu einer Feier in ihrem Büro unterwegs sind. Wie können sie so sorgfältig auf ihr Äußeres achten, wenn sie keinen Pfennig haben?« Die Rippen

taten ihr von ihrem langen Schreien weh, ihrer Lunge ging der Atem aus. Sie verstummte kurz, dann fuhr sie wieder fort: »Sowohl als Einzelpersonen wie auch auf Regierungsebene neigen wir Somalis, besser noch, wir Afrikaner, dazu, über unsere Verhältnisse zu leben.«
Sie fuhren schweigend weiter, bis sie den Klinikeingang erreichten. Sie stieg ab, froh, daß die Reise zu Ende war. Die Füße waren taub geworden, doch ihr übriger Körper fühlte sich leicht an, als wäre sie gerade die Gangway eines Flugzeugs herabgestiegen. Mataan bockte den Roller auf und stieg ab, um ihr die Handtasche zu geben, doch seine Schultasche blieb über die Lenkstange geschlungen.
Kaum in der Lage, ihre eigene Stimme zu hören, sagte sie: »Ich möchte, daß du dreihundertfünfzig US-Dollar für mich wechselst, mein lieber Mataan.« Damit überreichte sie ihm sieben Fünfzigdollarscheine, während ihr alles wieder einfiel, was in den vorigen Tagen passiert war, darunter die Entdeckung des Findlings, ihre Begegnung mit und die aufkeimende Liebe zu Bosaaso und die Geldbündel, die sie in Nasiibas iranischer Zeitschrift verstaut gefunden hatte. »Wir werden etwas Bargeld brauchen, wenn wir heute nachmittag auf Wohnungssuche gehen, falls ein Vermieter auf einer sofortigen Anzahlung besteht. Geh nicht zu Onkel Qaasim, wenn du kannst.«
»Aber mir fällt sonst niemand ein«, gestand er.
»Hör dich um«, schlug sie vor. »Guter Kurs, sicherer Gewährsmann. Ich bin sicher, einer deiner Freunde wird einen Namen rausrücken. Schließlich ist das gutes Geld, was Nasiiba neuerdings ›Bosaaso-Geld‹ nennt.«
»Ich schau, was ich tun kann.«
Sie ging davon, nachdem sie ihm einen guten Tag gewünscht und ihm geraten hatte, auf sich aufzupassen.

Bosaaso kam, um sie nach der Arbeit abzuholen, und nach dem Austausch der üblichen Begrüßungsfloskeln schwie-

gen sie. Die Bilder, die sich in Duniyas Gemüt ergossen, wollten nicht zusammenpassen. Vielleicht hatte es mit einem nervösen Käfer in ihrer Magengrube zu tun, eine besorgte Reaktion auf den übereilten Entschluß, selbst zu kündigen. Es gab kein Zurück mehr, sie würde ausziehen und eine andere Wohnung finden müssen. Bloß wo?
Wo nur beginnen? Die Stadt Mogadischu erstreckte sich direkt vor ihren Augen, wuchs tausendmal in ihrer Größe, obwohl sie sich irgendwie einreden konnte, sich nicht so leicht entmutigen zu lassen. Es war schade, daß die Zeitungen keine Anzeigen enthielten, in denen zu vermietende kleine Wohnungen angeboten wurden, sondern nur große Villen für ausländische Einwohner der Hauptstadt, die bereit waren, ihre somalischen Vermieter in harter Währung zu bezahlen. Für Einheimische zirkulierten Meldungen über freie Wohnungen hauptsächlich über Mundpropaganda wie alle anderen Informationen in dieser stark auf das Mündliche ausgerichteten Gesellschaft.
Ihr Stolz und Selbsterhaltungsinstinkt wollten ihr zwar ausreden, Bosaaso in ihre Suche einzubeziehen. Doch sie hatte kein eigenes Verkehrsmittel, und Taxis waren unmöglich zu finden. Außerdem war er bereit, sie überallhin zu fahren. Oder war das ausbeuterisch?
Als sie dann an sich als Frau und an das weibliche Geschlecht im allgemeinen Bezug zu einem ›Daheim‹ dachte, wurde Duniya niedergeschlagen. Die Eckpfeiler ihrer Reise durchs Leben von Kindesbeinen an bis zum Erwachsenenalter bildeten verschiedene ›Stationen‹, alle im Besitz von Männern und von Männern beherrscht. War sie nicht vom Haus ihres Vaters direkt in das von Zubair gezogen? War sie nicht von Zubair gleich zu Shiriye geflohen? Es gab eine ausgeklammerte Zeit, eine kurze Phase, als sie ihre eigene Frau gewesen war und sozusagen über ihren eigenen Standort verfügt hatte, nämlich als freie Mieterin von Taariq, was aber gleich wieder aufhörte, als sie ein Ehepaar

wurden. Inzwischen fiel der omnipräsente, wohlwollende und gutmeinende Schatten ihres älteren Bruders Abshir auf jedes behelfsmäßige Bauwerk, das sie errichtete, verfolgte und protokollierte jeden ihrer Schritte: Also war Abshir eine weitere Station, ein weiterer Mann. Nun gab es Bosaaso. *Morale della storia*? Duniya war unbehaust wie so viele Frauen auf der ganzen Welt. Und als Frau war sie besitzlos.

Beim gemeinsamen Essen, bei dem sie mit niemandem sprach, nicht einmal mit Nasiiba (die heute das Essen zubereitet hatte) und auch nicht mit Yarey (die sich bemüht hatte, sie in ihr Gespräch zu ziehen), fiel Duniya wieder ein, wie oft sie die Suche nach einer eigenen Wohnung aufgeschoben hatte, weg von ihrem Halbbruder Shiriye, bei dem sie mit ihren Zwillingen praktisch in Furcht und Elend gelebt hatte. Nur dank der Fehlinformation einer Nachbarin (die, wer weiß, gar Marilyns Großmutter gewesen sein könnte) hatte sie an der falschen Tür geklopft, der von Taariq. Und er hatte Erbarmen mit einer Frau ohne Bleibe, die Zwillinge aufzuziehen hatte. Würde jemand heute mit ihr Erbarmen haben, wenn sie von einem Mann in einem so hübschen Auto gefahren wurde?

»Na, du schaust so betrübt aus. Sei ein bißchen munterer, Mami!« sagte Nasiiba.

Duniya, die ein langes Gesicht machte, erwiderte: »Nenn mir einen Grund, warum.«

Die Zwillinge tauschten Blicke aus, die schließlich an Bosaaso hängenblieben. Das entging fast niemandem, nur Yarey, die gerade damit beschäftigt war, einen Parker-Kuli zu zerlegen, der Bosaaso gehörte, wobei ihr niemand sagte, sie solle ihn nicht kaputtmachen.

Wie um das Thema einer Diskussion vorzugeben, sagte Duniya: »Die schlichte Wahrheit ist die, daß ich eine obdachlose Frau bin, das läßt sich nicht abstreiten.«

Bald war die Gruppe in ein ausführliches Gespräch verwikkelt über die Obdachlosigkeit, die laut Bosaaso ihren Ursprung in einem Mythos des vertriebenen Adam, nicht der Eva, hatte. Das wurde von Nasiiba angezweifelt, die argumentierte, daß es im Islam keinen Mythos wie den von Adams Fall gab, nur die umherziehende Gestalt eines Migranten nach dem islamischen Begriff der Hedschra, die auch interpretiert werden könne als das Verhalten eines frommen Muslims auf der Flucht vor Verfolgung. In einer idealen islamischen Gesellschaft sei die Moschee der Platz, wohin die Obdachlosen gehen.

»Aber sicher keine obdachlosen Frauen«, warf Duniya ein.

Mataan bekräftigte: »Das stimmt.«

»In einer idealen islamischen Gesellschaft ...« begann Nasiiba.

»In dem Fall gäbe es weniger obdachlose Frauen«, sagte Duniya, »womöglich wegen der vielen Frauen, die Männer als ihre Dienerinnen oder Konkubinen behalten dürfen.«

Da Bosaaso die sich aufbauende Spannung spürte, wechselte er das Thema von den Obdachlosen in islamischen Gesellschaften zu den Obdachlosen in New York, Männern und Frauen ohne eigene Bleibe, die unter Brücken auf ausgebreiteten Kartons als Matratzen schliefen. Duniya erinnerte sich, daß ihr solche Menschen in der Umgebung der Stazione Termini, des Hauptbahnhofs von Rom, gezeigt worden waren. In der Nähe war eine Piazza mit dem Namen Independenza, der Treffpunkt der Somalis und Eriträer in der italienischen Hauptstadt. Duniya fragte sich, wieso die Ausländer und die Obdachlosen in ihrem Land des wirtschaftlichen Exils sich um Abfahrts- oder Ankunftsorte versammelten. Es ließ sich nicht leugnen, daß in Mogadischu lebende Ausländer dazu neigten, unter dem geringfügigsten Vorwand zum Flughafen zu fahren, um ihre reisenden Landsleute zu begrüßen oder zu verab-

schieden. Somalis tauchten gern in großer Zahl in Fiumicino auf, dem internationalen Flughafen Roms, wenn ein Flug der Somali Airlines landete oder abflog.
In Erwiderung einer Frage von Mataan sagte Bosaaso: »Es gibt in New York mehr Obdachlose, als Mogadischu, die Hauptstadt Somalias, registrierte Einwohner hat. Die Zahl ist schockierend.«
»Die Wahrheit ist immer beschämend«, kommentierte Nasiiba.
»Tatsächlich hat es kürzlich«, fuhr Bosaaso fort, »eine Kontroverse um einen Film der Vereinten Nationen über die Obdachlosen auf der Welt gegeben. Es wird dich wahrscheinlich überraschen, wenn du erfährst, daß einige Kongreßabgeordnete und Senatoren der USA versucht haben, die öffentliche Vorführung dieser Dokumentation zu verhindern. Und ich nehme an, du hast auch von den Deckenspenden der polnischen Regierung an die Obdachlosen von New York gehört?« Dabei blickte er zu Duniya hinüber.
Duniya räumte ein, daß sie nicht davon gehört habe.
Nasiiba meldete sich vorsichtig zu Wort. »Hat nicht alles damit angefangen, daß Präsident Reagan nach der Katastrophe von Tschernobyl Dosenmilch nach Polen geschickt hat, ein Geschenk, in dem auch ein ideologischer Seitenhieb verpackt sein sollte, weil Polen es statt der Sowjetunion erhielt. Es entpuppte sich jedoch offenbar als verunglückter Scherz für Reagan, da die Milch schlecht war, als die Dosen geöffnet wurden. Als Retourkutsche – sagt mir nur, wenn ich falsch liege«, fuhr Nasiiba fort, die es genoß, im Mittelpunkt des Interesses zu stehen, »hat die polnische Regierung Decken an die Obdachlosen von New York geliefert, doch die Pakete waren zu Händen des Weißen Hauses adressiert, hahaha!«
»Und was haben die Amerikaner gemacht?« wollte Duniya wissen.
»Zeitungsschlagzeilen«, bemerkte Bosaaso, »das war alles.«

Mataan sagte: »Und doch stehen wir unter dem falschen Eindruck, daß Armut, Hunger und Obdachlosigkeit Phänomene sind, die mit Unterentwicklung, mangelnden harten Devisen und so weiter assoziiert werden. Der Gedanke ist schon beunruhigend, daß wir, wenn wir technologisch fortgeschritten sein werden, auch eine Million Obdachlose in unseren Städten haben werden.«
»Das ist tragisch«, pflichtete Duniya bei.
Die Diskussion verlagerte sich vom Besonderen ins Allgemeine, wandte sich dann wieder den speziellen wirtschaftlichen und sozialen Realitäten zu, und alle stimmten darin überein, daß die Obdachlosen meist Menschen waren, die dunkelhäutig oder arm waren, daß schwarze Frauen trotz ihrer enormen Belastungen eher Überlebenskräfte entwickelten, jedenfalls mehr als ihre männlichen Mitmenschen.
An niemanden im besonderen gewandt, fragte Mataan: »Kennt ihr den islamischen Begriff *xabs*?«
»*Xabs* wird von islamischen Gelehrten als das Recht auf Gehorsam ausgelegt«, erklärte Mataan, »obwohl das Wort die gleichen Wurzeln hat wie ein anderes, das Hausarrest bedeutet. Es geht darum, daß Frauen nicht die Wohnung ihres Mannes verlassen dürfen, ohne ihm vorher Bescheid gesagt zu haben, und jede Frau, die gegen dieses Recht verstößt, darf als rebellisch bezeichnet werden. Deshalb fallen die Wohnung, der Schleier und die Tatsache, daß Frauen nicht aus dem Haus dürfen, um, sagen wir mal, in einem Büro oder als Krankenschwester zu arbeiten, unter *xabs* – das Recht auf Gehorsam. Eine obdachlose Frau ist eine, die keinen Mann oder männlichen Verwandten hat, der ihr ein Obdach bieten kann.«
Es entstand eine kurze Pause, die Duniya nutzte, um laut zu fragen, ob Yarey, die eingeschlafen war, nicht ins Bett gebracht werden sollte, wo sie es bequemer hätte. Bei der Erwähnung ihres Namens erhob sich Yareys Kopf wie der

eines Kleinkinds, das noch nicht sprechen gelernt hat, aber auf die Erwähnung seines Namens im Gespräch reagiert.
»Wirst du nie müde, Nasiiba«, sagte sie, »du redest und redest und redest?«
»Ich hab nicht geredet«, verteidigte sich Nasiiba.
»Als ich eingeschlafen bin, hast du geredet, und als ich aufgewacht bin, auch noch«, sagte Yarey. »Ich glaube, du hast gesagt, du wolltest zu Miski gehen.«
Duniya blickte von Yarey zu Nasiiba. »Was ist mit Miski?«
Yarey war nun hellwach. »Naasi hat versprochen, ihr beide würdet zu Miski gehen und ihr die Liste mit den Sachen geben, die Onkel Abshir mir mitbringen soll.«
»Was soll das alles?« fragte Duniya Nasiiba.
»Bleib ruhig, Mami.«
»Wie kann ich das, wenn du in meiner Nähe bist!« Duniya hatte den gequälten Blick eines Hundes in einer afrikanischen Stadt, der herumtrottet und den Schwanz permanent zwischen die Hinterläufe klemmt, immer auf der Hut, beim Anblick jedes sich bewegenden Schattens davonzulaufen, da er sicher sein kann, daß jemand ihn steinigen wird.
»Der Grund, warum wir zu Miski gehen sollten, Mami«, sagte Nasiiba, »ist der, daß Miski vorhat, aus der Wohnung mit zwei Schlafzimmern, in dem sie mit Fariida gelebt hat, auszuziehen.«
Gerade als sich Duniya darauf vorbereitete, sie weiter zu befragen, hörte sie Mataan sagen, er habe vergessen, ihr den Gegenwert von dreihundertfünfzig US-Dollar in somalischen Shilling zu geben, und darauf kehrte er aus seinem Zimmer mit einer Tasche voller Scheine zurück.
Als sie in Bosaasos Auto davonfuhren, um Miski aufzusuchen, rauschten Yarey und Mataan auf der geborgten Vespa davon, um Taariq oder vielleicht auch Qaasim aufzusuchen. Nasiiba sperrte das Haus ab, als würden sie zu einem kurzen Urlaub verreisen. Duniya hatte das betrübte Ge-

fühl, daß ihre Wohnung seit dem Tod des Findlings verwaist aussah.
Miski war gerade erst nach Hause gekommen, als sie eintrafen. Sie hatte sich noch nicht einmal umgezogen. Ihr Körper roch nach Raumluftspray, ihre Wangen fühlten sich trocken an, als Duniya sie küßte. Sie freuten sich, einander zu sehen. Nasiiba ging ins Wohnzimmer voran, als die Formalitäten des Vorstellens zwischen Bosaaso und Miski erledigt waren.
Es gab einen engen Flur, dann den als Wohnzimmer genutzten Raum. Um zu den anderen beiden Zimmern zu gelangen, mußte Duniya sich nach links wenden, an einer Toilette und an einer Küche vorbei, bis sie plötzlich in einem der beiden Zimmer war. Das entsprach nicht Duniyas Vorstellungen von einer Wohnung; für jemanden, der seine jüngere Schwester besucht, wäre es ein Alptraum, hier aufzuwachen. Der arme Abshir würde sich gar nicht mehr mit den Zimmern auskennen. Vielleicht war es nicht so unpassend, sich die Wohnung mit einer Schwester zu teilen, so wie es Fariida und Miski taten. Duniya würde jedenfalls Schwierigkeiten haben, die Zwillinge davon zu überzeugen, mit dem Streiten aufzuhören.
Im Wohnzimmer wandte sich Duniya, als alle Platz genommen hatten, an Miski, die gegen Ende Zwanzig war, mittelgroß und eine eher förmliche Grundhaltung hatte, wohl eine Folge ihrer Tätigkeit als Stewardeß. Sie bemerkte jedoch, daß Miskis Mund sehr unruhig war, ihre unwillkürlichen Bewegungen ließen Duniya an ertragenen und unterdrückten Schmerz denken, der wahrscheinlich nie herausgelassen werden würde.
Miski hielt einen Zettel in der Hand, den ihr ihre jüngere Schwester Fariida hinterlassen hatte, worin stand, daß sie zum Physiotherapeuten gegangen sei und nicht wisse, wann sie zurück sein werde. Miski sah gequält aus.
Bosaaso nahm sich den Stuhl, den ihm Nasiiba anwies, ei-

nen, der von den anderen durch eine kleine Insel freien Raums getrennt war. Er fühlte sich fehl am Platz, nicht nur, weil er der Bedeutung von Fariidas Nachricht, die Miski laut vorgelesen hatte, nicht folgen konnte, sondern weil er Fariida auch nie kennengelernt hatte und keine Ahnung hatte, wer sie war.

Das Wohnzimmer roch muffig. Die Fenster waren bestimmt mindestens einen Tag lang nicht mehr geöffnet worden. Jemand hatte geraucht, achtlos Asche verstreut und die Kippen auf einem kleinen Teller hinterlassen; vielleicht hatte dieselbe Person übriggebliebenen Reis, Kartoffeln und Ketchup von demselben Teller gegessen. Der Eßtisch war von Brotkrümeln übersät; und auf der Couch, auf der Nasiiba saß, war kürzlich erst geschlafen worden, die Kissen hatten braune Schweißflecken. Überall zeigte sich ein jugendliches Durcheinander. Miski, die Duniya als ordentliche Person kannte, bereitete es sichtlich Unbehagen, von einem Fremden wie Bosaaso Besuch zu bekommen, bevor sie die Wohnung für seinen Besuch zurechtgemacht hatte.

Die anderen Erwachsenen konnten dieses Gefühl nachempfinden. Duniya erinnerte sich lebhaft an peinliche Augenblicke, wie etwa, als Mataan in Taariqs Bett gepinkelt hatte; oder die vielen Male, als Nasiiba sie in Verlegenheit gestürzt hatte; Bosaaso seinerseits dachte an den Vorfall, als Zawadis Sohn seine Zigaretten in einem Butterschälchen ausgedrückt hatte.

»Es tut uns leid, daß wir dich unangemeldet überfallen«, sagte Duniya.

»Ich bin froh, daß ihr hier seid. Ich wäre sonst zu euch gekommen«, erwiderte Miski, die etwas in ihrer Handtasche suchte.

»Bist du gerade erst heimgekommen?« fragte Bosaaso.

»Buchstäblich«, sagte Miski.

»Von wo?«

»Rom.«
»Wann bist du nach Rom abgeflogen?« fragte Nasiiba.
»Ich bin für eine Stewardeß eingesprungen, die nicht fliegen konnte«, erklärte Miski Nasiiba. »Und es wird dich freuen« – damit wandte sie sich an Duniya – »wenn du erfährst, daß ich Abshir getroffen und einen Brief von ihm dabeihabe.«
»Wie geht es ihm?« fragte Nasiiba.
»Er freut sich auf das Herkommen«, sagte Miski, die Duniya zwei Umschläge gab, der eine dicker als der andere.
»Wann wird er denn eintreffen?« wollte Duniya wissen und ließ die Umschläge ungeöffnet.
»Das steht doch alles im Brief, Mami«, sagte Nasiiba, die Duniya impulsiv beide Umschläge entriß. »Lies doch!«
Bosaaso erkundigte sich eifrig: »Aber wann soll er eintreffen?«
Duniyas Lippen zitterten wie beim Aufsagen eines Stoßgebets.
Inzwischen zählte Miski ihre Tage und Nächte und konsultierte ihre Uhr, bevor sie Bosaasos Frage beantwortete. »Ich fliege heute abend spät zurück. Das heißt, wir werden morgen nachmittag im gleichen Flugzeug sein.«
»Ich freue mich wirklich auf Abshir«, sagte Bosaaso.
Duniya starrte Nasiiba an, die voll davon eingenommen war, Onkel Abshirs Brief zu lesen. Damit sie ja nicht von jemandem dabei gestört wurde, hatte sie sich von den anderen weggesetzt wie eine Katze, die ihr Fressen nicht mit anderen teilen will.
»Du ziehst hier aus?« fragte Duniya.
»Das ist das erste Mal, daß ich davon höre. Wohin ziehe ich denn?« fragte Miski.
Duniya hoffte, Nasiiba würde etwas sagen, erklären, woher sie die Nachricht hatte, da sie es ja gewesen war, die gesagt hatte, Miski hätte sich zu einem Umzug entschlossen. Aber Nasiiba war voll und ganz in Abshirs Brief vertieft.

»Vielleicht hat Fariida gemeint, du würdest ausziehen«, versuchte es Duniya.
»Wann meint Fariida schon irgendwas?« sagte Miski entschieden. »Und wohin sollte ich bitte ziehen?«
Nasiiba unterbrach ihre Lektüre. Sie schaute erst ihre Mutter, dann Miski an, zu der sie sagte: »Weißt du, ob es in der Gegend von Mocallim Jaamac eine freie Wohnung gibt, in der Innenstadt?«
»Ja, die gibt es«, sagte Miski.
»Und gehört die Wohnung nicht einem Verwandten von dir?«
»Sie gehört dem Vater meines früheren Verlobten, richtig.«
In der Gewißheit, ihre Mutter und Miski würden von da ab ohne ihre Hilfe auskommen, zeigte Nasiiba kein Interesse mehr am Gespräch. Sie las den Brief ihres Onkels weiter, saß dabei da, als wäre sie unerreichbar für die Welt um sie herum, die Füße unter sich geschoben, und sah erfreut aus.
Nach einer langen Pause fragte Duniya Miski: »Meinst du, wir könnten uns diese Wohnung mal anschauen? Wir sind sehr daran interessiert.«
»Aber warum zieht ihr bei euch aus?« wollte Miski wissen.
»Das ist eine zu komplizierte Geschichte, um es dir jetzt zu erzählen«, sagte Duniya.
Miski war plötzlich bekümmert. »Ich hoffe, es hat nichts mit Fariidas Baby zu tun?« sagte sie. »Es war nicht meine Idee, daß sie es aussetzen sollte.«
Bosaaso fuhr hoch wie von der Tarantel gestochen, sagte aber nichts.
»Unser Auszug aus Qaasims Haus hat nichts mit Fariida oder ihrem Säugling zu tun«, sagte Duniya.
Nasiiba unterbrach wieder ihre Lektüre, um von ihrer Mutter zu Miski zu blicken und zu sagen: »Mami lügt dich an. In Wahrheit hat Fariidas Baby natürlich jede Menge

mit unserem Auszug aus Onkel Qaasims Haus zu tun. Aber das ist eine lange Geschichte, wie Mami gesagt hat. Ich verspreche dir, sie zu erzählen, wenn wir allein und Mami und Bosaaso weg sind.« Dann, als hätte sich nichts Ungewöhnliches ereignet, las Nasiiba weiter.

Keine Bewegung, kein Ton, nur ein Schweifen verstörter Blicke. Vielleicht, weil er amüsiert war, konnte Bosaaso seinen Blick nicht von Nasiiba wenden. Duniya als verlegen zu beschreiben und es dabei bewenden zu lassen wäre eine Entstellung gewesen. Aber dennoch war sie nicht böse auf Nasiiba, wenn überhaupt, dann war sie froh. Im Vordergrund ihres Denkens stand die Vorstellung, ob er ihr weiter die Treue halten würde, eine Vorstellung, die ihr viel Unbehagen verursachte. Was wäre, wenn der arme Mann dachte, Duniya habe von Anfang an von der Identität des Findlings gewußt und es ihm verheimlicht? Würde er es glauben, wenn sie ihm erzählte, sie hätte das Thema weder mit Nasiiba noch mit Fariida besprochen, geschweige denn mit Miski? Bosaaso bedeutete ihr viel, und sie wollte sein Vertrauen nicht verspielen.

Bosaasos Blick, wohl von der Enthüllung erschüttert, wich ihrem aus und richtete sich benommen auf den Boden vor ihm. Doch er wirkte nicht völlig allein gelassen im Schiffbruch neuer Enthüllungen, als er aufblickte und ihre Blicke sich in einer Umarmung dankbar anerkannter gutwilliger Grimassen verhakten. Er hat Hoffnung, dachte Duniya, er hat noch Liebe für mich in diesem Blick.

Davon ermutigt, sagte sie zu Miski: »Glaubst du, daß es sich überhaupt lohnt, Interesse an der Stadtwohnung deines Verwandten zu zeigen?«

»Sie bietet genügend Raum für dich und die Zwillinge, wenn du darauf hinauswillst«, antwortete Miski.

»Wir sind zu viert, dazu kommt noch Abshir zu Besuch.«

Miski zuckte nur zusammen, fragte aber nicht, warum sie zu viert und nicht zu dritt waren, und ihr Zögern hinterließ Zitterspuren auf ihren Lippen. Die junge Frau hatte weiche Knie, ein sanftmütiges Herz, das so weit wie großzügig war. Vielleicht war Fariida fälschlicherweise beschuldigt worden, diejenige gewesen zu sein, die Miskis ehemaligen Verlobten, den Sohn des Besitzers der Stadtwohnung, an der Duniya gerade interessiert war, dem Mädchen vorgestellt hatte, das er geschwängert und schließlich geheiratet hatte.

Deshalb ließ sich Miski jetzt in einen Sessel fallen. Das Geschehen wurde allmählich für alle schwer zu bewältigen; und als wäre es die einzige Handlung, zu der sie derzeit fähig war, zog Miski eine Grimasse. Dann sagte sie: »Die Stadtwohnung hat zwei Zimmer auf einen großen Hof hinaus, einen kleinen Garten, dazu eine Küche und zwei Außentoiletten, als Teil des Bedienstetenquartiers gedacht, das nie gebaut worden ist. Die Zimmer sind sehr groß, jedes mit getrenntem Bad und Toilette, Bidet und anderen Annehmlichkeiten ausgestattet, und sie sind luftig, mit hoher Decke. Offenbar gehörten sie früher dem Büro der katholischen Mission des Heiligen Stuhls in Mogadischu.«

»Weißt du, wieviel der Vermieter verlangt?«

»Sie ist sehr teuer.«

»Wie teuer?«

»Was kannst du dir leisten?«

Duniya nannte eine Summe.

Vor Aufregung zitterte Miskis Nase. »Ich werde versuchen, für diese Summe die Schlüssel vom Besitzer zu bekommen, indem ich sage, ich ziehe ein, oder vielleicht sag ich ihm die Wahrheit. Hoffentlich zahlt sich Ehrlichkeit aus.«

»Beten wir zu Gott, daß ich sie mir leisten kann«, sagte Duniya.

Wie auf Stichwort meldete sich Nasiiba: »Mami, Onkel Abshir hat dir eine Menge Geld geschickt, dreitausend US-Dollar.« Die junge Frau gönnte sich den Luxus einer Pause, stand auf und ging zu ihrer Mutter. Als sie vor ihr stand, fuhr sie fort: »Hier in diesem Umschlag ist das Geld, ich hab es selber gezählt. Und hier im dünneren Umschlag ist ein langer Brief, der nur eine wichtige Nachricht enthält: Er wird übermorgen eintreffen, am Nachmittag, mit dem Somali-Airlines-Flug aus Rom – nicht morgen nachmittag, wie Miski gesagt hat.«

Duniya nahm die Umschläge in Empfang und dankte Miski fürs Mitbringen.

Daraufhin drängte Nasiiba sie: »Ich schlage vor, du gehst jetzt, Mami, nimmst Bosaaso mit, den armen Mann, der außen vor bleiben mußte. Miski wird mich, nachdem sie sich geduscht hat, zum Vermieter mitnehmen, und ich werde dir den Schlüssel bringen, wenn ich heimkomme. Wenn die Wohnung schon weg ist, dann soll es so sein; dann müssen wir neu überlegen, neu suchen.«

Duniya konnte die Weisheit von Nasiibas Vorschlägen nicht in den Wind schlagen. Als ihr zusätzlich noch eine junge, stärkere Hand angeboten wurde, um ihr beim Aufstehen aus dem durchgesessenen Sessel zu helfen, in den sie gesunken war, nahm sie diese dankbar an.

Bosaaso schien erleichtert zu sein, verschwinden zu dürfen, und als Nasiiba ihn hinausbegleitete, neckte sie ihn (nannte ihn »Alten Knochen«) und fügte hinzu: »Ihr beide macht mit dem Fahrunterricht weiter und überlaßt uns die Sache mit der Wohnung.«

Miski sah traurig aus.

Als sie sich verabschiedeten, zeigte sich Duniyas Besorgnis auf dem ganzen Gesicht. Es würde nicht einfach sein, Bosaaso davon zu überzeugen, daß sie vor diesem Nachmittag keine Ahnung von der Identität des Findlings gehabt hatte.

Duniya hatte erst eine Viertelstunde Fahrunterricht hinter sich, als sie mit der Plötzlichkeit, die Bosaaso allmählich schon als bezeichnend für sie empfand, das Fahrzeug zum Stehen brachte. Sie sagte, sie wolle reden, alles erklären, was vorgefallen war, und auch den Grund angeben, warum sie ihm nicht alles mitgeteilt hatte, was sie von der Identität des Findlings schon vermutet hatte. Es sei ihm überlassen, ihr zu glauben oder nicht.

Sie fing mit der Geschichte ganz am Anfang an, ließ nichts aus, legte dar, daß der Findling für sie ein Symbol geworden war und bleiben würde, das sie beide vereinte. Würde ihre Zuneigung zueinander eine solche Seelenerkundung überleben?

Die Natur hatte Bosaaso mit einem entgegenkommenden Wesen ausgestattet. Er lauschte aufmerksam, sprach nicht und rührte lange Zeit keinen Körperteil. Dann zuckte seine Nase unwillkürlich, wie von einem betörenden sexuellen Lockstoff oder etwas genauso Lebendigem, genauso Unmittelbarem überwältigt. »Magst du mich heiraten, Duniya?« sagte er.

Die Frage überraschte sie nicht; sie hatte sie schon seit einiger Zeit erwartet. Auch der Zeitpunkt verstörte sie nicht. Es war eher die Art, wie er sie ausgesprochen hatte, als wäre es eine gewöhnliche Bitte, so banal wie »Reich mir bitte das Salz«. Schweigend wie eine Person, die entschieden ist, einen verletzten Knochen einzuschienen, kam Duniya zu dem Schluß, daß er an der Frage so gründlich gearbeitet haben mußte, daß er sie schlicht verpfuscht hatte.

»Magst du mich bitte heimfahren?« sagte sie.

»Selbstverständlich«, erwiderte er.

Sie tauschten die Plätze, und er fuhr sie heim.

GENF (UPI, AFP)

Ausländische Spender von mehr als 80 Regierungen und Hilfsorganisationen haben 300 Millionen Dollar zugesichert, um die dringenden Bedürfnisse Mosambiks für das nächste Kalenderjahr zu decken. In den kommenden Monaten werden voraussichtlich noch weitere Spenden

zugesagt, um die Gesamtsumme von 400 Millionen Dollar zusammenzubringen, die Summe, welche die Regierung von Mosambik erbeten hatte.
Die internationale Geberkonferenz zeigte sich voll und ganz von dem Argument der Regierung in Maputo überzeugt, daß die Hauptursache der wirtschaftlichen Krise des Landes der Krieg sei, der gegenwärtig von der mosambikanischen Rebellenorganisation mit Unterstützung der USA und Südafrikas geführt werde.

15

Duniya lernt Caaliya kennen, die Frau mit dem Pseudokyesis-Problem, und erfährt von Caaliyas Schwangerschaft. Später am Nachmittag erhält Duniya ihre erste Schwimmstunde im Centro Sportivo, wo sie Fariida begegnet.

Es war wieder ein Kliniktag für Duniya.

Die Notleidenden bettelten und zeterten; die armen schwangeren Ambulanzpatientinnen gaben in der Hoffnung auf eine unkomplizierte Entbindung mehr, als sie sich eigentlich leisten konnten. Die Frauen saßen eng zusammengedrängt da und sahen in die gleiche Richtung. Duniya schritt hin und her, füllte Formulare aus, wobei ihr etliche andere Schwestern halfen.

Heute waren nicht viele Ratsuchende da, und die Schwestern sprachen schon davon, eine Vesperpause einzulegen und das Tagespensum vielleicht bis Mittag beenden zu können. Der diensthabende Arzt war ein Gynäkologe namens Cawil, der eine hohe Meinung von sich hatte. Er sprach nur von sich selbst, erzählte, bei wie vielen Geburten er schon assistiert hatte, und gab sich eine außergewöhnlich hohe Erfolgsquote. Er mochte Duniya nicht, die er an den Tagen, an denen er in der Klinik der diensthabende Arzt war, überflüssig machte und ihr nur die langweiligsten Aufgaben zuteilte. Sie hatte genug innere Kraft, um seine Gemeinheit zu übersehen.

Kurz vor der Vesperpause kam die Frau namens Caaliya her und wollte sie sprechen. Duniya hatte den Eindruck, daß sich in ihrem Verhalten wie auch in ihrer Haltung etwas verändert hatte, wenngleich sich nicht genau sagen ließ, worin die Änderung bestand.

»Ich möchte gern, daß du dir das ansiehst«, sagte Caaliya und reichte Duniya ein Stück Papier, das mit dem unleser-

lichen Gekritzel eines Arztes verziert war. Duniya nahm die unentzifferbare Notiz in Empfang.
»Das ist Dr. Mires Schrift, ob du's glaubst oder nicht«, sagte Caaliya.
Duniya studierte die kodierten Geheimnisse. »Was steht da drauf?«
»Es bestätigt über jeden Zweifel, daß ich ein Kind bekomme«, sagte Caaliya.
Duniya spürte den Impuls, wegzugehen, folgte ihm aber nicht.
»Glaubst du mir nicht?«
Duniyas Gesicht schien sich auf ein Niesen vorzubereiten, obwohl nicht das Niesen ihr Gesicht zusammenzucken ließ, sondern das Aufwallen eines Mitgefühls, eine plötzliche Nähe zu Caaliya bei dem Gedanken, daß diese Frau wirklich schwanger sein könnte. »Hast du noch einen anderen Arzt aufgesucht?« fragte sie.
Wieder suchte Caaliya in ihrer Tasche, diesmal nach dem chinesischen Beweis für ihre unglaubliche Geschichte: die einer Frau mit der beharrlichen Marotte, jeden Fetzen Papier zu sammeln, den ein Arzt bekritzelt hatte und den sie als Beweis ihrer Mutterschaft ganz so mit sich herumtrug, wie eine verrückte Person ein Dokument vorweisen würde, das ihre geistige Gesundheit beweist; Caaliya, die seit Jahren darauf beharrt hatte, schwanger zu sein – nun endlich war sie es!
Während der Pause begegnete Duniya im Flur einem der chinesischen Ärzte. Der Gedanke amüsierte sie, welches Tier der Chinese wohl einem Jahr zuordnen würde, in dem Caaliya tatsächlich schwanger wurde, einem Jahr, in dem Duniya sich verliebte, einem Jahr, in dem Abshir bestätigte, daß er zu Besuch kommen würde. Auf dem Weg zurück in die Klinik traf sie auf Dr. Mire. Da beide nicht in großer Eile zu sein schienen, redeten sie eine Weile, und sie teilte ihm die Neuigkeit von Abshirs bevorstehender

Ankunft mit. Sie lud ihn für den nächsten Abend zum Essen ein. Dann fragte sie, ob es stimme, daß Caaliya wirklich schwanger sei.

»Das ist sie«, antwortete er.

Aus Angst, dämlich zu klingen, sagte Duniya nichts.

»Der menschliche Körper hat seine inneren Geheimnisse und niemand kann sich sein Verhalten erklären, genausowenig sind seine Ausdrucksweisen und Manifestationen den medizinischen Fachleuten ein offenes Buch. Vielleicht will sie so sehr eine Mutter sein, daß sie nun auch eine wird.«

»Aber warum ist es notwendig, ihr eine allgemeine Bescheinigung darüber zu geben?«

»Nun ja, sie bat mich darum, ihr ein Dokument zu geben, auf dem ihre Schwangerschaft bestätigt wird. Etwas, was sie ihrer Mitfrau zeigen kann, vermute ich.«

Ein weiches Lächeln ließ sich auf Duniyas Gesicht nieder wie ein Vogel, der auf einem blattlosen Baum landet. Doch ohne auch nur ›Guten Tag‹ zu sagen, nickte Mire ihr zu und schritt in genau dem Augenblick davon, als sie sich dazu aufgerafft hatte, auf das, was zwischen ihr und Bosaaso vorging, anzuspielen. Ist auch recht, dachte sie und ging wieder in die Klinik.

Bald war es Mittag, und zwei Stunden später war sie daheim und machte Essen. Bosaaso kam, um sie und Nasiiba zum Centro Sportivo zu ihrer ersten Schwimmstunde zu bringen.

Duniya hatte Schwierigkeiten, ihre Füße vom Boden des Schwimmbeckens wegzubekommen und konnte ihr Gleichgewicht nicht halten. Sie erinnerte sich an den Traum der vorigen Nacht, in dem sie ein Spatz gewesen war. Sie hatte den Eingang einer Höhle bewacht. Daraufhin kam ein großer Vogel her. Dieser riesige Neuankömmling hatte eine beleuchtete Scheibe in seinem Schnabel, die er Duniya übergab. Sie blinzelte, als sie aufwachte, und ihre Zunge war eine Geisel der eigenen Zähne geworden, die hineinbissen, bis Blut kam; sie selbst war blaß vor Schreck.

Als sie im Centro Sportivo ins Becken sprang, war es später Nachmittag. Marilyn war ihre Schwimmlehrerin und Nasiiba war ziemlich gereizt, so wie ein Elternteil, das ein Kind auf eine Erwachsenenparty mitgebracht hat. Duniya schrieb diese Spannung der besonderen Situation zu, in der sie sich befanden; sie war die einzige Frau ihres Alters, alle anderen waren so alt wie Nasiiba. Einige trainierten für einen afrikanischen Schwimmwettkampf, der in Westafrika stattfinden sollte, deshalb wurde Duniya gebeten, nur auf der einen Seite des Beckens zu bleiben, um den Trainierenden so weit wie möglich aus der Bahn zu sein.

Marilyn erwies sich als äußerst taktvoll. Sie sagte Duniya zum x-ten Mal: »Es ist wirklich ganz einfach, wenn du dich an meine Anweisungen hältst. Bitte konzentriere dich und tu, was ich sage.« Doch Duniya verlor bald die Konzentration, und ihre Augen folgten Marilyns schweifendem Blick, der unleugbar auf den Eingang der Schwimmhalle gerichtet war. Marilyn und Nasiiba schienen nach einem Besucher Ausschau zu halten. Nach wem? »Probieren wir's noch mal«, schlug Marilyn geduldig vor.

Duniya konnte ihrer Fähigkeit, an der Wasseroberfläche zu treiben, nicht trauen. Ihre Füße sanken in ein tieferes Loch im Wasser, und das Wasser schluckte, als würde es etliche Mundvoll von Duniya einsaugen, deren Augen nichts nutzten, deren Ohren keine Hilfe waren, deren platschende Geräusche so unerhört laut und ungeschickt wie bei Kindern waren.

Panik rechtfertigt Flucht, deshalb flieht jemand, dachte Duniya. Doch ihre Angst vor dem Ertrinken lag schwerer auf ihrem Herzen als alles sonst Vorstellbare. Und wenn sie es am wenigsten erwartete, erreichten ihre Füße den Grund nicht mehr. Immer wenn jemand lachte, dachte sie, es sei wegen ihr. Sie glaubte, sie würde sich zum Gespött machen, und entspannte sich erst, als sie am seichteren Ende des Beckens waren, wo sie wieder Boden unter den Füßen hatte. »Bitte, laß mich einen Moment verschnaufen«, bat sie Marilyn.

»Laß dir Zeit«, meinte Marilyn.

Duniya ärgerte sich, daß sie nicht alles durchgesprochen hatte, bevor sie sich ins Becken stürzte. Vor ihrer ersten Fahrstunde war sie ohne Eile die Grundlagen mit Bosaaso durchgegangen, damit sie die Theorie verstand, bevor sie den Motor anließ. Hier war es anders. Sie fühlte sich von abfälligen Bemerkungen einiger Jungen und Mädchen gedemütigt; fühlte sich ungeschützt vor dem Anprall unverschämter Jugend, von Nasiiba nicht behütet, die Gott weiß wohin verschwunden war. Marilyn war ein freundliches und liebes Mädchen, aber Duniya konnte sich nicht völlig auf sie verlassen; Marilyn war hübsch, aber ohne besondere Tiefe und in gewisser Weise sprachlos, wenn es ums Erklären der Theorie des Schwimmens, um das Begleiten bei den ersten Schritten ging. Duniya hatte das Gefühl, ihr Schwimmunterricht war für Marilyn und Nasiiba eine zweitrangige Aktivität. Auf wen warteten sie, hätte sie gern gewußt, warum waren ihre Blicke auf den Eingang der Schwimmhalle fixiert?

»*Ich* warte auf niemanden«, erwiderte Marilyn.

»Aber warum schaust du mit Nasiiba die ganze Zeit so erwartungsvoll auf den Eingang?« fragte Duniya neugierig.

Marilyns Schultern zuckten wie von selbst. »Frag Nasiiba.«

So war Marilyn eben. Für sie war Nasiiba die Anführerin, sonst nichts weiter. Sie tat, was Nasiiba anordnete. Duniya war sicher, daß Marilyn wußte, wen sie erwarteten. Manche Geheimnisse sind wichtiger als diejenigen, denen sie anvertraut werden. Vor ihrem geistigen Ohr stellte sich die ältere Frau vor, wie ihre Tochter Marilyn ein Geheimnis

zuflüsterte, sie dann anwies, es nicht auszuplaudern, und hinzufügte: »Bring ihr bloß das Schwimmen bei und sei lieb zu ihr.«
Vorher hatten Nasiibas geschickte Hände in der Umkleidekammer Duniya geholfen, sich in einen Badeanzug zu zwängen, der von Fariida ausgeliehen war. Duniya hatte sich wie eine Braut gefühlt, der das rituelle Bad und eine Duftölmassage verabreicht werden. Nasiiba hatte gesagt: »Du wirst Gewicht verlieren. Im Schwimmbecken wirst du heute mindestens zwei Kilo zurücklassen, das verspreche ich dir.« Nasiiba und Marilyn hatten sie ins Wasser begleitet, so wie Brautjungfern bei ihrer Hochzeitszeremonie. Als Duniya mit den Füßen das Wasser berührt hatte, war sie ängstlich geworden. Nasiiba hatte gesagt: »Du brauchst vor nichts Angst zu haben, Mami. Mach die Augen zu und spring rein, und bis du deine Augen wieder aufmachst, bist du schon auf der anderen Seite des Beckens.«
Duniya sah junge Mädchen, die mit der Unbekümmertheit ins Becken sprangen, mit der sie selbst in ihre Ehen geschritten war. Hatte sie nicht genau das getan: die Augen geschlossen und sich auf einmal mit Zubair, mit Taariq verheiratet gefunden?
Und dann fiel ihr Blick auf Fariida, die durch den Eingang kam. Fariida ging recht watschelnd mit schlurfenden Füßen wie eine ältere Person mit einem Rückenleiden. Alle Aktivität schien aufzuhören, und ein momentanes Schweigen breitete sich im ganzen Raum aus. Einige Mädchen scharten sich um Fariida so geräuschvoll wie Sommerfliegen bei einem Halvafest. Fariidas Antwort auf deren Frage: »Wo bist du in letzter Zeit gewesen?« lautete, sie sei im Norden beim Bergsteigen gewesen und von einem Felsen gestürzt, was ihr eine ausgerenkte Kniescheibe eingetragen habe, weswegen sie seitdem auf dem Rücken habe liegen müssen. Fariidas Freundinnen öffneten ihr eine Gasse und bemitleideten sie, als sie auf ihren unbeholfenen Füßen an

ihnen vorbeiging. Sie kannten sie als fähige Sportlerin, die der Titelträgerin schon zweimal die Schwimmkrone entrissen hatte. (Duniya erfuhr später von Nasiiba, daß Fariida, als sie mit Qaasim nach Ostafrika ging, verbreiten ließ, sie hätte den Kilimandscharo bestiegen.)
Bald verstummte der Trubel. Einige der Mädchen sammelten sich in Gruppen, um den letzten Klatsch auszutauschen. Einige meinten, Fariida sei schwanger gewesen und habe das Baby abgetrieben; einige bestanden darauf, die Geschichte sei so himmelstürmend wie der Berg, den die junge Frau bestiegen haben soll.
Dann tauchte Nasiiba wieder auf und brachte Fariida zu ihrer Mutter, die lieber im Wasser blieb, am Beckenrand. Es war unangenehm, zu verleugnen, daß sie die junge Frau erst kürzlich gesehen hatte. Und so plauderten sie etwas unbeholfen miteinander. Während der ersten Minuten ihres Gesprächs vermied es Duniya, Fariida ins Gesicht zu sehen. Die jüngere Frau, der das Unbehagen ins Gesicht geschrieben stand, hockte am Beckenrand, und Duniya wagte nicht, aus dem Wasser zu steigen, aus Angst, sie würde kalte Füße bekommen und das Vorhaben, Schwimmen zu lernen, aufgeben. Inzwischen schlang sich ihr Badeanzug wie eine Boa Constrictor um sie.
Da schlug dann Nasiiba, geschickt im Organisieren des Lebens von anderen, vor: »Kommst du später zu uns? Fariida und ich werden drüben am Becken liegen. Mach du nur, was du tun mußt, während wir tun, was wir müssen.« Zu Marilyn sagte Nasiiba: »Bitte bring Mami weiter das Schwimmen bei.« Als Duniya zusah, wie Fariida davonwatschelte, dachte sie, die andere habe zwar an Gewicht verloren, aber nichts von ihren langbeinigen Reizen. Sie hatte herrliche Augen, war größer als Miski und sehr viel hübscher. Sie war etliche Monate älter als die Zwillinge. Fariida trug ein bauschiges Kleid, vielleicht eines, das sie während ihrer Schwangerschaft angehabt hatte.

In Duniyas Blick war das Wasser, in dem sie stand, nun das der Nachgeburt und Unschuld. Sie erinnerte sich, daß Nasiiba erwähnt hatte, Duniya kenne ihre Kinder oder was sie so trieben nicht gut. Das Zusammentreffen mit Fariida öffnete ihr die Augen, eine denkwürdige Begegnung.

Als nun Fariida und Nasiiba im dämmrigen Hintergrund verschwunden waren, ertönte Marilyns besorgte Stimme: »Wenn du dich entspannst und meinen Anweisungen folgst, Duniya . . .«

»Ich versinke jedesmal wie ein Anker, wenn ich die Füße vom Beckenboden hebe«, sagte Duniya.

»Denk einfach nicht daran.« Marilyn kam allmählich in Fahrt, als hätte ihr der Kontakt mit Fariida und Nasiiba Mut eingeflößt. »Das ist das erste beim Schwimmen. Überlaß den Körper sich selbst, laß ihn treiben, wenn er will, laß ihn den Anker werfen, wenn er es wünscht.«

Duniya nickte wie ein Kind, das überredet worden ist, eine Masernimpfung würde nicht weh tun. Es könnte schließlich die Tonlage der jüngeren Frau gewesen sein, die den Ausschlag gab, denn Duniya fühlte sich hypnotisiert. Mit einem lieben Lächeln und ohne Bedenken setzte sie ihr volles Vertrauen in Marilyn.

»Jetzt!« sagte Marilyn, womit sie ›Los‹ meinte. Sie schob die offene Handfläche, breit wie ein Pittabrot, unter Duniyas Körper, hob ihn hoch, wie es einen akrobatischen Rollschuhkünstler in einer Arena hochträgt, die vor begeistertem Applaus vibriert. »Das ist großartig«, ermunterte sie. »Gut, sehr gut!«

Es war still, und Duniya glaubte, alle sähen ihr zu.

»Das ist eine Erfolgsstory«, sagte Marilyn.

Dazu dachte sich Duniya, *Ich bin die Geschichte, ich bin der Erfolg.*

Duniya haßte es, zu versagen. Sie wollte Marilyn oder Nasiiba nicht in Verlegenheit stürzen. Endlich fand ihr Körper seine Balance, und ihre Füße machten die richtigen Geräusche, ihre Arme wirbelten durchs Wasser. Unter Marilyns Aufsicht schwamm sie vor und zurück, wurde immer zuversichtlicher und ließ sich von der Erfolgsstory, die ihr Körper erzählte, vorantreiben.

Dann spürte Marilyn ein besorgtes Zittern in Duniyas Körper. Es war so wie bei einem Reisenden, der auf eine plötzliche Straßengabelung stößt, die nicht ausgeschildert ist. Marilyn schob die ausgebreitete Hand weiter nach oben, näher zu Duniyas Brust. Kurz darauf gewann Duniyas Körper sein Gleichgewicht wieder. Sie sagte sich, daß für denjenigen, der den Gipfel des Mount Everest erreicht hat, kein Berg mehr zu hoch wäre. Sie stellte sich selbst als die Achse vor, um die das gesamte Universum rotierte, weswegen sie es sich nicht gestatten dürfte, unterzugehen, zu sinken oder das Schiff zu verlassen. Sie war froh, daß Marilyn den kleinen Ausrutscher rechtzeitig und taktvoll korrigiert hatte. Dann schwammen sie zusammen hin und zurück, hielten sich von den anderen Schwimmerinnen fern. Plötzlich verschwand Marilyns stützende Hand wie das Taschentuch eines Zauberers, und Duniya planschte völlig sich selbst überlassen. Auf Zehenspitzen stehend, sagte sie, sobald sie wieder zu Atem gekommen war: »Das war doch was, stimmt's, Marilyn?«

Marilyn nahm ganz unbescheiden für sich in Anspruch, daß sie ja auch schon Nasiiba und Fariida das Schwimmen beigebracht habe.

Duniya sprach ihre Gedanken nicht aus.

»Wo sind die bloß?« fragte sich Marilyn. Dann deutete sie mit dem Finger: »Da.«

Als Duniya mit den Augen dem ausgestreckten Finger folgte, erblickte sie Fariida und Nasiiba nebeneinander liegend an der gegenüberliegenden Seite des Beckens. Als sie Fariida sah, wollte Duniya gern wissen, was das junge Ding durchgemacht hatte. Aber würde Fariida reden, würde sie ihr alles erzählen? »Findest du zu ihnen hin?« fragte Mari-

lyn. »Denn ich möchte noch ein bißchen schwimmen.« Und ohne Umschweife schwamm sie davon.
Duniya scheute sich davor, das Wasser zu verlassen. Sie war von der paranoiden Vorstellung gepackt, daß alle sie anstarren würden, wenn sie zu Nasiiba und Fariida hinüberging. Sie hatte gerade in Richtung der Mädchen geblickt, um die Entfernung zu ihnen abzuschätzen, als sie bemerkte, daß Nasiiba eine Zigarette rauchte. Das schockierte Duniya. Warum eigentlich?
Diese Selbstbefragung hatte eine positive Wirkung auf ihre Stimmung, gab ihr plötzlich das Gefühl der Gleichgültigkeit, unantastbar für alle. Es machte ihr nichts mehr aus, wer ihren zur Schau gestellten Körper sah. Sie stieg aus dem Becken und ging zielstrebig auf Nasiiba zu, deren Zigarette das Leuchtfeuer wurde, auf das sie sich konzentrierte. Sie verspürte überhaupt kein Frösteln, als sie die Steinstufen hinaufschritt und das Becken verließ; sie mußte auch gegen keine Übelkeit ankämpfen, wie sie gefürchtet hatte. Duniya gemahnte sich daran, daß ihr Haushalt das Gefühl von individueller Freiheit und Problemoffenheit vermittelte, daß es dort keine männliche Autorität gab: Waren Freiheiten wie diese nicht dazu da, ergriffen zu werden? Mataan hatte seine Waris, Nasiiba ihr Rauchen.
Als Duniya sich ihnen anschloß, sagte Nasiiba: »Setz oder leg dich hin, wie du willst.« Fariida grinste sie freundlich an.
Schocks kommen und verschwinden wie sich abschälende Hautschichten. Duniya konnte nun die rauchende Nasiiba ansehen, ohne sich dabei verletzt zu fühlen, und so tun, als würde es ihr nichts ausmachen.
Von ihrem erhöhten Punkt aus, wo sie über den beiden liegenden Gestalten aufragte, entschied sie, daß die von Fariida gewählten Farben eine schwache Ähnlichkeit mit in frischem Wasser abgespültem Salat hatten. Sie legte sich neben sie auf ein Handtuch und sah sie beide an. Dann

sagte sie: »Was soll ich zu dir sagen, Fariida? Schön, dich wiederzusehen? Ich bin froh, daß du noch lebst? Oder: Warum hast du es mich nicht gleich von Anfang an wissen lassen?«

Fariidas vorstehender Kiefer kam in Bewegung und öffnete sich, als sie sich von Duniya wegdrehte. Sie schaute Nasiiba um Hilfe heischend an und sagte dann: »Wir würden eine ganz andere Geschichte erzählen, wenn ich an jenem Morgen mit dir gesprochen hätte, nicht wahr?«

»Auf jeden Fall«, stimmte Duniya zu.

Nasiiba stand auf. »Ich lass' euch beide reden«, sagte sie, ging davon, ohne eine Reaktion abzuwarten, lief schnellen Schritts zum Sprungbrett und verschwand mit einem Kopfsprung ins Wasser.

»Wo bist du die ganze Zeit gewesen?« fragte Duniya Fariida.

»Ich hatte ein kleines Zimmer im Viertel Buur Karoole«, sagte Fariida, »weniger als zwei Kilometer von deiner Wohnung entfernt. Nasiiba schwänzte ein paar Stunden, um mich zu besuchen. Lange Zeit wußte niemand, wo ich war, niemand außer Nasiiba. Es war eine gesunde Schwangerschaft, körperlich gesehen, und daß ich Sportlerin bin, hat eine Menge geholfen. Ich brauchte keinen Arzt zu konsultieren. Um Blut, Urin und anderes zu prüfen und meine Temperatur zu messen, habe ich über Nasiiba eine Freundin kontaktiert. An jenem Morgen aber fühlte ich mich etwas niedergeschlagen, hatte die Daten verwechselt, und Nasiiba war nicht gekommen.«

»Was hast du an jenem Morgen gemacht, nachdem ich dich erspäht hatte?«

»Du hast gerufen und gerufen und mir Kummer gemacht. Also bin ich in einem wartenden Taxi wieder zu diesem Zimmer zurückgefahren.«

»Aha«, sagte Duniya.

»Aber da ich dieselbe seltene Blutgruppe wie Nasiiba habe,

verdanke ich ihr sozusagen mein Leben. Als ich dich in der Klinik verließ, nahm ich ein Taxi direkt zu einer Klinik, die ich schon einmal aufgesucht hatte, und der Arzt sagte, ich sollte gleich dableiben. Ein Baby unter solchen Umständen zur Welt zu bringen ist eine schreckliche Schande, aber Nasiiba war ein Engel, hat Blut gespendet und darauf geachtet, daß ich gut versorgt wurde. Sie hat vorgeschlagen, ich sollte mein Baby an sie ›weggeben‹. Und so frage ich mich, was dir zu erwidern wäre. ›Vielen herzlichen Dank‹ für dein ›Schön, daß du wieder da bist‹? Oder ›Die Erfahrung war es wert‹ auf dein ›Ich bin froh, daß du noch lebst‹? Oder ›Wie konnte ich dich was wissen lassen, wenn ich mich selbst nicht gekannt habe?‹ auf dein ›Warum hast du es mich nicht gleich von Anfang an wissen lassen‹?«

»Du sagst, du hast an dem Tag, als in der Innenstadt von Mogadischu kein Taxi auf den Straßen zu sehen war, eines warten lassen. Wie ging das?«

»Die Geschichte ist nicht so schnell zu erzählen.«

»Entschuldigung«, sagte Duniya.

In Fariidas Blick lag Stolz darüber, eine harte Prüfung durchgemacht und sie überlebt zu haben. »Ich gehöre zu den Frauen, deren Bauch sich bis etwa zum achten Monat nicht weiter aufbläht«, sagte sie, »aber ich wollte nichts riskieren, ich wollte nicht, daß Miski es erfuhr, bevor ich das Baby haben würde, und vielleicht nicht einmal dann. Unsere Beziehung war sowieso schon angespannt, weißt du, nach dem Bruch ihrer Verlobung, für die sie mir zu Unrecht die Schuld gab. Deshalb habe ich es niemanden wissen lassen außer Nasiiba, und inzwischen war es schon zu spät, um es noch loszuwerden. Unregelmäßige Perioden können jungen Frauen ganz schön zu schaffen machen, die sich nicht erinnern können, ob sie die Pille genommen haben oder nicht. Meine unregelmäßigen Perioden waren mein Hauptproblem.«

»Also, was hast du genau gemacht?«

»Eines Vormittags habe ich zusammengepackt und die Wohnung verlassen, habe nur einen Zettel auf den Schreibtisch gelegt, damit Miski ihn nach ihrer Rückkehr aus Rom finden würde. In der kurzen Notiz stand nur, daß ich verreist sei, aber es gebe keinen Grund zur Sorge, niemand solle in Panik geraten. Ich hatte schon vorher ähnliche Notizen an sie geschrieben, als ich ins Ausland ging, einmal nach Nairobi, ein andermal nach Daressalam – beide Male mit Qaasim, der unsere Reisen finanzierte. Als ich schwanger wurde, wollte ich nicht, daß er es erfuhr. Wir hatten unser verbotenes Verhältnis genossen, jeden wundersamen Augenblick, weshalb also sollte ich es bereuen? Er hätte mir einen Antrag gemacht, wenn er erfahren hätte, daß ich ein Kind von ihm bekomme. Aber ich hatte schon nein gesagt, als er sein Interesse bekundete, mich zu heiraten, bevor es überhaupt ein Anzeichen meiner Schwangerschaft gab: nein, nein, nein.«

»Warum hast du dich entschieden, ihn nicht zu heiraten?«

»Der Altersunterschied war ein Hauptgrund, vermute ich. Stell dir vor, wenn er auf die Siebzig zugeht, bin ich erst in deinem Alter, noch jung, bereit, eine weitere Ehe einzugehen, mich zu verlieben, das Autofahren oder das Schwimmen zu lernen. Keine Chance, hab ich gesagt.«

»Wo hat alles angefangen?«

»In deiner Wohnung.«

»Wann?« Falls Duniya sich schuldig fühlen sollte, so tat sie das nicht. Mit einem in der Erinnerung schwelgenden Lächeln sagte Fariida: »Ich bin hergekommen, um dir ein Päckchen von deinem Bruder aus Rom zu überbringen. Nasiiba war an dem Tag nicht da, bloß du. Dann kam Qaasim, und wir tranken zu dritt Tee. Dann ging er weg, aber nur, um in Sichtweite von Aw-Cumars Laden zu parken und zu warten. Ich wußte, daß er wartete, wie nur Frauen so was wissen können, und so bin ich auch gegangen, ziemlich übereilt, wollte nicht mehr bleiben, bis Nasiiba heimkommen würde. Ich war auf ein Abenteuer aus. Ich hatte meine Jungfräulichkeit an einen gleichaltrigen Jungen verloren, und nun war ich scharf darauf, bloß zum Spaß mit älteren Männern zu experimentieren. Qaasim brachte mich nach Haus. Miski war weg, und wir waren den größten Teil der Nacht für uns. So hat es angefangen.«

»Du hast keine Vorkehrungen getroffen?«

»Das hat er getan.«

»Und wie ist es dann passiert?«

»Daran bin ich schuld.«

»Wie?«

»Darüber sollten wir jetzt lieber nicht reden.«

»Hast du ihm je gesagt, daß du ein Kind von ihm bekommst?«

»Das hat Nasiiba getan.«

»Und was hat er gesagt?«

»Er würde meine Abtreibung bezahlen, wenn ich es loswerden wollte, das machte er klar. Aber darüber hinaus wollte er mich zu seiner Frau machen, wenn ich es wollte. Ich ließ ihm über Nasiiba ausrichten, daß es ihn nichts anginge, was ich mit mir oder dem Fötus anstellte. Ich hätte einen Fehler gemacht, sagte ich, und würde dafür bezahlen.«

»Aber warum?«

»Vielleicht weil ich angefangen hatte, für das Leid, das ich Miski zugefügt hatte, zu büßen.«

»Das ergibt keinen Sinn.«

»Was ergibt schon Sinn im Leben?« sagte Fariida. »Heißt es nicht in einigen Koranversen, daß das Schicksal jemandes Hirte ist und einen dahin führt, wo es das Geschick bestimmt hat? Mit anderen Worten, ich habe entschieden, daß ich schon vergeben bin. Mein Schicksal hat seine Abfolge und seine Logik.« Sie verstummte, um die in ihren Augen aufwallenden Tränen zu unterdrücken.

»Ach komm«, sagte Duniya und tätschelte Fariidas Kopf,

»der Säugling hat uns keine Umstände gemacht – eigentlich nur Freude.« Sie konnte sich gerade noch bremsen, ihr mitzuteilen, was verschiedene Personen über den Findling gesagt hatten: daß Mire ihn für einen Katalysator gehalten hatte; daß sie und Bosaaso ihn als Metapher angesehen hatten. »Wie hat Miski von allem erfahren?« fragte Duniya.

»Qaasim ist auf sie zugekommen und hat vorgeschlagen, daß er und ich heiraten sollten. Da hat sie das erste Mal von meiner Schwangerschaft erfahren. Und das hat ziemlichen Wirbel ausgelöst. Totale Panik kam auf, und Nasiiba fühlte sich gezwungen, Miski in mein Versteck zu bringen. Du wirst es nicht glauben, aber das geschah, eine Woche bevor du mich in der Klinik gesehen hast. Ich habe immer noch den Aufrufzettel mit der Nummer siebzehn. Ich hebe ihn als Andenken auf, um mich an all das zu erinnern, was wir durchgemacht haben.«

»Aber warum bist du nicht gekommen und hast mir alles anvertraut?«

»Niemand weiß, wie er bei dir dran ist, Duniya«, sagte Fariida offen. »Es war sowieso zu spät, um noch etwas zu unternehmen, und da wir dich von Anfang an nicht unterrichtet hatten, hielt ich es für das Beste, dich da rauszuhalten.«

»Was, glaubst du, hätte ich getan, wenn du mich informiert hättest?«

Auf Fariidas strahlende Augen fiel ein Schatten. »Wir würden jetzt nicht hier sitzen und so reden, wenn ich es getan hätte.«

Sie schwiegen einige Minuten. Dann kam Nasiiba wieder zu ihnen.

Die beiden jungen Frauen plauderten eine Weile über einige Bekannte. Erst als sich Duniya fertig machte, um mit Bosaaso abzufahren, fiel Fariida ein, daß Miski ihr die

Schlüssel zur Stadtwohnung gegeben hatte, in die Duniya einziehen könne, wann immer es ihr gefiel.
Bosaaso und Duniya ließen Nasiiba und Fariida in der aufkommenden Dämmerung am Becken liegen, wo sie miteinander redeten und rauchten. Duniya war sehr müde. Das Schwimmen hatte ihr viel Energie abverlangt, und auch Fariidas Geschichte hatte ihren Tribut gefordert.
Als sie unterwegs waren und sich auf einer guten Straße ohne Verkehr und Schlaglöcher befanden, gab Bosaaso Duniya eine sauber gefaltete Zeitung, die sich noch ungelesen anfühlte. »Die Zeitung in deiner Hand enthält einen langen Artikel von Taariq«, sagte er. »Ich dachte, du würdest ihn gern lesen wollen.«
Duniya zuckte zusammen, denn bei der Erwähnung von Taariqs Namen tauchte das Bild des toten Findlings in ihrer Erinnerung auf. Warum fing sie an, Taariq mit dem toten Baby zu assoziieren?
»Ist der Artikel überhaupt gut?« fragte sie Bosaaso.
Er fuhr vorsichtig, weil einige Kinder mitten auf der Straße Fußball spielten, und sprach nicht, bis sie vor Duniyas Wohnung waren. »Ja, ich fand ihn ziemlich gut«, erwiderte er.
Beim Aussteigen sagte sie: »Ich bin zu erschöpft, um noch eine gute Gastgeberin zu sein; macht es dir etwas aus, wenn wir uns morgen treffen? Mittags?«
»Selbstverständlich nicht.«
Seine überschwengliche Höflichkeit strapazierte ihre angespannten Nerven, aber sie war zu müde, um dazu noch Stellung zu nehmen. »Ich hoffe, wir haben bis dahin zwei oder drei Putzfrauen gefunden, um die Stadtwohnung zu reinigen, abzustauben und vorzubereiten. Die Schlüssel hab ich nämlich schon, damit Abshir sie benutzen kann, wenn er herkommt.«
»Das ist eine ausgezeichnete Idee«, sagte Bosaaso.
Sie unterdrückte eine schroffe Bemerkung, die ihr unwill-

kürlich in den Sinn kam. Sie gab ihm einen Kuß und sagte: »Dann bis morgen mittag.«
Und war erst einmal nur zu froh, ihn los zu sein.
»Träum süß«, sagte er im Abfahren.
Mataan und Yarey kamen erst kurz nach Mitternacht nach Hause. Aber Duniya war es zufrieden, im Bett zu liegen, einige Kissen untergeschoben zu haben und Taariqs Artikel zu lesen. Dafür hatte sie gerade noch Energie.

GEBEN UND NEHMEN: WAS GESCHENKE BEDEUTEN
Von Taariq

Das Geben ist ein menschlicher Instinkt, wahrscheinlich der älteste, wenn wir der Geschichte von Adam und Eva mit dem Paradiesapfel glauben sollen, den die Schlange der Frau anbietet, die ihn wiederum mit dem Mann teilt. Wir schenken und hoffen dabei, etwas dem Angebotenen Entsprechendes zu empfangen. Wir geben in der Hoffnung, daß unsere Gabe Zuneigung und Mitgefühl gegenüber den Empfängern ausdrückt. Wir schenken als Mitglieder einer Gruppe, um unsere Loyalität ihr gegenüber zu bekräftigen. Wir geben, um den Forderungen eines Vertrags oder den Verpflichtungen und Rechten anderer nachzukommen, die sie gegenüber unserem Besitz haben. Wir schenken und können diesen Akt als Teil unserer Buße ansehen. Wir geben, um uns denen überlegen zu fühlen, deren empfangende Hände unter unsere gehalten werden. Wir geben, um zu bestechen. Wir geben, um zu dominieren. Es gibt eine Million Gründe, warum wir schenken, doch hier möchte ich mich mit nur einem befassen, nämlich den Nahrungsmittelspenden europäischer, nordamerikanischer und japanischer Regierungen an das hungernde Afrika und warum sie angenommen werden.

Letzte Woche lief die Welt, und Afrika hungerte. Letzte Woche brachen Millionen von Menschen olympische Rekorde. Ein sudanesischer Läufer flog um den Globus, um in New York eine Fackel zu entzünden. Letzte Woche klickten Millionen Kameras und fingen Szenen von jubelnden Männern und Frauen ein, die das Zielband durchrissen – die Krönung dieser Medienereignisse. Die sportlichen Wettkämpfe, die als Gedenktag organisiert wurden, liefen rund um die Uhr und hielten Radiokommentatoren und Fernsehteams in Westeuropa, Nordamerika, Japan, Südostasien und Indien in Atem. Schließlich wurden die Ereignisse auf eine statistische Zusammenfassung reduziert: wie viele Menschen teilnahmen, wieviel Geld gesammelt wurde, um den Hungernden in Afrika zu helfen. Letzte Woche, als die nichthungernden Völker der Welt liefen und an den sich selbst verewigenden Mediendisziplinen der Fernsehberichterstattung teilnahmen, wartete Afrika in den Kulissen außerhalb des Blickfeldes mit einer leeren Schüssel in der Hand und bettelte um Almosen in der Hoffnung, daß großzügige Gaben von den Regierungen und Völkern der Läufer kommen würden. Leere Messingschüsseln ergeben ausgezeichnete Fotos. Videokameras machen aus jedem nur vorstellbaren Blickwinkel Aufnahmen davon. Wer hungert, steht heutzutage im Zentrum des Medieninteresses. Vergeben Sie mir meinen Zynismus, aber ich halte das für die Wahrheit.

Afrikas Hungersnot wurde zu einer Story, die Zeitungsschlagzeilen wert war, als sich Bilder von Gesichtern verkaufen ließen, die außer den Qualen des Hungerns nichts mehr ausdrückten. Jonathan Dimbleby von BBC TV war der erste, der die Macht der in bewegten Bildern gesendeten Botschaft benutzte. Der erste, der in Buchstaben, die so ins Auge stechen wie die Politik der

Dürre, das einzige Unterthema von Hunger überdeutlich und in seinem ganzen Ausmaß zur Sprache brachte: Machtlosigkeit. Dimbleby produzierte Anfang der 70er Jahre eine einfühlsame Sendung über den Hunger in Äthiopien. In dieser halbstündigen Dokumentation zeigte er abwechselnd Aufnahmen von hungernden Massen und Bilder von den mächtigen Politikern der Welt, die dem üppigen Fest des Negus beiwohnten, bei dem Delikatessen wie Kaviar serviert worden waren. Ein paar Monate später wurde der Negus entthront.
Die Frage ist doch, wie kommt es, daß die gleiche Geschichte 1985 und 1986 von Regierungen auf dem ganzen Kontinent zu ihren Gunsten eingesetzt wird, aber es rollen keine Köpfe, kein Despotenregime wird gestürzt? Doch ohne Hilfe, abgeschnitten von der Nahrungsmittelhilfe, wurde der Negus gestürzt. Können wir daraus schließen, daß die Bevölkerung sich dann gegen einen afrikanischen Diktator auflehnt, wenn ausländische Regierungen keine Nahrungsalmosen mehr spendieren?
Hunger ist ein den Afrikanern vertrautes Phänomen. In Somalia gibt es Menschen, die den Namen der Dürrejahre tragen. Die Leute schnallten den Gürtel enger, bettelten jedoch nicht. Sie trugen den Kopf hoch und ließen es nicht zu, daß jemand sie demütigte, ließen niemanden wissen, daß ihre Herde in der vergangenen Nacht nicht angezündet waren. Diejenigen, die das Mandat des Volkes hatten, um zu regieren, waren sich einig in dem Glauben, daß derjenige, der bettelt, keinen Stolz hat und daß derjenige, der respektiert werden will, pflichtbewußt arbeitet. Doch wir wissen, daß sehr viele Menschen, die auf diesem Kontinent am Ruder der Macht stehen, nicht das Mandat der Bevölkerung haben, überhaupt an dieser Stelle zu sein, und weder Stolz noch Voraussicht besitzen. Wir wissen gleichfalls, daß ihre

untauglichen Fünfjahrespläne nicht durchgeführt werden können, ohne daß der Haushalt durch ausländische Quellen ergänzt wird. Erheben wir deswegen Einspruch gegen die sprichwörtliche Weisheit, daß die Menschen die Regierung bekommen, die sie verdienen, und es uns deshalb recht geschieht, wenn wir Bettler als Oberhäupter haben?

In Somalia gibt es die Tradition, den Hut zu einer Kollekte herumgehen zu lassen. Das heißt bei uns *Qaaran*. Wenn jemand dringend Hilfe benötigt, lädt er seine Freunde, Verwandten und Schwiegerleute ein, um sich in seiner oder einer anderen Wohnung zu versammeln, wo, wie es gemeinhin heißt, eine Matte ausgelegt wurde. Doch dafür gibt es festgelegte Bedingungen. Die Not muß echt sein, die um Hilfe ersuchende Person muß ein achtbares Mitglied der Gesellschaft sein, kein Faulenzer, kein Taugenichts, Schuldner oder Dieb. Diskretion ist von ausschlaggebender Bedeutung. Geber erwähnen nicht die gespendete Summe, und der Empfänger weiß nicht, wer was gegeben hat. Die Person empfängt eine Gabe von der ganzen Gemeinde, und ihr ist er dankbar. Es ist nicht gestattet, daß so eine Person danach noch mehr verlangt, zumindest nicht in absehbarer Zeit. Wenn es daraus eine Lektion zu lernen gibt, dann die, daß Notfälle eine einmalige Angelegenheit sind, keine jährliche Ausrede, noch mehr zu verlangen. Wie viele Jahre haben wir inzwischen die leere Schüssel herumgehen lassen?

Hungersnöte wecken die Menschen aus einer ökonomischen, sozialen oder politischen Lethargie. Wir haben gesehen, wie das äthiopische Volk einen vierzig Jahre regierenden Negus losgeworden ist. Ausländische Lebensmittelspenden schaffen eine Pufferzone zwischen korrupten Staatsführungen und den hungernden Massen. Ausländische Lebensmittelspenden sabotieren auch die

Fähigkeit des Afrikaners, in Würde zu überleben. Noch dazu vermittelt es den Kindern ein Unterlegenheitsgefühl, hält sie davon ab, die ausgemergelten Bohnensprossen, die kümmerlichen Maiskolben und den zerbrochenen Reis zu essen. Verzeihen Sie mir, wenn ich Klischees serviere, doch gestatten Sie mir, eine Äußerung von Hubert Humphrey zu zitieren, der 1957 gesagt hat: »Ich habe gehört ... daß Menschen wegen des Essens von uns abhängig werden. Ich weiß, daß dies eigentlich keine gute Nachricht sein sollte. Für mich war es eine gute Nachricht, denn bevor Menschen irgend etwas tun können, müssen sie etwas zu essen haben. Und wenn Sie nach einem Weg suchen, Menschen dazu zu bringen, auf Sie gestützt und angewiesen zu sein, damit sie mit Ihnen kooperieren, kommt es mir so vor, als wäre die Abhängigkeit von Nahrungsmitteln großartig.« Gut gebrüllt, Löwe, meinen Sie nicht? Nun können wir fortfahren.

Ein ostafrikanisches Regierungsoberhaupt, bekannt für seine sozialistische Überzeugung, gewährte kürzlich einer in London beheimateten afrikanischen Zeitschrift ein Interview, in dem er sagte, daß die entwickelten Länder Afrika helfen müßten. Aber warum müssen sie? Was bringt ihn zu dem Glauben, daß der Afrikaner ein Eigentumsrecht am Besitz anderer hat? Hat das Land, dessen Oberhaupt er seit dem vergangenen Vierteljahrhundert gewesen ist, den Hungernden in Äthiopien oder dem Tschad großzügig gespendet? Es wäre verständlich, wenn dieser überaus geachtete afrikanische Staatsmann seine Erklärung im Kontext einer vertrauten oder stammesmäßigen Gesellschaft abgegeben hätte, wo obligatorischer oder freiwilliger Geschenkaustausch Teil des Verhaltenskodex sind. In solch einem Kontext ist der Austausch direkt. Du gibst jemandem etwas; ein Jahr später, wenn du bedürftig bist, wird der heutige Emp-

fänger zum Geber von morgen. Sieht dieser intellektuelle Staatsmann die Zeit voraus, in der Afrika in der Lage sein wird, Nahrungsmittel an Europa, Nordamerika oder Japan zu spenden? Ist er sich bewußt, daß er Afrika in eine auf ewig abhängige Person verwandelt?
Jede Gabe hat eine Persönlichkeit – die des Gebers. Auf jedem Sack Reis, der von einer ausländischen Regierung einem hungernden Volk in Afrika gespendet wird, sind die Charakteristika und die Mentalität des Gebers, Name und Land, aufgestempelt. Ein Doppelzentner Weizen, von einer Wohltätigkeitsorganisation im Bibelgürtel der USA gespendet, schmeckt anders als einer, der von einem Mitglied der Europäischen Union gespendet wurde. Ich nehme an, Sie pflichten mir bei, daß der eine den theologischen Begriff der Wohltätigkeit zur Grundlage hat, der andere aber das zeitbedingte, philosophisch-ökonomische Credo, eine künftige Generation potentieller Konsumenten dieser Sorte hochwertigen Weizens zu schaffen. Hier habe ich zwei Probleme.
Nummer eins: Es ist mein fester Glaube, daß ein gottesfürchtiger Mensch aus dem Bibelgürtel weiß, daß öffentlich zur Schau gestellte Wohltätigkeit bei Gott nicht verfängt. Denn damit wird allein ein irdisches Gefühl der Angeberei transportiert. Nummer zwei: Dem Bürokraten der Europäischen Union muß nicht gesagt werden, daß der gespendete Weizen nur eine Gratisprobe von der Sorte ist, die, wie er hofft, sich gut verkaufen wird, wenn die heute hungernden Afrikaner die Käufer von morgen werden. Die Literatur darüber, die von Gelehrten verfaßten Übersichten zu Amerikas Politik, Europa, Japan und Südostasien Nahrungsmittelhilfe zu gewähren, füllen mehrere Regale. Ich schlage vor, Sie beschreiten diesen gut ausgetretenen Weg in der Gesellschaft von Susan George oder Teresa Hayter. Doch

lassen Sie mich die Mentalität des Empfängers behandeln, seine Glaubenssysteme und was Geschenke ihm bedeuten.

Die meisten Afrikaner sind (zahlende?) Mitglieder ausgedehnter Familien, die Gewerkschaften vergleichbare Institutionen darstellen. Oft sehen wir, wie das Vermögen eines Individuums ein Netzwerk an Bedürfnissen dieser großen Einheit versorgt. Auf psychologischer Ebene können wir daher sagen, daß der Afrikaner ohne Frage an den Austausch von Potlaches gewöhnt ist. Diejenigen, die in Fülle haben, geben denjenigen, die nichts anzubieten haben außer ihrer Empfangsbereitschaft. In städtischen Gebieten gibt es Tausende von starken jungen Männern und Frauen, die »Arbeitslosenhilfe« von einem Mitglied ihrer weitläufigen Familie erhalten, von jemandem, der einen Job hat. Daraus folgt, wenn die Erzeugnisse der Brotbäcker nicht die Bedürfnisse aller abdecken, wenn die Felder nicht ertragreich sind, weil unzureichende Arbeit in die Kultivierung investiert wird, wenn die harte Währung, welche die landwirtschaftlichen Produkte einbringen, zur Schuldentilgung verwendet werden muß, und genau dann, wenn das ganze Land sich darauf vorbereitet, revoltierend gegen die neokoloniale Führungsschicht aufzustehen, dann dockt ein Schiff mit wohltätigem Reis im Hafen an, ohne daß darum gebeten wurde – hochwertiger Reis, mit den Muskeln und dem Schweiß von jemand anderem angebaut. Sie kennen das Ergebnis. Hunger (meine Entschuldigungen an Bertolt Brecht) ist ein As im Ärmel des mächtigen Mannes; das hat nichts zu tun mit dem Wechsel der Jahreszeiten oder ausbleibendem Regen.

Wenn ich mir Zynismus leisten könnte, würde ich sagen, daß der Afrikaner, der es nicht besser weiß, alles annimmt, was immer ihm geschenkt wird, weil es eine

Beleidigung ist, etwas Angebotenes zurückzuweisen. Wenn sein Cousin oder ein Mitglied der weitläufigen Familie nichts gibt, so wird es Gott oder jemand anderes tun. Gott, wie wir Ihn kennen, ist uns »geschenkt« worden, zusammen mit all dem mythologischen Drum und Dran, genealogischen Gemeinplätzen, die uns als minderwertig ausweisen, nicht zu vergessen die philosophische Maxime aus dem Mittleren Osten, daß Gott (im monotheistischen Sinn) Fortschritt ist. Ja, die Wahrheit ist, unsere Götter und die unserer Vorväter schenken einem, wie uns erzählt wurde, nichts; und da sie einen Anfang haben, haben sie auch ein Ende.

Somalis sind der Ansicht, daß es im Wesen der Nahrung liegt, geteilt zu werden. Wenn Sie auf eine Gruppe von essenden Menschen stoßen, werden Sie eingeladen, sich anzuschließen. Da spielt natürlich die prophylaktische Tendenz mit hinein, der Niedertracht des neidischen Auges eines Hungrigen auszuweichen, doch das ist nicht der Hauptgrund, warum Ihnen angeboten wird, an dem gerade verzehrten Mahl teilzunehmen. Mit dem Begriff der Nahrung verbunden ist ein Glaube, der die kurzlebige Natur alles Verderblichen berücksichtigt. Die Straßen von Mogadischu sind übersät mit Bettlern, die leere Schalen tragen und von Tür zu Tür wandern, um sich die Überbleibsel des Tages zu erbetteln. Ist es möglich, fragte ich mich kürzlich, den Nahrungsmittelüberschuß der Geberländer, der den hungernden Afrikanern geschenkt wird, mit den Überbleibseln gleichzustellen, die wir ausgehungerten Bettlern anbieten? Oder gehe ich hier zu weit?

Wenn Somalis an jemandem verzweifeln, den sie als Geizhals beschreiben, sagen sie oft: »So-und-so schenkt dir nicht mal ein Glas Wasser.« Wenn sie also Geschichten hören von Butter, die in eisigen unterirdischen Hallen konserviert wird, von Nahrungsmitteln, die bei

Temperaturen unter dem Gefrierpunkt aufbewahrt werden, von regalweise gestapeltem Fleisch, reihenweise gelagertem Reis und anderen Köstlichkeiten in einem riesigen Keller kälter als die Arktis, dann sagen die Somalis: »Diese Leute sind aber gemein.« Auf die beharrliche Nachfrage, warum ihnen etwas geschenkt werden solle, nehmen sie Zuflucht zu Verallgemeinerungen. Auf die Frage, warum Rußland sie nicht mit Nahrungsmittelhilfe versorgt, werden sie zynisch. Der einzige Unterschied zwischen uns und Rußland, da wir ja den gleichen amerikanischen Weizen essen, ist der, daß wir dafür mit unserem Betteln und sie mit ihren ausländischen Reserven zahlen.

Letzte Woche lief die Welt, und Afrika hungerte. Zweifellos erzeugt das Fernsehen Persönlichkeiten, Geber lassen ihre lächelnden Physiognomien aufnehmen, dazu werden dann Szenen von äthiopischen Skeletten gezeigt. Zum ersten Mal ist in der Hauptsendezeit über Afrika berichtet worden, doch leider ist Afrika sprachlos und hungrig. In Conrads *Herz der Finsternis* wird dem Afrikaner in dem einzigen Augenblick, in dem er einen Satz sagen darf, eine falsche grammatikalische Konstruktion in den Mund gelegt. Das war von vorrangiger und immerwährender literarischer Gültigkeit. Hundert Jahre später, in dem Film *Jenseits von Afrika*, bei dem ein Amerikaner Regie führte und der auf dem Buch einer Dänin basiert, die in Afrika lebte und vielleicht den Teil des Kontinents liebte, in dem sie wohnte, aber keine Liebe für dessen Volk übrig hatte – in diesem Film zählte zu den Darstellern Somalias berühmteste Tochter Iman. Nun raten Sie mal: Sie hat eine stumme Rolle. Machen Sie sich Ihren eigenen Reim darauf, aber fragen Sie sich: Was nun? Wer bekommt was, schenkt was wem?

Ich ziehe mich in eine leichenhafte Stille zurück: Während die Welt läuft und das hungernde Afrika hungert;

> solange die Kameras klicken und die Läufer nach Luft ringen, da sie gerade das Zielband eines momentanen Ruhms mit der Brust durchrissen haben. Und wenn das fernsehschauende Publikum und die videoproduzierenden Teams sich umwenden und mich darum bitten, etwas zu sagen, werde ich schüchtern, bin auf den Mund gefallen. So wie ein Kind, dem ein Erwachsener ein Geschenk gegeben hat, furchtsam lächelt und es annimmt, wobei seine Mutter befiehlt: »Sag dem Onkel schönen Dank«, so sage auch ich danke schön, danke euch allen, Onkel Sam, Sung und auch Al-Mohamed.

Sie legte die Zeitung beiseite, erfreut, daß Taariq noch helle, virtuose Momente zu bieten hatte. Doch warum wurde der Artikel erst jetzt veröffentlicht? Hatten die Zensoren die Veröffentlichung unterbunden, als er sie in der Woche ablieferte, in der die Welt lief, während Afrika hungerte?

Erschöpft und doch unfähig, zu schlafen, betrachtete sie die Welt um sich herum mit einem Stirnrunzeln. Und die Welt war ein Schlüssel. Als sie auf den Schlüssel zur Stadtwohnung schaute, den Fariida von Miski hergebracht hatte, beschlich Duniya das Gefühl, sie würde auf die Hebel, die gefrästen Krümmungen und Biegungen ihrer eigenen Zukunft schauen.

Und plötzlich wußte sie, was sie tun würde. »Morgen abend«, sagte sie, »wird Duniya die Nacht bei Bosaaso verbringen, um ihm ihren Körper als Geschenk darzubieten. Morgen abend.«

IV

Duniya schenkt

16

Duniya sucht in gehobener Stimmung die Stadtwohnung auf, wo drei Putzfrauen geschäftig am Werk sind; in dieser überschwenglichen Verfassung schlägt sie vor, Bosaaso und sie sollten die Nacht bei ihm verbringen.

Die Szene beginnt im Dunkeln, dann wird ein Scheinwerfer auf eine Frau gerichtet, die in einem Fluß steht. Als sie sich bereit macht, wegzuschwimmen, sagt ein unbekannter Mann zu ihr: »Zahnfleisch zu Zahnfleisch, Staub zu Wasser, Feuer zu Erde, und du bist in einem so herrlichen Glückszustand, wo sieben vor acht kommt, ein Laufstall vor einem Säugling, das Bett vor dem Ring.«

Mit unregelmäßigen Armbewegungen schwimmt die Frau davon, und der Scheinwerfer wird ausgeschaltet: Ende der Traumsequenz. Bald darauf brennt eine Glühbirne in Duniyas und Nasiibas Zimmer.

Gleich nach dem Frühstück begaben sich Duniya, ihre Kinder und Bosaaso zur Stadtwohnung – und sie gefiel ihnen allen. Sie hatte drei Putzfrauen aus der Klinik einen Nebenjob geboten, um hier zu wischen, abzustauben und Böden und Wände zu schrubben. Bosaaso war beständig unterwegs, um einen Klempner herzuholen, der die tropfenden Wasserhähne und die nicht richtig spülenden Toiletten richten sollte, einen Zimmermann, um die knarrende Gartentür zu reparieren, die nicht zuging, oder um ein US-amerikanisches Reinigungsmittel zu besorgen, mit dem die verstopften Spülbecken und Rohre frei gemacht werden sollten.

Es wurde vereinbart, daß Abshir die Stadtwohnung benutzen sollte, da sie zentraler gelegen und geräumiger war. Zu den Mahlzeiten sollte er zu Duniya kommen; die andere Alternative wäre, daß Nasiiba bei ihm mit einzog, um ihm zur Hand zu gehen und – wenn notwendig – zu kochen. Duniya überlegte, für den Zeitraum, den er sich in Mogadischu aufhielt, ein Auto zu mieten, damit er frei aus und ein gehen konnte, wann immer es ihm gefiel. Mataan war so großzügig, sein Sprungfederbett zur Verfügung zu stellen, wobei er beteuerte, daß ihm das Schlafen auf einer Matratze am Boden nichts ausmache. Nasiiba bot an, den ganzen Tag mit den drei Putzfrauen in der Wohnung zu bleiben, so viel wie sie zu tun, wenn nicht mehr, Hände und Arme bis zum Ellbogen voll Dreck, das geflochtene, perlenverzierte Haar schon braun von den staubigen Spinnweben. Yarey, die eigentlich eher ein Hemmnis als eine Hilfe war, säuberte die Miniaturspüle in der Küche und vergeudete kostbare Reinigungsmittel, Zeit und Wasser. Duniya gelobte, sich keine Pause zu gönnen, bis sie das Schlafzimmer hergerichtet hatte, von dem eine Tür hinaus in den Garten führte. Sie war sicher, Abshir würde dieses dem anderen Zimmer gegenüber dem Flur vorziehen. Inzwischen mietete Bosaaso einen Lieferwagen, um von Duniyas Wohnung Mataans Sprungfederbett, ein paar Stühle und Tische herzuschaffen. Wenig später gab ihm Duniya einen einfacheren Auftrag: die neuen Wohnungsschlüssel duplizieren zu lassen.

»Könntet ihr über Nacht hierbleiben, wenn es nötig wird?« fragte Duniya eine der drei Putzfrauen.

»Sicher.«

»Und niemand wird sich Sorgen machen, wenn ihr nicht heimkommt?«

Die zweite Frau sagte: »Wenn du in unserem Alter bist, Duniya, wirst du entdecken, was es heißt, nicht vermißt zu werden. Ich wohne sowieso nur ein paar Gehminuten von hier und kann dabei helfen, Essen und Matten auch für meine Kolleginnen zu organisieren.«

»Ich kann überall schlafen, sogar auf dem nackten Boden«, sagte die dritte Reinigungsfrau.

Nach neunstündigem Arbeitseinsatz kehrten Duniya und ihr Gefolge in ihre alte Wohnung zurück, überließen die neue den verläßlichen Händen der Putzfrauen. Es war später Nachmittag: Tee wurde gekocht und getrunken, und Duniya duschte, zog ein Hausgewand an und ruhte sich aus. Bosaaso fuhr zum Duschen nach Hause und kam dann wie vereinbart wieder zu Duniya. Er kam nervös, angespannt, aber auch munter zu ihr, als hätte sein erwachsenes Ich provisorisch einem jüngeren Selbst Platz gemacht, das hell erglühte in der glücklichen Atmosphäre, die ihre gemeinsamen Erwartungen hervorgebracht hatte.

Als die Kinder mal nicht hinsahen, schlüpften die beiden geräuschlos fort wie unartige Teenager. Sie hatte die Autoschlüssel in der Hand und sagte: »Ich will fahren.«

Der neun Tage alte Mond führte sie zu Bosaasos Haus. Der Himmel war voller Sterne und weit. Das Auto bockte hin und wieder, aber das störte sie nicht, rief nur Gelächter hervor. Verbissen ließ Duniya den Motor immer wieder an, wenn der Wagen stehenblieb. Beide benahmen sich so, als hätten sie alle Zeit der Welt, um die Entfernung zwischen ihren beiden Häusern zurückzulegen.

Würde sie nicht vermißt werden? fragte er. Oder habe sie Nasiiba gesagt, wo sie die Nacht verbringen werde? Aber die Zwillinge seien ja so aufgeregt bei der Aussicht auf Onkel Abshirs Besuch, daß sie der Abwesenheit ihrer Mutter nicht den geringsten Gedanken widmen würden, räsonierte er.

Nun betätigten Duniyas Füße Kupplung, Bremse und Gaspedal, und das Auto fuhr ruhig, wenn auch spannungsgeladen auf Bosaasos Haus zu, als würde es sich völlig auf seinen Heimatinstinkt verlassen. Duniyas Augen leuchteten erwartungsfroh. Bosaaso lehnte sich zurück und beneidete sie um ihre Gelassenheit. Er behielt die Hände bei sich; sie hätte es nicht gemocht, wenn er sie beim Fahren berührt hätte; das wußte er.

»Ich liebe dich«, sagte er.

Nichts ließ darauf schließen, daß sie seine Verkündigung gehört hatte.

Er wiederholte die Worte für sich; und dann berührten sie sich.

Auf den Straßen waren kaum Autos unterwegs. Die beiden fuhren gerade durch ein Viertel, in dem der Strom ausgefallen war. Deswegen traten die Leute aus ihren Häusern, ergossen sich auf die Straßen, wo die Luft frischer war und wo es Treppenfluchten gab, und nutzten das Ärgernis des Stromausfalls zu ihrem Vorteil, indem sie im Mondschein spazierten oder plaudernd in Gruppen beisammenstanden. An einer Stelle befand sich eine kleine Ansammlung von Männern und Frauen in lebhaftem Disput mitten auf einer Kreuzung. Mit aufgeblendeten Scheinwerfern war Duniya ohne abzubremsen auf sie zugefahren und hatte sie genötigt, Hals über Kopf wegzurennen, wobei sie fluchten, alle möglichen Verwünschungen ausstießen und einer ihr auch nachschrie, sie sei wohl übergeschnappt.

»Tut mir leid«, sagte sie, als sie wieder in der Verfassung war, zu sprechen.

Inzwischen hatte sie das Fahrzeug in totale Unterwürfigkeit versetzt und befand sich eindeutig in frohgemuter Hochstimmung, geflügelt wie ein Greif. Sie drückte aufs Gas und beschleunigte immer mehr. Sie tat dies, um die Entfernung zu verkürzen, die weniger zwischen ihrem und Bosaasos Körper als vielmehr zwischen ihr und ihrem Bruder Abshir bestand. Sie waren nur noch Stunden voneinander getrennt, und sie wünschte, diese in Hingabe zu verbringen, in Bosaasos Gesellschaft bei ihm daheim. Sie wollte gewisse Fragen, die sie sich zu Bosaaso stellte, aus dem Weg haben, bevor sie Abshir in die Arme schließen würde.

Um nicht nur um diese Dinge zu kreisen, begab sich Duniya in Gedanken in die vielschichtige Zone zwischen

Mythos und Religion, wo greifartige *buraaqs* Schulter an Schulter mit Dschinns an den Pforten des Himmels spionierten; wo Sternschnuppen auf letztere gezielt sein sollten, um sie zu entmutigen; wo gelangweilte Frauen sich Dschinns in unerlaubten Liebesaffären hingaben; wo Dschinns aus Boshaftigkeit Wachposten auf den Pforten zu Zubairs Augenlicht bezogen.

Heute abend hatte Duniya den aus ihrer innersten Tiefe kommenden Wunsch, sich ihm zu schenken, einen Wunsch, der in langen Tagen gereift war. Sie war froh, daß er sie nicht gedrängt hatte. Nun stimmte der Zeitpunkt, und die Plötzlichkeit verlieh ihrem Entschluß mehr Kraft, so wie der erste Donner in der lange erwarteten Regenzeit. Sie wollte wissen, wie er im Bett war; ob er schnarchte; was seine Eigentümlichkeiten waren; war es ihm wichtig, auf welcher Seite des Bettes er schlief; war er mißgelaunt, wenn er morgens aufwachte?

Er rutschte unruhig hin und her, und sie spürte, daß er etwas sagen wollte. »Ja?«

»Wir werden noch genug Zeit zum Reden haben«, hörte sie, und dennoch wirkte er von Sorgen erschlagen, sehr blaß, völlig blutleer. Sie berührte seine Hand, die sich kalt, leblos anfühlte.

»Sag's nur, wenn es nicht warten kann, bis wir bei dir sind«, meinte sie.

Er zögerte. »Es ist bloß . . .«, doch er brachte nicht den Mut auf, zu Ende zu sprechen.

Sie bremste ab. Von hier ab müßte er ihr Anweisungen geben. Doch er sagte ihr, sie solle links abbiegen, obwohl er eigentlich rechts meinte. Sie entschied, daß er einen schrecklichen Orientierungssinn hatte, was sie seinem Leben in einer ausgeschilderten Stadt zuschrieb, wo es Stadtpläne gab und niemand auf seinen instinktiven Richtungssinn angewiesen war. Sie begriff nicht, wovon er sprach, aber sie ließ ihn reden, weil es ihm guttat und die Spannung beträchtlich verringerte. Aber was genau wollte er ausdrücken?

Eine Frau, die drei Kinder aufgezogen hat, ist nicht leicht zu überraschen; sie kann Ängstlichkeit auf den Gesichtern ihrer Kinder sehen, weiß, was sie wollen, lange bevor sie es aussprechen. Als Krankenschwester mußte sie sich sehr viele dumme Fragen von ansonsten intelligenten Menschen anhören, die wegen ihrer körperlichen Beschwerden die Fähigkeit verloren hatten, ihren Kopf vernunftgemäß einzusetzen.

»Weißt du, wie lange Abshir in Mogadischu bleibt?« fragte er.

»Ich hab keine Ahnung«, erwiderte sie.

Er muß sich immer Sorgen machen, dachte sie. Ein sich selbst zerfleischender, ständig an sich zweifelnder Mann mit wenig Selbstvertrauen. Er gehört möglicherweise zu der Sorte von Mann, die bei Tagesanbruch aufsteht, um sich Sorgen zu machen, ob er seinen Termin am Mittag einhalten kann oder nicht.

Sie war erleichtert, als sie an sein Tor kamen, vor dem sie abbremste. Im oberen Stock des Hauses brannte Licht, und sie konnte einen stark reparaturbedürftigen Balkon sehen. War das der Balkon, von dem Yussur und der Säugling in den Tod gestürzt waren? Duniya stieg bei laufendem Motor aus und sagte: »Fahr du selbst hinein.«

Ein Nachtwächter vom Flußvolk zeigte ihr den Weg mit einer Taschenlampe, deutete auf das schmale Seitentor, durch das Fußgänger Bosaasos Haus betreten konnten. Doch als er das Auto in seinem Unterstand eingeparkt hatte und sich ihr anschloß, fiel haargenau in dem Augenblick, als er ihre Hand genommen hatte, um sie hineinzuführen, der Strom aus, und sie zuckte zusammen, als sie plötzlich im Dunkeln standen. Der fahle Taschenlampenstrahl des Nachtwächters lieferte ihnen gerade genug Licht, um die Stufen zur Haustür zu sehen.

»Ich habe einen Generator und genug Diesel; um ihn am Laufen zu halten«, sagte er.
»Wenn der Rest des Viertels kein Licht hat, warum dann wir?«
»Da hast du auch wieder recht«, erwiderte er.
Als sie durch die Tür trat, die er für sie aufgehalten hatte, sah Duniya, wie ihr Schatten das Mondlicht, das durch die Tür hereinspähte, in zwei Hälften teilte. Sie trat auf den Schwanz ihres eigenen Schattens, als wäre er ein Fußabstreifer, auf dem sie sich die Schuhe abtreten sollte. Als sie weiter hineinging, spürte sie, daß das Haus merkwürdig unbewohnt wirkte. Sie ging direkt geradeaus, hielt aber Bosaaso den Weg frei, da sie vermutete, er würde nach einer Streichholzschachtel oder Kerzen suchen oder Vorhänge und Fenster aufmachen wollen. Einen Augenblick später hörte sie auch die Verandatür krächzend aufgehen, und er sagte: »Hier ist ein Sessel. Komm bitte.«
»Gleich«, sagte sie.
»Oder hättest du es lieber, wenn wir im Dunkeln sitzen und ins Mondlicht schauen?«
Sie trafen sich auf halbem Weg und umarmten sich. Die Nacht war nur in eine gazedünne, fahlgraue Folie gehüllt, und Duniya hatte kaum Schwierigkeiten, sie zu durchstoßen. Der Mond zog sie an, stand auf einer Lichtung am Himmel, und die Wolken hielten sich abseits wie wohlerzogene Zuschauer, die Raum und Rampenlicht demjenigen überließen, den der Augenblick zum Hauptdarsteller gekrönt hatte. Sie liebte die Stille, liebte das Halbdunkel, sie liebte, wie sie beide Brust an Brust dastanden und nichts sagten. Dann verlor sie den Mond aus dem Blick. Doch war er verschwunden? Sie zählte bis dreizehn, als wäre er ein Leuchtturm, dessen aufblitzendes Licht nach Sekunden gezählt werden konnte. Dann mischte sich die Außenwelt in ihre innere Stille und Friedlichkeit.
Der Nachtwächter rief Bosaasos Namen.

»Soll ich antworten?« fragte er flüsternd.
Sie ließ ihn los und sagte: »Das hast du ja schon.«
Er atmete nervös ein und aus, wirkte spannungsgeladen wie eine verschreckte Eidechse. Als sie nun wieder getrennt waren, warf jeder seinen eigenen Schatten, seiner kürzer als ihrer. Er war eindeutig aufgebracht, wollte den Nachtwächter, den armen Kerl, aber nicht anschreien. Er ärgerte sich über sich selbst. In seiner Stimme vermischte sich eine Vielzahl von Empfindungen, als er sagte: »Was willst du denn?«
Der Nachtwächter stand seitlich an der Tür, die Bosaaso geöffnet hatte. Er war zu hören, aber nicht zu sehen, als er seine Botschaft übermittelte: »Waaberi, deine Schwägerin, war einige Male hier.«
Bosaaso war versucht, diesen Dummkopf von Nachtwächter zurechtzuweisen, indem er ihn daran erinnerte, daß Waaberi seine frühere Schwägerin war. Aber aus Rücksicht auf Duniya ließ er es bleiben.
»Was wollte sie, hat sie dir das gesagt?«
»Sie hat nur gesagt, sie müßte dich dringend sprechen.«
»Hat sie gesagt, weswegen?«
»Und da war dieser Mann bei ihr.«
»Welcher Mann?«
Der Nachtwächter sprach mit dem Akzent der Leute aus Baidoa, und dies reizte Bosaaso. Er hätte seine Selbstbeherrschung verloren, wäre nicht Duniya hinzugetreten, hätte seine Hand genommen und sie geküßt.
»Weißt du, wie der Mann heißt, der mit Waaberi gekommen ist?« fragte er.
»Er hat ein Auto, das heller glänzte als das Mondlicht«, sagte der Nachtwächter.
Bosaaso beschrieb Kaahin.
»Das ist er.«
»Wann wollten sie zurückkommen?«
»Irgendwann heute abend.«

Als Bosaaso nun sprach, nahm seine Stimme zwei Tonlagen an, gehörte zu zwei verschiedenen Seinszuständen. Der ersten Hälfte seiner Erklärung folgte eine Pause, lang genug, um Duniyas Kuß zu erwidern. Er sagte: »Wenn Waaberi oder Kaahin heute noch einmal herkommen ... so lautet meine Anweisung, keinem zu erlauben, uns zu stören.«
»Was ist, wenn sie fragen, wann oder wo sie dich treffen können?« fragte der Nachtwächter.
»Sag ihnen, ich werde sie persönlich aufsuchen«, erwiderte Bosaaso.
Als die Tür zuging und sie im Dunkeln standen, lauschten sie auf die sich entfernenden Schritte des Nachtwächters.
Sie meinte: »Du bist so unfehlbar höflich, daß es mich beschämt, wenn ich an meine Wutanfälle, Streitereien und Zornausbrüche denke. Fühlen wir uns voneinander angezogen, weil wir so unterschiedlich sind?«
»Wir haben vieles gemeinsam«, sagte er.
»Natürlich haben wir das«, sagte sie, »aber es würde mich überhaupt nicht verärgern, wenn du hie und da deine Wut zeigen würdest.«
Ohne noch etwas zu sagen, gingen sie Hand in Hand auf die Verandatür zu.
»Du hast verdammt viel Temperament, weißt du das?« sagte er.
»Und deine Höflichkeit ist eher herausfordernd als entwaffnend«, entgegnete sie zurückhaltend. Als sie weiterschritten, stießen ihre Hüftknochen aneinander wie bei einem tanzenden Paar.
Schließlich blieben sie stehen. Es gab nur einen Sessel. Als Duniya sich hineinsetzte, berührten ihre Finger etwas Hartes, das sie als ein Fernrohr erkannte. Da ihr Orientierungssinn ausgezeichnet war, brauchte sie nicht lange, um herauszufinden, daß der Sessel nach Westen ausgerichtet war. Hieß das, daß Bosaaso ein Vogelbeobachter war? Sie

hielt ihn nicht für einen Voyeur – außerdem, wem sollte er nachspionieren?
»Ich beobachte gerne Vögel«, sagte er, ohne von ihr gefragt worden zu sein.
Dann küßte er sie. So stürmisch und so plötzlich, daß sie sich beim Versuch, nicht ihr Gleichgewicht zu verlieren, an seinem Ärmel festhalten mußte.
Er sagte, sobald er es konnte, noch bevor sie die Gelegenheit zu sprechen bekam: »Ich liebe dich.«
Mit beiden Händen umschloß sie seine Hand und küßte sie leicht.
Weil sie nichts sagte, küßten sie sich, diesmal nur kurz.
»Es würde mich ärgern, wenn irgendwas, was ich täte oder sagte, dich verärgerte«, sagte er.
»Ich weiß«, erwiderte sie.
Er setzte sich neben sie in den Sessel in der Hoffnung, sie würde »Ich liebe dich« oder etwas ähnlich Erfreuliches sagen.
Sie meinte: »Taariq hat immer gesagt, daß ich wie die meisten Männer bin: Details langweilen mich. Er meinte, mein heftiges Wesen, mein temperamentvolles Gemüt wären nur von der allgemeinen Tendenz der Dinge fasziniert.«
Sie schob das Buch beiseite, das im Sessel gelegen hatte. Er wurde neugierig, fragte sich, was er das letzte Mal, als er hier gesessen hatte, wahrscheinlich in einer schlaflosen Morgendämmerung, gelesen hatte. Er wußte allein vom Anfühlen, daß es Dostojewskis *Brüder Karamasow* war.
»Ich bin auf Einzelheiten fixiert, das stimmt; ich halte mich rigoros an sie«, sagte er.
»Wie eine Person lächelt, ihre nervösen Ticks, wie sie schläft, wo sie einschläft, welche Seite des Betts sie vorzieht – das sind die Details, die mich tatsächlich interessieren«, erwiderte Duniya.
Er war ruhelos wie ein Mann auf unsicherem Terrain. »Das

hängt davon ab, was du darunter verstehst, eine Person zu kennen«, sagte er.
»Wo ist das Badezimmer, das ich im Dunkeln am einfachsten erreichen kann?« fragte sie.
»Im Erdgeschoß ist eins. Soll ich dich dorthin bringen?«
Dann kitzelte er sie. Sie lachte. Und lachend erhob sie sich. Sie meinte, er würde sie wie eine Katze necken, die schon einmal von einem größeren Hund verletzt worden war und sich wieder auf die ihrer Katzenart gemäße Wachsamkeit besinnt, weswegen sie etwas zurückhaltend mit dem Angriffstrieb des Hundes spielt. Seine verführerischen Finger fuhren ihr Rückgrat auf und ab. Seine Finger kitzelten sie wie die verspielten, jedoch harmlosen Tatzen einer Katze. Plötzlich schlossen sich zwei Finger um den Verschluß ihres Büstenhalters, und bevor ihr das Akan-Wort für ›Brüste‹ einfiel, hatten diese schon keinen Halt mehr und pochten in warmer Erregung. Sie küßten sich, er atmete heftig, aus seinen Nasenlöchern pfiff es wie aus einem Reifen, der Luft verliert. Sie sagte nicht: »Bedränge mich nicht«, sondern: »Wo ist das Badezimmer, das im Erdgeschoß?«
Der Mond kam herein, leuchtete ihrem Weg, zeigte ihnen, wo es langging. Der obere Treppenabsatz war von Mondlicht überflutet. In ihrem Geschoß gab es drei Zimmer. Er ging nach rechts, und sie folgte ihm. Er öffnete ein Fenster. Mehr Helligkeit.
Dann sagte sie: »Ich bin gleich wieder bei dir.«
Bosaaso näherte sich Duniyas Körper, als wäre dieser eine Tür, deren Kombinationsschlösser die Durchführung einer bestimmten Anzahl von besonderen Kunstgriffen erforderte, bevor sie aufgingen. Er hätte ein Prinz von niederem Adel aus *Tausendundeiner Nacht* sein können, der etwas wettzumachen versucht. Für ihn stand zu viel auf dem Spiel, als daß er sich eine schlechte Darbietung hätte erlauben können. Erst als er seinen ganzen Charme einsetzte, ließ sie ihn ein.

Und dann gingen die Pforten ihres Körpers weiter auf, und sie legte sich auf ihn – die Herrin dirigierte Geschwindigkeit und Verlauf des Flusses ihrer gemeinsamen Liebe. Vorher hatte er wissen wollen, ob sie die nötigen Vorkehrungen getroffen hatte. Sie hatte gesagt: »Natürlich habe ich das«, womit sie deutlich machte, daß sie keine weiteren Kinder wollte, besten Dank.
Er folgte den rhythmischen Diktaten ihrer orchestrierten Bewegungen, konzentrierte sich auf die Einbuchtungen ihres Körpers, die jenen Spuren glichen, die sich auf Steinplatten bilden, die zu einer häufig benutzten Tür führen. Ihr Körper fühlte sich viel jünger als seiner an und war unbestreitbar sportlicher. Zum Beispiel konnte sie so lange in halb aufgestützter Stellung bleiben, wie es der Liebesakt verlangte, wohingegen ihn der Rücken schmerzte.
Ihn zu lieben war göttlich. Das war klar.
Sie wechselten die Stellung. Nun war er oben, aber immer noch in Gedanken versunken, er gab sich geistiger Aktivität hin, da er erst viel, viel später kommen wollte.
»Wo bist du?« stichelte sie.
Er zögerte, verstand nicht, was sie meinte. Sie waren noch im Dunkeln, nahmen aber ihre Körper nicht allein durch Befühlen wahr, sondern auch vermittels des hereinscheinenden Mondes. Er sagte: »Ich bin im siebten Himmel.«
»Wo die Dschinns sind?« fragte sie.
»Und heimlich lauschen.«
»Dann bin ich die Sternschnuppe. Sieh, wie ich verglühe. Halt mich fest.«
Er hielt sie, als sie davonflog, an allen bekannten und unbekannten Planeten des himmlischen Glückssternbilds vorbei, so leicht wie der sprichwörtliche Streitwagen des Propheten, den einige Ilyaas, einige Elias, andere Idris nennen und wieder andere als einen Abkömmling von Harun, dem Bruder von Moses, bezeichnen – diesen hochverehr-

ten Wunderwirker eines Propheten, den Muslime für Qadr halten.
»Sind wir soweit?« sagte sie noch.
Und ihr Körper öffnete sich noch weiter, und noch viel mehr Paläste taten sich darin auf. Bosaaso erkannte, er besaß weitaus mehr Schlüssel, als er bisher dachte. Wieder warfen sie sich herum, aber ohne sich voneinander zu lösen, durch den Akt der Vereinigung aneinandergeschlossen. Er empfand größte Lust. Soviel war für sie offensichtlich.
Nun war sie dran, sich den ihr zufliegenden Gedanken zu widmen; sie dachte an Körper, als er die Aufgabe übernahm, das Orchester ihres Liebesspiels zu dirigieren. Sie spürte die Striemen, die sein Hosengürtel an seinen Hüften hinterlassen hatte, Körpermale, die so hervorstachen wie die Dehnungsnarben einer Frau nach der Geburt einer Reihe von Kindern. Er hatte selbst für einen Somali viel zu viele Brandmale und Narben. Hatte seine Mutter alle unerklärlichen Beschwerden ausgebrannt, weil sie an die Wirkung solch kurierender Eingriffe glaubte?
Sie dachte weiter, daß die Leibesübungen der Liebe ein großartiger Sport sind, wenn beide Beteiligten auf Verzögerung erpicht sind und sich darauf beschränken, ganz und gar im Jetzt zu leben, in genau dem Augenblick, in dem alles stattfindet. Dann ist Liebe göttlich.
Sie war verlegen, weil sie genau in dem Moment, als er die Worte ›Ich liebe dich‹ aussprach, an Sünde gedacht hatte. Liebe ist ein zu banaler Begriff, um ihn mit Allah in Verbindung zu bringen; er mag gnädig sein, mitfühlend; menschliche Handlungen mögen seinen Zorn verdienen; aber er liebt nicht. Von dieser metaphysischen Selbsterforschung überwältigt, fiel ihr Gesichtsausdruck zusammen, so ungleichmäßig wie ein Blatt, das erdwärts trudelt, in der Zickzackbewegung einer Schlange, die in einem Dickicht Zuflucht sucht. Sie dachte an Adam und Eva. In ihren Ge-

danken bemitleidete sie Eva, deren Name nicht im Koran erwähnt wird, nicht ein einziges Mal.
Aber sie konnte den Gedanken nicht verdrängen, daß sogar in sogenannten weltlichen Kulturerscheinungen wie dem westlichen Kino der Begriff der Sünde ständig auftaucht. Ehepaare werden nie gefilmt, wie sie nackt den Sex genießen, wohingegen Ehebrecher meterlang auf Zelluloid dabei gezeigt werden. In Büchern war es genauso. Warum?
Dann hörte ihr Denken auf, denn plötzlich stand sein Körper in Feuer und beide fieberten vor Erregung und riefen den Namen des anderen. Lautstark und genüßlich kamen sie zum Orgasmus.
Lange Zeit sprach keiner von ihnen. Er lag auf dem Bauch neben ihr.
Der Strom war wieder da. Doch nur das Küchenlicht war an. Duniya sah das als Zeichen an, denn es paßte zu den bekannten Fakten über Bosaasos Vergangenheit: Seine Mutter war eine ausgezeichnete Köchin gewesen, die ihre kulinarischen Dienste angeboten hatte und dafür eher Nahrungsmittel als Geld erhalten hatte. Nach herkömmlicher somalischer Auffassung wird die Küche mit den Frauen assoziiert, und Männer werden davon abgehalten, einen Fuß hineinzusetzen.
Sie stand auf und fand durch Tasten am Haken neben der Tür ein Handtuch. Dann legte sie sich neben ihn, nachdem sie sich das Handtuch untergelegt hatte. Hätte ein katastrophaler Liebesakt ihrer Zuneigung geschadet? fragte sie sich. Sie sagte in der Hoffnung, daß er zuhörte: »Bei vielen afrikanischen Völkern nehmen Männer eine Frau nicht zur Ehegattin, bevor sie nicht ein Kind unterm Herzen trägt. Hast du das gewußt?«
Er wandte sich ihr zu und sah sie an. Dann legte er sich schweigend zurück.
Sie setzte sich auf. Ihr Lächeln war jetzt breit, nahm das gesamte Gesicht ein. Sie langte sich ans Haar. Ihr fiel ein, daß

ihr Kopftuch irgendwann während des Liebesakts heruntergefallen war. Nun sah sie es am Fußende des Bettes am Boden, mit ihrer dünnen Unterhose verschlungen. Immer noch lächelnd, versuchte sie mit ihrer freien Hand eine Stelle zwischen ihren Schulterblättern zu kratzen. Er versuchte ihr zu helfen.

»Wie schläfst du?« wollte sie wissen.

»Wie oder wo?« sagte er und warf ihr einen spöttischen Blick zu.

»Ich habe einen leichten Schlaf, ein großer Vorzug, wenn du auf der Entbindungsstation Nachtschicht hast, doch woanders ist mir das schon lästig gewesen«. Dann fügte sie hinzu: »Zubair gab alptraumhafte Geräusche von sich; Taariq schnarchte heftig, aber stritt es mir ins Gesicht ab, wenn ich ihn aufweckte. Also, wie schläfst du?«

»Normalerweise schlafe ich tief und fest.«

»Du schlägst keine Purzelbäume im Tumult der Tageserinnerungen, bevor du einschläfst?« fragte sie.

»Hin und wieder schon«, sagte er.

»Gut.«

»Es gibt noch fünf Zimmer mit Betten darin«, sagte er, »falls ich mich herumwerfe und deinen Schlaf zu einem unerträglichen Alptraum gestalte.«

»Du willst mich doch nicht in eines davon wegschicken, oder?« reizte sie ihn.

»Nein, natürlich nicht.«

Und so – wie bei einem Mann, der eine bittere Pille einnimmt, die ganz hinten auf die Zunge gelegt werden muß, bevor sie mit Wasser heruntergespült wird – zeigten Bosaasos Gesichtszüge nicht so sehr Pein als vielmehr Spannung. Er befühlte ihren Körper mit den absichtlich langsamen Bewegungen eines Masseurs, der den Körper eines Sportlers bearbeitet.

»Möchtest du, daß ich dir das Haus zeige, dich herumführe?« fragte er.

»Weshalb?«
»Möchtest du nicht darin wohnen, wenn wir heiraten?«
»Ich werde ganz gewiß nicht hier wohnen wollen«, sagte Duniya.
»Wird es dann einen Platz für mich in deiner neuen Wohnung geben?«
»Jetzt drängst du mich zu sehr«, sagte sie. Und ging auf die Toilette.
Beide konnten keinen Schlaf finden. Sie gab sich den Gedanken an all das hin, was zwischen ihnen stattgefunden hatte und noch zu einer glücklichen Reihe kommender Ereignisse führen würde; er hingegen dachte an den Abend, als wäre es ihre Hochzeitsnacht. Da er aus irgendeinem Grund nicht schweigen konnte, sagte er: »Ich kann nicht einschlafen aus Angst, zu schnarchen.«
Sie gab ihm einen Kuß.
Ein Lächeln, quirlig wie ein Spatz, setzte sich auf seine Nasenspitze, die er verlegen kratzte. Dann berührte das Lächeln seine Wangen, erst die linke, dann die rechte. Eine Weile war Duniya unsicher, wo es als nächstes hingehen würde. Würde es auf seiner Stirn landen, die Falten glätten? Schließlich erleuchtete das Lächeln seine Augen, und er blinzelte.
»Weißt du, was ich machen werde?« Damit setzte er sich auf.
»Was?« fragte sie.
»Ich werde dieses Haus verkaufen.«
»Wollen wir nicht schlafen?« meinte sie. »Wir haben morgen einen langen Tag.«
»Weißt du, was ich machen werde, wenn ich es verkauft habe?«
Sie grinste. »Aber warum überhaupt verkaufen?«
»Hör mir bitte zu.«
»Können wir jetzt nicht schlafen?« sagte sie. »Morgen ist ein langer Tag. Abshir kommt, und wir müssen in die

Wohnung gehen, um sie für seine Ankunft herzurichten.«
»Ich bin zu aufgekratzt, um einzuschlafen.«
Er sah kläglich aus. Es würde nichts fruchten, ihm zu sagen, er solle den Kopf nicht hängenlassen. Er war so überreizt wie sie, aber sie hatte die Selbstbeherrschung, ihre Spannung zu zügeln. Sie war eine Frau, die sich all den Widersprüchlichkeiten des Lebens zu fügen wußte, ohne dabei irrsinnig zu werden. »Komm«, sagte sie, »komm und leg dich neben mich.«
Sie streckte den Arm aus, damit er ihn als Kissen benutzen konnte. Sie lächelte, aber nur so schmal wie ein Gürtel. Sie hörte, wie er ihren Namen immer wieder ausrief, als wären es die heiligen Morgengebete. »Erzähl mir was von Zawadi«, sagte sie.
»Was möchtest du wissen?«
»Wie sie ist.«
»Sie ist ein netter Mensch.«
»Ich habe nicht geglaubt, du hättest mit jemandem was zu tun, der kein gutes Herz hat«, sagte sie. »Beschreib mir, wie sie aussieht.«
»Soll ich dir Fotos von ihr zeigen?« fragte er.
Sie bewegte ihn dazu, genauso liegenzubleiben wie zuvor. »Ich traue Kameras genausowenig wie deiner gefühlsgeladenen Beschreibung von ihr. Schließlich ist eine Person nicht nur ein Körper, aber nur das zeigen Fotografien.«
»Das stimmt«, gab er zu.
Sie ermutigte ihn. »Wie würdest du sie jemandem beschreiben, der sie nie kennengelernt hat?«
»Es sind ihre Augen«, sagte er wie unter Hypnose.
»Was ist mit ihnen?«
»Sie sind fast grün.«
»Fast?«
»Wie bei einer rotbraunen Katze hat jedes Auge von Zawadi eine andere Färbung, das linke dunkler grün, das

rechte beinahe blau. Aber du mußt erst ganz nahe heran, bis es dir auffällt.«

»Und kein Auge ist künstlich?«

»Nein.«

»Woher stammen ihre Eltern?« wollte sie wissen.

»Beide Eltern waren schwarze Amerikaner.«

»Aber irgendwo in der Ahnenreihe, in ihren Genen ist doch vielleicht eine Erklärung«, sagte sie, wobei sie spürte, daß er allmählich wegdöste. »In den USA, wo beinahe jeder von irgendwo anders herkommt, muß es doch eine Erklärung geben.«

Seine Augen waren geschlossen, sein Atmen gleichmäßig wie im Schlaf.

»Hätten die Fotos, die du mir zeigen wolltest, diese Unterschiede in der Augenfärbung offenbart?«

Es kam keine Antwort. Er war eingeschlafen.

»Was meinst du wäre ihre Reaktion, wenn sie hörte, daß wir beide geheiratet haben? Glaubst du, sie wäre verstimmt? Ich meine, gehört sie zu dem Menschenschlag, der uns vielleicht ein Glückwunschtelegramm schickt, selbst wenn sie verstimmt wäre?«

Als wieder keine Antwort kam, löste sie ihren Körper von ihm. Dann schnalzte etwas in ihrem Kopf wie eine Jalousie, die in einem Zimmer hochschnellt, in dem die Morgendämmerung eidottergelb und frohgemut aufbricht.

Es betrübte sie, daß er nicht wach war, um die von ihr getroffene Entscheidung zu hören.

17

Duniya wacht in Bosaasos Haus auf. Später kommt Waaberi, die jüngere Schwester seiner verstorbenen Frau, dann tauchen Hibo und Kaahin auf.

Eine mit Duniya recht gut bekannte junge Frau spricht im Traum von unangezapftem Reichtum, der am Grunde eines sehr engen Brunnenschachts zu finden sei. Ob Duniya nicht hineinspringen und ihn sich aneignen möchte? Sie überlegt sehr lange, gibt schließlich nach und springt kopfüber hinein, voller Mut und Abenteuerlust, unberührt von der Angst vor dem Tod durch Ertrinken. Duniya stellt fest, daß ein gut gepflegter Obsthain, in dessen Mitte eine Quelle ist, sie erwartet.

Irgendwo im Haus drang aus einem Radio der morgendliche Nachrichtenüberblick auf englisch. Ein Schwall seltsamer Laute erreichte Duniyas benommene Sinne in wirrer Folge. Einige Geräusche drangen aus der Küche, wo Bosaaso ihrer Vermutung nach das Frühstück herrichtete, einige kamen von der Dachkante, andere wiederum aus ihrem eigenen Kopf. Sie war zu erschöpft, um bestimmen zu können, welche geheimnisvollen Wellen sie an Land gespült und an einem so fremden Strand angeschwemmt hatten. Bevor sie ihre äußere Umgebung in sich aufnahm, lauschte sie den Siebenuhrnachrichten:

> Bei einer Pressekonferenz wurde bekanntgegeben, daß die US-Regierung Somalia Entwicklungshilfe im Wert von 30 Millionen Dollar für drei Programme gewähren wird. Das erste läuft unter dem Titel »Programm zu Wiederaufbau und Wiedereingliederung des Nordwestens« und beläuft sich auf 12 Millionen Dollar; das

zweite mit etwa 5,5 Millionen Dollar ist dazu bestimmt, die allgemeinen Bedingungen für Menschen aus dieser Region zu verbessern, die unter einem Bürgerkrieg gelitten hat; während das dritte Programm schließlich der Wiederherstellung der Infrastruktur dient, die in diesem Gebiet durch den Krieg zerstört wurde.

Während sie dachte, das war kein Bürgerkrieg, das war ein Abmurksen unschuldiger Zivilisten im Nordwesten, betäubte Duniya ein trügerisches Dröhnen mit schockartiger Plötzlichkeit. Es war eigentlich kein Getöse von Geräuschen, sondern vielmehr die Lautstärke häßlicher Farben. Die Farben der Vorhänge im Zimmer, in dem sie aufwachte, in dem sie und Bosaaso sich geliebt hatten, bissen sich mit der an der Wand, die an der Wand mit der an der Decke und die an der Decke mit den Türen und dem Fenster. Es war womöglich unfair, den Geschmack anderer Menschen zu beurteilen. Aber wer von den beiden war verantwortlich: Bosaaso oder Yussur? Wem würde sie die volle Schuld geben? Und was waren die Gründe für die getroffene Wahl? Da sie gerade großzügig aufgelegt war, entschied sie, daß vielleicht die Geschmäcker einer Anzahl von Leuten hier zusammengekommen waren. Aber wie konnte er jeden Morgen in so einem Zimmer aufwachen? Das Vorhangmaterial wirkte vom Aussehen und vom Anfühlen her wie Plastik, die Tapete protzte blumig in frischem Grün und strahlendem Gelb. Rührte es daher, daß Bosaaso ein Mann war und deshalb die enorme Fähigkeit besaß, die Lösung eines häuslichen Problems zu verschieben, bis eine Frau herkam und sich der Sache annahm?

Es war schon gut, daß in der Nacht zuvor das Licht aus gewesen war. Wäre sie hier geblieben, hätte den Liebesakt vollzogen und hier geschlafen, wenn sie all diese Häßlichkeit gesehen hätte? Eher unwahrscheinlich, sie hätte natürlich vorschlagen können, in die Stadtwohnung zu gehen. Als sie nun aufblickte, sah sie eine Spinne den Faden ihrer eigenen Fabel spinnen. Sie erinnerte sich an die Wärme von Bosaasos Körper, der sie wie ein Heizkörper gewärmt hatte.

Er schlief auf dem Rücken, die rechte Hand auf die linke gelegt, beide Hände auf seiner Brust ruhend, als würde er fromme Gebete aufsagen. Ein Lächeln verschönerte seine Lippen, sein Atmen unhörbar, sein ganzer Körper gerade, nirgendwo ein Knick. In seiner Schlafhaltung war er schön anzusehen.

Taariq, rief sich Duniya ins Gedächtnis, nahm üblicherweise mehr Platz im Bett ein, als ihm zustand, und Zubair schlief in gequälter Haltung ein wie ein Kind, das mitten in einem krampfhaften Weinen vom Schlaf überfallen worden ist. Mataan schlief mit halboffenem Mund; gemeinerweise hatte Nasiiba einmal ein paar Tropfen Wasser hineingespritzt. Das arme Mädchen konnte ja nicht wissen, daß in einigen Gegenden im Mittleren Osten kaltes Wasser in den Mund von Menschen gegossen wurde, wenn sie starben, weil geglaubt wurde, dies würde ihren Weg in den Himmel erleichtern. Nasiiba wiederum hatte im Schlaf die rechte Hand halb geschlossen in der Haltung einer Person, die auf etwas zum Halten wartet, wohingegen die Finger der linken Hand zu einer Faust geballt waren, als würde sie einen Kindheitsschatz umschließen, eine Faust so kompakt wie eine Knoblauchzehe. Yarey legte im Schlaf alle Kleidung ab, die Beine in einer Haltung geöffnet, die Nasiiba als rebellisch, nicht als obszön bezeichnen würde.

Sie hörte leise Schritte auf der Steintreppe. Dann erschien Bosaasos Kopf in der Tür.

»Guten Morgen«, sagte er, während sein Gesicht sich in einem neuen Lächeln ausdehnte.

»Guten Morgen.«

»Hast du gut geschlafen?« fragte er und ließ die Hände auf

ihrem Bauch ruhen, als sein ganzer Körper sich im Vergnügen, ihr einen Kuß zu geben, vor ihr niederwarf. »Und hast du süß geträumt?«
»Ich war zu erschöpft«, log sie.
Er setzte sich an den Bettrand und ergriff ihre Hand. »Ich habe Verschiedenes zum Frühstücken vorbereitet, da ich nicht wußte, was du magst. Ich habe gemerkt, es ist unser erster gemeinsamer Morgen.«
»Das ist es«, sagte sie.
Seine Worte waren wie frischgeschnittene Blumen. Er hatte sich geduscht und rasiert. Seine Zähne sahen weißer denn je aus, als er sagte: »Soll ich dir das Frühstück hier raufbringen, oder magst du lieber runterkommen und dort mit mir essen?«
»Wie spät ist es?« fragte sie.
»Es ist fast acht.«
Die Welt des Schlafs umgab sie wie ein Nebel. »Ich möchte erst duschen«, sagte sie.
Er stand auf, um ihr ein Handtuch zu bringen, wozu er den Schrank beim Fenster aufmachte. Dann bemerkte sie den Kontrast zwischen seiner schlichten Erscheinung und demütigen Geisteshaltung und dem Plastik-Wirrwarr der Zimmerausstattung. Es war ein Trost, den Blick auf ihm verweilen zu lassen. Er trug eine einheimische Khakihose, ein kragenloses Hemd aus amerikanischer Baumwolle und Sandalen. Er kam mit der Unterwürfigkeit eines Kellners wieder zu ihr her.
»Wenn du magst, kann ich weggehen, während du unter der Dusche bist, bei der Wohnung in der Innenstadt vorbeischauen, den Schlüssel von den Putzfrauen holen, sie auszahlen, andere Erledigungen machen, wie nach New York telegraphieren, wenn es möglich ist, und dann wieder herkommen«, bot er an.
Alle übrigen Erledigungen kamen ihr sehr banal vor, und es war ihr egal, ob sie von ihm oder jemand anderem aus-

geführt wurden. »Warum nach New York telegraphieren?« Eigentlich hatte sie fragen wollen: »Wem in New York telegraphieren?« Doch sie ahnte die Antwort schon.
Er war kein guter Lügner. »Mir ist gerade eingefallen, daß ein Freund Geburtstag hat«, sagte er, doch sein Blick war unstet, ausweichend.
»Warum nicht das Weggehen verschieben, bis wir gefrühstückt haben?« schlug sie vor.
»Sehr schön.«
Das Handtuch hinter sich herziehend und ohne einen Faden am Leib ging sie auf dem Weg zur Dusche an ihm vorbei. War sie provozierend, oder brach sie nur absichtlich mit der islamischen Auffassung von *cawra*, dessen vorrangige Funktion es ist, weiblich herbeigeführtes Chaos zu regulieren, dem weiblichen Körper ein ethisches Tabu aufzuerlegen? »Ich komm dann runter«, sagte sie.
Eine halbe Stunde später war sie wieder bei ihm.
»Tee? Oder magst du lieber Kaffee?« fragte er.
»Tee bitte.«
Er goß ihr Tee in eine Porzellantasse.
»Wieviel Zucker?«
»Zweieinhalb Löffel bitte.«
Duniya spürte nun Yussurs Gegenwart stärker, zumal sie ja eines so tragischen Todes gestorben war. Sie fragte sich, ob der Frauenkamm, den ihr Bosaaso geliehen hatte, von Yussur war und ob sie dem Gedenken an Yussur zu wenig Achtung gezollt hatte, als sie sich geweigert hatte, durchs Haus geführt zu werden, den Balkon gezeigt zu bekommen, von dem ihre Vorgängerin in den Tod gestürzt war. Aber er wollte doch das Haus verkaufen, oder nicht? Die Leute würden argwöhnen, sie hätte ihn zum Verkauf ermuntert in dem Bemühen, ihr Leben neu zu beginnen – ohne traurige Erinnerungen, die sie mit Yussur verbanden.
»Wie ist dein Omelett?« fragte er.

Er muß sich immer Sorgen machen, stellte sie fest.
»Ich kann dir was anderes auftischen, wenn du es nicht magst.«
»Es ist ausgezeichnet, danke«, sagte sie.
Er merkte, daß sie nicht zum Reden aufgelegt war.
»Könnte ich bitte noch ein bißchen Zucker haben? Irgendwie bin ich heute ganz versessen auf Süßes.«
»Dir macht das Reden beim Frühstück nichts aus, hm? Oder schweigst du lieber?«
Sie lächelte. »Mir ist beides gleich. Ich denk bloß nach.«
Sie sah sich um, als sie aßen, und fragte sich, ob die Küche, in der sie sich befanden, größer als das Hauptschlafzimmer war, in dem sie geschlafen hatten. Ihr erschien die Küche geräumiger und hübsch hergerichtet mit gefliesten Wänden, zwei Herden, einer für Gas, einer für Strom, zwei Kühlschränken und einer Gefriertruhe. Duniya schätzte, daß die Sonne tagsüber hereinkam, sich einem vor die Füße kauerte, die sie wie ein besonders liebes Haustier kitzelte. Nachts schien der Mond herein, von Lichtpartikeln so hell und glänzend wie Gold angekündigt. Wenn es wieder Strom in der Stadt gab, war die Küche der Ort, wo das Licht zuerst anging. So war die geachtete Stellung, die eine Küche in Bosaasos Gedanken einnahm. Ihr kam es so vor, als habe er die Ausstattung ausgewählt und es Yussur überlassen, mit dem Rest des Hauses nach Gutdünken zu verfahren. Daher die häßlichen Farben! Schlafzimmer, Vorhänge und was nicht noch alles.
»Darf ich deine Sorgen mit dir teilen, Duniya?« sagte er.
Es fiel ihr ein, daß sie mit den Namen, die sie beide für einander hatten, nicht mehr zufrieden war. Sie war nicht glücklich damit, ihn Bosaaso zu nennen, und Mohamoud lag ihr schwer auf der Zunge wie Joghurt, das schlecht geworden war. Sie hätte es lieber gehabt, wenn er seine eigene Abkürzung ihres Namens verwendet hätte. Sie dachte all dies, als sie das, was sie im Mund hatte, kaute und dann

hinunterschluckte. »Keine Sorgen zum Teilen, danke«, erwiderte sie.

»Was dann?«

»Ich habe gerade über Raum und Küchen nachgedacht.« Er schien interessiert, sie etwas verblüfft, weil sie nicht wußte, wie Taariqs Lieblingsbegriff »Raum« da hineingeschlüpft war. Vorsichtig sagte sie: »Über Küchen, sagen wir mal.«

»Ich habe alles hier ausgewählt und eingerichtet, einschließlich des Dekors«, sagte er stolz.

»Warum?«

Er legte Messer und Gabel kreuzförmig hin, was sie an die zwei Strohhalme denken ließ, die Somalis über ein Milchgefäß legen, weil sie damit hofften, Dschinns davon abzubringen, sie zu konsumieren oder sie für den menschlichen Verzehr zu vergiften. Er sagte: »In meinem Denken sind Küchen mit meiner Mutter assoziiert, nicht in abwertendem Sinn, sondern weil ich glaube, daß in einer Welt, in der es zur Ehrensache geworden ist, sich abschätzig über ›Nigger‹, Frauen und Eingeborene zu äußern, eine Frau wie meine Mutter mir die Gelegenheit verschaffte, die Welt positiv zu sehen. Bei meiner Rückkehr in die Heimat dachte ich, wie könnte ich ihrer besser gedenken, als ein Mausoleum von Küche als Huldigung an sie zu errichten? In derselben Absicht zollte ich einen weiteren Tribut an die mütterliche Seite meiner Familie – Axmad, der Taxifahrer und die anderen Cousins in der Sippschaft gehören zur mütterlichen Seite der Familie, nicht zu der meines Vaters. Doch so wichtig ist das alles gar nicht.«

»Aber du bist doch sicherlich nicht in einer Umgebung aufgewachsen, wo der Raum in der Wohnung aufgeteilt ist in Bereiche für Wohnen, Schlafen, Essen und Kochen? Wie bist du dann auf eine Küche als Mausoleum gekommen?«

Nach einer langen Zeitspanne sagte er: »Ich würde dir beipflichten, daß Männer sich all die heiligen, machtvollen

Räume angeeignet und den Frauen verboten haben, an solchen Orten wie Moscheen sichtbar oder anwesend zu sein – oder bei Sitzungen eines Rats von Männern, die Entscheidungen fällen, welche die ganze Gemeinde betreffen, einschließlich der Frauen.«
Duniya nickte zustimmend.
»Ich stimme dir auch zu«, sagte er, als er wiederum eine nachdenkliche Pause hatte verstreichen lassen, »daß die Räume, die Frauen zugewiesen sind, den grauen Bereichen von Betten, Essen und der Kindererziehung gehören.«
Dann klingelte es in der Küche, gerade als sie ihr Frühstück in nachdenklichem Schweigen wiederaufnahmen. Bosaaso fuhr zusammen. Als es das zweite Mal klingelte, sah er Duniya ratsuchend an. Und als es das dritte Mal läutete, schaute er zur Klingel hoch, als wäre sie eine Videovorrichtung, die ihm auf einem Zehnmillimeterschirm zeigen würde, wer Einlaß begehrte.
Zorn war in seinem Blick. Doch Duniya hoffte, er würde zu einer Entscheidung kommen, ob er darauf reagieren solle oder nicht, ohne sie in seine Angelegenheiten hineinzuziehen. Wer wußte schon, wer es war? Waaberi? Mire? Kaahin? Einer von Bosaasos zahlreichen Cousins? Oder Nasiiba mit einer dringenden Mitteilung als Überraschung für Duniya?
Sein Mund war zu einer Grimasse verzerrt.
»Hoffentlich ist das Waaberi«, sagte er im Tonfall eines Mannes, den es nach einem Kampf gelüstet.
Sie warteten auf das vierte Klingeln.
»Hast du gestern nacht Leute gehört, die deinen Namen gerufen haben?« fragte sie.
»Ich habe einen tiefen Schlaf«, erinnerte er sie.
Es klingelte zum vierten Mal. Er stand auf, ein Mann, der seine Kräfte bereitwillig mit jedem messen wollte. Bei seinem hastigen Abgang ließ er seine Serviette auf den Boden fallen, und Duniya bückte sich, um sie aufzuheben.

Sie widmete sich wieder ihrem Omelette und ihrem Tee in dem stillen, behaglichen Gedanken, daß sie ihn in keine Richtung gedrängt hatte. Sein Leben war seine Angelegenheit, und er konnte damit tun, was ihm gefiel.
Sie hörte die äußere Tür aufquietschen und dann wieder zufallen, wobei eine dünne Frauenstimme hörbar wurde, die Bosaaso erklärte, daß sie schon etliche Male hiergewesen sei, aber ihn nicht angetroffen habe. »Wo bist du die ganze Zeit gewesen? Ich bin sogar zur Wohnung dieser Frau heute früh gegangen, um nach dir zu sehen«, sagte sie.
Bosaaso sagte in völlig neutralem Ton: »Komm doch herein.«
Ich bin ›diese Frau‹, dachte Duniya lächelnd.
Bosaaso kam vor Waaberi in die Küche. Duniya musterte die Frau, als diese hereinkam: klein, mit großem Mund und breiten Hüften, stark herausgeputzt und mit Lippenstift bemalt, das Haar onduliert, das Kleid teuer und nach der neuesten Mode mit einem Reißverschluß vorn, der reichlich von ihren gewaltigen Brüsten zeigte – wie eine Filmvorschau –, mit einem dunklen Muttermal im Ausschnitt und allem, nackte Arme, buschige Achselhöhlen, ein Gürtel mit einem Anhänger, eine Halskette aus Bernstein und Schmuck um Hand- und Fußgelenke noch dazu. Waaberi war so in Gedanken an Bosaaso versunken, daß sie Duniya nicht sah, die zur Küchenausstattung gehört haben könnte. Dann deutete Bosaaso auf Duniya und sagte: »Ihr kennt euch schon, nicht wahr?«
Kein Ton von Waaberi. Bloß ein Blick voll Verachtung. Als sie wieder eine deutbare Miene hatte, glaubte Duniya, sie würde sich die Möglichkeit überlegen, wieder auf dem Absatz kehrtzumachen. Aber sie kämpfte wie eine Jägerin, die sich in der von ihr selbst gestellten Falle gefangen hatte.
Er bot ihr einen Stuhl an, doch Waaberi wollte ihn nicht annehmen. »Möchtest du mit uns frühstücken?« fragte er.

»Nein danke«, sage sie mit einem Anflug von Nervosität.
In majestätischer Gelassenheit ließ Bosaaso seine Hände auf den Hüften ruhen wie ein Ausbilder, der seine Lehrlinge eine Reihe von Übungen durchführen läßt, ein mit den Ergebnissen zufriedener Ausbilder. »Wenn du dich nicht mit uns hinsetzen und keine Tasse Tee und kein Glas Wasser willst, was können wir dann für dich tun?« sagte er zu Waaberi.
Sie rang nach Worten, als sie sagte: »Ich bin dich besuchen gekommen, ja.«
»Warum hast du mich aufgesucht?« Und er schaute Duniya an, um zu sehen, wie ihre Reaktion auf das Geschehen war. Hand unterm Kinn. Keine. »Ich hab nicht viel Zeit. Also rück mit der Sprache heraus«, sagte er.
Waberi flüsterte fast: »Darf ich mit dir privat sprechen?«
»Nein, darfst du nicht.«
»Es wird nicht länger als eine Minute dauern«, versprach sie.
»Ich habe keine Minute übrig. Außerdem ist Duniya keine Fremde, und es gibt nichts, was ich vor ihr nicht besprechen würde.«
Duniya meinte in Bosaaso nun einen Schauspielschüler vor sich zu haben, der seinem Lehrer zeigte, was er alles konnte.
Waaberi sagte: »Meiner Mutter geht es seit einiger Zeit nicht gut.«
»Ja«, sagte Bosaaso und wartete.
»Und wir haben gerade unsere Strom-, Wasser- und andere Rechnungen erhalten, alle zusammen.«
»Warum bringst du mir die Rechnungen? Oder informierst mich, daß es deiner Mutter nicht gutgeht?«
»Weil du uns behilflich gewesen bist, einige der Rechnungen zu begleichen.«
»War ich dir dabei behilflich, oder habe ich sie alle bezahlt, jeden Cent deiner Rechnungen?«

Waaberi schaute Duniya zum ersten Mal an. Dann an Bosaaso gewandt: »Du hast sie immer alle beglichen. Es tut mir leid«, und ihr Kopf sank wie von selbst herab. »Du bist immer großzügig gewesen.«

»Erinnerst du dich noch an meine Worte, als ich das letzte Mal deine Mutter besuchte«, sagte er, »vor drei Tagen, länger ist es nicht her.«

Sie sprach nach einer Pause nun sehr bemüht. »Du hast dich als einen ausgebeuteten Mann bezeichnet, der sozial dazu erpreßt wird, etwas zu geben, was er nicht mehr hergeben will; du hast uns gebeten, dich nicht mehr mit unseren Rechnungen zu behelligen.«

»Was habe ich noch von euch verlangt? Von dir insbesondere?«

Sie sah zu verlegen aus, um weiterzusprechen. »Mach weiter«, drängte Bosaaso sie.

»Du hast dich erkundigt, wieviel mein Schmuck kostet, wieviel das Kleid und die Schuhe, die ich anhatte, kosteten, und alle meine anderen teuren Angewohnheiten, indem du uns vorgehalten hast, daß du, obwohl du hart für dein Geld arbeitest, dir nicht die Kleidung, die ich trage, leisten kannst, und selbst wenn du es könntest, würdest du sie nicht kaufen, sondern das, was du hast, klug einsetzen, weniger auf die äußere Erscheinung achten und nicht betteln.«

»Was habe ich noch vorgeschlagen?« sagte er.

»Daß ich die Schmuckstücke verkaufen sollte, um die Rechnungen zu zahlen.«

»Nun, wem haben sie zuerst gehört?«

»Yussur.«

»Die war?«

»Deine frühere Frau.«

»Hat sie dir all diese Sachen geschenkt?«

»Ich habe mir einiges ausgeliehen, und sie hat mir einiges geschenkt.«

»Und wie lange habe ich dich und deine Mutter und deinen teuren Geschmack nach Yussurs Tod unterstützt?«
»Eineinhalb Jahre.«
Als wäre er ein Anklagevertreter, der sein Kreuzverhör abschloß: »Kannst du meinem Gedächtnis nachhelfen, wann diese Unterhaltung stattfand, Waaberi? Erinnerst du dich?«
»Vor drei Tagen.«
Duniya spürte, daß sie nach ihrer letzten Antwort fast noch ein »Sir« hinzugefügt hätte.
Bosaaso setzte sich. Er hätte ein jubilierender Rechtsanwalt sein können, der das Ende eines erfolgreichen, aber schwierigen Falles feiert. Niemand hätte ihm eine solche grausame Gegenüberstellung zugetraut.
Es herrschte Schweigen. Waaberi schaute Duniya an. Wandte sich Waaberi an sie um Hilfe? Es schien so, als hätte sich ihnen eine vierte Person angeschlossen. Spannung war die vierte Person in der Küche, omnipräsent, erlaubte niemandem, still zu sitzen. Das war keine Angelegenheit zwischen Gleichrangigen, die sich einen Showdown lieferten, dachte Duniya; keine Duniya, die sich der Grausamkeit eines Halbbruders entgegenstellte; keine Yussur, die einen grundlegenden Streit mit ihrer Mutter hatte. Das glich eher einer europäischen oder amerikanischen Spenderregierung, die eine »offene Aussprache« (so die Allzweckphrase, die im offiziellen Protokoll auftauchen würde) mit Vertretern eines afrikanischen Landes hat, worin den letzteren gesagt wird, daß sie in der Zahl der Mercedesse und ähnlicher Extravaganzen unbescheiden seien, genauso auch in den Schaustücken, die sie dem Rest der Welt vorführten.
»Und du willst uns nichts geben?« sagte Waaberi. »Nicht einmal dieses letzte Mal?«
»Gib meine besten Wünsche an deine Mutter weiter, mehr nicht.«

Bei ihrem Weggang hinterließ Waaberi eine Spannung, die Duniya und Bosaaso die Kehle zuschnürte und sie vom Sprechen abhielt, sogar als das äußere Tor geschlossen worden war.

Dann, nach langem Schweigen sagte er: »Jetzt wird es aber Zeit.«

Geistesabwesend fragte Duniya: »Zeit für was?«

»Ich muß hinfahren und die Schlüssel von den Putzfrauen holen, bei der Wohnung meines Cousins vorbeischauen und vereinbaren, daß Axmad sich uns mit seinem Taxi heute nachmittag auf dem Weg zum Flughafen anschließt.«

Er verstummte. Er war sicher, daß er etwas vergessen hatte.

Sie sagte nichts.

»Kommst du mit oder bleibst du da?«

Sie dachte, daß ihm seine Spannung Gesellschaft leisten würde, also sagte sie: »Ich werde hier auf dich warten, den Abwasch und alles machen. Aber könntest du auf dem Rückweg in meiner Wohnung vorbeischauen? Bloß um herauszufinden, wie es steht?«

Er gab ihr einen zarten Kuß und sagte: »Ciao.«

»Ciao!«

Duniya ging unablässig eine Frage im Kopf herum, immer schneller, bis die Wörter, aus denen die Frage bestand, ineinanderflossen. Bosaaso war fast eine halbe Stunde weg, und sie hatte schon das Geschirr abgewaschen. Dann klingelte es in der Küche.

Sie ging die Tür aufmachen. Zu ihrer Überraschung begrüßten sie Hibo und Kaahin.

Duniya lud sie ein, hereinzukommen, und ging voraus in der Hoffnung, einer von ihnen würde das Tor schließen und beide würden ihr daraufhin folgen. Als sie ihre Schritte nicht hörte, drehte sich Duniya wieder um. Seltsamerweise unterhielten sie sich flüsternd, debattierten über etwas. Duniya hätte Kaahin zwar nicht in ihr Haus eingeladen, aber das hier war nicht ihres, und soviel sie von der Beziehung zwischen Kaahin und Bosaaso wußte, war er im Hause seines Freundes willkommen. Nun aber zögerte sie und konnte sich nicht entscheiden, was sie machen sollte. Hatten Kaahin und Hibo eine heimliche Affäre und waren in der Annahme hergekommen, nur Bosaaso anzutreffen, der von ihrer Liaison sowieso schon wußte? Sie wurde gereizt. »Was ist los? Warum kommt ihr nicht rein?« fragte sie.

Hibos Augen wuselten herum wie eine Schar verängstigter Ameisen. Doch Kaahin zeigte keine Nervosität, auch keine Unterwürfigkeit.

Mit einem Blick auf die beiden sagte Duniya: »Wenn ihr zwei nicht reinkommt, dann gehe ich hinein, koche mir etwas Warmes zu trinken und setze mich ins Wohnzimmer.«

Ohne ein Lächeln sagte Hibo zu Kaahin: »Ich werde mit Duniya reingehen, aber du wartest im Auto auf mich.«

Duniya war klar, daß sie sich da nicht einmischen sollte, sie sagte aber, vielleicht im Wunsch, Mißverständnisse zu vermeiden: »Komm doch rein, Kaahin.«

Er blickte wie ein Mann drein, dem all sein Besitz enteignet worden war. Duniya dachte, daß Kaahin eine leichte Ähnlichkeit mit Mataan aufwies. Auch er schien aufzublühen, wenn er wie ein Sohn behandelt wurde. Sie fragte sich, ob Zawadi ihn immer so behandelt hatte, wie einen Sohn, obwohl er nicht jünger als sie war. Nun öffnete sich sein Mund wie bei Mataan und wollte nicht mehr zugehen; seine Knopfaugen zeigten ein Glitzern, das glänzte wie Silber, wenn die Sonne darauf scheint. »Mir macht es wirklich nichts aus, im Auto zu warten«, sagte er.

»Ach komm, gehen wir doch alle rein«, sagte Duniya zu Hibo.

»Aber ich bin gekommen, um mit dir zu reden.«

»Gehen wir alle drei rein«, beharrte Duniya.

Sie schritt davon und hörte zu ihrer Erleichterung, daß das Tor zuklappte und ihr zwei Schrittpaare folgten. Wenn zwischen ihnen nichts vorgefallen war, was redeten sie dann die ganze Zeit miteinander?

Als sie in der Küche waren, sagte Duniya: »Bosaaso ist nicht da. Was kann ich euch anbieten? Tee? Kaffee?«

Kaahin sagte: »Wir haben ihn in der Stadt bei Besorgungen getroffen. Er hat uns gesagt, daß du hier bist. Tatsächlich wollte ich Hibo zu dir bringen.« Er setzte ein charmantes Lächeln auf.

Duniya entschied, nichts davon zu sagen, daß Waaberi von sich aus Bosaaso aufgesucht und keinen freundlichen Empfang erhalten hatte.

»Was ist los mit dir? Du siehst wie eine indische Sati aus, die gekommen ist, um Abschied von der geliebten Welt zu nehmen«, sagte sie zu Hibo, die in ihrem Sessel in Lumpen aus Kummer gehüllt saß.

Hibo fragte nicht, wer oder was eine Sati war, doch Kaahin tat es.

Duniya fiel die Erklärung ein, die ihr Nasiiba gegeben hatte. Die wiederholte sie, schaute aber nicht auf Kaahin, dessen Frage sie beantwortete, sondern auf Hibo, die es vorzog, zu schweigen. »Sati ist ein hinduistischer Brauch, mit dem eine Witwe sich bei der Einäscherung ihres Ehemanns im Feuer opfert.«

Das machte Kaahin so unerträglich nervös, daß er hochschnellte, als hätte sich sein Stuhl urplötzlich in einen elektrischen verwandelt. Er sagte noch: »Ich muß wirklich gehen, damit ihr zwei reden könnt. Danke, Duniya. Viel Glück, Hibo«, dann stürmte er aus der Küche, wobei er gegen die Tür knallte. Selbst das hielt ihn nicht auf. Denn er schüttelte verdutzt den Kopf, grinste und ging, so schnell ihn seine Füße tragen konnten, hinaus. Bald darauf verstummten alle Geräusche. »Was fehlt dir?« erkundigte sich Duniya.

Emotionslos sprach Hibo: »Ich glaube, ich habe meinen Mann Gallayr ermordet.«

»Du glaubst, du hast ihn umgebracht?«
»Ja«, sagte Hibo mit einer Stimme bar jeder Trauer.
»Wo ist seine Leiche?«
»Daheim.«
Duniya erinnerte sich an die Kriminalromane, die sie gelesen hatte, und sagte: »Ist er unter einem Haufen Erde begraben, wo Büsche den Aushub bedecken, oder ist seine Leiche im Kühlschrank und wartet auf die Ankunft eines Leichenbeschauers, dem bald ein Inspektor mit einer unangezündeten Pfeife folgen wird?«
Hibo schätzte Duniyas Humor nicht. Sie sagte ausdruckslos: »Als ich ihn verließ, war er auf unserem Bett und ächzte vor Schmerz, sein Gesicht blaß und angeschwollen, seine Augen blutunterlaufen und alle Adern sichtbar.«
»Wo hast du das Messer versteckt?« fragte Duniya.
»Ich habe kein Messer benutzt.«
»Und wo sind deine Kinder?«
»Sie waren die Nacht über bei Verwandten.«
Für Duniya war die Nachricht tröstlich, daß sie nicht die einzige gewesen war, welche die Nacht außerhalb ihres gewohnten Betts verbracht hatte. Womöglich hatte Hibo sie bei Kaahin verbracht und trug ihre Schminksachen in ihrer Handtasche, die sie bei ihrem Besuch jetzt so fest umklammert hielt.
»Es war also überlegter Mord, kalt und berechnend?« sagte Duniya.
Kein Muskel bewegte sich bei Hibo. »Ja«, sagte sie.
»Wohin hast du die Waffe geworfen? Oder hast da darüber mit Kaahin am Eingang flüsternd diskutiert?« fragte Duniya.
»Ich habe keine Waffe benutzt.«
»Wenn du kein Messer und keine Waffe benutzt hast, was dann – Gift?«
Hibo nickte, und zum ersten Mal seit ihrem Gespräch zuckte sie zusammen. Doch sie unterdrückte ihre Tränen.

Ihr Mann Gallayr hatte etwas getan, für das er bestraft werden mußte, und sie hatte genau das erledigt. Tränenvergießen war nicht notwendig.
»Willst du nicht, daß ich dir sage, warum?« fragte Hibo.
»Er hat dir die Gonorrhöe verpaßt, und du hast ihn getötet, indem du ihm das Essen vergiftet hast«, sagte Duniya. Hibo hatte gesagt, sie würde entweder morden oder sich selbst umbringen, wenn ihr Mann ihr die Gonorrhöe verpassen würde; das hatte sie an dem Tag verlauten lassen, als eine Ambulanzpatientin eingestanden hatte, daß ihr eigener Mann sie mit der Krankheit angesteckt habe. Es war langweilig, so durchschaubar wie Hibo zu sein, entschied Duniya.
Hibo hatte daraufhin einen unangebrachten Ausbruch an Tränen und Emotionen, aber dieses Weinen hatte etwas Seichtes, etwas Prätentiöses an sich. Nach ein paar Sekunden, da war sich Duniya sicher, würde diese ganze Heulerei versickern wie ein Fluß, der in eine Wüste mündet.
Hibo hatte sich wieder gefaßt und fragte Duniya: »Was würdest du an meiner Stelle tun?«
Duniya fiel die Vorstellung schwer, in Hibos Schuhen zu stecken, aber als sehr aufgeweckte Frau sagte sie: »Also Hibo, an deiner Stelle würde ich heimgehen und mir eine einzige wirksame Injektion von 2,4 oder 4,8 Megaeinheiten Prokain-Penizillin verabreichen.«
»Und was würdest du mit ihm machen?«
Duniya sagte sich, wenn Ehemänner auf ›er‹ und Ehefrauen auf ›sie‹ reduziert werden, dann ist es höchste Zeit, daß die Ehe gelöst oder eine geheime Liebschaft in Erwägung gezogen wird. Da Hibo aber eine Frau mit Ehrbegriffen aus dem nördlichen Burco war, wo Frauen immer noch in diesem Stil erzogen wurden, waren ihr Mordgedanken gekommen. Duniya sagte: »Das hängt davon ab, ob er tot ist oder noch lebt und atmet.«
»Was meinst du damit?«

Hibo war ungeheuer gelassen für eine Frau, die das Essen ihres Mannes vergiftet hatte, und Duniya fragte sich, ob nicht alles eine Art übler Scherz war. Doch sie sagte: »Wenn er tot ist, dann mußt du für den Rest deiner Tage mit deinem Geheimnis leben und niemandem erzählen, was du getan hast.«

»Oder Sati begehen, so hieß doch dieser Hindubrauch?«

Duniya wunderte sich über ihre eigene Gelassenheit; war darüber verblüfft, daß sie sich so benahm, als würde sie an jedem 1. April einen Ehemann um die Ecke bringen, als wäre dies für sie ein jährlich wiederkehrendes Ereignis. Es war so unglaublich, daß sie sich die Anwesenheit Nasiibas wünschte, wahrscheinlich die einzige Person, die derart makabere Anekdoten zu schätzen wüßte.

»Sati zu begehen wäre zu ordentlich. Die Leute hier in Somalia haben kein so feinfühliges Verständnis für deinen Beweggrund oder für deinen Tod, das wäre vergebliche Liebesmüh'.«

Hibo suchte Rat: »Was mach ich, wenn er nicht tot ist?«

»Bring ihn ins Krankenhaus und laß die Ärzte darüber entscheiden, welche chemischen Gegenmittel er bekommen soll, indem du ihnen sagst, was du ihm ins Essen getan hast«, riet Duniya.

»Der Mann hat den Tod verdient«, sagte Hibo.

»Na, warum bittest du mich dann um meine Meinung, wenn für dich schon alles klar ist?«

»Ich bin seine hoch ehrbare Gattin, keine Straßenschlampe«, sagte Hibo, »der er einfach so die Gonorrhöe verpassen und ungeschoren davonkommen darf.«

»Jetzt laß dich nicht so hinreißen. Vergiß mal das ganze Gerede von der Ehre des Nordens und der Unehre des Südens. Gallayr hat dich mit Gift infiziert, und durch Gift in seinem Essen hast du ihn auch vergiftet.« Duniya half Hibo auf die Beine. »Es ist keine Zeit mehr zu vergeuden. Geh heim und bring ihn ins Krankenhaus.«

Dann begleitete Duniya sie zum Tor. Mit tränenerstickter Stimme sagte Hibo dann: »Du bist eine sehr starke Frau; ich beneide dich.«
Dann blieb Hibos Zunge, dick wie eine Scheibe Gorgonzola, reglos in ihrem Mund liegen. Duniya wünschte ihr viel Glück, und sie umarmten sich.
Draußen sahen sie Kaahins Auto, direkt vor dem Tor geparkt, und Bosaaso sprach gerade mit ihm. Wenig später rauschten Duniya und Bosaaso in großer Eile zu Duniyas Wohnung.
Das Geplapper der Kinder verstummte, als Bosaaso und Duniya eintraten. Als sie ihre Fähigkeit, zu sprechen oder einen Besen oder Schrubber aufzunehmen, wiedererlangt hatten, machten sich die jungen Leute wieder an die Arbeit. Bosaaso wurde von allen dreien so behandelt, als wäre er ein älterer Bruder. Marilyn und Fariida waren auch da, aber sie benahmen sich für seinen Geschmack ihm gegenüber zu förmlich.
Duniya und Bosaaso wurden Sitzplätze angeboten, wo sie sich entspannen sollten, als würden sie von einer langen, körperlich erschöpfenden Reise zurückkommen.
Nasiiba meldete schließlich, daß die Stadtwohnung vorbereitet sei, zumindest Onkel Abshirs Zimmer sei für die Benutzung heute abend hergerichtet worden. »Und wir besorgen einen Blumenstrauß«, fügte sie hinzu.
Duniya richtete sich auf. »Einen was?«
»Einen Blumenstrauß mit allem Drum und Dran.«
»Wer ist denn auf die Idee gekommen?« wollte Bosaaso wissen.
»Ich werde mich ganz in Weiß anziehen, Duniya, sogar mit Handschuhen«, meldete sich Yarey.
»Aber wer ist auf die Idee gekommen?«
»Ich«, sagte Nasiiba.
»Wir begrüßen ihn wie ein zu Besuch kommendes Staatsoberhaupt«, fuhr Yarey fort und wiederholte damit etwas,

was Nasiiba ihr eingetrichtert hatte. »Weißt du, wenn so ein Chef eines anderen Landes Somalia besucht, ist da ein kleines Mädchen in einem weißen Kleid und überreicht ihm einen Blumenstrauß. Das kommt doch häufig im Fernsehen.«

Energisch entschied Duniya, sich über diesen Punkt nicht mit Nasiiba oder Yarey zu streiten, weshalb sie die beiden sanft aufforderte, mit dem weiterzumachen, was sie gerade getan hatten.

»Natürlich«, meldete sich Bosaaso, »erkennt das arme Ding offensichtlich nicht, daß dies eine neokoloniale Tradition ist, die wir zusammen mit der Idee von Flaggen, einer Hauptstadt und derartigen Kinkerlitzchen geerbt haben, und auch nicht, daß darin eine sehr männliche Auffassung eingebettet ist, bei der eine unschuldige kleine Jungfrau in Weiß einem zu Besuch weilenden Mann angeboten wird, der zufällig Oberhaupt eines andern Staates ist. Ich brauche dich nicht daran zu erinnern, daß in unserer Tradition einem Mann, dessen Ehre verletzt wurde, eine Jungfrau als Teil der ihm gebotenen Kompensation zugestanden wird. Und wenn männliche Freunde ihresgleichen in einer anderen Stadt besuchen, versorgt der Gastgeber seinen Gast mit einer Frau zu dessen Unterhaltung.«

»Vielleicht solltest du es ihnen sagen«, meinte Duniya.

»Das würde ihnen wahrscheinlich den Spaß verderben«, entgegnete Bosaaso.

»Womöglich«, pflichtete Duniya bei.

Sie verstummten beide und wurden ganz feierlich wie Menschen, die einen Ort der Anbetung betreten. Beide dachten an Abshir und freuten sich auf die Zusammenkunft. Nur durch Gedanken getrennt, hielt sich jeder an eine erfreuliche Erinnerung, ein Andenken der Zärtlichkeit aus der vergangenen Nacht. Sie war stolz darauf, daß sie ihm nicht verraten hatte, ob sie ihn heiraten wollte oder nicht; er dagegen bezog seinen Stolz aus der Tatsache, daß

er nicht darauf bestand, sie solle ihm ihre Entscheidung mitteilen.
Willkommen, Abshir, mein geliebter Bruder, sagte sich Duniya.

18

Duniya fährt mit ihren Kindern, Bosaaso und Freunden in einem Konvoi zum Flughafen, um Abshir zu empfangen. Gefeiert wird dann bis spät in die Nacht.

Bosaaso Auto bildete die Spitze eines Geleitzugs von drei Wagen, und Duniya war die einzige Mitfahrerin. In einem von seinem Cousin Axmad gefahrenen Taxi befanden sich Yarey, Mataan, Fariida und Marilyn. Am Steuer des dritten Autos saß Qaasim, Taariq daneben und – nur um sich von den anderen abzuheben – Nasiiba im Fond. Axmad hatte die unsägliche Taxifahrer-Angewohnheit, unablässig auf die Hupe zu drücken, wodurch er die Aufmerksamkeit einiger Passanten auf den Konvoi lenkte. Als der Verkehr sich verlangsamte und die Hupe immer noch ertönte, brachte eine Frau die Vermutung in Umlauf, es finde eine Hochzeit statt. Das erregte die Neugier einiger Umstehender, und das Wort ›Hochzeit‹ tauchte in den Gesprächen der zu beiden Seiten der Straße Stehenden auf. Die Flüsterkette kam schließlich auch Duniya und Bosaaso zu Ohren. Dann brach eine Frau in die hohen arabischen Jubeltriller aus, und eine andere erwähnte die Namen von Duniya und Bosaaso.

Duniya setzte ein schelmisches Lächeln auf. Bosaaso hingegen saß stramm da, den Rücken gerade wie ein Elefantenschwanz, den Blick konzentriert nach vorn gerichtet, als würde er durch Nebelschwaden fahren. »Sollen wir heute abend alle essen gehen, Duniya?« fragte er.

»Wenn ihr meine Gäste seid«, sagte sie.

»Und wieviel sind wir?«

»Nur die Familie«, erwiderte sie.

»Nehmen wir noch Mire dazu, ja?«

»Ja, machen wir«, stimmte sie froh zu.

»Werden Fariida und Marilyn auch mit von der Partie sein?«
»Ich habe gesagt, nur die Familie. Keine Freunde«, erinnerte ihn Duniya.
Duniya hatte die Namensliste vor sich. Sie ging die Zahl der Eingeladenen mehrere Male durch. Sie war wie der sprichwörtliche Araber mit zehn zu verkaufenden Eseln, der immer das Tier vergaß, auf dem er ritt, aber die Zahl richtig hinbekam, wenn er nicht auf einem Eselsrücken war.
»Hast du schon an ein Restaurant gedacht, wo wir hingehen können?« fragte sie.
»Das hängt davon ab, ob wir in eines in der Stadtmitte gehen oder zu einem Drive-in-Restaurant außerhalb der Stadt fahren«, sagte er.
»Was wäre dir lieber?« fragte sie.
»Entscheide du«, meinte er nur.
Da haben wir's, dachte sie, keiner kann sich zu einer Entscheidung durchringen, weil er fürchtet, den anderen zu verletzen. Wird das immer geschehen, wenn wir zu einer Gabelung kommen, wo der Weg sich aufteilt? Entschieden sagte sie: »Gehen wir ins *Croce del Sud*.«
»Fein, ich werde einen Tisch reservieren«, bot er an.
Mit einem Ruck gingen ihre Augen zu und wieder auf, so daß auf eine ganz kurze Dunkelheit augenblicklich blendendes Sonnenlicht folgte. Sie war erschöpft. Als Fariida gerade erst angekommen war, hatte Qaasims Auftauchen die Lage noch verkompliziert. Die beiden waren zur Stadtwohnung gekommen, die beeindruckend gemütlich und einladend ausgesehen hatte. Sie hoffte, Abshir würde sie mögen.
Nun kam der Tower des Flughafens in Sicht und Bosaaso fragte: »Wie viele kommen dann zum Abendessen?«
»Ich habe sieben gezählt«, sagte sie.
»Sieben ist eine bedeutsame Zahl, die Glück bringt.«

Dann schlängelte er sich durch die enge Einfahrt zum Parkplatz. Er suchte nach einer Stelle, wo sie alle drei Autos nebeneinander parken konnten. Er hatte gerade eine gefunden, als er das Flugzeug einschweben sah.
Nach einer halben Stunde stieg Abshir, ihr geliebter Bruder, aus dem Flugzeug, und zwar als allererster Passagier. Duniya pochte das Blut in den Ohren, da sie nicht nur an Abshir dachte, sondern sich auch fragte, wem sie die Nachricht, daß sie sich entschieden hatte, Bosaaso zu heiraten, zuerst mitteilen sollte: dem Bräutigam selbst oder ihrem Bruder – eine gute Nachricht zu seinem Empfang.

Wie ein Küken, das aus dem Schock einer äußeren Hülle bricht; wie Säuglingsaugen, die zum ersten Mal sehen können; wie ein Nachtfalter, der seine Flügel zum ersten Flug öffnet; wie Gestalten, die kommen, gehen und wiederkehren, menschliche Gestalten, die Stimmen haben, die auf ihren Namen hören, wenn du dich erinnerst, wie sie heißen, menschliche Gestalten, die einen mit »Duniya« ansprechen. Ihr fiel wieder ein, daß sie sich noch vor kurzer Zeit leicht wie auf der mythischen Nachtreise im Koran gefühlt hatte und weggeflogen war; ihr fiel auch wieder ein, daß sie noch vor kurzer Zeit eingeschlafen war und nach dem Aufwachen der Findling nicht mehr lebte. Duniya fragte sich nun, ob sie halluzinierte, sie war sicher, sie hatte den Kontakt mit der sie umgebenden physischen Wirklichkeit verloren, und spürte, wie ein Taumel sie erfaßte, ihr Schwindel bereitete, so wie die Wehenschmerzen eine Frau desensibilisieren, damit sie die Pein nicht mehr so spürt, weil zuviel davon da ist.
Der Reisende, der gerade angekommen war und unter körperlicher Erschöpfung litt, war sie. Sie konnte sich nicht darauf verlassen, daß ihre Füße sie irgendwohin brachten, sie hatte Druck auf den Ohren, und in ihrem Kopf schwirrten tausendundeins Gedanken, die zu warten

hatten, bis der rechte Zeitpunkt gekommen war. Sie war ein Onkel, der seine Nichten und Neffen zum ersten Mal persönlich kennenlernte; sie war ein Bruder, der nach so vielen Jahren seine Schwester Duniya wiedersah; sie war ein Mann, der seinem zukünftigen Schwager begegnete, jemand, den er schon in einem anderen Zusammenhang kennengelernt hatte; sie war ein Mann, der auf zwei gutaussehende Teenager traf. *Aber da haben wir's wieder, vielleicht halluzinierst du!*

Duniyas Erinnerung, sie wäre die letzte, die dies bestritte, war bruchstückhaft und voller Lücken – es war wie bei einer Fotografin, die, während die Gruppe, zu der sie gehörte, vor der Kamera Aufstellung nahm, den Selbstauslöser falsch einstellte und sich nicht genügend Zeit ließ, um ihren eigenen Platz für die Gruppenaufnahme einzunehmen.

Nichts vermag einem die eigene Mitte so zu verschieben wie ein erhöhtes Bewußtsein. Duniya würde Bosaaso später am Abend erklären, daß sie wahrscheinlich unter einer Form von psychischer Störung gelitten hatte, wie sie sich zeigt, wenn die Gehirnzellen eine größere Menge an Eindrücken erhalten, als sie verarbeiten können. Sie wußte nicht, wie sie ihre Empfindungen anders hätte beschreiben sollen.

Trotzdem war alles gut gelaufen. Qaasim hatte es überaus hilfreich so eingerichtet, daß Abshir durch den VIP-Korridor gehen konnte und keine seiner sieben Taschen für den Zoll öffnen mußte. Alle Anwesenden halfen mit, die Taschen zu den wartenden Autos zu tragen. Duniya bekam nicht viel von dem Geschehen mit, zumindest nicht, bis sie daheim waren. Mittlerweile waren alle anderen verschwunden, nur die Familie war geblieben, und Bosaaso war vertrauensvoll als ein Mitglied aufgenommen worden.

In Duniyas Kopf verblieben viele unbeantwortete und un-

gestellte Fragen. Zum Beispiel: Wie hatte sie Bosaaso vorgestellt? Als Abshirs zukünftigen Schwager? Oder bloß als Freund? Sie war sicher, Abshir konnte sehen, daß ihre Beziehung zu Bosaaso ordentlich erläutert zu werden verdiente. Aber hatte sie alles vermasselt? Und mit wem war Fariida verschwunden? Mit Qaasim in seinem Auto?
Sobald Duniya wieder zu sich kam, stand ihr das Universum ihrer Phantasie wieder zur Verfügung. Sie konnte Abshir nun richtig sehen, seine tiefe Stimme hören, alle seine freundlichen Gesten wieder aus der Erinnerung kramen, seine grenzenlose Großzügigkeit. Es blieb ihr ein Rätsel, warum sie immer Abshirs Geschenke annahm, wohingegen sie sich unbehaglich fühlte, wenn sie von andern Menschen welche bekam.
Abshir war ein großer Mann mit gebückter Haltung, dessen Körperbau ihn aber dennoch gut zwei Meter groß erscheinen ließ. Er war sehr dunkel, hatte lange Gliedmaßen, einen breiten Mund und dicke Lippen. Für sein Alter hatte er noch viele Haare, wenn auch schon ein paar graue Strähnen durchschimmerten. Seine Hände waren groß, seine Finger lang. Wenn er zuhörte, leuchteten seine Augen in eifriger Erwartung. Abshir war ein starker Raucher, eine Zigarette jede Viertelstunde, und er hatte einen trockenen Husten. Abshir kaute gern rohen Knoblauch, eine Angewohnheit, die auch Nasiiba hatte, und er und seine Nichte hatten ein ähnliches Temperament, obwohl Mataan ihm eher ähnlich sah.
Er hatte ein sanftes Lachen, sehr weich, kaum hörbar. Gerade lachte er nämlich, weil jemand ihm gesagt hatte, ihm sei die Zeremonie, von einer Nichte in Weiß einen Strauß verwelkter Rosen überreicht zu bekommen, erspart geblieben.
Als Abshir die Vespa gesehen hatte, die Mataan sich von Waris' Cousin ausgeborgt hatte, bot er an, seinem Neffen einen Motorroller zu kaufen, wenn er bei den Prüfungen

gut abschnitt. Als er erfuhr, daß Duniya und die Kinder nicht mehr in Qaasims Wohnung bleiben, sondern in eine andere in der Stadtmitte ziehen würden, fragte er, ob es möglich wäre, daß er eine Unterkunft kaufen könne, die auf Duniyas Namen lief und in der sie wohnen könnte. Kein Wunder, daß er den Spitznamen ›Scelaro‹ bekommen hatte. Er war schnell.

Er, Bosaaso und Mataan saßen im Hof und plauderten. Die beiden älteren Männer hatten viele gemeinsame Freunde, und jeder erkundigte sich beim anderen nach ihnen. Mataan lauschte aufmerksam, sein Mund klaffend offen, und blickte bewundernd von einem zum anderen. Bosaaso hatte einen Heidenspaß daran, von den guten Zeiten zu reden, die er und Abshir in Rom genossen hatten. Wie gehe es Abshirs italienischer Frau und den zwei Töchtern? Wohnten sie noch in Trastevere, oder waren sie umgezogen? Was sei mit Bosaasos australischen und südafrikanischen Freunden, die bei der FAO arbeiteten, waren sie noch da?

»Wie geht es Mire?« fragte Abshir.

Bosaaso gab Abshir einen so schnellen Überblick von dem, was Mire gerade machte, daß Mataan sich fragte, ob hinter dem, was Bosaaso und Mire vorhatten, nicht noch mehr steckte, schließlich waren sie den weiten Weg von Deutschland beziehungsweise den USA hergekommen und hatten ihrem Land ihre Dienste angeboten.

»Ich würde Mire wahnsinnig gern sehen«, sagte Abshir.

»Er kommt heute abend zum Essen«, sagte Bosaaso.

Abshir wandte sich an Mataan: »Wo werden wir heute abend essen, Mataan?«

»Vielleicht hat Mutter etwas organisiert, aber ich weiß es nicht.«

»Duniya lädt uns heute abend ein«, verkündete Bosaaso.

»Wohin?« Abshirs Blick erhellte sich erwartungsvoll.

Nach einer Pause sagte Bosaaso: »Croce del Sud.«

Duniya schloß sich ihnen an und stand stumm in der Klammer, die ihr Hinzukommen eröffnet hatte. Abshir blickte sie liebevoll an und sagte dann, als sich seine Schwester neben ihn setzte, zu Bosaaso: »Ist das *Croce* noch offen?«
»Das ist es«, sagte Bosaaso. »Es ist ein bißchen schäbig geworden, aber einige Kellner aus den Tagen vor der Unabhängigkeit sind immer noch dort und verbeugen sich immer noch vor einem Hellhäutigen, weil weiße Hände bessere Trinkgelder geben als dunkle. Aber der Service ist ausgezeichnet, wenn deine dunkle Hand fünfzehn Prozent Trinkgeld anbietet, fünf Prozent mehr als die rosa Hand.«
Nostalgisch wandte sich Abshir an Mataan und Duniya: »Wißt ihr, wir durften in den Fünfzigern gar nicht in die Nähe des *Croce del Sud*, als die Italiener hier das Sagen hatten. Und die Kellner durften keine Schuhe tragen.«
Duniya kam sich dämlich vor, den Gesprächsfluß durch eine Frage zu unterbrechen, aber sie stellte sie dennoch: »Warum glauben die Italiener, sie wären diejenigen gewesen, die den Somalis beigebracht hätten, Schuhe zu tragen, als ob das ganze Unternehmen ihrer sogenannten höheren Kultur in der mätzchenhaften Gewöhnung an ein Paar fußbedeckender Objekte bestünde, Abshir?«
»Also daran hab ich noch nie gedacht«, sagte er etwas zurückhaltend.
»Ich genausowenig«, fügte Bosaaso hinzu.
Dann hustete Abshir, sein Brustkorb hob und senkte sich. Aus seiner Brust schoß noch ein zweites und drittes Mal ein lautes Husten. Er sagte: »Soll mir bloß niemand raten, mit dem Rauchen aufzuhören, denn ich mach's nicht.« Dazu lächelte er und hatte Fältchen um die Augen.
»Das wird niemand«, sagte Duniya.
»Du meinst, auch Shiriye nicht?« erkundigte sich Abshir und überraschte damit alle.
Duniya, die sich einer Äußerung enthielt, dachte daran,

daß Abshir und Nasiiba vom gleichen Schlag waren, aber egal.
Nach einer Pause sagte Abshir zu Duniya: »Wie geht es denn unserem Halbbruder überhaupt?«
Duniyas Atem raschelte wie Seide auf rauer Haut, als sie etwas Kurzes und Unerfreuliches von Shiriye murmelte.
»Meinst du, Shiriye wird mir meinen Anteil am Brautgeld geben, das er von Zubair für deine Hand erhalten hat?« neckte Abshir sie. »Oder die Hälfte von dem, was er von Taariq bekommen hat?« Er langte nach ihrer Hand und steckte sie zwischen seine Pranken. In Zuneigung.
»Das bezweifle ich stark«, sagte Duniya.
Als Abshir noch ein paarmal seinen trockenen Husten hören ließ, befreite Duniya ihre Hand aus seinem Halt. Sie ging weg und entschuldigte sich dabei, als hätte sie etwas Wichtiges zu erledigen.
»Erzähl mir was von dir«, bat Abshir seinen Neffen.
»Da gibt es eigentlich nichts zu erzählen«, erwiderte Mataan scheu.
»Wie kommt das?« fragte Abshir.
»Er ist ausgezeichnet in der Schule, der Beste in Mathematik, hab ich gehört«, warf Bosaaso ein.
Ziemlich nachdrücklich sagte Abshir »Aha«, als wüßte er viel mehr, als er zu verraten bereit sei. Dann fuhr er fort: »Was willst du studieren, wenn du auf die Uni gehst, Mataan?«
»Ich hab mich noch nicht entschieden«, sagte Mataan.
»Du hast noch ein Jahr vor dir, nicht wahr?« sagte Abshir.
Bosaaso: »Plus zwei Jahre, eins, in dem er Zivildienst leisten muß, und ein zweites als Wehrpflichtiger.«
»Wie ist dein Italienisch?« wollte Abshir von Mataan wissen.
»Nicht gut genug, um an einer italienischen Universität zu studieren, es sei denn, ich mache vorher einen dieser Intensivkurse in Perugia.« Für Mataan ging alles zu schnell. On-

kel *Scelaro* war zu rasch, er selbst hingegen war zu langsam; dennoch gab er seine Antwort mit einem zum Anlaß passenden gesteigerten Enthusiasmus.
Abshir sagte: »Oder würdest du lieber auf eine englischsprachige Universität in den USA oder Kanada gehen, ich meine, ist dein Englisch gut genug, daß du Mathekurse besuchen könntest?«
Mataan war sich nicht sicher, ob er Mathe belegen wollte, aber das sagte er nicht. Er war zu eingeschüchtert, und alles geschah in schnellerem Tempo, als er gewohnt war.
»Darüber reden wir später noch ausführlich«, schlug Abshir vor und fügte nach einer angemessenen Pause hinzu, als er von Bosaaso zu Mataan geblickt hatte: »Ich denke doch, wir können einen Weg finden, um ihn vom zivilen und militärischen Dienst befreien zu lassen?«
»Ich schätze schon, daß es Mittel und Wege gibt«, erwiderte Bosaaso.
Abshir unterdrückte ein Lächeln, bevor es ein dezentes wissendes Grinsen überdeckte, das sich auf seinem ganzen Gesicht ausgebreitet hatte. Er sagte: »Was ist mit Nasiiba?«
Da es niemand übernehmen konnte, für sie zu sprechen, wurde nach Nasiiba gerufen, die mit einem Armvoll Kleider beladen herkam, die sie aus den Geschenktaschen genommen hatte, die ihr Onkel für sie aus Rom mitgebracht hatte. Sie trug bereits eine Levi's-Jeans und ein passendes Baumwollhemd. Über die Maßen begeistert sagte sie: »Wie hast du meine Größe, meine Hüftweite und alles erraten, Onkel?«
»Miski hat sie mir mitgeteilt«, sagte er.
Nasiiba trat auf eines der Kleider, die sie in der Hand hielt, als sie auf die beiden zuging. Yarey folgte ihr auf den Fersen, und auch sie trug eine Unmasse von Geschenken ihres Onkels. Das Eintreten der Mädchen machte den Hof plötzlich sehr laut, und Bosaaso stand mit den Worten auf: »Vielleicht sollte ich jetzt gehen.«

»Wann sehen wir dich wieder?« fragte Abshir ihn.
»Warum kommst du nicht mit mir und behältst dann das Auto? Dann brauche ich dich heute abend nicht abzuholen«, sagte Bosaaso.
Abshir überlegte einen Augenblick, als wäre er unsicher, wo auf der Welt er sich überhaupt befand, und sagte dann: »Ich hatte vor, so bald wie möglich zur Autovermietung zu gehen. Wie bleibst du mobil, wenn du mir deines leihst?«
»Ich habe ein Taxi in der Hinterhand, wenn mein fahrbarer Untersatz weg ist«, sagte Bosaaso.
Duniya wurde gerufen, und sie, Bosaaso und Abshir dachten über die beste Art nach, das zu regeln. Daß Nasiiba sich dabei heraushielt, blieb nicht unbemerkt.
»Was schlägst du vor, Nasiiba?« wollte Abshir wissen.
Duniya schlug vor, Mataan sollte mit ihnen mitkommen, um Abshir den Rückweg zu zeigen.
»Sollen wir ein bißchen herumfahren, du und ich?« sagte Abshir. »Wenn ich zurück bin?«
»Das ist eine feine Idee«, sagte Duniya.
Nasiiba war eindeutig aufgeregt und wurde von einem Freudenanfall nach dem anderen überwältigt. Dann, als sie und ihre Mutter allein waren, kam sie zu Duniya heraus, die in einem modischen Outfit, das Abshir ihr mitgebracht hatte, dasaß. Etwas überreizt klingend, sprach sie nach Meinung ihrer Mutter eine unlogische Schlußfolgerung aus: »Ist dir in letzter Zeit aufgefallen, wie viele Hunde es in jeder afrikanischen Stadt gibt? Hunde, die in Rudeln durch die Straßen ziehen und so bedrohlich wirken wie aus dem Zoo entschlüpfte Wölfe? Sie sind überall zu sehen, wühlen in den Mülltonnen, aus denen die Straßenkinder alles herausgenommen haben bis auf die Knochen, die sie nicht kauen können; diese Hunde greifen Fußgänger an, die arglos ihres Weges gehen, besonders nach Einbruch der Dunkelheit. Hast du eine Ahnung, wo diese furchteinflößenden Bestien herkommen?«

Duniya gab sich unbeeindruckt und sagte nichts dazu.
»Laut Taariq«, fuhr Nasiiba fort, »gehörten diese Hunde früher einmal Europäern oder Amerikanern, die diesen Kreaturen jede Menge Essen und menschliche Zuwendung angedeihen ließen, die de facto in denselben geräumigen und prächtigen Häusern wie deren Kinder leben. Die Wahrheit ist nun, daß diese Hunde mehr Nahrung und aufmerksame Liebe erhalten haben als die meisten Somalis, und dann verschwanden die Herren von einem Wochenende auf das andere in Richtung Heimat und ließen diese verwöhnten Kreaturen zurück. Es kam eins zum anderen, erst zuviel Liebe, dann mit erschreckender Plötzlichkeit Obdachlosigkeit und eine feindselige islamische Gemeinschaft, die bereit war, sie unter dem geringsten Vorwand zu steinigen. Kurzum, die Hunde sind schizophren geworden.«
»Worauf willst du hinaus, Nasiiba? Komm bitte zur Sache!« sagte Duniya.
Dann schwieg Nasiiba beträchtliche Zeit. Schließlich sagte sie: »Das ist die Realitätsebene, auf der eine gewisse Ähnlichkeit zwischen Hunden und einigen Diktatoren der Dritten Welt erkennbar ist, welche die verzärtelte Zuwendung ihrer europäischen und amerikanischen Herren empfangen, bis ihre Nützlichkeit abgelaufen ist, Diktatoren, die zu den unglückseligen Hunden gesellt werden. Auf persönlicher Ebene leben die Europäer und Amerikaner in Afrika in einer Weise, die der ihrer Regierungen auf nationaler Ebene gleicht. Ich will damit sagen ...«
Duniyas Körper versteifte sich. Mit einem stechenden Blick auf Nasiiba wollte sie wissen: »Meinst du, ich bin blöd?«
»Warum?«
»Ich bin nicht blöd«, sagte Duniya. »Das ist alles.«
Verdutzt starrte Nasiiba ihre Mutter an, die das Zimmer verließ, um sich auf die Fahrt mit Abshir vorzubereiten.

Abshir saß am Steuer und fuhr nach Osten in Richtung Meer. »Du kannst dir nicht vorstellen, wie sehr ich es vermißt habe, den Indischen Ozean zu sehen, ihm nah zu sein oder darin zu schwimmen«, sagte er.
Sie beobachtete ihn beim Fahren. Er war ein Schlot und rauchte sich die Lunge aus dem Leib; sein ganzer Körper explodierte hin und wieder und wurde dabei fahl wie über Nacht in einem Grill liegengebliebene Asche. Sie fragte sich langsam, warum Mataan sie immer an Abshir erinnert hatte, obwohl die beiden sich körperlich gar nicht ähnlich waren. Sie hatte den Großvater nie gesehen, dachte aber, daß sein Spitzname auf etwas Gebeugtes hindeutete, da er *Tuerre* lautete, was soviel hieß wie »der Mann mit dem Buk-kel«. Sie sagte sich, daß bestimmte körperliche Eigenschaften in einigen Familien angelegt waren und aufs Geratewohl von einer Generation zur anderen übersprangen.
»Erzähl mir ein bißchen was von Bosaaso«, sagte er.
»Wir denken daran, zu heiraten.«
»Steht irgend etwas dagegen?« fragte Abshir, so als wünschte er, es aus dem Weg geschafft zu sehen, was immer es auch war. Beide dachten an Shiriye, obwohl keiner seinen verfluchten Namen aussprach.
»Er hat mir einen Antrag gemacht; ich hab um Bedenkzeit gebeten.«
»Überlegst du es dir noch? Oder hast du dich entschieden?«
»Ich hab es hin und her überlegt, einmal lautet die Antwort ja, ein andermal wieder nein, obwohl sie meistens auf Ja hinausläuft. Ich mag ihn sehr, liebe ihn sogar auf meine Art«, gab sie ihre Einschätzung ab. »Er verdient etwas Besseres, als ich es ihm bieten kann. Er ist zu vertrauensselig, ist keine Kämpfernatur; mir ist klar, daß ich eine ganz schöne Nervensäge sein kann.«
»Hoffentlich ist er sich bewußt, auf wen er sich da einläßt«, sagte Abshir lächelnd.
»Da bin ich mir sicher.«

»Er ist mir gegenüber ziemlich ehrerbietig gewesen, wie es angeheiratete Verwandte untereinander sind. Und als wir in seinem Auto auf dem Weg zu ihm waren, schlug er vor, ich soll fahren. Bosaaso benahm sich wie ein junger Mann vor seinem zukünftigen Schwiegervater.« Abshir drückte eine Zigarette aus, nur um die nächste anzuzünden, und fuhr dann fort: »Liebe hat einen bestimmten Geruch, der selten zu riechen, nur zu sehen ist. Bei der Ankunft hab ich das gerochen und dann wieder gesehen, als ich ihm später am Nachmittag die Hand gab.«

»Der Grund, warum ich nicht ja gesagt habe, als ich es gekonnt hätte, war der, daß ich lästerlichen Zungen nicht die Gelegenheit geben will, sich in gehässigem Gerede gegenseitig zu übertreffen und zu sagen, ich heirate ihn wegen seines Geldes und der amerikanischen Green Card«, sagte Duniya.

»Deshalb hab ich in seiner Anwesenheit mit Mataan gesprochen, gewissermaßen um Bosaaso zu zeigen, daß deine Kinder für ihn keine finanzielle Belastung darstellen werden. Ich werde das bei der frühestmöglichen Gelegenheit absolut klarstellen. Ihre Erziehung, hier oder im Ausland, bevorzugt ein Universitätsstudium im Ausland, das alles liegt in meiner Verantwortung. Der arme Mann hat ein Viertel seines Lebens damit verbracht, für den Lebensunterhalt der Nachkommen anderer Leute aufzukommen.«

Duniya stieß einen Rachenlaut aus, etwas zwischen einem Wimmern und einem besorgten Lachen, und sagte darauf: »Danke.«

»Damit du es richtig verstehst: Das soll keineswegs Druck auf dich ausüben, dich irgendwie zu entscheiden. Du machst das, was dir Freude bereitet. Du heiratest, wenn du willst, du tust es nicht, wenn es nicht dein Wunsch ist. Dein Schicksal liegt in deinen Händen. Doch für die Schulgebühren der Kinder bin ich verantwortlich, und nur ich allein«, sagte er.

Sie erstickte fast unter Freudentränen und konnte lange Zeit nicht sprechen. Schließlich sagte sie: »Ich hab mich immer gefragt, warum ich alle Geschenke von dir angenommen habe, während ich mich aufrege, wenn andere in der Absicht auf mich zukommen, mir etwas zu schenken. Kannst du mir sagen, warum?«

»Als du noch keine Stunde alt warst«, antwortete er, »und dich geweigert hast, die Brust anzunehmen, und deine Mutter zu schlecht beieinander war, um sich um dich zu kümmern, bin ich es gewesen, der dir den ersten Tropfen Milch eingeflößt hat, ein Geschenk, das du von niemand anderem annehmen wolltest, inklusive unseres Vaters, der Hebamme oder anderer Frauen aus der Nachbarschaft. Vielleicht darum.« Er verstummte, steckte sich einen Glimmstengel zwischen die Lippen, vielleicht, um nicht zu lächeln.

»Mein erster bewußter Augenblick, als ich den ersten Lebenstropfen in meinen Mund bekam, liegt fünfunddreißig Jahre zurück«, sagte sie. »Ich bin dreimal Mutter geworden, war zweimal verheiratet und einmal verliebt oder glaube das zumindest. Was hast du, was andere nicht haben? Da muß doch was sein.«

»Was ist mit Qaasim; hast du es nicht angenommen, mehr oder weniger mietfrei in seiner Wohnung zu bleiben?« fragte Abshir.

»Unsere Abmachung beruhte auf einem Übereinkommen, das in dem Augenblick in sich zusammenfiel, als sich ein Mißverständnis zwischen mir und seiner Frau Muraayo ergab. Das ist nun vorbei, und ich ziehe aus seinem Haus und seinem Leben.«

»Wie sieht es mit deiner Beziehung zu Bosaaso aus?«

»Er ist meist eher Empfänger als Geber gewesen«, sagte sie.

Im Stadtkern fand sich Abshir nun langsam wieder zurecht, erinnerte sich an Orte, die er seit einem Vierteljahrhundert nicht mehr gesehen hatte. Duniya schaute einige davon mit an, weil sie eine bestimmte Bedeutung angenommen hatten, da sie sie an Bosaaso erinnerten. Abshir bemerkte dazu, daß sich wenig geändert habe, seit er das letzte Mal auf diesen Straßen gegangen sei – ein größeres Gebäude hier, ein halb erschlossenes Grundstück da, doch das Gitternetz, das Muster und der Straßenplan von Mogadischu seien unverändert geblieben, insbesondere im Zentrum. Es habe immer noch Charme und Anziehungskraft.

»Die See«, sagte er, »meine Liebe.«

Sie dachte an Bosaaso, sagte aber nichts.

»Ich kann sie riechen«, bemerkte Abshir.

Dann war sein Gesicht von den vernetzten Linien eines Lächelns gekennzeichnet. Steckte die Liebe in den Ausdünstungen von jemandem, wie Abshir es formuliert hatte? Bei der Erinnerung an den italienischen Film *Der Duft der Frauen* konnte Duniya ihr Leben in einem Wimpernschlag an sich vorüberziehen lassen. Dann fragte sie sich, ob wir Parfüm auftragen, um natürliche Körperausdünstungen, die unsere Emotionen verraten, zu ersetzen oder zu unterdrücken.

Abshir parkte vor einem ehemaligen Fischmarkt. Ihm fiel ein, daß das alte Postamt irgendwo in der Nähe war. Sie stiegen eine kleine Treppe hoch, wandten sich nach links und schritten dann über mehr als achtzig Jahre alte Pflastersteine auf den Ozean zu. Sie berührten sich, schlenderten stumm Hand in Hand.

Sie stellten sich an das Geländer, mit dem unachtsame Fahrer schon unzählige Male kollidiert waren, das aber nie nachgegeben hatte. Sie gemahnte sich daran, auf der Hut zu sein: Das Leben war ein Fahrersitz, und Unfälle waren unübersichtliche Kurven, die einem auflauerten. Sie heiterte sich auf, indem sie sich sagte, daß sie bald zum Essen zusammenkommen und alle dasein würden, inklusive Bosaaso.

Abshir sagte: »Aber du hast mir immer noch nicht gesagt, wie es dir ergangen ist.« Und zündete sich eine Zigarette an.
»Es ist eine lange Reise immer weiter nach oben gewesen, hierher«, sagte Duniya, »hier, hier bin ich« – eine Pause, wie um etwas zu unterstreichen –, »und dort, tief unten, fühlt sich ganz, ganz weit weg an, und die beiden Punkte sind durch einen weiten Abgrund getrennt, und ich bin jedesmal ganz benommen vor Schwindelgefühl, wenn ich darauf schaue, wie weit ich nach oben gekommen bin – dank dir, Abshir.«
»Jetzt komm«, sagte er verlegen und wischte sich mit einem Taschentuch übers Gesicht. Er wartete schweigend. Durch sein Schweigen ermutigt, fuhr sie fort: »Um zu wissen, wie ich bin und wie es mir ergangen ist, mußt du begreifen, warum ich mich jeder Art von Beherrschtwerden widersetze, einschließlich der, etwas geschenkt zu bekommen. Auf meinem Grabstein soll einmal Folgendes stehen: ›Hier liegt Duniya, die Gebern mißtraute.‹«
»Ich möchte mal was sagen, wenn ich darf«, meldete sich Abshir.
Duniya nickte.
»Du bist eine Frau, und noch dazu jünger als ich«, sagte Abshir, »vermutlich hat das grundlegend mit der Art unserer Geschenkbeziehung zu tun, deiner und meiner.«
»Und du schenkst, weil du dich schuldig fühlst?«
Er antwortete etwas ausholend: »Wenn du ein Junge wärst, wärst du zunächst einmal nicht an einen Mann so alt wie dein Großvater verheiratet worden und hättest zweitens ein Stipendium für eine Universität deiner Wahl bekommen, weil du gescheit und ehrgeizig warst. Da ist Unrecht geschehen. Es ist meine Absicht gewesen, das Unrecht nach bestem Ermessen wiedergutzumachen. Es tut mir leid.«
Er deutete an, daß er für den Rückweg bereit sei. Sie einigten sich in sehr kurzer Zeit, daß er sie zuerst zu ihrer

Wohnung fahren und sie dort absetzen sollte. Dann würde er zur Stadtwohnung fahren, duschen, sich umziehen und dann wieder herkommen, um sie in Bosaasos Auto abzuholen, damit sie zusammen ins *Croce del Sud* zum Essen kamen.

Dann hatten sie Zeit, von Gisela zu reden, Abshirs Frau, und den beiden Töchtern Madalena und Annalisa. Es war kein Geheimnis, daß beide Mädchen Somalis nicht leiden konnten und am Telefon grob zu ihnen waren. Gelegentlich war es auch schon vorgekommen, daß sie einem Besucher die Tür vor der Nase zuschlugen. Doch Duniya hatten sie herzlich begrüßt, als sie dort zu Besuch war, und sie waren gut miteinander ausgekommen. Dennoch kam Abshir nicht um die Erwähnung herum, seine Familie schöpfe immer mehr den Verdacht, er habe vor, sich hier ein Grundstück zu kaufen, und als sie erfuhren, daß er ein paar tausend Dollar von seinem Konto abgehoben hatte, »als würde er das ganze Land in einem Streich erwerben wollen«, hatten seine Töchter stundenlang geweint, und es war erst wieder Frieden zwischen ihnen eingekehrt, als er versprochen hatte, nach Rom zurückzukehren, nachdem er Duniya und ihren Cousins einen Besuch abgestattet habe.

»Wirst du denn ein Grundstück kaufen?« fragte sie.

»Zunächst einmal nur eine kleine Unterkunft, um dich darin unterzubringen«, sagte er, »und es steht dir frei, darin zu wohnen, bis du dir über deine Lage klargeworden bist. Eine Unterkunft, klein genug für die Kinder, um darin zu wohnen, wenn sie nicht mit dir und Bosaaso, falls ihr heiratet, unter einem Dach bleiben wollen. Und für mich, wenn ich zu Besuch komme.«

»Zu viele Wenns«, sagte sie.

»Du bist ein Bündel aus Wenns und Abers, sei mir nicht böse«, bemerkte Abshir.

»Du hast schon recht«, entgegnete sie.

In Beantwortung einer generellen Frage nach Bosaaso und

ihr breitete Duniya ihre eigene Geschichte dann von jenem Augenblick an aus, in dem sie sich selbst zu erzählen begonnen hatte. Sie ließ kein wesentliches Detail aus. Kurz nachdem sie mit ihrer Geschichte fertig war, erreichten sie ihre Wohnung.
Er meinte: »Es gibt kein Zurück mehr, nur ein Vorwärts.«
»Hoffen wir's«, sagte sie.

Mit allgemeiner Zustimmung wurde Mire an den Kopf des Tisches gesetzt, der bei der Geschäftsführung des *Croce del Sud* »Sette« hieß, was in ihrem Jargon bedeutete, daß es ein Tisch für sieben Leute war. Er hatte nur eine Schmalseite, da die andere an die Wand geschoben worden war. Deshalb nahmen je drei Leute an den Seiten Platz und Mire war als einziger am Kopfende. Bosaaso hatte den Tisch reservieren lassen und war früher als die anderen eingetroffen, da er ein besorgter Typ war, die Art von Mensch, der eine halbe Stunde früher zum Flughafen kommt, als es die Leute von der Fluggesellschaft für nötig halten. Die Kellner hatten den Tisch unter seiner Aufsicht gedeckt. Während er auf die Ankunft der übrigen Gäste wartete, hatte er zwei Longdrinks aus Fruchtsäften, aber keinen Tropfen Alkohol zu sich genommen.
Dann kamen Duniya und ihr Gefolge; sie waren zu fünft. Und bevor der Begrüßungslärm verklungen war, stellte Mire sich ein. Sie verstummten alle, damit Mire und Abshir sich angemessen und in aller Ruhe begrüßen konnten. Duniya sah, daß Mires Augen wie ein in Flammen aufgegangener Vorhang loderten, als er leidenschaftlich Abshirs Hand schüttelte und ihn dann umarmte.
Einige Kellner kamen hinzu, um sie zu ihrem Tisch zu führen. Die Köpfe der Leute drehten sich, um sie vorbeigehen zu sehen. Duniya war von Nasiiba in ein schlicht geschnittenes, aber sehr attraktives gemustertes Kleid gesteckt worden, das ihre Lieblingsschneiderin für eine Gelegenheit

wie diese angefertigt hatte. Auf Nasiibas Vorschlag hin trug sie ihr Haar auch unbedeckt in einem Dutt, wodurch sie beinahe so groß aussah wie Mire, der sonst ziemlich groß wirkte, wenn er mit Frauen zusammen stand. Nasiiba trug ein bauschiges Kleid, damals in Mode, und hatte wie Yarey etwas an, das Abshir ihnen aus Italien mitgebracht hatte. Alle vier Männer hatten etwas weniger Schickes angezogen, keine Smokingjacken, keine Krawatten, kurz, nichts so Beeindruckendes wie die Frauen. Duniyas Kleid war ihr weder an der Hüfte noch unter den Armen zu eng.

Die Freude, zusammenzusein und miteinander zu reden, war bei allen groß.

Duniya und Bosaaso bildeten das Herzstück der Zusammenkunft, nicht Abshir. Das war für alle zu sehen.

Die Kellner gingen nicht eher, als bis alle, männlich und weiblich, jung und alt, Platz genommen hatten. Bosaaso wandte seinen Blick ratsuchend an Duniya. Yarey wurde zwischen Duniya und Onkel Abshir gesetzt, wohingegen Bosaaso den Stuhl gegenüber von Duniya erhielt, wobei Nasiiba neben ihm saß und Mataan gegenüber von Onkel Abshir.

Mire bat nicht förmlich um Speisekarten, sondern fragte die Kellner, was es gab. Es hatte keinen Sinn, den Appetit mit einem Gericht auf der Speisekarte zu reizen, das höchstwahrscheinlich gar nicht erhältlich war. Sie hörten den Kellnern zu, welche die erhältlichen Gerichte aufzählten und Erklärungen ablieferten auf Nachfragen von Yarey und Nasiiba oder nach einem sanften »Was ist das, Onkel?« von Mataan. Da die Kellner selbst kaum lesen konnten, waren sie zweifellos erleichtert, die Bestellungen mündlich entgegenzunehmen.

Dann kam ein Ober der alten Generation, der im *Croce del Sud* schon gearbeitet hatte, als noch die Italiener die herrschende Schicht in Mogadischu gewesen waren, aber nicht zum Bedienen oder Aufnehmen ihrer Bestellungen, son-

dern um Dr. Mire seine Aufwartung zu machen, der seine Frau ärztlich behandelt hatte. Der Ober gehörte zum Flußvolk, hatte ein breites, hübsches Lächeln, sehr glatte Haut und kein einziges Haar an Kinn oder Oberlippe. Er verbeugte sich halb vor Duniya, und seine großen Augen musterten ›Sette‹ kurz, worauf er entschied, hier zu übernehmen. Er entließ die beiden jüngeren Kellner mit einer freundlichen Geste und ging um den Tisch, um sich zu vergewissern, daß Messer und Gabeln am richtigen Platz lagen. Er entschuldigte sich immer wieder, entzückte Duniya, die sich in seine erfahrenen Hände begab, aus denen sie ohne weiteres sogar gegessen hätte.
Als er sich entfernte, ergab sich das Gesprächsthema der Runde von selbst. Gab einem der ältere Kellner ein besseres und behaglicheres Gefühl, weil er von den Italienern angelernt worden und in seinem Beruf fähiger war als die jüngeren, die wahrscheinlich nie eine so rigorose Ausbildung genossen hatten wie er? War das symptomatisch für die Lage, den bedauerlichen Zustand, daß Somalis selten fähig waren, ein Restaurant tüchtig und auch einträglich zu betreiben? Der Ball ging von einem zum anderen, mal erzielte Mire einen Treffer, mal Bosaaso und Abshir. Nasiiba, Yarey und Mataan hörten respektvoll zu. Duniya fiel auf, wie schweigsam Nasiiba seit Abshirs Ankunft geworden war.
Als die anderen in ein freundliches Gespräch vertieft waren, dachte Duniya für sich, daß sich einem nur weniges unverstellt offenbart. Offenbarungen kommen aus einem Nebel des Zweifelns, in Höhlen, im Dunkeln, aus Kindermund oder über die Äußerungen einer älteren oder verrückten Person. Sie entschied, daß ihre eigene Epiphanie zu jenem Zeitpunkt an einem Morgen stattgefunden hatte, als eine Geschichte entschieden hatte, sich ihr zu erzählen, sich durch sie zu erzählen, eine Geschichte, deren Klarheit in der kreativen Äußerung *Ein Mann soll erscheinen* enthalten war, und schon war die Geschichte da.

Mit halber Aufmerksamkeit für die Gäste am Tisch schaute Duniya Abshir an, der in der einen Hand eine unangezündete Zigarette hielt und in der anderen ein Feuerzeug. Gerade sagte er zu Mire: »Claudia schickt liebe Grüße und hat mir ein Paket und einen Brief für dich mitgegeben. Also hier ist der Brief«, und er übergab ihn, »das Paket ist in Bosaasos Auto; ich habe es nicht ins Restaurant gebracht, weil es zu sperrig ist, um herumgeschleppt zu werden.«
»Danke schön«, sagte Mire und steckte den Brief in seine Tasche.
Bei der Erwähnung von Claudias Namen wirkte Mires Miene zu verschwiegen, zu unvorbereitet, um Gefühle in der Gegenwart von anderen zu zeigen. Tatsächlich bekundete er kein Interesse daran, Abshir Fragen nach Claudia zu stellen. Statt dessen fragte er: »Wann kommst du denn zu mir zum Essen?«
»Gib mir noch ein oder zwei Tage, dann werde ich wissen, wie es mit meinen Plänen steht«, erwiderte Abshir.
»Laß dir Zeit.«
Abshir nickte.
Dann fragte Mire: »Wie lange bleibst du denn hier?«
»Maximal zehn Tage.«
Duniyas Mitte verschob sich. Die Haut an ihrem Gesicht spannte wie die einer Frau, die mitten beim Abschminken Besuch erhält. Sie dachte gerade, das Anfangen der Geschichte war so einfach gewesen wie das Ziehen eines Milchzahns. Aber wie war sie zu beenden?
Hier legte sie eine Denkpause ein, denn die Kellner waren mit dem Essen gekommen. Als sie das Pfeffersteak betrachtete, sagte sie sich, daß nicht sie es bestellt hatte, sondern eine andere Duniya. Doch wo war diese andere Duniya?
Sie blickte sich um, und allen schien das zu gefallen, was sie bekommen hatten. Einige der Anwesenden hatten schon mit dem Essen angefangen und sie hörte *bon appetit* aus mehreren Mündern. Knoblauch, so durchdringend wie

Liebe, beherrschte die Sinne, und alle rochen ihn, selbst diejenigen, die Gerichte verspeisten, die diese Zwiebel gar nicht enthielten.
Sie fragte sich gerade, ob sie damit zufrieden war, daß ihre Gäste mit dem Erzählen ihrer eigenen Geschichten ohne sie zurechtkamen. Und die andere Duniya mit ihrer Geschichte? Dann erwähnte jemand ihren Namen in Verbindung mit Bosaaso, und Abshir erhob sein Glas zu einem Toast. Alle anderen standen auf, nur Duniya blieb sitzen. Ihre Kinder kamen her, um sie zu umarmen, und flüsterten ihr Nettigkeiten und Glückwünsche ins Ohr. Mire verließ seinen Platz am Kopfende des Tisches und kam auch her, um ihr zu gratulieren, und Abshir brachte seinen Toast aus, verband ihren Namen mit Bosaaso, doch die Rede war kurz und enthielt nur die Liebe und die Segenswünsche eines älteren Bruders für eine jüngere Schwester, die sich verheiratete. Und Nasiiba zerbrach ein Glas, als sie es ausgetrunken hatte, wozu Mataan sagte, Scherben brächten einem Hochzeitspaar Glück. Bosaaso und Duniya wurden wie Mann und Frau behandelt.
Mit wem wurde Bosaaso verheiratet?
Welche Duniya?
Diese oder die andere?
Sie hätte es gerne gewußt.

Duniya, die Chronistin, ist sich nicht mehr sicher, wie sie fortfahren soll, und nur eine ausgedehnte Pause wird sie befähigen, auf die Ereignisse zurückzublicken, die stattgefunden haben, um sie genau zu schildern.
Irgendwann sagte Nasiiba zu jemandem: »Enden nicht alle Geschichten mit einer Hochzeit oder der Auflösung einer solchen Verbindung?«
Abshir rauchte unaufhörlich beim Reden; unter anderem sagte er, daß alle Geschichten eine einzige Geschichte seien, deren Hauptthema die Liebe sei. Und wenn die Geschich

ten unterschiedlich ausfielen, liege das nur daran, daß die Wege, welche die Figuren zu beschreiten haben, einen immer anderen Verlauf zum Endziel nehmen.

Es wurde noch mehrmals auf ihr Wohl getrunken, und denjenigen, die wollten, wurde Sekt ausgeschenkt.

»Alle Geschichten«, schloß Abshir, »feiern, um es einmal wehmütig auszudrücken, die unverbrauchten Energiequellen der Menschlichkeit zwischen Frauen und Männern.« Dann stieg Duniya Bosaasos Geruch in die Nase, weil er an ihren Platz gekommen war. Und sie küßten sich, während die anderen immer noch einmal auf ihr Wohl tranken. Die Welt war ein Publikum, das bereit war, Duniyas Geschichte von Anfang an zu hören.